Parte Uno

Prólogo

A Destino le llevó un milenio aprenderse la melodía de los hilos, y más tiempo aún descubrir cómo entretejerlos.

Estaba sentado en el suelo de una bodega iluminada por una vela que se consumía, agazapado sobre un tapiz que tenía dispuesto en el regazo. Sobre él, una aguja soltaba destellos entre sus dedos hábiles, y el color con el que hilaba no dejaba de cambiar mientras Destino creaba otra vida más.

El primer color siempre era el mismo: un canto de blanco que significaba una vida nueva. Enseguida lo seguía un canturreo relajante de azul que recorría la tela, alimentado por la música que retumbaba por sus venas. Después venían las frases apasionadas de color rojo y un llanto amarillo. Los colores explotaban sobre el tapiz como los destellos del sol, y Destino permitía que lo consumiera la vida de una aristócrata pudiente cuya belleza sería un día tan devastadora que inspiraría el arte más asombroso. Cuadros y esculturas, música y poesía... Nada de eso podría jamás capturar su belleza. Su vida consistía en una serie de aventuras tórridas, cada una de ellas tejida con hilos de gasa tan frágiles como exquisitos. Con cada nuevo amante que ella conseguía y con cada nuevo giro que Destino presagiaba, el hombre se ponía más frenético y avanzaba por la vida de ella mientras seguía un *crescendo* que solo él podía oír.

Quien lo viera trabajar pensaría que Destino era más músico que artista, como si la aguja fuera el arco y el tapiz su violín en el que rasgueaba vida sobre un lienzo. Con cada puntada de la aguja se apresuraba a capturar toda una vida que le llegaba en unos segundos, tejiendo las canciones en colores. Tejía con tanta prisa que no pensaba ni respiraba. Estaba tan perdido en la historia que cuando sonó el estruendo de un acorde menor y el hilo de la aguja se volvió negro para marcar el final del tapiz, hubo un momento en el que Destino fue incapaz de recordar quién era, mucho menos qué estaba haciendo.

Pero Destino terminó recordando quién era cuando echó un vistazo a la habitación vacía con las paredes grises y desnudas y se acordó de que aquellos colores tan vibrantes ya no le pertenecían a él, sino que eran de aquellas personas cuyas historias presagiaba. Porque, aunque el tapiz de Destino fuera en su día de un oro puro y brillante, el último hilo llevaba siglos estropeado por un nuevo color: un plateado suave y perfecto al que era incapaz de mirar, ya que significaba todo aquello que le habían arrebatado. Todo aquello que Muerte le había arrebatado.

Al apagar la vela, las paredes que lo rodeaban se transformaron en hileras de tapices colgando de cuerdas movedizas que se extendían sin fin. En cuanto vio un espacio vacío, Destino detuvo una cuerda el tiempo suficiente para colgar la última incorporación. Pasó los dedos por las bobinas de color carmesí intenso, su color favorito, ya que el amor y la pasión, tan intensos, conseguían siempre las historias más fascinantes. El tapiz continuó adelante cuando Destino retiró la mano, y seguiría adelante hasta que se deshicieran todos los hilos y volviera a la siguiente cuerda, vacía y lista para crear una nueva historia.

Posó su mirada dorada sobre el siguiente lienzo cuando un sonido a su espalda le llamó la atención. No lo había oído antes, era un sonido tan suave como la melodía de un harpa y tan llamativo como el acorde menor de Muerte. Ahogó el resto de ruidos, y aunque Destino tenía por norma no revisar jamás los tapices que ya había colgado —¿por qué iba a modificar una obra maestra?—, no pudo resistir aquella llamada.

Destino avanzó entre las hileras, agachándose y ladeándose de camino hacia él. La cuerda se quedó quieta a medida que se fue acercando, y Destino vio que la canción no provenía de un tapiz, sino de dos.

El primero era tal vez el más feo que había tejido Destino, ya que gran parte de él era de color gris y se había amoratado como un golpe. Aun así, era un tapiz al que Destino había dedicado un tiempo, en el que dio cada puntada con precisión para hacerle un regalo cruel a su hermano: una mujer a la que Muerte amaría, pero con quien no podría estar jamás. Solo que Destino frunció el ceño al observar el tapiz, ya que, de algún modo, su creación estaba modificada. El gris se había convertido en líneas negras que se mezclaban con rojo y dorado. Amarillo. Azul. Y luego, más negro. No se trataba de una sola línea, sino de miles de hilos que continuaron cosiéndose solos incluso cuando Destino agarró su creación estropeada con los puños.

El segundo tapiz no era mejor que el primero. Había espirales de un rosa apagado y de un azul pálido con gruesos tachones de color blanco y negro por encima, una y otra vez, como las teclas de un piano. Destino se inclinó para oír aquella música —un canto de lo más suave y oscuro, en el que cada nota parecía un puñetazo— y se alejó con una respiración brusca. Era innegable la belleza de aquello, pero estaba mal.

Fue a alcanzar la aguja que se había colocado detrás de la oreja y la ensartó en el segundo tapiz para ver qué pasaba cuando intentara entretejer el hilo final de la muerte. Para su sorpresa, el tapiz escupió la aguja y la dejó de vuelta en su mano. Destino cerró el puño.

Fueran lo que fueran aquellas monstruosidades, él no las había creado. Ver aquello le revolvió el estómago, y arrancó ambos tapices de las cuerdas. Incluso cuando se las echó sobre el hombro continuaron desarrollándose, y las puntadas de blanco y negro caían como cascadas por su espalda y rozaban los escalones que Destino iba subiendo con fuertes pisotones intentando no tropezar. Se apresuró hacia una chimenea de piedra que chisporroteaba y emitía un resplandor ámbar en otra habitación vacía, en la que no había más que un solo sillón de cuero frente a las llamas ardientes.

Destino lanzó el tapiz lleno de rayas a las llamas y se sentó en el sillón, ansioso por ver cómo ardía. Pero las llamas se apagaron en cuanto echó aquello al fuego, y la habitación se sumió en un frío de lo más familiar. Fue como si el hielo le atravesara los huesos y se apoderara de su cuerpo, lo que hizo que se estremeciera.

Destino se levantó de una sacudida y sacó el tapiz de un tirón, con el ceño fruncido al ver que la chimenea volvía a encenderse. Cada vez más enfadado, agarró el tapiz terriblemente magullado y lo metió entre las llamas que soltaban brasas frente a su cara. Se alejó a trompicones y se protegió. Y cuando echó su mirada furiosa hacia el fuego, vio que no era rojo ni naranja, sino de un color que jamás pensó que volvería a ver.

Habiendo perdido todo atisbo de color en el rostro, agarró el tapiz con dedos temblorosos, sin importar que el calor le chamuscara las manos al sacarlo de entre las llamas. Empujó el sillón hacia la esquina de la habitación para poder desplegar el tapiz ante él sobre el suelo. Se puso de rodillas para observar, para buscar. Y ahí estaban, relucientes como estrellas: hilos plateados, perfectos e imposibles. Hasta que pestañeó, y entonces dejaron de estar ahí.

Le costaba respirar. Seguramente, lo que vio no fuera más que el producto de su soledad. Un delirio provocado por trabajar demasiado. Porque después de todo aquel tiempo buscando... ¿era posible que al fin la hubiera encontrado?

Con la misma delicadeza que un amante, Destino acarició los hilos con la mano para observar exactamente a quién pertenecía aquel tapiz: a una muchacha a la que había creado con rencor, para tentar a Muerte lo suficiente como para arruinarle la vida cuando resultara que ya no podían estar juntos. Pero, de algún modo, su destino siguió adelante, fuera de su control.

El segundo tapiz era parecido y pertenecía a una muchacha que había desafiado a Destino no una ni dos, sino tres veces. Muerte alguna vez le había advertido que era demasiado despreocupado con los destinos que tejía. Dijo que no existía la creación perfecta y que, algún día, alguien superaría el futuro que les había otorgado y derrotaría a Destino en su propio juego. Hasta ese momento, él nunca había creído que eso fuera posible.

Necesitaba saberlo. Necesitaba ver a aquella muchacha con hilos de plata, a Signa Farrow, con sus propios ojos. Así que Destino agarró sus guantes y su sombrero y se dirigió a una fiesta.

Uno

Se dice que las dedaleras llegan a su punto más letal justo antes de que las semillas maduren.

Signa Farrow no pudo evitar pensar en aquella flor tóxica y atrayente y en la casa de su familia, que se llamaba igual pero en inglés, Foxglove, al observar el cadáver del que fuera el duque de Berness, lord Julius Wakefield.

Durante toda su vida había escuchado historias de cómo sus padres habían muerto en aquella mansión, de cómo les habían arrebatado el aliento con veneno. De niña, Signa había encontrado enterrados en la buhardilla de su abuela retazos de periódicos arrugados detallando el incidente, y recordaba pensar que aquella noche debió haber sido trágica y preciosa. Se había imaginado cuerpos bailando bajo una nube de luces cálidas mientras los vestidos satinados daban vueltas alrededor del salón de baile, y Signa pensó en lo agradable que debieron haber sido aquellos momentos antes de que llegara Muerte. Encontraba consuelo sabiendo que su madre había muerto en un baile formal haciendo lo que más le gustaba.

Signa jamás se había permitido imaginar la tragedia de una muerte como aquella ni se había detenido a pensar en las copas rompiéndose y en los gritos ensordecedores como los que reverberaron en el salón de Thorn Grove. Hasta que su prima Blythe se dio de bruces cuando alguien pasó por delante de ella, Signa no había pensado en que había que vigilar dónde colocar los pies y las manos para evitar que los pisotearan quienes pasaban corriendo y dejaban detrás el cuerpo que yacía inerte a sus pies, apresurándose para llegar a la salida.

Aquella muerte no fue como la que se había imaginado para sus padres, tranquila y preciosa.

Aquella muerte fue despiadada.

Everett Wakefield se hundió de rodillas al lado de su padre. Se agachó sobre el cadáver y no pareció ser consciente del creciente caos a su alrededor ni siquiera cuando su prima Eliza Wakefield lo agarró por el hombro. La joven tenía el rostro verde como el liquen. Echó una larga mirada a su tío muerto, se llevó las manos al estómago y depositó la cena sobre el suelo de mármol. Everett ni siquiera se estremeció cuando vio el vómito sobre sus botas.

Unos momentos antes, el duque de Berness había estado sonriendo, preparado para unirse a los Hawthorne en su estimado negocio, el Club de Caballeros Grey. El acuerdo llevaba semanas siendo el cotilleo más relevante del pueblo, y Elijah Hawthorne, el antiguo tutor de Signa, llevaba más tiempo aún enorgulleciéndose de haber llegado a él. Pero estando detrás del cadáver de quien casi fuera su compañero con una copa de agua temblando entre sus manos, Elijah Hawthorne ya no se pavoneaba. Se había quedado tan blanco que su piel parecía mármol y debajo de sus ojos se arremolinaban las venas azules.

¿Quién me ha hecho esto? El espíritu de lord Wakefield se cernía sobre su cuerpo, con sus pies traslúcidos que apenas

tocaban el suelo cuando se giró para ponerse frente a Muerte y Signa, los únicos que podían verlo.

Signa se preguntaba lo mismo, aunque con la muchedumbre inquieta a su alrededor, no podía responder a lord Wakefield en voz alta. Esperó a ver si caían más cuerpos, preguntándose mientras tanto si así fue como había ocurrido la noche en que murieron sus padres en Foxglove, si había dado la sensación de que había demasiado brillo y resplandor para la enfermedad que contaminaba el aire y si su madre había sentido el vestido sudado y el cabello rizado tan pesado como lo sentía Signa en aquel momento.

Signa estaba tan perdida en su pensamiento y sentía tanto miedo que se estremeció cuando Muerte susurró a su lado:

—Tranquila, pajarito. Esta noche no morirá nadie más.

Si se suponía que aquello tenía que tranquilizarla, tendría que volver a intentarlo.

Everett sostenía la mano inerte de su padre mientras las lágrimas le caían en un silencio estremecedor y el espíritu de su padre caía de rodillas frente a él.

¿Hay algún modo de revertir esto? Lord Wakefield vigilaba a Signa con tanta severidad —con tanta esperanza— que la joven se desmoronó. Dios, lo que daría por poder decirle que sí.

Pero tenía que fingir que no lo oía, ya que estaba centrada en un hombre al otro lado del cadáver que vigilaba todos y cada uno de los movimientos de Signa. Su mera presencia la paralizaba y tenía todo el vello de punta.

Jamás había visto a aquel hombre, pero supo quién era en cuanto clavó su mirada derretida en ella. Con aquellos ojos, el brillo de las luces atenuado y los gritos de los asistentes a la fiesta apagados, desvaneciéndose hasta que no fueron más que un murmullo distante. A pesar de que Muerte la agarró con más fuerza, Signa vio que no podía girarse para mirarlo. El hombre que se hacía llamar Destino la consumía, y por el asomo de sonrisa que había en sus labios, él lo sabía.

—Es un placer, Señorita Farrow. —Su voz era tan rica como la miel, aunque no tenía nada de dulce—. Llevo mucho tiempo buscándola.

Era más alto que Muerte en su forma humana, pero más delgado y ataviado con músculos delicados. Mientras que Muerte era de piel clara y tenía una mandíbula afilada y las mejillas huecas, Destino tenía unos hoyuelos de lo más encantadores sobre una piel bronceada. Mientras que Muerte era una oscura intriga, Destino relucía como si fuera un faro de luz para todo el mundo.

—¿Por qué estás aquí? —dijo Muerte en un tono helado y amargo, ya que Signa tenía los labios paralizados e inservibles.

Destino inclinó la cabeza y observó la mano de Muerte sobre el hombro de Signa, separados solo por un trozo de tela.

—Quería conocer a la joven que le había robado el corazón a mi hermano.

Signa volvió a prestar atención. «Hermano». Muerte no había dicho que tuviera ninguno, y por la tensión que había en el aire, no estaba segura de si debería creéserlo. Nunca había sentido tanta letalidad por parte de Muerte, cuyas sombras se encharcaban bajo él. Signa ansiaba retroceder y hallar consuelo en su protección, pero por mucho que le implorara a su cuerpo que se moviera, era como si tuviera los pies clavados en el suelo. Se sentía como una pulguita bajo la mirada de Destino, medio esperando que levantara el pie y la aplastar con su bota. En vez de eso, el hombre dio dos pasos adelante y tomó a Signa por la cara con una mano tan sorprendentemente suave que ella se estremeció. *La mano de un noble*, pensó. Destino se agachó para ponerse a la altura de Signa, y su tacto le chamuscó la piel.

—Déjala. —Las sombras de Muerte se arremolinaron hacia adelante y se detuvieron en la nuca de Destino cuando el hombre pasó el pulgar por el cuello de Signa.

—Nada de eso. —Destino ni siquiera levantó la mirada ante la amenaza de Muerte—. Puede que tú reines sobre los muertos y los moribundos, pero no nos olvidemos de que es mi mano la que controla el destino de los vivos. Mientras respire, esta es mía.

El frío se desvaneció de la habitación en cuanto Muerte se quedó quieto. Signa forcejeaba contra el agarre de Destino, pero el hombre se mantenía con fuerza. Se inclinó, y sus narices quedaron casi a la misma altura mientras la inspeccionaba. Y aunque no se dijeron ninguna palabra, en su mirada de ojos antiguos estaba buscando algo. Algo tan oscuro y febril que Signa se mordió la lengua, como incapaz de moverse contra ese hombre que había conseguido que hasta Muerte se quedara quieto.

En un susurro, Destino preguntó:

—Señorita Farrow, ¿tiene usted idea de quién soy?

Mirarlo era como mirar al sol. Cuanto más tiempo se quedaba mirándolo Signa, más borroso se volvía el mundo, con rayos de sol estallando en su vista. Su voz también se estaba volviendo difusa, sus palabras eran suaves y se entremezclaban como una crema.

Signa sentía punzadas en la sien y empezaba a dolerle la cabeza.

—Solo por el nombre —consiguió decir con la voz prácticamente entrecortada. Desde su tacto hasta su voz, todo sobre aquel hombre la escaldaba.

Destino apretó más la mano con la que le agarraba la cara para mantener su atención.

—Piense un poco más.

—No hay nada que pensar, señor. —Si no conseguía escaparse rápidamente, se le iba a partir la cabeza en dos—. No le he visto jamás en mi vida.

—¿Es eso cierto? —Destino soltó a la joven. Aunque su severidad era evidente, había algo familiar en su enfado, algo que a Signa le recordaba al pajarito indefenso que había sostenido en las manos hacía unos meses, o a los animales heridos que se había encontrado en el bosque. Mientras Destino echaba los hombros hacia atrás y se sacudía el pañuelo que llevaba al cuello, Muerte acudió y las sombras envolvieron a Signa. La acomodó contra su pecho y colocó la mano alrededor de su cintura.

—¿Que te ha dicho? —Las sombras de Muerte eran más frías de lo habitual, temblaban y estaban furiosas.

Signa intentó decírselo, calmarlo, pero cada vez que abría la boca para repetir la pregunta de Destino en voz alta, se le cerraba de golpe. Lo intentó tres veces, hasta que entendió que no era la sorpresa ni el dolor de cabeza punzante lo que le impedía hablar, y entonces se dio la vuelta para echar una mirada furiosa a Destino.

Muerte no dijo nada cuando pasó por delante de ella. La oscuridad se filtraba desde él con cada paso, arrebatando el color de las paredes doradas y resquebrajando las columnas de mármol. Signa respiraba con más facilidad y ya no tenía que entrecerrar los ojos, porque Muerte estaba en su forma humana, frente a frente con Destino. Su voz era la de una parca, como las que solo se encontraban en las pesadillas más aterradoras.

—Vuelve a ponerle un dedo encima y será lo último que hagas.

Destino portaba su divertimento como un arma confeccionada por expertos y afinada hasta la perfección.

—Mírate, cómo has crecido. Te has convertido en un protector de lo más temible. —Chasqueó los dedos y el mundo volvió a ponerse en marcha. Los gritos acallados se volvieron chillidos a oídos de Signa. La presión de los cuerpos apurados, más intensa. El aroma de la almendra amarga flotaba desde el cuerpo fallecido bajo ellos, y con cada momento se hacía más evidente—. Tú no eres el único capaz de hacer amenazas, hermano. ¿Te amenazo yo?

Resultaba imposible decir cuánto tiempo había pasado o si había pasado algo de tiempo, pero Elijah enseguida consiguió que un guardia llegara corriendo al salón de baile para que inspeccionara el cuerpo. Destino ya no estaba frente a ellos, sino que se había entremetido en el grupito que se había quedado. Aunque Signa no pudo oír lo que le estaba susurrando a una mujer en el oído, no le importó lo más mínimo el horror que surgió en el rostro de la misma. Agitada, le susurró algo al hombre que estaba a su lado, que a su vez le contó lo que fuera que le habían dicho a su marido. Enseguida todo el salón estuvo sumido en cotilleos y en miradas caldeadas que echaban hacia Elijah y su hermano, Byron, que estaba a su lado, con el bastón de palisandro temblando en la mano. Los invitados también se mantenían a cierta distancia de Blythe, como si la familia Hawthorne fuera una plaga que infectaría a todo aquel que se atreviera a acercarse demasiado.

Aunque Elijah hizo frente al repentino recelo de la multitud con la cabeza bien alta, los incesantes chismes provocaron que Blythe se hundiera. Su mirada entrecerrada se volvió más afilada al inspeccionar la habitación —que de repente parecía demasiado grande e iluminada—, y los rostros que no se atrevían a sostenerle la mirada.

Al conocer esa sensación y lo mucho que podía destrozar a una persona, Signa se dio la vuelta para enfrentarse a quienes estaban observando.

—¿No les da vergüenza? Acaba de morir un hombre, y ustedes se comportan como si esto fuera el teatro. ¡Fuera! Dejen que el guardia haga su trabajo.

Aunque varios invitados pusieron mala cara, no se dieron mucha prisa en salir, sobre todo cuando Destino pasó por el medio de la multitud y se acercó al guardia. Signa empezó a ir tras él para detener lo que fuera que Destino tuviera entre manos, pero Muerte la agarró por el codo y la hizo retroceder.

Aún no, advirtió Muerte con unas palabras que resonaron dentro de su cabeza. *Hasta que sepamos lo que quiere, no deberíamos hacer nada.*

Signa cerró los puños y se puso en jarras, y tuvo que hacer todo lo que estuvo en su poder para no rendirse ante la tentación.

En un acto realizado con tanta naturalidad que deberían haber vendido entradas para que lo vieran, Destino montó un espectáculo señalando con un delgado dedo a uno de los hermanos Hawthorne.

—Ha sido él —anunció Destino, que sobresalía entre los gritos ahogados. Signa no tuvo ni un momento para reaccionar ante el hecho de que, a diferencia de Muerte, a Destino podían verlo plenamente todos los presentes en la sala—. Elijah Hawthorne fue quien le dio la bebida a lord Wakefield. Lo he visto con mis propios ojos.

Hubo murmullos de aprobación, rumores en voz baja de personas autoconvenciéndose de que ellos también habían visto exactamente lo que había dicho aquel hombre.

Al guardia se le endureció el rostro al agacharse al lado del cuerpo y levantar un fragmento de la copa de champán hecha añicos. Cuando la levantó para oler el residuo, arrugó la nariz.

—Cianuro —dijo con voz queda, y Signa tuvo que recordarse que tenía que parecer sorprendida.

El guardia no compartía el asombro de la gente, y Signa se preguntó si aquella ecuanimidad tenía que ver con lo que había estado leyendo en el periódico durante los últimos meses.

El veneno, el cianuro en particular, se estaba volviendo inquietantemente popular. Al ser casi indetectable, se trataba de una manera astuta de cometer un asesinato. Algunos habían llegado a llamarlo el arma de la mujer, ya que requería muy poco esfuerzo y nada de brutalidad, aunque a Signa aquella etiqueta le sobraba.

Desvió la mirada hacia Everett y Eliza Wakefield. Eliza continuaba dándole la espalda al cuerpo, agarrándose el estómago, mientras que Everett estaba consumido por unos temblores silenciosos.

Destino dio un pasito adelante para dejar la mano sobre el hombro de Everett. Se agachó hasta la altura del joven y le preguntó:

—¿Viste a Elijah Hawthorne entregarle la copa a tu padre, no?

Everett levantó la cabeza de golpe. Tenía la mirada hueca, como si le hubieran chupado la luz.

—A los dos —dijo poniéndose en pie y con una voz más feroz—. Byron también estaba a su lado. Quiero que se lleven a ambos hermanos Hawthorne bajo custodia.

A Signa le ardió el pecho cuando vio un destello tenue y dorado en las yemas de los dedos de Destino. Los movía con la mayor lentitud, y al entrecerrar los ojos, Signa habría jurado que había hilos tan delgados como una telaraña reluciendo entre ellos.

—Escúchame, muchacho —empezó Byron.

Solo se detuvo cuando Elijah agarró del brazo a su hermano y dijo:

—Estaremos encantados de contarte todo lo que sepamos. Te aseguro que queremos averiguar la verdad tanto como tú.

Signa se sintió más agradecida que nunca por la nueva sobriedad de Elijah. No quería ni imaginarse cómo habría respondido unos meses atrás, cuando sufría delirios por el dolor provocado por la muerte de su esposa y la enfermedad de su hija, Blythe. Seguramente al hombre le habría hecho gracia la ironía de la situación, pero en aquel momento, Signa sintió alivio al verlo con un gesto serio.

No había manera de saber a qué estaba jugando Destino, pero, sin duda, Elijah y Byron no tendrían ningún problema con el guardia. Acompañó a los hermanos Hawthorne por el salón de baile y solo les permitió que se detuvieran un momento al lado de Blythe y Signa.

Elijah tomó a Blythe por la cara con ambas manos y le dio un beso en la frente.

—No hay nada de lo que preocuparse, ¿de acuerdo? Por la mañana todo estará arreglado.

Elijah abrazó entonces a Signa, y el cuerpo de la joven entró en calor de la cabeza a los pies con el beso que recibió en la frente, el mismo que le había dado el hombre a su propia hija. Quizá fuera porque tanto ella como Blythe estaban al borde de las lágrimas —estaban dadas de la mano—, pero Elijah parecía muy calmado, como un hombre de camino a tomar el té en vez de uno a quien acaban de acusar públicamente de asesinato.

—No le deis más vueltas, muchachas. —Puso una mano sobre sus hombros—. Nos vemos pronto.

Y entonces tanto Elijah como Byron se fueron acompañados y salieron de Thorn Grove como los caballeros que eran.

Signa se quedó mirando el vestíbulo incluso después de que desaparecieran, y parpadeó para contener las lágrimas y que Destino no tuviera la satisfacción de verla llorar.

Elijah iba a estar bien. Le harían algunas preguntas y después la supuesta involucración de los hermanos Hawthorne en aquella muerte quedaría de lado antes incluso de que llegara el forense para retirar el cuerpo.

Signa le apretó la mano a Blythe para transmitirle aquello, aunque su prima no la estaba mirando ni a ella ni a su padre marchándose. En vez de eso, Destino era el único punto de atención de la rabia de Blythe. Antes de que ella o Muerte pudieran detenerla, Blythe se deshizo de la mano de Signa y atravesó cruzando el salón de baile, agarrándose las faldas con tanta fuerza que parecía que iba a romper la tela.

—¡Tú no has visto nada de eso esta noche, ni por parte de mi padre ni por parte de mi tío! —Incluso con tacones, Blythe era mucho más baja que Destino, aunque eso no la detuvo a la hora de acercarse tanto como pudo físicamente y clavarle el dedo en la barriga como si fuera un arma—. No sé qué es lo que quieres de mi familia, pero que me aspen si te permito que lo consigas. —Blythe pasó de largo sin que le importara quién hubiera estado mirando y se dirigió hacia el mayordomo de Thorn Grove, Charles Warwick. Destino bufó, pero no la volvió a mirar, sino que se giró hacia Muerte y Signa.

—Te toca, hermano —dijo—. Haz algo bueno.

Con la misma rapidez con que había aparecido, Destino volvió a desaparecer, dejando solo el caos a su paso.

Dos

Una hora más tarde, los pasillos de Thorn Grove daban escalofríos del silencio en el que estaban.

Signa se mantenía cerca de las sombras, con los dedos alrededor de la madera retorcida del pasamanos, y se tomó su tiempo para bajar las escaleras con pasos cautos. Cuando echaron el cerrojo de hierro detrás de los últimos chismosos y Warwick se había retirado a sus aposentos, Signa empezó a ser consciente de cada crujido y gemido de la madera que hacía eco por el vestíbulo.

La nariz le hacía cosquillas por el humo de todas las velas que habían apagado apresuradamente y que dejaron la casa en una oscuridad tal que Signa no debería haber sido capaz de verse las manos enfrente. Pero también podría haberse encontrado en un claro de verano, ya que el resplandor de un espíritu se colaba por el umbral del salón de baile e iluminaba un camino bien marcado hacia las puertas dobles. Suponía que Muerte debía seguir estando ahí preparando al duque fallecido, e intentó echar un vistazo dentro de manera discreta cuando se le erizaron los pelos de la nuca y oyó una voz detrás de ella.

—Ha pedido estar unos minutos a solas con su hijo.

Signa dio un traspié y estuvo a punto de salir pitando de ahí, pero se dio cuenta de que la voz baja y resonante era la de Muerte. Miró detrás de ella para asegurarse de que no hubiera nadie merodeando por la escalera y luego le hizo una señal para que bajara por el pasillo. Lo último que necesitaba la familia Hawthorne era encontrarla sola en la oscuridad hablando consigo misma momentos después de un asesinato.

Muerte había vuelto a la forma de sus sombras y se deslizaba por las paredes detrás de Signa, que intentaba no temblar ante su cercanía. Tenía la mente plagada con un millón de preguntas, pero la primera que se le escapó al cerrar bien las puertas del salón fue:

—¿Cuándo ibas a decirme que tenías un hermano?

Muerte suspiró, y fue como un suave soplido del viento que le retiró el cabello de la cara a Signa mientras él le tomaba las manos. De no haber llevado los guantes puestos, aquel roce habría sido suficiente para detenerle el corazón y sacar los poderes de la parca que yacían latentes dentro de ella. Pero como sí que los llevaba, Signa se mantuvo enteramente humana cuando sus dedos se entrelazaron.

—Llevo sin hablar con él unos cuantos cientos de años —respondió Muerte por fin, retirándole con dulzura un mechón de cabello y colocándoselo detrás de la oreja con sus sombras y con mucho cuidado de no tocarle la piel—. Si no nos fuera imposible morir, ni siquiera estaría seguro de que aún tuviera un hermano.

Signa se acordó de la manera en que se había encogido ante la presencia de Destino y la tensión con la que la había agarrado. Incluso en ese momento, a solas y contra las estanterías en la esquina de la habitación, Muerte mantenía la voz baja. Signa intentó no rechinar los dientes, no soportaba verlo tan inquieto. Se suponía que Muerte no se acobardaba, que no debía tener miedo. ¿Quién era Destino exactamente, que podía llegar de aquella manera y hacer que su hermano respondiera así?

—Está jugando con nosotros —dijo Signa. Le picaba la piel y estaba más desconcertada de lo que le gustaría admitir. Solo se tranquilizó cuando Muerte la acercó hacia él, y el corazón le palpitó con fuerza cuando le pasó el pulgar de manera suave a lo largo de uno de los guantes.

—Pues claro. Destino controla las vidas de sus creaciones: lo que ven, lo que dicen, cómo se mueven... Sus caminos y sus acciones, todo lo ha presagiado su mano. Mi hermano es peligroso, y sea cual sea la razón por la que está aquí, está claro que no tiene ninguna intención buena.

A Signa no le gustaba demasiado que se refirieran a ella como una de las «creaciones» de Destino. Después de todo lo que había superado, que sus decisiones se redujeran a Destino hacía que sintiera que su éxito fuera inmerecido, como si, de algún modo, él hubiera metido mano en todas sus decisiones más difíciles y en sus mayores triunfos.

—Desde luego, como a un hermano no te ha tratado. —Signa apretó con suavidad el pulgar en la palma de Muerte, deseando arrancarse los guantes para poder sentirlo más.

—Durante muchísimo tiempo, solo nos tuvimos el uno al otro —dijo Muerte—. Llegamos a vernos como hermanos, aunque esa etiqueta no significa gran cosa últimamente. Destino me odia más que cualquier otra persona en este mundo.

Signa no tuvo la oportunidad de presionarlo para que le contara más, porque Muerte retiró la mano para agarrarla por la barbilla e inclinarla hacia él. Por más oscuro que estuviera el salón, Signa podía ver lo afilada que era su mandíbula entre las sombras siempre cambiantes. La tensión de sus hombros se relajó cuando él le tocó la piel desnuda por primera vez aquella noche. El frío le inundó el cuerpo, y Signa inclinó la cabeza contra él para saborear el tacto.

—Dime la verdad. —Muerte le rozó la oreja con los labios y a Signa le fallaron las rodillas—. ¿Te ha hecho daño, pajarito?

Signa maldijo su corazón traicionero. Quería más información, ya que en aquel momento empezó a darse cuenta de lo mucho que le quedaba por aprender sobre aquel hombre al que había creído que entendía. Pero cuanto más la sostenía Muerte, más sentía Signa derretirse bajo su tacto mientras, latido a latido, su corazón se detenía.

¿Cuánto tiempo había pasado desde que la había abrazado de aquella manera? ¿Días? ¿Semanas? Para que se vieran, alguien cercano tenía que estar muerto o muriéndose, y desde que Blythe se había recuperado del envenenamiento por belladona, aquellas circunstancias eran escasas. Signa se alegraba de ello, por supuesto, ya que le iría bien algo de estabilidad y menos muertes en su vida. Aun así, se había pasado demasiadas noches recordando la quemazón de los labios de Muerte contra los suyos y cómo se sentía cuando sus sombras se deslizaban por su piel. Durante demasiado tiempo solo había podido comunicarse con él a través de sus pensamientos, pero con él físicamente presente, su control flaqueaba. Tal vez su mente quisiera respuestas, pero su cuerpo lo quería a él.

—¿Estás intentando distraerme? —preguntó Signa mientras se deshacía de los guantes y los lanzaba al suelo.

El intenso murmullo de la risa de Muerte le provocó calores en la parte baja del vientre. A Signa le ardió la sangre por el deseo cuando él le preguntó:

—¿Está funcionando?

—Demasiado bien. —Signa pasó la mano por su brazo y vio cómo las sombras se derretían bajo sus dedos y daban paso a la piel, a un cabello blanco roto y a un cuerpo tan alto como un sauce y ancho como un roble; a unos ojos tan oscuros como la galaxia, que brillaban al mirarla con la misma ansia que pulsaba en lo más profundo de ella—. Pero no lo suficiente como para evitar que pregunte cómo era tu vida antes de conocerte. Quiero saberlo todo, Muerte. Lo bueno y lo malo.

El silencio que se expandió entre ellos fue infinito, y como única respuesta obtuvieron el golpe de una rama contra la ventana, un sonido agudo y punzante en la brisa de primavera. Luego, Muerte dijo en voz baja:

—¿Qué pensarás cuando descubras que hay más cosas malas que buenas?

Signa intentó que se le quedara grabada en la memoria la sensación de su piel debajo de la suya y saborearla mientras pudiera.

—Pensaré que todo por lo que has pasado te ha hecho ser el hombre que está frente a mí hoy. Y ese hombre me gusta bastante.

Muerte le rodeó la cintura con el brazo y metió los dedos en los pliegues de su vestido.

—¿Cómo es que siempre sabes lo que hay que decir?

Derritiéndose en los contornos de su cuerpo, Signa se rio:

—Creo recordar que tú me acusaste de lo contrario unos meses atrás. ¿O es que ya te has olvidado?

—No podría olvidarme de lo lista que eres aunque quisiera, pajarito. Y te contaré todo lo que quieras saber sobre mí. Pero antes, creo que tenemos que ponernos al día.

Muerte puso una mano en cada una de las caderas de Signa y sus sombras pasaron por detrás de ella, tirando unas piezas al suelo al dejarla sobre la mesa donde Elijah y ella habían jugado a las damas unos meses antes. Signa tuvo un pensamiento pasajero y gracioso sobre lo mucho que había odiado a Muerte por aquel entonces. Y ahí estaba, unos meses después, con las piernas alrededor de él y las faldas levantadas mientras lo besaba entero. Probó sus labios y no pensó sino en lo mucho que quería que la consumieran. Signa se mantuvo agarrada a él, y cuando tuvieron suficiente de la mesa, se trasladaron a la butaca, donde él se agachó sobre ella con una rodilla entre sus piernas.

Muerte saboreó con sus labios el cuello, la clavícula y la carne tierna que había justo por encima del corsé.

—He pensado en ti todos los días. —Su voz era como un riachuelo ensordecedor que la arrastraba hacia las profundidades de su corriente y la devoraba por completo—. He pensado en esto y en todas las maneras en que compensaría mi ausencia.

No había suficientes palabras en aquel mundo para describir la manera en que el roce de Muerte la hacía sentir. Algún día, cuando fuera mayor y su vida humana hubiera recorrido todo el camino, llegaría un momento en el que el frío la llamaría y no la dejaría ir. Signa no tenía ganas de que llegara ese día, pero tampoco le tenía miedo. Había aprendido a apreciar el frío que le atravesaba las venas, a regodearse en su poder, ya que era parte de quien se suponía que debía ser. Y así indicó a Muerte que se acercara y le colocó las manos en los cordones del corsé.

Pero en vez de soltarle las manos, Signa se quedó quieta al reconocer que la butaca en la que se habían acomodado era aquella en la que Blythe y Percy estuvieron viendo las primeras lecciones de protocolo de Signa. Clavó los ojos en la alfombra persa gruesa con la que se había tropezado cuando Percy la estuvo ayudando con las lecciones de baile. Signa se apartó de Muerte y se llevó las manos al pecho pensando en la última vez que había visto a su primo: en un jardín en llamas, siendo la comida de un sabueso del infierno hambriento.

—¿Signa? —Perdida en el haz de sus recuerdos, Signa apenas escuchó la llamada de la parca. No se arrepentía de su decisión. De haber tomado otra, Blythe estaría muerta. Aun así, no podía dejar de oír la risa de Percy. No podía dejar de ver su sonrisa en la mente y recordar lo roja que se volvía su nariz cada vez que se aventuraban en la nieve.

—Aquí aprendí a bailar. —Hundió los dedos en los almohadones y arrastró las uñas sobre la tela—. Percy me ayudó con las lecciones.

Aquello fue todo lo que Muerte necesitó para entender, y ajustó su postura a fin de poder acomodarla en sus brazos. Signa se sentó entre sus muslos, arrullada contra el frío placentero de su pecho.

—No eres responsable de lo que le ocurrió a tu primo.

—Me dieron a elegir —susurró ella—, y lo hice.

Con la barbilla de Muerte descansando sobre su cabeza, Signa sintió su suave canturreo antes de oírlo.

—¿Estás diciendo que si volvieras a estar en esa posición elegirías un camino distinto?

No lo haría, y aquello era lo que más la aterrorizaba, más que cualquier otra cosa. Lo que le impedía dormir por las noches no era que le diesen la orden de intercambiar la vida de Percy por la de Blythe, sino que lo volvería a hacer. Había empezado a querer a Percy, de verdad. Pero había sido casi demasiado fácil dejar que muriera. Tal vez ya fuera más una parca de lo que se había permitido creer.

—No te voy a mentir y decir que esta sea una existencia fácil. —El tacto de Muerte era suave, tenía una mano alrededor de su cintura mientras ella inclinaba la cabeza contra su hombro—. Puede que estuviera mal por mi parte pedirte que tomaras aquella decisión, pero no había una respuesta fácil. No quería que perdieras a ambos.

—No puedes protegerme de quien soy. —Al decirlo se dio cuenta de lo que querían decir aquellas palabras. Signa ya había aceptado el oscuro poder que había en su interior. Aun así, siempre habría ese susurro, aquel con el que había crecido, el que le había hecho creer que todo en ella estaba mal.

Cuando alguien carraspeó en el marco de la puerta, Signa se apartó de Muerte y se dio la vuelta para ver quién había entrado en silencio en la habitación, sin que ella hubiera oído abrirse la puerta. Por suerte seguía estando cerrada: era el espíritu de lord Wakefield quien los miraba fijamente desde el umbral.

No me extraña que no tuvieras más interés en mi hijo. Puso las manos detrás de la espalda sin preocuparse por esconder la manera en que la estaba juzgando con su tono de voz ni la manera en que entrecerró los ojos para examinar a Signa. Luego, se dirigió a Muerte: *Por mucho que intente evitar pensar en lo que vendrá después, parece que sigo descubriéndome volviendo a ti.*

Muerte le extendió la mano al duque.

—Eso es algo bueno. Significa que estás listo para unirte a mí y abandonar este lugar.

El duque no continuó, sino que preguntó: *¿Duele pasar al otro lado?*

La sonrisa amable de Muerte era algo precioso de ver.

—Ni lo más mínimo.

A Signa se le ablandó el corazón al oírlo hablar con tanto cariño, y se alegraba de que todos aquellos años no lo hubieran hecho ser más duro. El duque relajó la tensión que tenía en los puños y extendió la mano hacia la de Muerte, pero la retiró un momento antes de que se tocaran.

Mi hijo tendrá que relevarme de mis tareas, dijo lord Wakefield con unas palabras que salieron atropelladas. *No estoy seguro de haberlo preparado.*

De nuevo, Muerte extendió la mano.

—Has hecho el trabajo que se suponía que tenías que hacer. A tu hijo le irá bien.

Las tareas son exigentes, argumentó. *Tal vez deba quedarme y vigilarlo. No descansará hasta que encuentren a quien me asesinó.*

—Lo sé —le dijo Signa. Dado que el último espíritu que había tenido cerca la había poseído, luchó contra todo su instinto, que le decía que saliera corriendo cuando lord Wakefield dirigió su atención hacia ella. Aunque no conocía bien a Everett, había visto la cara que puso al sostener a su padre—. Estoy segura de que tiene razón sobre Everett, y tengo la intención de ayudarlo a encontrar a quien lo asesinara, señor. —Quisiera Signa o no, Destino se había asegurado de que aquella fuera una tarea con la que tuviera que lidiar.

Al duque le tomó un momento inclinar la cabeza, sin excusas. Su mirada cayó sobre la mano de Muerte. Y en aquella ocasión, la tomó.

Cuídalo. Al duque se le resquebrajó la voz cuando las sombras de Muerte se posaron a su alrededor. Pero antes de que se marcharan, Muerte lanzó a Signa una última mirada.

No sé cuándo ni cómo, le dijo en poco más que un susurro en su mente, *pero pronto encontraré la manera de volver a ti.*

Signa forzó una sonrisa, deseando poder aceptar fácilmente aquellas palabras. La duda y la soledad se suponía que eran cosas del pasado. Aun así, mientras las sombras consumían a Muerte y al duque por completo, se dio cuenta de que tal vez aquello fuera solo el principio.

Mientras recuperaba el aire en los pulmones, Signa se ajustó las faldas y se puso los guantes. En cuanto empezó a dirigirse hacia las puertas, sin embargo, el latido que había recuperado en su corazón falló. Tropezó y se agarró al borde de una mesa de té para poder mantenerse en pie.

Aquella no era, ni mucho menos, la primera vez que Signa tentaba a la muerte, pero... Había algo diferente. Aquella vez, Signa se ahogó cuando recuperó el aliento y tosió en los guantes cuando le sobrevino un ataque de tos. Clavó las uñas en la madera, sentía como si se hubiera tragado trozos de cristal que estuvieran intentando rebanarla por dentro.

Pasaron minutos hasta que pudo recuperar el aliento. Y cuando se retiró las manos de la boca, jadeando y temblando, los guantes blancos de Signa relucían de un color carmesí por la sangre.

Tres

Blythe

El cielo estaba claro por la inminente llegada del amanecer, y Blythe seguía sin saber nada sobre cómo estaban su padre y su tío. Iba de un lado para otro en su sala de estar, atravesando una alfombra persa gruesa que no podía evitar pisotear con un vigor extra, ya que su belleza era evidente que desentonaba en una noche tan severa como aquella.

Blythe aún no se había cambiado el vestido, que brillaba a su paso detrás de ella. Qué feliz se había sentido al ponérselo, teniendo por fin una ocasión para ponerse algo lujoso. En aquel momento tenía el ceño fruncido y se entrelazaba entre sus piernas con cada giro y vuelta que daba.

No dejaba de esperar el sonido del pomo. Que Warwick o Signa o alguien llegara con noticias de que su padre había vuelto y de que todo había sido un malentendido. Tal vez no fuera cianuro, sino un ataque al corazón llegado en un momento del todo inoportuno. No podía hacer más que rezar y esperar, porque, de todos los lugares en los que un hombre pudiera caer muerto, ¿por qué diablos tenía que ser en Thorn Grove? ¿Y por qué tenía que ser aquel hombre un duque? Blythe acababa de empezar a sentirse lo bastante bien como para aventurarse de nuevo en la sociedad, y ya estaba exhausta de las miradas y los chismes que había alrededor de su hogar y su familia. Tenía la mente inundada con los recuerdos de los rostros extrañados que habían visto caerse a lord Wakefield, los rostros que habían dirigido su atención a su padre como el causante.

Blythe cerró las manos en puños. Nada le gustaría más que meterles calcetines en las bocas a todos aquellos que estaban ahí para que se dejaran de aquellos cuchicheos tan ridículos. Sí, su familia había sufrido grandes tragedias últimamente. Y sí, suponía que Thorn Grove era un poco extraño, con su decoración rara y lo lúgubre que era en general, pero no había nada de sobrenatural en aquello.

Al menos... eso era lo que ella esperaba. Poco a poco, sin embargo, Blythe tuvo que admitir que un atisbo de duda había empezado a llenar las grietas más oscuras de su mente con ideas alocadas e imposibles. Ideas vagas de que quizás hubiera algo más en aquella situación de lo que podía verse en la superficie, ya que últimamente había habido demasiadas ocasiones en las que se había despertado a la hora de las brujas con el recuerdo la muerte tocando a la puerta.

No recordaba gran cosa de aquellos momentos febriles unos meses atrás, cuando sintió como si hubieran echado un velo por encima de la realidad y se distanciara de la vida real. Pero sus sueños no tenían el mismo haz sobre aquellos recuerdos. En ellos se acordaba de que su padre le había sostenido el pelo cuando echaba lo poco que le quedaba en el estómago y de que había culpado a la institutriz, Marjorie; también se acordaba de que Signa había estado hablando con alguien, con una figura sin rostro y sin forma que nadie más parecía poder ver.

En sus sueños, Blythe recordaba algo extraño revolviéndose en su interior, algo ligero y cálido que pulsaba cada vez que se suponía que tenía que morir. Lo había sentido unos días antes de que llegara Signa, y de nuevo en la noche en que Percy había desaparecido de Thorn Grove. También en ese momento sentía algo que se le retorcía en medio del pecho, una tensión ardiente que cada vez apretaba más y más hasta que sintió que apenas podía respirar. En ocasiones era agradable, como un grato recuerdo de todo lo que había superado. Otras veces, como entonces en la sala de estar, aquello ardía en su interior y le resultaba imposible sosegarse.

Pensar en la persona que había acusado a su padre lo único que hacía era empeorarlo. Blythe jamás había visto a aquel hombre de piel bronceada y con unos ojos tan cegadores como el sol, aunque suponía que no quería decir gran cosa, teniendo en cuenta que llevaba casi un año entero enferma y que últimamente no tenía la menor idea de quiénes eran muchas de las personas.

Aquel hombre tenía la apariencia y arrogancia de un noble, pero ya fuera un príncipe, un duque o el mismo Dios bajado de los cielos para aniquilarlos a todos, fue un necio al ir a su hogar y acusar a su padre. Hasta donde Blythe sabía, él podría haber sido el asesino, y la joven tenía la intención de hacérselo saber a cualquiera que quisiera escuchar.

Cuando el sol hubo salido oficialmente, Blythe se obligó a intentar acomodarse, y fue revoloteando de la mesa a la cama y de nuevo a la sala de estar, buscando un asiento en el que pudiera hacerlo. Como antes había rechazado la ayuda de su sirvienta, a Blythe no le quedó otra que tirar de cualquier parte del corsé que estuviera a su alcance para aflojárselo y respirar. Al final terminó dejándose caer en una butaca y poniendo los pies sobre la mesa que tenía en frente. Sentía que se había pasado horas contemplando el techo con la mente en blanco, y se puso en pie prácticamente de un salto cuando hubo un golpe en la puerta. Estaba segura de que tenía el pelo hecho un desastre y de que el poco rubor que se había puesto en los labios y en el rostro se le había corrido. Aun así, no hizo ningún esfuerzo por estar presentable, porque solo importaba una cosa.

—¿Padre? —Intentó esconder la gran decepción que se llevó cuando resultó ser Elaine Bartley, su doncella, quien estaba en el umbral.

—Aún no sabemos nada de él, señorita. —Elaine se abrió paso hacia la sala de estar y observó el estado de Blythe con el ceño fruncido.

Aunque Blythe hubiera preferido noticias antes que cualquier otra cosa, no pudo esconder su deseo cuando vio la bandeja de té y pastitas que Elaine dejó sobre la mesa.

—Pensé que quizá seguiría estando despierta. La señorita Farrow también lo está. Y el señor Warwick. El desayuno estará listo en dos horas, pero he pensado que quizá tendría hambre, ya que dudo que haya dormido algo.

Blythe tenía un hambre voraz, pero antes de poder servirse una taza de té, Elaine añadió:

—¿Y si le ponemos algo más cómodo? No creo que un vestido de gala sea lo ideal, ni para dormir ni para comer.

A pesar de que la luz del día se colara por detrás de las cortinas, Elaine escogió un camisón y ayudó a ponérselo a Blythe. Entonces, estando tan cerca de ella, Blythe vio lo rojos y saltones que tenía los ojos la mujer. Elaine se puso la mano sobre la frente, tenía aspecto de no poder mantenerse en pie.

—¿Estás enferma? —preguntó Blythe, aguantando un poco la respiración por si acaso. Acababa de recuperarse, por lo que lo último que quería era contraer una enfermedad que frenara su progreso.

A Elaine se le pusieron las mejillas coloradas.

—Sí y no, señorita, aunque supongo que no es más que la artemisa. El polen se lleva lo mejor de mí cada año.

Elaine dio un paso atrás para que Blythe pudiera alisarse el camisón. Era mucho más cómodo que el atuendo que llevaba antes, tan ligero como el aire. Se miró en un espejo de pie para ver el terrible estado en el que se encontraba, pero fue el reflejo de Elaine lo que le llamó la atención.

Un terror frío la atravesó y se apoderó de Blythe al observar un reflejo con unas ojeras moradas y un cuerpo esquelético marchitándose. La Elaine que había en el espejo no era más que un saco de huesos, y a Blythe se le puso un nudo en la garganta al querer soltar un grito y no poder.

Blythe no podía dejar de temblar. Tampoco pudo apartar la mirada cuando el rostro demacrado de Elaine se giró hacia ella, con todos los huesos faciales y el contorno de cada diente visibles a través de su piel, tan fina como el papel, y le preguntó:

—¿Te has resfriado?

Su voz parecía el arañazo de las ramas contra una ventana. Era tan áspera que sobre Blythe cayó el conocido peso de la enfermedad y se apoderó de ella. Quizá se hubiera quedado dormida y aquello fuera un sueño. Porque ¿había algo más que explicara las volutas de sombras colándose en la piel de Elaine y expandiéndose como una plaga?

Blythe apartó la mirada respirando con tanta dificultad que la sirvienta le tomó de las manos para que se calmara. Cada centímetro de su cuerpo se quedó frío.

—¿Señorita? —susurró Elaine—. Señorita Hawthorne, ¿se encuentra bien?

En aquella ocasión Blythe sí que chilló, y con el corazón en la garganta se alejó del roce esquelético de aquella mujer. Pero... no había nada de esquelético. La Elaine que estaba frente a ella era la que Blythe siempre había conocido. Incluso cuando Blythe volvió a mirar a la sirvienta al espejo, la Elaine reflejada estaba entera y —aparte de por los ojos enrojecidos y vidriosos— parecía gozar de buena salud.

Blythe tragó saliva. Si no estaba soñando, entonces tal vez estaba delirando por la falta de sueño. Apartó la mirada de Elaine en un intento por apaciguar su estómago antes de vomitar en el suelo y darle a la sirvienta una razón para quedarse en la habitación ni que fuera un segundo más.

—Te iría bien que te tomaras un descanso —dijo Blythe con la voz temblando a cada palabra forzada mientras intentaba deshacerse de lo raro que acababa de presenciar—. Tómate el día libre.

La última vez que Blythe había tenido alucinaciones... No. No podían estar envenenándola otra vez. Se negaba incluso a considerarlo.

—Muy amable por su parte, pero ni se me ocurriría —dijo Elaine—. ¿Qué clase de persona sería si las dejara a usted y a su prima ahora?

Blythe se sentó y Elaine se agazapó para ayudarla a quitarse los guantes blancos y largos. A Blythe le tomó todo lo que había en ella para no estremecerse cuando Elaine le rozó la piel desnuda con los dedos.

Qué fríos. Los dedos de Elaine estaban muy muy fríos.

La sirvienta, por suerte, se apresuró en la tarea y enseguida se puso en pie.

—De todos modos, no me gusta mucho no hacer nada. Sobre todo, en estos días.

Elaine pronunció aquellas últimas palabras de una manera tan inquietante que Blythe entendió enseguida que se estaba refiriendo a todo lo que había ocurrido últimamente en Thorn Grove, a los rumores sobre que había espíritus o fantasmas o como quisieran llamarlos, y a la extraña cadena de asesinatos.

Pero... después de lo que acababa de ver en el espejo, Blythe no estaba segura de llamarlos rumores. Volvió a mirar a Elaine, con los ojos entrecerrados. Ya no podía ver ninguna palidez enfermiza ni atisbos de que estuviera expandiéndose algo en ella. Su voz también había vuelto a la normalidad. Era como si Blythe se hubiera imaginado todo aquello.

—Gracias por tu ayuda —dijo Blythe en un tono de desprecio agudo. Se dio la vuelta y empezó a darse golpecitos sobre la cadera solo para tener algo más en lo que centrarse. Desde luego, su mente estaba jugando con ella. Había tomado champán en la fiesta, y el día había sido largo y extenuante. Tenía que ser aquello—. Te veré en el desayuno.

Elaine hizo una reverencia antes de marcharse, y en cuanto la puerta se cerró tras ella, una honda fatiga se asentó en los huesos de Blythe.

Tal vez la fiesta hubiera sido demasiado para haber pasado tan poco tiempo desde su enfermedad. No podía irse a la cama, así que en vez de eso fue a por el té y un bollo de frambuesa, demasiado dulce para su gusto, y se lo metió en la boca. Mientras masticaba, esperaba que para cuando llegara el momento del desayuno, su padre estuviera de vuelta en Thorn Grove, todo estuviera bien, y el desafortunado día fuera para siempre una cosa del pasado.

Cuatro

Signa no tenía ni idea de cuánta gente quedaba en Thorn Grove. Elijah había despachado a la mayoría del personal después de la enfermedad de Blythe, y solo se quedaron las personas en quienes más confiaba él y las que respaldaron las muchachas personalmente, como Elaine. Por supuesto, habían contratado a unas cuantas personas más, ya que seguían necesitando ayuda para atender a los caballos y para limpiar la enorme mansión. Pero mientras Signa caminaba por los tristes pasillos durante aquellas horas grises de la mañana, pasando por delante de retratos amenazadores de miembros de la familia Hawthorne que hacía mucho que habían fallecido, no pudo evitar pensar que la casa daba una sensación escalofriante y similar a la de un cementerio, con tantos recuerdos de sus antiguos residentes inmiscuidos en las paredes y ni una sola alma viviente a la vista. Después de la muerte de lord Wakefield, a Signa no le habría sorprendido que el personal hubiera hecho las maletas y se hubiera marchado a buscar trabajo en cualquier otro sitio.

Había, al menos, algo positivo: cualquiera que fuera el malestar al que Signa había sucumbido la noche anterior parecía haber pasado con rapidez. Enterraría sus guantes ensangrentados en el jardín y se lo sacaría de la mente. Al fin y al cabo, ella no podía morir, y últimamente había estado bajo un estrés inconmensurable. Tal vez fuera una indisposición pasajera. Tal vez fuera veneno. O tal vez fuera algo que requeriría darle más vueltas de las que estaba preparada para dar.

Mientras Signa bajaba por las escaleras hacia el desayuno, sintió alivio al ver que le habían preparado la mesa, lo que quería decir que, en efecto, aún había alguien más en la casa. Tal vez alertado por el ruido de la silla arrastrándose contra la madera para ir a sentarse, Warwick salió de la cocina con las gafas en la parte baja del puente de la nariz. Detrás había unos ojos atormentados e inyectados en sangre. Signa estaba segura de que la única razón por la que ella no tenía los ojos como él era porque, para ella, nada de lo ocurrido recientemente le parecía nuevo o sorprendente. Quizá no hubiera anticipado la llegada de Destino, pero debería haber sabido que su vida nunca iba a ser fácil. Tal vez debería cambiar su manera de pensar y anticipar siempre lo peor. De esa manera, se llevaría una agradable sorpresa si no ocurría nada horrible.

—Buenos días, señorita Farrow. —Como las palabras salieron como un gruñido, Warwick carraspeó y lo volvió a intentar—. ¿Le sirvo el desayuno?

Signa echó un vistazo a las sillas vacías, intranquila por el silencio inquietante.

—¿Por qué no comes conmigo, Warwick? —preguntó la joven a pesar de que sabía que habría más de un centenar de normas sociales tontas sobre lo inapropiado que era una sugerencia como aquella—. ¿Sabes algo de Byron o de Elijah?

El bigote negro y tupido sobre el labio superior de Warwick se puso tieso, y Signa supuso que debajo estaría haciendo una mueca. No dio ninguna respuesta verbal a su petición, sino que se quedó de pie.

—Me temo que aún no.

Signa se llevó una mano a la tripa, sentía nervios en el estómago. Si la visita del guardia estaba llevando tanto tiempo, nada bueno podía salir de ahí.

—¿Y sobre la señorita Hawthorne? ¿Cómo le va?

Warwick abrió la boca para hablar, pero una voz femenina que provenía de detrás intervino:

—Sin duda, ha tenido días mejores.

Blythe no hizo sino arrastrarse hacia el comedor, con un aspecto peor que el de cualquiera de los dos. No le habían cepillado el cabello rubio platino, y seguía teniendo las marcas de las horquillas con las que le habían sujetado las ondas. Tenía la cabeza plagada de pelillos y mechones enmarañados que le caían por los hombros huesudos. Tenía restos de polvo acumulados en las líneas de expresión y de carmín en los labios. Como había hecho su padre tantas veces antes, Blythe solo llevaba pantuflas de terciopelo verde y un albornoz por encima de un camisón suelto de color marfil. Aunque Warwick se había sobresaltado ante su apariencia, Signa no dudó en abrazar a su prima: necesitaba el consuelo de ver que a Blythe no le había pasado nada más de lo que pensaba. Blythe le apretujó la espalda una vez y luego se sentó al lado de Signa y agarró el periódico que había frente a ellas.

Lo abrió de par en par y hojeó las páginas con rapidez hasta que, respirando con alivio, dijo:

—No parece haber ninguna mención a la muerte de lord Wakefield.

—Puede que Everett los haya comprado —dijo Signa sin estar segura de si debería sentir alivio o preocupación—. Supongo que, de otro modo, una noticia así saldría en los titulares.

—Ahora tendrán que anunciar a Everett como el nuevo duque, ¿no? —preguntó Blythe sin dejar de leer.

—Eso creo.

Blythe cerró el periódico y lo dejó de lado, y entonces se dirigió a Warwick:

—¿El desayuno ofrecido es también para mí?

Warwick se empujó las gafas para rectificar rápidamente. Signa supuso que debía estar acostumbrado a aquellas extrañezas, dado que había trabajado directamente con Elijah. No obstante, parecía ser la primera vez que veía a Blythe reflejar las acciones de su padre. Tal vez aquellos gestos no fueran los más alentadores en cuanto al estado de ánimo de la joven, pero Signa seguía admirando la absoluta falta de preocupación de su prima por las expectativas sociales. Incluso la envidiaba, teniendo en cuenta que ella misma se había levantado temprano para vestirse para el día. Dado todo lo que había ocurrido la noche anterior, hacer algo así parecía ridículo.

Warwick desapareció, pero volvió unos minutos después para servirles unos platos con gachas, lonchas de jamón, bollos, arenques ahumados, huevos y tostadas. Elaine estaba a su lado, con las mejillas sonrosadas y canturreando mientras servía las tazas de té y dejaba la tetera sobre la mesa.

Blythe agarró una taza de té sin azúcar sin alejar la mirada intensa como el invierno de la sirvienta, que salió de la habitación revoloteando después de hacer una pequeña reverencia.

—¿A ti te parece que Elaine esté enferma? —preguntó Blythe inclinándose, con un susurro de conspiración—. ¿Te parece que tenga fiebre? ¿Flemas?

Por muy rara que fuera la pregunta, Signa contestó con una simple respuesta:

—No lo creo, aunque no recuerdo haberla oído canturrear antes.

—¡A eso me refiero! —Blythe se llevó la taza humeante hacia los labios—. Hoy, entre todos los días.

Dada la relación que tenía con las personas fallecidas, Signa no podía culpar la manera en que la gente lloraba o lidiaba con los problemas en momentos delicados. Aun así, Elaine siempre había pecado del lado de lo apropiado, y un comportamiento así era, desde luego, raro.

—Es todo muy extraño. No entiendo por qué está tardando tanto el guardia.

—Yo no entiendo nada. —Blythe levantó los pies para sentarse con las piernas cruzadas en la silla y se giró hacia Signa por completo—. ¿Qué podría hacerles creer que mi padre quería matar al duque? Lo que más quería era quitarse lo del Grey de encima.

Todo aquello era cierto, y aunque Signa no tenía el menor deseo de ser quien le diera la noticia a su prima, sintió que era su obligación decir con un tono pesaroso:

—Pero fue él quien le ofreció la bebida a lord Wakefield. —Entonces, antes de que Blythe pudiera arrancarle la cabeza del cuello, Signa la agarró por la mano y se apresuró a añadir—: Yo sé que eso no lo convierte en un asesino, pero al guardia le da un motivo para sospechar.

—¿Y qué pasa con el hombre de ayer? —Blythe le dio un buen bocado a la tostada—. El que acusó a mi padre. ¿Lo habías visto antes?

Ahí estaba otra vez aquella pregunta. La misma que le había hecho Destino la noche anterior.

—No.

Signa echó una montaña de mantequilla sobre el bollo de limón e intentó ignorar la amargura que tenía enconada en su interior. Aunque lo que dijo fuera cierto, no podía evitar sentir que estaba mintiendo. Había llegado a ver a Blythe como a una hermana, y día tras día, empezaba a hacérsele imposible ignorar la necesidad de compartir con ella lo que era y todo de lo que era capaz. Pero ¿cómo se le decía a alguien que no tenía ninguna experiencia con lo paranormal que Muerte no solo era un ser consciente y que había ayudado a Signa a cazar al asesino de Blythe —que resultó ser su hermano, al que aún creía con vida—, sino que, además, el hombre responsable de acusar a su padre era el hermano de Muerte, Destino?

Por si aquello no fuera lo bastante enrevesado, también estaba el hecho de que Signa y Muerte eran íntimos, y que ella tenía los poderes de una parca. Sería demasiado para que alguien lo asimilara, sin duda, y era una conversación que Signa no estaba convencida de que pudiera siquiera abarcar.

Y así, en vez de decir nada más, llenó su plato con jamón y huevos y esparció más mantequilla sobre otro bollo de limón. Cuando todo se fuera al infierno, al menos podría contar con los bollos.

—Quien quiera que sea, desde luego tiene coraje —presionó Blythe, que sorbía el té con una ferocidad que Signa no había creído posible—. O puede que tenga un motivo oculto. Voy a encontrarlo y ver de qué se trata.

La mera idea de aquello tenía a Signa tan distraída que se quemó la lengua con el té, porque se había olvidado de soplar.

—No olvides que eres una Hawthorne —dijo con cuidado, echando una tercera cucharada de azúcar—. Tu familia está destinada a tener enemigos, ya sea por celos o rencor. Puede que tu padre rechazara la entrada de alguien al club. Puede que no tenga nada que ver con Elijah en absoluto, sino con lord Wakefield. Si alguien quiere el título, Everett podría ser la siguiente víctima. No podemos zambullirnos en esta situación sin pensarlo bien.

Blythe se recostó en la silla y clavó el tenedor en un trozo de jamón.

—Entonces, ¿qué propones que hagamos? No esperarán que me quede aquí sentada de brazos cruzados.

Signa detestaba que una pregunta como aquella le provocara un cosquilleo y que una pequeña parte de sí misma se sintiera con vida. Descubrir al asesino de Blythe no era algo que deseara volver a vivir, pero no dudaría en hacerlo por la familia Hawthorne. Aun así, le inquietó lo rápido que su mente se aferró a la idea de un nuevo rompecabezas cuando lo tuvo frente a ella. Ya estaba intentando ordenar las piezas sueltas.

—Creo que, por ahora, vamos a esperar y ver qué ocurre con Elijah.

No era la respuesta que quería Blythe, pero una pequeña parte de ella debió darse cuenta de que era la mejor opción que tenían.

—Debo advertirte que tengo una paciencia limitada, prima —dijo Blythe.

—Y yo debo advertirte a ti que, si fueras a salir al mundo ahora mismo, con ese aspecto y comportándote de manera tan grosera, lo único que conseguirías sería continuar con la creencia de que pasa algo raro con la familia Hawthorne.

Signa sonrió cuando Blythe le lanzó una mirada cortante, pero la guasa no duró mucho, porque oyeron un fuerte golpe retumbar detrás de las puertas del comedor. El sonido era tan familiar que Signa y Blythe se miraron antes de ponerse en pie de un salto al tiempo que se abrían las puertas dobles y entró Byron Hawthorne.

Tenía los hombros caídos, las mejillas chupadas y el cuello ensombrecido por una barba incipiente. Signa miró detrás de él, hacia donde estaba Warwick solo, y se aferró al respaldo de la silla para apoyarse.

Blythe vio a Warwick al mismo tiempo, y la sonrisa se desvaneció de su rostro.

—¿Dónde está mi padre?

—Hice todo cuanto pude —Byron agarró el bastón con fuerza y miró a su sobrina a los ojos—. Lo siento, Blythe, pero me temo que a Elijah lo han detenido por el asesinato de lord Wakefield.

Cinco

Por muy familiarizada que estuviera Signa con Muerte, había conocido a muy pocos asesinos a lo largo de su vida. Estaba Percy, por supuesto, y suponía que ella misma, aunque intentaba no quedarse con eso. Aun así, no necesitaba más experiencia para saber que Elijah Hawthorne no era ningún asesino.

—¿Qué posible motivo creen que pudo tener? —preguntó Signa al tiempo que las piezas del rompecabezas se esparcían por su mente—. ¡Él quería cerrar lo del Grey!

—Lord Wakefield ya había hecho un pago considerable para asegurar su futuro en el negocio. —Byron parecía como si hubiera envejecido veinte años de la noche a la mañana mientras se quitaba los guantes y los tiraba sobre la mesa—. Su teoría es que el Grey estaba al borde de la ruina debido a la dejadez de Elijah y que él necesitaba el dinero, pero no quería renunciar a la propiedad total.

Le sudaba la frente, y Warwick se apresuró a darle un vaso de agua y un taburete cuando Byron se sentó para acomodar su rodilla mala.

—¡Eso es absurdo! —Por muy blanca que fuera, Blythe tenía el rostro y el cuello enrojecidos por la rabia.

Byron asintió mirando hacia ella, y luego echó un segundo vistazo cuando se dio cuenta del estado en el que se encontraba el vestido de su sobrina.

—Por el amor de Dios, ¿qué llevas...? Da igual. Sea cual sea la verdad, fue Elijah quien le dio la bebida a lord Wakefield. El muy tonto lo admitió.

El resoplido indignado de Blythe fue suficiente para sugerir que creía que su padre era un estúpido por admitir tal cosa. Signa estuvo de acuerdo, sobre todo, dadas las circunstancias. Sabía por experiencia lo horrible que era que la gente creyera que eras el motivo de la muerte de alguien, pero ¿que la gente creyera que habías matado a un duque? Pronto estaría en todos los periódicos del país, y arruinaría la reputación de la familia Hawthorne y la del Grey.

—Si estaba intentando salvar al Grey de la ruina —dijo Signa—, ¿por qué iba a matar al duque y manchar su reputación? ¿Qué lógica tiene?

Byron entrecerró los ojos y Signa intentó no mostrar lo ofendida que se sentía ante su sorpresa. Byron era, de lejos, el miembro más tradicional de la familia Hawthorne. En los meses que había pasado en Thorn Grove, Signa se había enterado de que cuando Elijah tomó las riendas del negocio familiar, Byron se sintió tan celoso que, en vez de trabajar codo a codo con él, se fue a hacer el servicio militar para esfumarse. Según Elijah, Byron ascendió a algún alto rango, pero luego tuvo una lesión y lo mandaron a casa con una rodilla mala. No le quedó otra opción que tomar parte en el negocio familiar poco después, pero el entrenamiento militar lo había vuelto más rígido que nunca.

Byron funcionaba bajo la premisa de que había un orden correcto para todas las cosas: que las mujeres ocupaban un lugar y los hombres otro. Por eso Signa se sintió sorprendida de que Byron estuviera manteniendo aquella conversación. Tal vez, después de todo, los últimos meses habían tenido una influencia positiva en él.

—Tienes razón. —Byron dejó el vaso de agua—. No tiene ninguna lógica. Por desgracia, después del último año, nadie espera que Elijah piense de manera razonable.

—Ya no bebe —argumentó Blythe—. Ni un poquito.

La piel fina alrededor de los ojos de Byron se arrugó con una disculpa sincera.

—Una vez que te ganas una reputación, es difícil cambiar la manera en que te perciben los demás. Me temo que tu padre se va a enfrentar a una larga y ardua cuesta arriba.

—Pero tú le crees—insistió Blythe—, ¿no?

A Signa le dio un vuelco el estómago cuando Byron apartó la mirada. Se alegró de que Blythe no pudiera ver las sombras que oscurecieron su expresión.

—Eso no lo tengo que decidir yo —dijo él.

Signa pensó en todas las personas que se habían presentado en la fiesta la noche anterior. Pensó en sus sonrisas impostadas y sus palabras bonitas, felicitando a Elijah en un momento solo para condenarlo al siguiente; en lo rápido que todo el mundo se había puesto en su contra, en lo rápido en que se pondrían en contra de cualquiera. Durante muchos años, Signa había estado dispuesta a pelear con uñas y dientes por un lugar en la sociedad, y se odiaba por ello. Odiaba lo mucho que había intentado amoldarse y transformarse en algo peor que cualquier veneno que hubiera probado.

—Seguro que mi padre tomó la bebida de las manos del verdadero asesino —sugirió Blythe.

El asiento de Byron hizo un suave crujido cuando se recostó, cerró los ojos y empezó a masajearse las sienes.

—Él asegura que la tomó de una bandeja y no recuerda quién la estaba sirviendo.

Signa fue a tomar un sorbo de té, pero se encontró con que ya se lo había bebido. Había tenido la mente demasiado ocupada procesando la nueva información para darse cuenta, ya que no le encontraba demasiado sentido. Nadie más en la fiesta había caído enfermo, así que ¿cómo era posible que alguien hubiera conseguido envenenar una sola bebida de una bandeja y asegurarse de que acabara en el blanco correcto? A no ser que, tal vez...

—¿Creéis posible que lord Wakefield no fuera el verdadero objetivo? —preguntó Signa pensando en Percy y en que el té que había envenenado iba dirigido, en realidad, a su madre biológica, Marjorie.

Blythe se puso rígida.

—¿Crees que el veneno era para mi padre?

—Es una posibilidad. —Signa tamborileó los dedos sobre la mesa mientras le daba vueltas a la idea—. Podría haber sido para cualquiera, en realidad. Si de verdad iba dirigido a Elijah, la persona que está detrás de esto no sabía que él ya no bebe.

—Podemos pasarnos el día haciendo teorías. —Byron parecía a punto de quedarse dormido en el asiento si se lo permitieran—. Lo único que importa ahora mismo es que las autoridades creen que Elijah es el asesino. Y si no encuentran a un culpable más obvio para cuando llegue el juicio...

No necesitó terminar la frase. Aquella verdad ya pesaba sobre ellos. El castigo por el asesinato era la ejecución. Si no encontraban al culpable, a Elijah lo colgarían.

Blythe no había tomado ni un bocado de comida desde que Byron entró, pero seguía agarrando el tenedor con tanta fuerza que los nudillos se le habían quedado blancos.

—No podemos dejar esto en manos del guardia —dijo Signa. Con Destino involucrado, aquella opción solo podría acabar en derrota. Sin embargo, no podía decir aquello en voz alta, y Byron aún no había cambiado lo suficiente como para detenerse a la hora de lanzar una mirada incrédula a Signa.

—Sé que hay algo extraño en ti, señorita Farrow —empezó, no sin amabilidad. O, por lo menos, no para ser él—. Sé que con esta cosa extraña ya has ayudado a mi familia en una ocasión. Pero tú no eres ninguna Hawthorne, y ninguna jovencita debería involucrarse en una cosa como esta. Nadie te echaría la culpa si volvieras a Foxglove más temprano.

Signa no se había dado cuenta de que sentiría aquellas palabras como un porrazo hasta que se las lanzaron. A su lado, Blythe lanzó el tenedor sobre la mesa con un estruendo.

—¿A Foxglove? —preguntó—. ¿Por qué iba a irse ahí?

—Porque ese es su hogar, Blythe. Siendo honesto, lo último que necesitamos es dar más motivos para que examinen con lupa a nuestra familia, y Signa es un foco de atención desfavorable.

Signa no tuvo tiempo de formarse una opinión, porque Blythe se irguió en el asiento y dijo, echando humo:

—¿Qué imagen crees que daríamos si se marchara ahora? ¡La gente pensaría que la hemos asustado!

Por mucho que Signa pudiera oír y dar cuenta de la discusión que había a su alrededor, apenas podía prestarle atención. El corazón se le había escapado desde el pecho hasta la garganta, y le aporreaba con tanta fuerza que estaba preocupada por si iba a caer enferma.

Foxglove.

Aquella casa llevaba meses amenazándola. Cuando cumplió los veinte años y heredó la fortuna de sus padres, Elijah le había ofrecido toda la ayuda que necesitara para conseguir que prepararan el lugar para su llegada. Le había dado recomendaciones, información de contacto de un periódico que pondría anuncios buscando personal y hasta se había ofrecido a comprarle el billete del tren. Pero al final, cuando los libros de contabilidad con sus notas y consejos empezaron a acumular polvo en su sala de estar, Elijah dejó de hablar de Foxglove por completo. Hacía mucho tiempo le había dicho a Signa que se podía quedar en Thron Grove tanto tiempo como quisiera, y parecía que lo había dicho en serio.

Signa sabía que, al final, se esperaba de ella que se marchara, pero la idea de volver a Foxglove parecía como entrar a un pasado que Signa había abandonado hacía mucho tiempo. Ahí, en Thorn Grove, por fin tenía una familia. Y cuando Blythe deslizó la mano en la de Signa por debajo de la mesa y la apretó con fuerza, todo en cuanto Signa pudo pensar fue en lo mucho que quería mantener aquella familia cerca.

—No se va a marchar —decidió Blythe, resuelta, bajo la mirada severa de Byron.

Ambas muchachas ignoraron la manera en que el hombre se apretó el puente de la nariz.

—Si se queda, tendrá que ayudarnos. —Con la mirada seria, se dirigió a Signa y buscó algo en su rostro. Frunció el ceño, no pareció gustarle lo que vio—. ¿Podrás hacerlo, señorita Farrow?

A Signa le costó trabajo encontrar su voz cuando preguntó:

—¿Qué tendría que hacer?

—Tú y Blythe haréis lo que todas las mujeres de vuestra edad se supone que tienen que hacer. —A Signa se le erizó la piel al oír aquellas palabras. Aun así, cuando Byron se inclinó hacia ella, Signa también lo hizo—. Centraos en cuidar el nombre de esta familia. O, por lo menos, en mantener nuestra reputación. Sabe Dios que a Elijah le vendría bien esta ayuda.

Si te vas a quedar, no podemos tenerte aquí dentro enfurruñada. Tienes que salir, mostrar que confías en la inocencia de esta familia. Si la gente creyera que nos hemos escondido por miedo, solo alimentaría las llamas.

Para su sorpresa, Signa no tuvo nada que rebatir. Al entrar en aquella sala, había pensado en lo estúpido que le parecía desayunar y seguir adelante fingiendo que todo era normal. Pero, tal vez, poner buena cara y mantener la pantomima de que todo iba bien apaciguaría los rumores. Por no mencionar que, si aquello significaba quedarse en Thorn Grove con Blythe y Elijah, Signa estaba dispuesta a hacer cualquier cosa.

Byron se levantó de la silla, listo para marcharse, cuando las puertas dobles del comedor se abrieron de repente y una sirvienta de cabello negro a la que Signa solo había visto de pasada entró apresurada con una carta sobre una bandeja de plata. Hizo una reverencia —algo a lo que Signa aún se estaba acostumbrando—, y entonces le dio la bandeja a la joven, que echó un vistazo al sobre dorado y notó un gusto ácido.

Supo sin mirar de quién era, ya que el tono mismo se parecía demasiado a los ojos bruñidos de Destino como para que fuera una coincidencia. La curiosidad de Blythe le provocó un escalofrío a Signa cuando tomó el sobre de la bandeja.

—Ábrelo —la presionó Blythe, inclinándose para ver un atisbo de las palabras escritas.

Byron también las estaba observando, y como no había manera de salir de aquello, Signa abrió el sobre de golpe. Dentro no había una carta, sino una invitación escrita con letras doradas.

A la inefable señorita Signa Farrow:

Ya tenía ganas de que Destino ardiera en llamas solo por su ridículo saludo.

Le pedimos que acompañe a Su Alteza el príncipe Aris Dryden de Verena este sábado a las 18:00 en Wisteria Gardens para celebrar un gran baile con el motivo de su llegada a Celadon.

Signa apenas consiguió abstenerse de arrugar la invitación entre las manos. ¡Un príncipe! Qué ridículo era aquel hombre pensando que podría entrar así como así con una fachada tan grande. Tuvo la intención de romper el papel en trozos hasta que Blythe —que leyó la nota por encima de su hombro con los ojos relucientes— le arrancó la invitación de las manos.

—Signa —dijo su prima con una voz entrecortada por el asombro, y Signa se dio cuenta de que cualquiera que fuera el juego al que estaba jugando Destino, ella ya había perdido—. ¡Tenemos que ir! Si podemos impresionar a un príncipe, tal vez pueda ayudarnos a limpiar el nombre de mi padre.

Aquella verdad puso a Signa en un aprieto, porque no podía admitir que sabía que aquel hombre no era ningún príncipe.

—Blythe tiene razón. —Byron arrancó la invitación de las manos de su sobrina. Esa costumbre tan mala debía ser propia de la familia—. Es la oportunidad perfecta. Como mínimo, tienes que ir y demostrarle a todo el mundo lo que confías en esta familia. Puede que no seas una Hawthorne de sangre, pero tal vez eso nos venga bien. Puede que otros estén más dispuestos a creerte.

Signa intentó no arrugar la nariz. Lo haría, por supuesto, aunque lo último que quisiera hacer fuera volver a meterse en las garras de la sociedad en plena temporada. Hizo un esfuerzo por no mirar demasiado cerca ni a Byron ni a Blythe y, en su lugar, mirar las manos que tenía juntas sobre el regazo.

En un susurro tan bajito como la noche, Blythe dijo:

—Mi padre es inocente. Lo sé. Por favor, di que lo ayudarás.

Signa se armó de valor, echó los hombros hacia atrás y reunió todo el coraje que había en su interior. Si tenía que jugar al juego de Destino, que así fuera. Era una parca, una sombra de la noche con un tacto letal. Protegería a su familia. A su hogar. Y cuando hubiera acabado con él, Signa se aseguraría de que Destino lamentara el día en el que la había desafiado.

—Por supuesto que lo haré —prometió Signa, mirando con firmeza a su prima en los ojos—. Iré a la fiesta, enamoraré al príncipe y lo que haga falta. Salvaremos a tu padre, Blythe. De eso estoy segura.

Seis

Signa se retiró pronto a su habitación, con la invitación de Destino bien agarrada en la mano. Si iba a vencer a Destino en su propio juego, entonces necesitaba más información. Signa echó el cerrojo en la puerta pesada de roble detrás de ella y luego sopesó arrastrar la cómoda para bloquear aún más la entrada, pero terminó decidiendo que aquello solo llamaría más la atención. El cerrojo tendría que bastar.

Gundry observaba desde los pies de la cama, y bostezó detrás del dosel que ondeaba mientras Signa apretaba la oreja contra la puerta. Cuando estuvo segura de que no había nadie merodeando por los pasillos, fue a la mesita de noche y abrió el cajón de arriba, del que sacó un pequeño paquete de tela de seda. Se lo llevó al pecho y se dirigió a la cama para extenderlo sobre las sábanas, revelando así un puñado de bayas tan oscuras que casi eran negras.

Belladona.

Detrás de ella, Gundry gruñía desde el fondo de la garganta. El sabueso del infierno llevaba con ella los últimos meses, se lo había mandado Muerte para que le hiciera compañía. La mayor parte del tiempo se pasaba los días vagueando cerca de la chimenea o, cuando el tiempo lo permitía, jugueteando entre las hojas lustrosas del jardín. Signa le había dicho a todo el mundo que era un perro callejero que había recogido durante una caminata por el bosque, y aunque le costó un poco convencerlo, Elijah permitió que se quedara en la casa.

Al conocer a Gundry, nadie diría que fuera un gran protector, pero a veces, cuando Signa lo observaba dar vueltas durante la hora de las brujas, se acordaba de su mandíbula goteando sombras y de cómo la había cerrado alrededor de Percy con una sola orden.

—Shhh —le dijo, dándole un golpecito a la bestia sobre el hocico húmedo—. Puede que me arrepienta, pero necesito tu ayuda.

Cuando Signa estaba en su forma de parca, solo Muerte podía verla u oírla. A lo mejor podía mostrar que andaba cerca con una ráfaga repentina o haciendo que las ventanas se cerraran de golpe en un día cálido, pero si esperaba comunicarse con Elijah, iba a necesitar ayuda.

—Prepárate, Gundry. Nos vamos de aventura.

Gundry dejó las orejas planas. El perro deslizó la mirada de Signa a las bayas con un gemido al que la joven no prestó demasiada atención mientras corría las cortinas para cerrarlas y garabateaba una nota apresurada en un trozo de papel manchado de té. La tinta aún estaba húmeda cuando dobló el papel y extendió la mano hacia adelante para rascar a Gundry debajo de la barbilla y colocar la nota debajo de su collar.

—Estaremos bien —le dijo—. Lo prometo.

No quedaban muchas bayas —quizás unas quince o así— y pasarían varios meses más hasta que la belladona que había cerca de Thorn Grove volviera a estar en flor. Todo lo que le quedaba eran bayas secas y encogidas de la recolecta del último otoño, que seguramente tendrían el mismo sabor a podrido que su aspecto. Aun así, deberían servir. Necesitaría al menos cinco bayas para conseguir los resultados que necesitaba, así que fueron precisamente cinco las bayas que se puso en la palma antes de empaquetar la tela y dejarla de lado.

Signa se sentó en la cama y se puso las bayas sobre la lengua. Estaban crujientes y amargas, lo podridas que estaban le molestaba en la boca. Pero se las tragó igualmente y entrelazó los dedos entre el pelaje suave de Gundry mientras esperaba a que surtiera efecto.

Signa cerró los ojos cuando se le nubló la visión y respiró con lentitud hasta que ya no pudo más. Solo entonces abrió un ojo, cuando la reclamó la belladona y sus poderes de parca se expandieron por sus venas. Recibió aquello como a un amante, abrazando el frío y la oscuridad que se envolvía entre sus dedos.

—Hola —susurró a las sombras que le cubrían las manos.

Gundry seguía tumbado con la barbilla sobre su regazo, aunque había cambiado. Había sombras donde hubo ojos, y más que salían de su hocico como si fueran humo. La última vez que había estado de esa forma, estuvo demasiado oscuro para darse cuenta de que las costillas de Gundry sobresalían de su piel, o de que sus interiores huecos se podían ver a través de un agujero que se abría en su tripa y que se arremolinaba con la oscuridad. Gundry tenía todo el aspecto de una bestia que había salido de las profundidades del infierno, con unos colmillos largos y unas pezuñas enormes que eran dos veces más grandes que su cara. Aun así, seguía siendo el mismo Gundry, lloriqueando y dando golpecitos con su nariz húmeda en la cadera de Signa.

—Estoy bien —dijo ella, saliendo de la cama—. Ven, tenemos que darnos prisa.

Signa sacó unos nervios de acero. En una ocasión, Muerte dijo que sus poderes tenían que ver con la intención: si quería algo, que lo tomara. Mirando de frente a la pared más vacía que había en su habitación, se centró en el rostro de Elijah mientras se imaginaba un portal de sombras que la llevaría a verlo. Desde luego, era posible: Muerte había hecho algo parecido la noche en que la llevó al puente de las almas. Aun así, que algo se pudiera hacer no quería decir que ella supiera cómo hacerlo. Le estaba costando centrarse porque los rayos de sol atravesaban las ventanas. Sus poderes parecían estar fuera de lugar a la luz del día, tal vez incluso prohibidos. Solo bajo el abrigo de la noche podía dejar de pensar en lo raro que era no poder sentir la presión el calor de la primavera contra su piel.

Pero eran ese tipo de pensamientos los que metían a Signa en problemas. No quedaba otra opción que dejar de lado sus dudas y adentrarse en las sombras que se montaron sobre la pared. Por desgracia, Signa se golpeó de cara contra la pared en cuanto lo intentó y retrocedió, maldiciendo aquel condenado espacio como si hubiera extendido el brazo y le hubiera atacado.

El suelo rugió de repente con una risa intensa y seductora. Signa cerró los ojos con fuerza, negándose a darse la vuelta y mirar a Muerte desde donde la esperaba en la cama.

—¿Cuánto tiempo llevas mirándome?

—El suficiente. —Sonó engreído, pero Signa no le concedió ni una mirada para confirmar que también tenía ese aspecto—. ¿Qué te traes entre manos, pajarito?

Signa sentía como si le hubieran golpeado en la pobre nariz con un ladrillo, e intentó deshacerse del dolor frotándosela.

—¿A ti qué te parece? Estoy intentando utilizar estos poderes bestiales.

Cuando se volvió a reír, Signa le echó una mirada furibunda tan feroz que Muerte dejó de sonreír enseguida. Hizo su mayor esfuerzo por parecer discreto, aunque no se podía negar el divertimento que brillaba en sus ojos.

—¿Para qué? —preguntó—. Creí que habíamos acordado que solo utilizarías las bayas en una emergencia.

Signa echó una mirada a su reserva de belladona: quedaban diez bayas. Si quería evitar tener que tomar más, no había tiempo que perder hablando.

—Tu hermano está en una misión exprés para arruinar a mi familia. Si eso no es una emergencia, no sé lo que es.

Una oleada de pánico la sacudió, y Signa se agarró el pecho como si el corazón le fuera a estallar. En un instante, Muerte estuvo tras ella, con las manos sobre sus hombros. Ella se acomodó contra su cuerpo y su corazón se volvió a detener. Él le levantó las manos hacia las suyas.

—Dejo que las cosas me afecten demasiado —dijo ella—. No volverá a ocurrir.

—Tu cuerpo se está aclimatando a la belladona. —Muerte le apartó un mechón de cabello del rostro y se lo puso detrás de la oreja—. No deberías utilizarla.

—Elijah está en la cárcel. —Muerte tenía la mirada tan preocupada que Signa tuvo que dejar los ojos clavados en su pecho—. Hablaremos sobre esto luego.

Entonces aflojó su agarre sobre ella, aunque para ayudarla a mantenerse en aquel estado, no la soltó por completo.

—Muy bien. —Ondeó la mano que tenía libre hacia la pared, donde se arremolinaron sombras fervientes—. ¿Es esto lo que querías?

Signa mantuvo la barbilla alta.

—Sí.

—Fantástico. Me gusta bastante tu cara, y no estoy seguro de que pueda lidiar con otro de tus intentos. —Deslizó la mano desde el hombro hacia abajo para sujetarla, y entonces la empujó hacia las sombras envolventes—. Cuando estés lista.

A sus pies, Gundry soltó un quejido bajo. Signa echó un rápido vistazo al papelito debajo de su collar para asegurarse de que estuviera bien agarrado y luego le dio una suave palmadita en la cabeza y un paso adelante.

Era una sensación familiar dejar que las sombras la llevaran de un sitio a otro, como adentrarse en un lago y salir estando seca. Era extraño y un poco inquietante, pero también más tranquilo de lo que parecía, dado el lugar en el que habían terminado.

Ya no estaban en los aposentos de Signa, sino en una habitación demasiado pequeña y con tan poca luz que, al principio, Signa pensó que se había quedado sin vista. Como era una parca, su visión volvió a la normalidad, y la oscuridad pronto dio paso al contorno de un pequeño catre. Un orinal. Y, por último, un hombre agazapado en el suelo frío de piedra, con las rodillas pegadas al pecho.

Signa empezó acercarse a él antes de que Muerte la agarrara con más fuerza.

—Acuérdate de que ahora eres una parca. Cuidado con lo que tocas.

Signa retrocedió hacia una pared con los brazos bien apretados a su alrededor.

—¿Estamos en la cárcel? —se alegraba de no ser humana en aquel momento, ya que las grietas en el suelo de piedra estaban cubiertas con tanto polvo que temía no ser capaz de respirar. Daba la sensación de que bastaría con dar un solo movimiento en falso para que aquel lugar se desplomara sobre ellos.

—Sí —dijo Muerte con el tono apaciguador que había utilizado con lord Wakefield y otras almas sin descanso, y aunque Signa reconoció su táctica, también la agradeció—. No se permite que haya luz en las celdas. La idea es cegar a los prisioneros, no dejarlos que se vean unos a otros ni a su alrededor para que se sientan completamente solos. He recogido a demasiadas personas de habitaciones como esta misma, que se habían vuelto locos por el aislamiento.

Mientras Signa miraba a Elijah, las palabras de Muerte le llegaron profundo.

—Ve hacia él —susurró Signa, llamando al perro para que fuera a su lado. Gundry la miró una vez y luego agachó la cabeza y dio unos pocos pasos hacia Elijah. Las sombras que se arremolinaban alrededor de sus costillas salientes se escapaban de él con cada paso, deshaciéndose de su piel hasta que su cuerpo se vació y no fue más que un perro común con un suave gimoteo.

Elijah se sobresaltó ante el sonido y giró el rostro hacia él. Tenía la parte izquierda amoratada e inflamada. Las manos y la ropa estaban cubiertas de la suciedad de la habitación, con manchas de un gris hollín. Signa se cubrió la boca al examinar el corte que tenía a lo largo de la ceja, que llegaba hasta el hueso y estaba suplicando una infección.

—¿Quién es? —dijo con la voz resquebrajada, intentando ver en la oscuridad con los ojos entrecerrados—. ¿Hay alguien ahí?

Signa apretó la mano de Muerte para mantenerse en el lugar. Solo pudo ver a Gundry cuando le dio un empujoncito en la pierna a Elijah, quieto y calmado incluso cuando Elijah se alejó.

—¿Gundry? ¿De verdad eres tú?

Gundy apretó el hocico contra la pierna de Elijah, y con un temblor en las manos, el hombre las estiró para acariciar a la bestia. En cuanto entrelazó los dedos en el pelaje de Gundry, a Elijah se le resquebrajó la voz con una risa áspera.

—Creo que estoy delirando.

Acarició el lomo de Gundry de arriba abajo, y se detuvo cuando con los dedos rozó el cacho de papel escondido debajo del collar del perro. Elijah ya se quedó paralizado ante el sonido y echó un vistazo a la puerta antes de agarrar la nota del collar de Gundry.

La sostuvo en alto, aunque no había luz suficiente para leerla, especialmente donde algunas de las letras se habían borrado. Con las manos temblando y la mayor de las lentitudes, Elijah se agachó hacia la puerta de la celda y sostuvo la nota en alto hacia el hueco para la llave que había en la cerradura de hierro, entrecerrando los ojos para leer las letras una a una con apenas un atisbo de luz.

¿Hay un sospechoso?

Le llevó tantísimo tiempo que a Signa le entraron ganas de regresar y darle un encendedor. Pero apenas había tenido la idea cuando la puerta de la celda hizo un ruido. Elijah se metió la nota en la boca y se la tragó cuando la puerta se abrió de par en par y casi lo golpeó. La mirada de Elijah voló enseguida hacia Gundry, pero el perro no estaba por ninguna parte. Ya había vuelto al lado de Muerte y Signa, y estaba escondido en las sombras.

Horrendo era la única manera de describir al hombre que entró en la celda. Tenía un rostro demasiado pequeño para su cuerpo, redondo y grasiento, y tenía una sonrisa falsa y cruel que Signa deseaba arrancarle de sus labios partidos.

Enseguida echó un vistazo a sus nudillos: estaban llenos de rasguños, lo que respondía a la pregunta de qué le había ocurrido a Elijah en la cara.

—Levántate, Hawthorne. Esto no es ningún club de caballeros.

Signa no se había dado cuenta de lo fuerte que la estaba sujetando Muerte hasta que le apretó la mano.

Tranquila, pajarito. Las palabras fueron un zumbido amable en su mente. *Tranquila.*

De no haber sido por la presencia de Muerte, le habría parecido imposible que el hombre agarrara a Elijah por el cuello de la camisa y lo pusiera en pie. Por muy horroroso que fuera de ver, Signa estaba contenta de que Elijah no respondiera. No sabían qué podría ocurrir si se atreviera a hacer un solo movimiento contra esos hombres.

El guardia le lanzó a Elijah una máscara que parecía poco más que un saco con rendijas para los ojos. Elijah se la puso sin protestar, aunque un momento antes de ponerse aquella monstruosidad sobre el rostro, arrastró la mirada hacia la parte trasera de la angosta celda, justo donde Signa estaba apretada contra Muerte. La joven se puso tensa, aunque, como él seguía buscando, le quedó claro que no la podía ver.

—Byron no me defendió —dijo Elijah en voz tan baja que el guardia de la cárcel se puso una mano en la oreja para oírlo mejor.

—¿Qué has dicho, Hawthorne? —El hombre horrible dio un paso adelante y le terminó de cubrir el rostro con la máscara—. ¿Tienes algo que decir?

Signa apenas podía ver los ojos suplicantes que la buscaban, pero sabía lo suficiente como para entenderlo. Elijah no dijo nada más mientras el guardia lo sacaba de la celda, pero el mensaje fue alto y claro: Byron Hawthorne había mentido cuando dijo que había hecho todo lo que pudo por proteger a Elijah.

Lo que quería decir que Signa tenía un principal sospechoso en el asesinato de lord Wakefield.

Siete

Signa apenas sintió el cambio cuando Muerte la sacó de la celda de Elijah y atravesaron las sombras que disipaban cualquier calor que quisiera regresar a su piel para volver a la seguridad de su habitación en Thorn Grove. Su mente era un conglomerado de pensamientos, todos ellos sobre Byron. Intentó mantenerse en equilibrio contra el borde del tocador, pero se olvidó de la forma en que estaba y se tropezó cuando lo atravesó con la mano.

¿Por qué estaría Byron involucrado en aquello? ¿Aún querría el Grey? ¿Era capaz de asesinar por ello? Signa creía que por fin había hecho las paces con apartarse del negocio, ya que había mostrado bastante interés en las mujeres solteras de aquella temporada. Parecía que iba a buscar una esposa y sentar la cabeza.

Signa se agarró la tripa e intentó resistir el malestar que se apoderaba de ella cada vez que veía la imagen del rostro ensangrentado y golpeado de Elijah. Sería capaz de matar al hombre que le hizo aquello, y pensó en la manera en que podría hacerlo. Podía volver a la cárcel, seguirlo hacia la oscuridad de la noche y ponerle las manos alrededor del cuello. Estaría muerto en un instante. Y en cuanto a su alma...

Cómo deseaba destrozarla, transformar sus sombras en una guadaña y trocear al hombre hasta que su misma esencia quedara borrada de la tierra.

Como si pudiera sentir los pensamientos amargos que se estaban propagando dentro de ella, Muerte acercó más a Signa y le pasó las manos por los brazos.

—Entiendo lo que estás sintiendo y he actuado con ese impulso más veces de las que puedo contar. Rara vez merece la pena, pajarito. Por muy horrible que sea ese hombre, tiene una familia. Una a la que no trata de manera tan mala y que depende de él. Si hay algo que he aprendido es que no podemos jugar a ser Dios. No podemos entrometernos con Destino, sobre todo cuando lo tenemos encima.

Signa deseó que Muerte no hubiera hablado y que aquellas pocas palabras no fueran suficientes para implantar la idea de la familia de aquel hombre en su cabeza. Por ellos cerró los ojos y obligó a su mente a deshacerse de unos pensamientos tan despiadados sobre la muerte.

Dios, ¿qué le estaba pasando?

—Byron nos dijo que lo había intentado todo —susurró Signa, obligándose a apartar su mente de aquello, a un nuevo rompecabezas que necesitaba resolver.

—Entonces tendremos que averiguar por qué ha mentido. —Cuanto más dejaba Signa que se apagara el fuego que había en su interior, menos fuerza hacía Muerte—. Mientras tanto, me aseguraré de que nadie le ponga otro dedo encima a Elijah.

Signa vio a Gundry yendo hacia la sala de estar, donde dio unas cuantas vueltas en círculo antes de acomodarse al lado de su escritorio.

—Elijah debe creer que está loco por lo que ha visto hoy. La única manera que se me ocurría para comunicarme con él era utilizando a Gundry.

—Elijah no es ningún necio —le dijo Muerte—, se merece más crédito del que le das. Él sospechaba que había algo sobrenatural con el espíritu de su mujer, igual que creo que siempre ha sospechado de ti.

Aquello hizo que Signa se quedara quieta, atragantada por el miedo.

—¿Tú crees que Elijah sabe lo mío?

—Elijah sabe que podías comunicarte con Lillian. Y creo que siempre ha sabido que eres más de lo que aparentas. —Muerte recorrió con el dedo la piel desnuda de su cuello y, mientras lo bajaba, la tensión que había en su cuerpo se deshizo—. Relaja la mente, pajarito. Lo resolveremos.

Intentó dejar que aquellas palabras le llegaran. Intentó que le abrigaran el alma y encontrar consuelo en ellas. Su vida no siempre iba a ser así. Salvarían a Elijah, y entonces la pesadilla terminaría.

Una vez más. Un misterio más. Y entonces por fin —por fin— podría llevar la vida tranquila que siempre había querido. No más asesinatos. No más misterios que la tenían dándole vueltas a la mente todas las horas de la noche. Simplemente una vida tranquila con la familia Hawthorne y el hombre al que quería.

Signa sintió menos tensión en los hombros cuando Muerte le puso la mano a un lado de la cara y se inclinó para besarla con unos labios que sabían dulces como el néctar y que la consumían como el invierno. Ella echó la cabeza para atrás mientras él le daba besitos por toda la piel, y aunque Signa quería que continuara —quería distraerse con sus dedos habilidosos deshaciendo los cordones de seda de su vestido y sentir sus sombras por los muslos—, se obligó a apartarse.

—Tenemos que hablar sobre algunas cosas. —Signa carraspeó, cada palabra había sido forzada e incómoda. Nada le gustaría más que volver a la cama y tirarlo encima de ella, dejar que su cuerpo se convirtiera en la mayor de las distracciones y que le quitara las preocupaciones hasta que se quedara dormida por fin, por primera vez en más de veinticuatro horas. Pero aún estaba el tema de Destino, y hasta que supiera más sobre la persona a la que se estaban enfrentando, su mente no le permitiría ninguna distracción—. Sobre todo, de tu hermano.

Muerte tensó la mandíbula.

—Yo me encargo de mi hermano. No tienes que preocuparte de... —Desvió la mirada hacia el sobre dorado que había encima de su mesilla. Como por instinto, Muerte le quitó la mano de encima y se dirigió hacia él, y Signa se estremeció ante el calor inmediato que le consumió el cuerpo en su ausencia. Cerró los ojos de golpe y aguantó la oleada de náuseas que la atravesó.

—Muerte —lo llamó Signa extendiendo los brazos hacia él.

—¿Qué es esto? —Levantó el sobre y sacó la nota, resoplando mientras leía las palabras doradas—. ¿Quién se cree que es, apareciendo por aquí como si fuera de la maldita realeza...?

—¡Muerte! —lo volvió a llamar Signa, pero era demasiado tarde. Se dobló sobre sí misma cuando volvió a tener aire en los pulmones. El estómago le dio un vuelco, y Signa cayó de rodillas al lado de una papelera unos segundos antes de que vomitara una, dos y hasta tres veces. Al final consiguió sentarse, pero tenía el cuello del vestido húmedo por el sudor. Su visión estaba borrosa, y las sombras de Muerte aparecían y desaparecían mientras él se agachaba a su lado.

»Estoy bien —susurró castañeteando los dientes, esforzándose por no perderlo de vista. Fue un esfuerzo vano, porque en cuestión de unos momentos la belladona estaría fuera de su sistema por completo.

Desde luego que no estás bien. La voz de Muerte volvió a llenar el espacio de su mente, y Signa no pudo evitar fruncir el ceño de manera resentida. Quería que él se quedara con ella, escuchar su voz en voz alta, sostenerlo. *Tienes el hedor de la muerte aferrado a la piel, Signa. ¿Qué está ocurriendo?*

Signa bajó el rostro para mirar fijamente hacia el suelo.

—No es nada. Apenas una fiebre. —El castañeteo de sus dientes era menor con cada palabra y, poco a poco, se iba sintiendo más como ella misma.

Esto no es ninguna fiebre. Las sombras de Muerte se retorcieron detrás de ella y tomaron una manta de la cama que el hombre le colocó con cuidado por encima de los hombros. No hizo mucho por calmar los temblores que la sacudían. *¿Por qué no te sorprende esto?*

Signa agarró una esquina de la manta con una mano. Aunque tenía una teoría sobre lo que estaba ocurriendo, no tenía ningún deseo de decir la verdad y hacerla realidad. Por desgracia, Muerte no era sino un hombre paciente. Tampoco se podía deshacer de él exactamente, teniendo en cuenta que podía, literalmente, hablarle en la mente. A Signa no le quedaba otra opción que contarle la verdad.

—No es la primera vez que me ocurre algo así.

Hubo un largo momento en el que Muerte no respondió, y entonces a Signa se le aceleró el corazón. ¿La dejaría? ¿Ya la había dejado? Estaba a punto de llamarlo cuando volvió a oír su voz, que le preguntó de manera firme y corta: *¿Cuándo?*

—Anoche —susurró ella mientras sentía cómo se rompía con cada palabra. Ya sabía lo que pensaría, igual que sabía también que no podría haber más secretos entre ellos—. Cuando te fuiste con lord Wakefield empecé a toser sangre.

Hubo un cambio en la habitación, y Signa pudo sentir que Muerte se había alejado más de ella.

Después de que cruzaras el velo de vuelta a la vida, dijo. *Sabía que lo de las bayas era una mala idea. Si entrar y salir del velo es lo que está causando tu malestar, tienes que dejar de tomarlas.*

Signa apretó la mano contra el suelo y arañó con las uñas las planchas de madera. No podía simplemente dejar de hacerlo, no podía simplemente no verlo. Pero decirlo no le haría ningún bien, así que, en vez de eso, preguntó:

—¿De qué otra forma voy a defenderme de tu hermano?

Ya te he dicho que Destino es mi responsabilidad. Su voz sonaba incluso más distante, y sabía por el rastro que dejaba que se estaba alejando hacia la ventana. *Que ni sueñe con tocarte, porque ahí estaré. Si tienes que utilizar las bayas, hazlo solo en caso de emergencia. Esta vez, prométemelo. Júralo. Seguro que tu malestar es cosa de Destino.*

Signa echó una mirada hacia donde estaba la nota de Destino sobre la mesa, dorada y reluciente. Tal vez su animosidad había empezado como una reyerta entre dos hermanos, pero en el momento en que Destino involucró a la familia Hawthorne, se había convertido en la guerra de Signa. Por eso no le contestó, sabiendo que tenía la intención de acudir a aquella fiesta y enfrentarse a Destino cara a cara. En su lugar, preguntó:

—¿Por qué está haciendo esto? ¿Qué ocurrió entre vosotros dos?

Por más que me gustaría decirte que fue todo un malentendido, me temo que mi hermano tiene todo el derecho a odiarme. La respuesta empezó sonando bajito, como si Signa lo escuchara con las orejas llenas de agua, y tuvo que esforzarse y prestar atención para oírlo cuando dijo: *Llevo sin verlo desde el año 1346, cuando maté a la única mujer a la que Destino ha querido.*

Signa se aferró al final de aquella frase esperando más, pero el silencio se alargó, primero un minuto, después dos.

—¿Muerte? —Signa se arrastró hasta ponerse en pie, agarrada de la manta. Había una quietud en su mente que llevaba un tiempo sin tener, una tan pesada que enseguida entendió que algo iba mal.

—¡Muerte! —volvió a llamarlo, con terror en la garganta. Todavía podía sentir su presencia en el aire gélido por su cercanía, y sabía que aún estaba ahí porque tenía toda la piel de gallina.

Pero no podía verlo. No podía tocarlo. Y entonces, con un pánico cada vez mayor en el pecho, Signa se dio cuenta de que ya no lo podía oír.

Ocho

Signa buscó a Muerte por todas partes. A veces, cuando la temperatura bajaba o sentía la caricia de una brisa particularmente suave que le cruzaba la mejilla, se imaginaba que estaba ahí a su lado. Daba sus paseos matutinos cuando el cielo de primavera seguía estando de un gris inhóspito y el jardín resplandecía con el rocío de la mañana, asegurándose de que iba sola mientras hablaba con un hombre que ni siquiera estaba segura de que estuviera ahí, y le ponía al tanto de sus investigaciones.

Había pasado casi una semana desde el día en el que se habían llevado a Elijah. Casi una semana de seguir a Byron mientras andaba por Thorn Grove, ocupándose en contratar personal y asistiendo en las tareas, inspeccionando el trabajo con un ojo crítico. Como el trato para el Club de Caballeros Grey había fallado, muchas veces se pasaba el día en el estudio de Elijah, y desde que salía el sol hasta que se ponía repasaba los libros de contabilidad y los documentos.

No había gran cosa que Signa pudiera hacer mientras él estuviera ahí, y por ello empezó a pasarse muchas tardes clavándose una aguja en el dedo, viendo cómo se acumulaba la sangre para detenerse unos segundos después sin ningún malestar. Sus poderes seguían funcionando, parecía que solo cuando cruzaba el velo y tenía un acceso completo a ellos se ponía enferma. Aunque no sabía mucho sobre las capacidades de Destino, se imaginaba que, de algún modo, aquella situación era cosa suya. Si no tenía ya suficientes razones para querer vencerlo en su propio juego, entonces sí que sí.

Blythe también se había puesto en modo detective y, a diferencia de Signa, estaba menos distraída con preocupaciones por Destino y la imagen de Elijah agazapado y recibiendo una paliza en su celda. Sin embargo, tampoco contaba con toda la información, y Signa no tenía ni idea de cómo abordar aquella conversación.

«Buenos días, Blythe. Soy una parca y he usado mis poderes para visitar a tu padre en su celda, que insinuó que investigara a tu tío. ¿Te gustaría acompañarme en mi perpetua misión para destrozar a tu familia?».

No. Si aquello significaba ahorrarle a Blythe el dolor de saber tal cosa, Signa acarrearía con ese peso para siempre. Del mismo modo que planeaba hacer con la verdad sobre Percy.

Blythe se pasaba las mañanas y las tardes en la biblioteca, leyendo sobre venenos y escudriñando cualquier recorte de noticias que encontrara sobre asesinatos en los que había cianuro involucrado. Se había pasado las primeras noches desde que encerraron a Elijah en la mesa del comedor, compartiendo los detalles de lo que había averiguado con quien quisiera escucharla. En cuanto Byron se dio cuenta de que no tenía intención de hablar sobre temas más adecuados durante la cena, mandó a las muchachas a cenar a otra parte para, así, tener algo de paz. Aquello implicó que las noches pronto se convirtieron en Signa cortando un trozo de asado mientras Blythe discutía —con extraordinario detalle— el último asesinato sobre el que había leído.

Para cuando llegó la velada de Destino —o, mejor dicho, la del príncipe Aris, que era el nombre por el que se hacía llamar—, dio la sensación de que el día era tanto un alivio mental como una oportunidad de enfrentarse al hombre cara a cara. Cada vez que Signa leía su nombre y veía aquellas letras doradas, volvía a arrugar la invitación.

Elaine la había ayudado a prepararse aquella tarde, y prácticamente resplandecía cuando le abrochó un vestido de satén precioso del color del musgo de otoño con adornos de encaje dorado. Tal vez el vestido fuera de unas cuantas tonalidades demasiado oscuras tanto para el estilo de aquel año como para la temporada, pero Signa adoraba lo que veía reflejado en el espejo. Se sentía sofisticada y le quedaba como un guante: ceñido en la cintura y evitando por muy poco un escándalo a la altura del pecho. Como no estaba casada, llevaba el cabello retirado del rostro, retorcido y sujeto con unas ondas elegantes. Se deshizo algunas mientras se inspeccionaba, deseando que Muerte estuviera ahí para verla. Tal vez estaría. Tal vez ya estuviera ahí, intentando advertirle que no acudiera a la velada. Como ya no podían comunicarse, no habría podido saberlo.

—Si no tiene a un centenar de hombres apuestos pidiéndole la mano al final de la temporada, entonces es que no hay esperanza para ninguna de nosotras.

Elaine bajó las manos hasta las caderas mientras inspeccionaba a Signa. Era la única rosa que había en Thorn Grove por aquellos días, y Signa se preguntaba si el hecho de que Elaine tuviera las mejillas tan sonrosadas y una sonrisa tan deslumbrante era por Blythe y por ella, para compensar todo lo malo que había asolado la casa. Pero cuanto más tiempo pasaba, más sincera parecía. Cuando Signa conoció a Elaine, la mujer se había mostrado callada y reservada. Ahora canturreaba cuando paseaba por los pasillos y compartía buenas noticias cada vez que servía el té. Aunque su alegría a veces resultara extraña, era de agradecer dadas las circunstancias tan sombrías.

En cuanto al comentario sobre los hombres... Signa se alisó los guantes de cuero largos y blancos, nunca se había dado cuenta de lo interesantes que podían llegar a ser. No era ningún secreto que tenía riquezas, y con los Hawthorne alimentándola tan bien como habían estado haciendo, Signa estaba más llenita. Tenía la piel más suave que cuando había llegado al lugar, y aunque aún había quienes seguían observando sus ojos con gran escepticismo —ya que uno era de un azul invernal y el otro de un oro derretido—, Signa sabía que era lo bastante bonita como para generar interés. Sin embargo, saber que no podía invocar a Muerte cuando quisiera hacía que lo anhelara más que nunca y que no tuviera ningunas ganas de buscar la atención de los demás.

—Ay, no ponga esa cara —dijo Elaine mirando el reflejo de Signa en el espejo frente a ellas—. Si es por el señor Everett Wakefield, hasta yo sé que le gusta. Estoy segura de que cuando demuestren que el señor Hawthorne es inocente, todo irá bien. Aunque, si me preguntan a mí, ¿por qué no ir a por el príncipe? Sobre todo, si es apuesto.

A Signa le dio igual la alegría en la voz de Elaine y la manera en que movió las cejas arriba y abajo. Pero, sobre todo, detestó la idea de que un hombre tan deplorable como Destino pudiera ser considerado apuesto. Era más espantoso que cualquier persona a la que hubiera visto jamás, lo cual era decir bastante, teniendo en cuenta que había crecido viendo todo tipo de espíritus extraños con partes de su cuerpo apuñaladas, podridas o mutiladas en viejas guerras.

Signa no tuvo valentía para echar a Elaine cuando su doncella le pellizcó las mejillas para que tuvieran algo de color y la hizo salir por la puerta.

—Mejor que se ponga en camino, señorita. Su tío la verá en el carruaje.

A pesar de que la idea de que Byron la acompañara durante toda una noche antes habría hecho que Signa se detuviera en seco, tenía ganas de sacarlo de Thorn Grove y alejarlo del estudio de Elijah. Destino no era el único con el que había que ir con cuidado: necesitaba ver cómo se comportaba Byron en el ojo público. ¿A quién se le acercaría? ¿Con quién entablaría una conversación? ¿Qué manierismos tendría? Hiciera lo que hiciese, Signa estaría ahí para vigilar todos y cada uno de sus movimientos.

Con las faldas en una mano, Signa levantó la otra por encima de sus ojos para bloquear los intensos rayos de sol mientras se apresuraba hacia un carruaje elegante y guiado por dos sementales con pelaje negro reluciente y grandes músculos. El mozo enjuto y fuerte que abrió la puerta, sin lugar a dudas, no era la farsa humana de Muerte, Sylas Thorly, y Signa sintió un pequeño pinchazo en el pecho cuando el joven la ayudó a subirse.

Para su sorpresa, no era Byron quien estaba esperándola dentro.

—¡Hola, prima! —la voz de Blythe era más alegre de lo que tenía derecho a ser, y Signa lo arregló lanzándole una mirada furiosa para señalárselo—. No me mires así. Sin duda, sabías que iba a venir.

—Me imaginaba que te lo pensarías, pero esperaba que entraras en razón. —Signa se detuvo en la puerta, pensando si merecía la pena agarrar a Blythe por las faldas y sacarla a rastras, pero entonces el conductor carraspeó.

—Date prisa y toma asiento —la reprendió Blythe—. Ya vamos tarde.

Llevaba un tono azul tan pálido que casi podía confundirse con el blanco, y el cabello tan suelto como permitían las normas sociales. Tenía un rubor sano en las mejillas, y Signa no soportaba que tuviera un destello de determinación en su mirada, ya que no tenía ni idea de cómo podría convencerla para que se quedara en casa.

—¿Dónde está Byron? —preguntó Signa.

—Nos seguirá en el siguiente carruaje —respondió Blythe—. Con los vestidos que llevamos, no quedaría espacio para que él estirara las piernas.

De nuevo, el conductor carraspeó. Signa reconoció que había perdido aquella batalla, así que suspiró y se deslizó hacia el asiento de terciopelo que había frente a Blythe. Su prima juntó las manos sobre el regazo e inspeccionó la piedra de zafiro que llevaba en el dedo enguantado, evitando la mirada de Signa.

—No deberías haber venido.

—Por supuesto que sí —dijo Blythe restándole importancia, como si aquel hecho fuera la cosa más obvia del mundo—. Mírame. ¿Cómo iba a echar a perder este vestido?

—Lo digo en serio, Blythe...

—Yo también. —Entonces, Blythe levantó la mirada con una severidad oscura en sus ojos gélidos—. La vida de mi padre está en juego. Me da igual si el príncipe tiene sesenta años o si es el hombre más grosero que haya sobre la faz de la tierra. Ser linda y llevar un bonito vestido otorga poder, y si tengo cualquier posibilidad de conseguir que se ponga de nuestro lado, la voy a aprovechar. ¿Me vas a ayudar o no? —Estiró una mano y, muy a su pesar, Signa dejó que sus dedos se entrelazaran con los de Blythe.

Incluso a través de los guantes Signa pudo notar todos los huesos de los dedos de su prima. Seguía estando tan delgada, tan frágil. Aunque Blythe intentara que no se viera, estaba claro que aún se estaba recuperando, y lo último que quería Signa era que se viera atrapada en los juegos de Destino más de lo que ya estaba la familia Hawthorne.

—Siempre te ayudaré. —Signa apretó la mano de Blythe entre las suyas—. Pero, dado el estado actual de los Hawthorne y de que es mi nombre el que está en la invitación, tal vez sería prudente que primero hablara yo con el príncipe.

—Tal vez. —Blythe encogió sus delicados hombros—. Aunque tío dice que la invitación seguramente era para la familia. Entiendo tu preocupación, pero este año ha sido un infierno. Llegué a creer que nunca más volvería a ir a un baile, menos aún montar en carruaje. Pero aquí estoy. Un príncipe no me asusta, prima. Sobre todo, no uno que ni siquiera tiene la decencia de invitarme adecuadamente a su velada.

A Signa no le quedó otra opción que recostarse en el asiento y dejar las manos sobre el regazo. Todo habría sido mucho más sencillo si Blythe supiera la verdad. Paso a paso, se estaba acercando cada vez más a la red que Destino había tejido para ellas. Pero si Blythe no se iba a proteger a sí misma, que así fuera. Signa trabajaría el doble de duro para mantener a la familia Hawthorne a salvo y lejos de su enredo.

Daba igual lo que ocurriera aquella noche, no iba a permitir que Destino ganara.

Nueve

Parecía que llevaban horas dentro de aquel carruaje, atravesando carreteras retorcidas y llenas de baches, y colinas tan precarias que tanto Signa como Blythe tuvieron que cerrar los ojos por miedo a caer. Pero, al final, el bosque dio paso a unas colinas extensas de un color naranja quemado por el sol del atardecer, que era la primera señal de que estaban llegando a Wisteria Gardens.

El palacio se asentaba sobre unas hectáreas de césped tan verde que a Signa le recordaba a las páginas ilustradas de los viejos cuentos de hadas. Estaba situado en la ladera de una vasta montaña, y era tan grande que, en comparación, Thorn Grove no parecía más que la casita de un granjero.

Tanto Signa como Blythe pegaron los rostros a las ventanas mientras el carruaje continuaba y pasaba por las puertas de hierro, con hiedras enredadas y medio verdes por el liquen. Ante ellas había una fila de, por lo menos, diez carruajes más que andaban a través de un patio pavimentado con piedras blancas y prístinas. Entre ellos sobresalía un césped casi del mismo color que el vestido de Signa, cortado con tanta meticulosidad que el caminito parecía estar preparado para jugar al ajedrez a tamaño real. Dejaron a las jóvenes sobre aquellas piedras, y al salir del carruaje —y muy a su pesar— Signa tenía el corazón agitado.

Wisteria Gardens era tan precioso que casi parecía inquietante. El sol del atardecer ardía detrás del palacio, y la brisa era tan suave y arrulladora que Signa casi cayó en la trampa de creer que el lugar no era más que la casa de campo inocente de un príncipe. Echó un vistazo a su derecha, donde las colinas de un verde intenso bajaban por la ladera de una montaña llena de caballos galopantes y ovejas balando. Pero había algo extraño, y era que los sonidos que hacían parecían repetirse como si estuvieran en bucle, y el aire no llevaba su olor. Lo único que podía oler era la wisteria, y echó la mirada más allá del patio para ver los árboles en flor que llevaban el nombre del palacio: flores lilas que colgaban de las ramas y se enredaban por el lado del palacio. Incluso había un arco hecho de wisteria a lo largo del caminito, muy bien cuidado.

—Este lugar es increíble —dijo Blythe llena de asombro al dar un paso adelante y enganchar el brazo con el de Signa—. Qué raro que nunca haya estado aquí. No sabía que existía.

Signa se mordió la lengua. No tenía la menor idea de cómo pretendía Destino adentrarse en Celadon con un palacio que había aparecido de la nada y llamándose a sí mismo príncipe, pero nadie parecía cuestionárselo. Ni siquiera Blythe, que tiró de Signa con ella mientras Byron salía del otro carruaje y se apresuraba para alcanzarlas. Blythe los condujo hacia una impresionante fuente de mármol de una mujer con un vestido de hiedra y flores que se dividían a la mitad del muslo y se retorcían alrededor de sus tobillos. En las manos tenía un cáliz inclinado y del que brotaba agua. A sus pies había flores de loto y nenúfares flotando.

También había otras fuentes. Más pequeñas, pero cada una más extravagante que la otra, rodeadas de pequeños setos o adornadas con flores de lo más extrañas que, de nuevo, a Signa le recordaban a los cuentos de hadas: cosas antiguas y mágicas que no parecían pertenecer al mundo real. Por todo a su alrededor se elevaban árboles de wisteria en plena flor, con sus pétalos intensos colgando por encima de ellos como si fuera un magnífico un dosel. Todo el mundo estaba con la boca abierta, deleitándose y estirando las manos hacia los pétalos que, de algún modo, siempre estaban justo fuera de su alcance. Pero, por muy bonito que fuera, el patio era soso en comparación con el propio palacio.

Signa jamás había visto algo tan enorme. Mientras que Thorn Grove era oscuro, el exterior de Wisteria era de un blanco impecable, adornado con intricados dorados y más ventanas de las que Signa era capaz de contar, cada una de ellas con un vidrio tintado maravilloso. Había un largo camino de piedra que conducía al palacio, con un estanque a cada lado. Del agua salían esculturas, algunas eran de mujeres preciosas o de hombres de constitución fuerte, mientras que otras eran criaturas bestiales que solo podían salir de la más salvaje de las imaginaciones. Parecían estar hechas de mármol, algunas de ellas cubiertas por musgo e higueras, y cada una más excesiva que la otra. Signa extendió los dedos para pasarlos por la piedra húmeda, y luego se giró hacia Byron cuando oyó el sonido de su bastón acercándose por el camino.

—Quiero que mostréis vuestro mejor comportamiento —advirtió el hombre, resistiéndose a sentir el mismo asombro que el resto de Wisteria, que tenía a todos con la boca abierta—. Este príncipe podría ser la clave para limpiar el nombre de Elijah.

Signa lo dudaba mucho.

Blythe apretó el brazo de Signa y apresuró el paso mientras seguían una fila atestada de crinolinas hacia el palacio.

También había cuchicheos. Algunos parecían emocionados, pero la mayoría eran en voz baja y a Signa le provocaban escalofríos. Se giró y atrapó a demasiados extraños mirándolas de una manera tan afilada como las dagas y ardiendo en rumores maliciosos.

Aunque Signa estaba acostumbrada a aquel tipo de comportamiento, no dejaba de doler, sobre todo teniendo en cuenta que había creído que por fin se había librado de todo aquello. Blythe también mantenía la barbilla alta y un rostro inexpresivo, se negaba a marcarse como víctima ante unos buitres hambrientos. Fue ella quien, muchos meses atrás, advirtió a Signa de lo dispuesta que estaba la sociedad a arrancarle la piel a la gente para que cualquier herida fuera peor. Y si había algo que Signa había aprendido sobre aquel mundo era que a la gente había poco que le gustase más que ver a aquellos que estaban por encima de ellos caer en desgracia.

—Ven. —Signa empujó a su prima hacia adelante—. Me gustaría verlo por dentro. Me imagino que será incluso más grandioso.

Qué razón tenía. Si el exterior de Wisteria era opulento, el interior era dramáticamente suntuoso. Igual que el exterior, las paredes en el interior de Wisteria eran brillantes e inmaculadas, y estaban decoradas con papel de pared de un marfil extravagante y florituras doradas. Parecería que a Destino le gustaba aquel color, ya que los espejos y los cuadros también estaban enmarcados con un dorado a juego.

—¡Esto es magnífico! —Blythe dobló el cuello para mirar tres alturas más arriba, que estaba pintado con una tonalidad brillante de rojo, y observó los diseños florales de lo más intricados que había arremolinados. Frente a ella había dos escaleras majestuosas que se encontraban en medio de la segunda altura. Estaban cubiertas con una alfombra gruesa de color rojo y dorado, y las jóvenes siguieron a los invitados que subían por ellas. Aminoraron el paso por Byron, y Signa empleó aquel tiempo para absorber cada centímetro de la decoración.

En las paredes había una serie de óleos colgados de lo más alocados, cada una de las pinturas retrataba cosas extrañas y sin sentido. Una mostraba un jardín lleno de hadas que bailaban alrededor de unas setas enormes, mientras que otra era el retrato de dos mujeres bailando en un salón de baile iluminado por velas, cuyos vestidos tenían la parte de atrás en llamas. En todas las esquinas había jarrones y esculturas con decoraciones de lo más elaboradas. Muchas eran insulsas, pero había otras que provocaban sonrojos y gritos ahogados y preocupados, como la estatua de tres personas al calor de la pasión, y otra de un hombre acariciando la mejilla de su amante con más suavidad de la que Signa creía posible para un trozo de piedra.

Cada uno de los cuadros contenía una historia con tanta riqueza que el arte parecía estar vivo. Signa no estaba segura de que no fueran a cobrar vida y continuar con sus historias si retiraba la mirada.

—Su señoría es todo un coleccionista —dijo alguien delante de ellas, y Signa reconoció aquella voz aguda como la de Diana Blackwater, una chica habladora y poco civilizada a la que casi siempre se la encontraba pegada a la cadera de Eliza Wakefield. Era, quizás, uno de los peores buitres que Signa habían encontrado hasta el momento, y la joven se aseguró de mantenerse callada para tratar de que Diana no la viera

—Desde luego. —El ceño de Byron se fruncía con más severidad a cada pieza de arte por la que pasaban—. Como mínimo, deberían haber cambiado temporalmente de lugar estas piezas. Apartad la mirada, muchachas. No deberíais ver estas atrocidades.

Con los brazos aún enganchados, Blythe se inclinó hacia su prima y le susurró:

—Parece que no tiene la menor idea de lo que hay en la mitad de los libros que terminan en nuestras mesillas de noche.

Signa apretó los labios para no reírse. Aunque agachó la cabeza e hizo como que seguía las instrucciones de Byron, siguió manteniendo la mirada en alto para inspeccionar cada centímetro del palacio y su arte.

Por más que le fastidiara admitirlo, Wisteria era precioso. Aun así, había una sensación extraña en el palacio. Una pesadez que se cernía y permeaba el aire, que le provocaba desear que Muerte estuviera a su lado. A Signa le dolían las palmas por la ausencia de su roce mientras se obligaba a subir cada peldaño, sintiendo como si estuviese andando con pies de plomo. Cuando entrecerraba los ojos, una neblina dorada y extraña lo cubría todo. Pero nadie decía nada sobre aquello, y pronto estuvieron en la planta de arriba, en lo que era, de manera indudable, el salón de baile más hermoso que había visto en su vida.

A diferencia del resto del palacio, el salón de baile no era brillante ni nítido, sino que tenía paneles decorativos con hojas doradas. No había ni un trozo de pared despejado, por todas partes había espejos o grabados dorados de zorros subiéndose a árboles o retozando entre las flores, iluminados por candelabros que aportaban a la habitación una luz de color ámbar cálida y rica.

—Lo que daría por vivir aquí —dijo Blythe con palabras ligeras y asombradas. Parecía que todo el mundo estaba de acuerdo con ella. Los invitados estaban todos hablando y susurrando, dando vueltas por la habitación para asimilar su extravagancia.

Mientras que el resto del palacio estaba decorado con arte, aquella habitación exquisita era el arte.

Byron se puso tieso bajo el halo ámbar y susurró a las muchachas:

—Esta noche no hay que pasarse. Mezclaos, pero manteneos vigilantes y cuidado con lo que decís, ¿entendido?

—Entendido —repitió Blythe restándole importancia—. Pero me atrevería a decir, tío, que Signa y yo no conseguiremos nunca llamar la atención del príncipe contigo encima de nosotras. Podemos andar solas por la sala, ¿no?

Byron abrió la boca para hablar, pero selló los labios al escudriñar a la multitud. Alertada enseguida, Signa intentó seguir la mirada de Byron hacia la persona que le había llamado la atención, pero había demasiados cuerpos para descifrar cuál era el invitado que lo había hecho.

—Muy bien. —Byron soltó un soplido y se reajustó el pañuelo de cuello—. Cuidado con cómo os presentáis. Y avisadme si alguna de vosotras encuentra al anfitrión de esta noche.

Signa solo esperaba que ella fuera la primera en atrapar a Destino, pero iba a ser difícil, dado que también tenía que mantener el ojo puesto en Byron.

Con suavidad, se deshizo del brazo de Blythe.

—Será más probable que encontremos al príncipe si nos separamos. ¿Te va bien? —Aquella decisión podía perfectamente salirle mal, pero Signa necesitaba espacio si quería seguir a Byron.

—Por supuesto —contestó Blythe de manera seca mientras se echaba el cabello hacia atrás. Luego desapareció entre la trona de invitados.

Al cabo de poco tiempo, Signa dio un salto porque notó una mano sobre su hombro.

—¿Señorita Farrow?

Signa se tragó el quejido, ya que aquella voz era la misma voz chirriante que había escuchado mientras subía por las escaleras.

—Señorita Blackwater. —Signa intentó mostrar una sonrisa de lo más cortés mientras se giraba hacia Diana, aunque apenas le llegó las mejillas. Menuda suerte que la habitación estuviera tan oscura—. Qué agradable verla.

—Lo mismo digo. —Había una sonrisa satisfecha en la mirada de Diana que a Signa le hacía sentir como si fuera un ratón y Diana el felino con más hambre del mundo—. Debo admitir que no esperaba verla aquí fuera tan pronto, después del escándalo.

Al parecer, iban a ir directas al grano. Muy bien. Si había algo que Signa hubiera aprendido para entonces era que una persona no podía acobardarse cuando la atacaba un buitre, ya que así solo seguirían dando vueltas. Picar y cansar a la presa hasta que estuviese lista para el festín.

Signa Farrow era muchas cosas, pero no una presa. Sin la menor intención de dejar que Diana continuaste con el ataque, Signa se mantuvo derecha y confió en una habilidad que toda mujer correcta se había visto obligada a utilizar en algún punto, ya fuera por su propio beneficio o por el de un hombre cuyo ego se esperaba que le acariciara: fingir ignorancia.

—¿El escándalo? —Signa se lleva una mano al pecho—. Imagino que se referirá a la tragedia que cayó sobre lord Wakefield, ¿no? A ese hombre lo asesinaron a sangre fría, señorita Blackwater. Cielos, yo no reduciría lo que ocurrió a un mero escándalo. —Qué bien le sentaba ver cómo se le enrojecían las mejillas a Diana—. Me alegro de que el señor Hawthorne se haya mostrado tan dispuesto a ayudar con la investigación de una tragedia así. —Signa dio un pequeño suspiro con la voz, orgullosa por su actuación. Era una pena que Blythe no estuviera cerca para verla, le habría encantado.

—Por supuesto que no. —Diana tenía la boca pequeña y fruncida, y apretaba los labios de manera que su boca era una línea tan fina que parecía casi no existir—. Aunque a usted no le hace ningún bien que la asocien con esa familia. ¡Le iba tan bien con Everett! Aunque no creo que ahora tenga interés en usted.

La sonrisa sin piedad de Signa no se alteró.

—¿Y cómo está lord Wakefield? —preguntó refiriéndose a Everett. Su nuevo título sonaba raro en sus labios, sobre todo dadas las circunstancias.

—Pregúntele a Eliza. —Diana sacó un abanico grande y blanco y lo meció contra ella mientras indicaba con la barbilla hacia la multitud—. Parece que, a pesar de las circunstancias, no ha podido rechazar una invitación del príncipe.

Signa siguió la mirada de Diana. Como era de esperar, Eliza no estaba en su casa llorando la pérdida de su tío. Ni siquiera se había ataviado con el atuendo tradicional del luto, sino que, en su lugar, llevaba un vestido precioso de color lavanda. Aun así, había cierta palidez en su piel, y unas sombras atormentaban su mirada mientras Signa la vigilaba conversando con un pequeño grupo de gente que expresaba sus condolencias. Le sorprendió ver que uno de los hombres que estaban más cerca de Eliza era Byron.

—Menudo momento para pasarse el baile flirteando. —Diana le dio un meneíto al abanico sin esconder su cruel sonrisa—. Supongo que no quería a su tío tanto como nos quiso hacer creer.

Signa no había encontrado gran cosa en sus viejos libros de protocolo sobre las particularidades a la hora de lidiar con la realeza, sobre todo cuando un pariente familiar acababa de fallecer. Aunque la presencia de Eliza en el baile parecía poco usual, Signa dudaba que fuera fácil para alguien dejar pasar una invitación directa por parte de un príncipe. Aun así... era muy extraño, sobre todo considerando que estaba hablando con Byron.

—La señorita Wakefield está haciéndolo lo mejor que puede. —Fue otra voz la que habló, una que normalmente habría aliviado a Signa pero que, en aquel momento, le erizó la piel: Charlotte Killinger. La amiga de la infancia de Signa desde hacía más tiempo y la única persona que la había visto siguiendo a Percy hacia el jardín la noche en que todos creyeron que se había desvanecido de Thorn Grove. Signa había intentado por todos los medios evitar a Charlotte y su mirada acechante, pero era evidente que iba a ser más difícil con Destino obligándola a volver a las andadas de la alta sociedad.

—Todos lo estamos haciendo. —Signa detestó sentirse tensa cuando Charlotte le puso una mano sobre el hombro. Detestó que la culpa se le acumulara y amenazara con escaparse como un grifo oxidado.

No se arrepentía de lo que había hecho o de la decisión que había tomado al terminar la vida de Percy a favor de la de Blythe, pero tampoco quería que nadie más lo supiera. Jamás.

—¿Cómo le va? —preguntó Charlotte, y Signa de inmediato deseó que su amiga fuera menos amable, que fuera tan aguda y reservada como había sido cuando Signa llegó por primera vez a Thorn Grove el pasado otoño.

—Tenemos muchas ganas de enterarnos de la verdad —dijo Signa a modo de respuesta, despreciando la sensación de ahogo que tenía en el pecho—. ¿Cómo está Everett?

—Todavía está haciéndose a la gravedad de la situación, creo. Apenas ha dicho nada desde ayer.

Signa tal vez no fuera capaz de acordarse de sus padres, pero sí se acordaba de su abuela, a quien había querido con locura. También recordaba el dolor de perderla, y no quería volver a vivir aquellas sensaciones que sabía que estaba sintiendo Everett.

—Encontrarán a quien mató al duque —dijo Signa con una voz tan confiada que tanto Charlotte como Diana se enderezaron como si las hubieran regañado. A Signa le daba igual, ya que era la única manera de convencerse a sí misma. Ya había encontrado a un asesino. Ahora, solo tenía que volver a hacerlo.

Al ver a Byron rellenar el carné de baile de Eliza, Signa se preguntó si Elijah ya le había indicado el camino correcto.

Diez

Blythe

Blythe sabía cuándo no la querían. Sobre todo porque era una experiencia totalmente diferente a las sonrisas impostadas y a las voces demasiado alegres a las que estaba acostumbrada. Por todo a su alrededor había rostros que conocía de toda la vida, pero ni una sola persona le preguntó cómo estaba ella o su familia.

Pero preocuparse por aquello sería una tontería, ya que ser el sujeto de los chismes siempre tenía una fecha de caducidad, y los buitres lo dejarían estar en cuanto saliera a relucir el siguiente escándalo. Y cuando decidieran volver a recibirla —cuando intentaran tenerla de su lado e intercambiar chismes como si fueran algo preciado—, ¡ja! Se los comería vivos. Porque Blythe Hawthorne no perdonaba, ni de lejos, con tanta facilidad como su prima, y no tenía ningún deseo de hacerlo.

Se alegraba, no obstante, de que Signa hubiera aceptado quedarse en Thorn Grove. Incluso aunque cada día estuviera actuando de manera más extraña —lo cual ya era decir, dadas las cosas raras que siempre hacía Signa—, Blythe no estaba segura de cómo se las arreglaría sin ella. Por muy egoísta que fuera, esperaba que Signa se quedara con ella en Thorn Grove para siempre, ya que siempre y cuando tuviera a una persona a su lado, a Blythe le importaba un bledo lo que pensaran los demás. Lo que pensaba sobre la alta sociedad se parecía a lo que pensaba su padre: estaba ahí siempre que alguien necesitara entretenerse, y aunque fuera importante al menos intentar hacer un esfuerzo para que su nombre no saliera en la prensa sensacionalista, a grandes rasgos daba bastante igual. Siempre y cuando tuviera dinero y estatus, los buitres no tardarían en volver para meter sus hocicos avariciosos en sus bolsillos.

Y las cosas estaban bien así. Blythe no necesitaba ni la pena ni la protección de nadie. Durante demasiado tiempo la estuvieron tratando como si fuera una reliquia frágil, destinada a estar sobre una estantería por ser demasiado preciosa para que la sacaran al mundo. Pero ella no era ningún artefacto delicado ni la muñeca de trapo que su familia parecía considerarla.

Tal vez por eso cuando Blythe mordía, lo hacía con fuerza. Era pequeña y seguía débil por la enfermedad, y por su cabello rubio, piel clara y labios rosas y bonitos como una flor, muchas veces pasaban por alto lo lista que era o la habilidad que tenía para manejarse. Pero la alta sociedad llevaba siendo su dominio desde que nació, y ella sabía perfectamente cómo navegarla de la manera en que creyera conveniente. Era solo que... jamás llegó a importarle.

Viendo que Signa estaba distraída —y habiéndose dado cuenta de que el príncipe aún no había acudido—, Blythe se escapó del salón de baile ámbar y de los cotilleos. Wisteria Gardens tenía mucha más luz que Thorn Grove, y Blythe se vio incapaz de apartar la mirada, embobada por su contundencia. Era suntuoso, y quizás algo llamativo por su extravagancia, pero allá donde girara había algo magnífico que le llamaba la atención. Bustos intricados con grabados en el mármol, pinturas al óleo suntuosas hechas con el cobalto más brillante y un dorado tan llamativo que solo podía imaginarse cuánto le costaría cada una de ellas a un coleccionista entusiasta. No había ningún tema en nada de aquello, cada cuadro y cada estatua era profundamente diferente del resto.

Las voces detrás de ella se desvanecieron a su paso por las diferentes obras de arte que había en aquel pasillo interminable, dejando atrás esculturas delicadas de mariposas y cerámica tan antigua que parecía pertenecer a otra época. Se detuvo al final del pasillo, detrás de una enorme pintura de una mujer tan preciosa que Blythe se quedó sin aliento. Como la figura de la fuente del jardín, aquella mujer estaba metida hasta la cintura en un estanque lleno de flores de loto. Entre las manos tenía una de esas flores, y la sostenía con tanta suavidad y la miraba con tanta ternura que Blythe se sintió obligada a dar un paso adelante para investigar más.

La mujer tenía el cabello tan pálido como la nieve y le caía hasta las caderas en unas ondas elegantes, y las puntas rozaban el estanque. Llevaba un vestido blanco y fino que flotaba en el agua, cuya tela era tan traslúcida que debajo de ella se entreveía su figura. Había zorros en el césped detrás de ella, con sus ojos dorados observando a través del gran helecho. La imagen parecía un momento capturado en el tiempo, tan real que Blythe seguía esperando a que la mujer levantara la mirada. Seguía esperando para ver si sus ojos eran marrones, azules, verdes...

—Son plateados.

Blythe casi se da de bruces contra el retrato al oír una voz detrás de ella, una voz vigorosa, intensa y del todo masculina. Se dio la vuelta enseguida y, por la altura del hombre, lo primero en lo que se fijó no fue en su rostro, sino en que llevaba una chaqueta de marfil y oro, con pantalones ajustados y a conjunto. Solo por la calidad y el color de los materiales, Blythe entendió enseguida con quién estaba hablando e hizo una reverencia de las que había practicado.

—Alteza. —Blythe agachó la cabeza con el corazón en la garganta. Por mucho que la sociedad y todas sus costumbres le hubieran parecido tontas, podía comportarse el tiempo suficiente para impresionar a un príncipe.

—Estaba intentando mirarla a los ojos, ¿a que sí? —preguntó el príncipe—. Son plateados.

Blythe se incorporó con una gran lentitud, y fue subiendo la mirada y recorriendo las preciosas costuras de su chaqueta hasta llegar al pañuelo blanco y con volantes que llevaba al cuello, y lo llevaba tan alto que parecía estar estrangulándole. Luego levantó la mirada aún más hacia su rostro y se quedó sin aliento.

Unos ojos de un ámbar familiar miraron a través de ella hacia el cuadro, sin prestar atención a Blythe, que se había quedado con la boca abierta. El hombre que tenía frente a ella era el mismo que había maldecido en su habitación varias noches antes. El mismo al que había planeado decirle lo que pensaba la próxima vez que lo viera. El hombre que había condenado a su padre era el mismísimo príncipe al que se suponía que tenía que encantar, pero con tan solo pensar en dirigirle una sola palabra amable, Blythe ya se quería cortar la lengua.

—Tú —se le escapó a Blythe antes de que su mente se pudiera adelantar a su boca. Se tuvo que agarrar las faldas para evitar que las manos le temblaran—. ¿Tú eres el príncipe Aris?

No estaba segura de si él la había reconocido, ya que lo único que hizo el príncipe fue soltar un gruñido bajo entre dientes y dar un paso hacia el cuadro. Lo inspeccionaba con un rostro inexpresivo.

—¿Qué le parece ella?

Blythe estaba tan sacudida por aquella pregunta que se dio la vuelta y siguió la mirada del príncipe hacia el cuadro y, así, tener un momento para procesar el hecho de que lo que más le convendría sería excusarse a sí misma antes de decir algo de lo que se arrepintiera. Se tragó todas las malas palabras que le quemaban en la lengua, sabía que ya había dado una impresión lamentable al prácticamente aferrarse al hombre y condenarlo en Thorn Grove. También sabía que alguien como él podía cambiar el destino de su familia con una sola palabra.

—Es la mujer más hermosa que he visto en mi vida —contestó Blythe de manera veraz, apaciguando su temperamento.

El hombre volvió a gruñir, pero no se alejó.

—¿Eso es todo?

Para que no viera lo molesta que estaba, Blythe dio un paso y se puso frente al príncipe en un intento por observar el cuadro no como una consumidora impresionada por la pieza a un nivel superficial, sino como una artista.

—Es amable —dijo Blythe—, pero está triste. Hay una pesadumbre en su sonrisa, y unas arrugas al lado de los ojos que la hacen parecer más mayor de lo que parece. Adora el lugar en el que está, sea cual sea, pero está muy cansada. Tal vez por llevar demasiado tiempo en un estanque gélido que huele a excrementos de pato y peces muertos.

Cuando se retiró, con una sonrisa satisfecha en el rostro, Blythe vio que el príncipe ya no estaba mirando al cuadro, sino a ella. Esperaba que se hubiera reído un poquito en algún lugar debajo de ese comportamiento rígido, pero su expresión continuaba imperturbable. Tenía las manos detrás de la espalda, y con aún más mordacidad, dijo:

—Usted es la joven que se lanzó a mí como un jabalí.

Blythe tuvo que apretar los labios para no decir lo primero que se le pasó por la cabeza. No conseguiría mucho diciéndole que era un bruto amargado y resentido que quizá le había arruinado la vida. Aun así, no pudo contenerse:

—Y usted es el hombre que condenó públicamente a mi padre y lo mandó a la prisión sin ninguna prueba.

Él chasqueó la lengua, y a Blythe no le gustó nada no poder descifrar el gesto vago de su rostro, por mucho que le fuera la vida en ello. ¿Era aburrimiento? ¿Intriga?

—Su padre fue quien le dio la bebida a lord Wakefield, ¿no?

La manera en que hizo la pregunta hizo que sonara tan simple que daba rabia, y por eso Blythe se agarró las faldas con más fuerza.

—Mi padre no mataría a lord Wakefield jamás. Su acusación fue un error.

—¿Lo fue? —Aris se pasó una mano por el pañuelo como intentando quitarse una mota de polvo invisible—. Entonces, responda a esta pregunta: ¿su padre le dio a lord Wakefield la bebida que lo mató o no?

Blythe había nacido en aquella vida de la alta sociedad. Se había pasado años jugando con sus normas, y aprendió que el juego de palabras no era menos peligroso que sostener una espada. Aun así, a Signa se le daba mejor aquel baile de ingenio, o salirse de una manera elegante de una situación en la que no quería estar.

Blythe había heredado gran parte del temperamento de su padre, y con cada año que pasaba se le daba peor gestionar lo enfadada que estaba. Tenía tan poca paciencia para aquel juego que tomó aire por la nariz y lo exhaló por la boca para no decir nada malo. No porque el príncipe no se lo mereciera, sino porque lo necesitaba. Por desgracia.

—Mi padre es inocente —dijo de manera afilada para que él la desafiara.

La expresión vaga de Aris dio paso al menor atisbo de una sonrisita.

—Si ese es el caso, entonces estoy seguro de que la justicia prevalecerá. Parece que, en nada, su padre será un hombre libre.

Si por ella fuera, desde luego que sí. El comentario del príncipe sonó tanto como algo que diría Byron que Blythe tuvo que esforzarse por no poner una mueca.

—Señor —empezó Blythe, poniendo todo su empeño en imitar a su prima cuando decía cosas agradables de manera forzada—, no parece que se dé cuenta de la relevancia que tiene. Un hombre con su título debe ser consciente de la influencia que tiene sobre la sociedad.

Aris se regodeó un poco con aquello, y si Blythe no lo odiaba ya, en ese momento seguro que lo haría.

La joven ya había perdido a su madre, y su hermano se había marchado de Thorn Grove sin decir una sola palabra. Si alguien quería quitarle a su padre, tendrían que arrebatárselo de sus dedos fríos y muertos. Por muy pretencioso que fuera aquel príncipe, seguramente era la mayor esperanza de su padre. Blythe solo tenía que jugar bien sus cartas.

—Perdóneme por el arrebato del otro día, alteza. —La sonrisa de Blythe era tan forzada y marcada que se le arrugaron los ojos—. Como comprenderá, no estoy acostumbrada a la muerte, menos aún a que ocurra un asesinato dentro de mi propio hogar. Aunque me pregunto por qué acudió al baile aquella noche vestido como un plebeyo. No tenía ni idea de que era un príncipe.

Aris la miró con recelo, y Blythe tuvo la sensación de que el príncipe estaba sopesando si valía la pena. Para su sorpresa, se inclinó hacia ella:

—Planeo quedarme un tiempo por aquí, y quería conocer a la gente del lugar sin todas esas pretensiones.

—¿Y de dónde proviene usted? —Blythe dio un paso atrás—. Debo admitir que no tenía ni idea de la existencia de este palacio. Es tan hermoso que es una pena que haya estado oculto todo este tiempo. Solo con las obras de arte que hay aquí bastaría para abrir un museo.

—¿Le gusta el arte? —Aquello parecía complacerle, y Blythe se aferró a aquello enseguida.

—Casi todo me parece extraordinario. ¿Es usted un coleccionista?

Aris abrió la boca para hablar, pero luego la cerró de golpe y volvió a hacer lo mismo. Luego preguntó:

—¿«Casi todo»?

A Blythe le sobrevino la angustia, pero antes de poder ofrecer cualquier excusa para salvarse a sí misma, Aris movió la mano en un gesto para restarle importancia y dijo:

—Yo consumo arte en todas sus formas: cuadros, música, libros, esculturas... Todo menos poesía. Nunca me ha gustado. Me parece demasiado pretenciosa.

«Demasiado pretenciosa», dijo el príncipe mientras merodeaba por los pasillos de su palacio enorme y dorado. Blythe se obligó a encontrar algo más en lo que centrarse antes de que pudiera reírse ante una cosa tan absurda.

—¿Y qué hay de ella? —Blythe hizo un gesto hacia la enorme pintura de la mujer—. Es la misma mujer que he visto en el patio, ¿no? Es encantadora.

—Sí que lo es. —La luz cegadora la mirada de Aris se atenuó—. Y es el artefacto más preciado que hay en este palacio.

—Desde luego, es el más grande. —Blythe echó la cabeza hacia atrás, no podía imaginarse cuánto tiempo le habría llevado a alguien pintar una pieza tan magnífica. Era, por lo menos, tres veces más alto y dos veces más ancho que ella, y ocupaba toda la extensión de la pared—. Dado que es tan preciado, menuda suerte que no tenga que preocuparse por si alguien se escabulle con el retrato. Necesitarían un pequeño ejército para moverlo.

—Como mínimo —coincidió él; la severidad de su tono se estaba apaciguando un poco—. Aunque dudo que alguien intente robar en Wisteria, si es que quiere mantener su cabeza.

Cuando el príncipe volvió a observar el cuadro, Blythe tomó nota de la extrañeza que había en sus ojos. Le recordaban a los de Signa, pero los de él eran de un tono dorado más intenso. Tal vez el color fuera genético, aunque no había visto ningún otro miembro de aquella familia real para saberlo. No tenía la menor idea de qué aspecto tendrían o incluso de quiénes serían. Si iba a utilizar a aquel hombre, antes tendría que averiguar más cosas sobre él. Y si no lo hacía él, a lo mejor habría una reina que escucharía la defensa de su padre.

—¿Por qué está merodeando por los pasillos en vez de disfrutando del baile? —preguntó Blythe, intentando desviar su atención del cuadro—. Usted es el anfitrión. ¿No debería estar ahora mismo ocupado siendo acosado por todas las mamás y los hombres de negocios acaudalados?

Aris arrugó la nariz, y por un breve segundo mostró un aspecto bastante juvenil, el suficiente para parecer accesible.

—Supongo que andarán buscándome, ¿no? Después de todo, estamos en temporada.

—¿No es ese el motivo por el que nos ha invitado? Para encontrar a una princesa que continúe con un linaje tan orgulloso.

—No recuerdo haberla invitado a usted. —La miró con un tic en la mandíbula, y a Blythe le tomó todo lo que estaba en ella para no mostrarse avergonzada. Entonces, de verdad no la había invitado. Suponía que era de esperar, dado todo lo que había ocurrido con la familia Hawthorne, pero le dolía más de lo que le gustaría admitir que la escaldaran con tanta vehemencia.

—Lo lamento si mi presencia le ofende —dijo tan implacable como pudo—. Hace poco que he estado enferma y confinada en la cama por un tiempo. Ahora que vuelvo a estar bien, la emoción por ver la invitación a mi prima se llevó lo mejor de mí.

Si hubiera tenido la mirada levantada, Blythe se habría dado cuenta del calor que había en la mirada de Aris. Habría visto los millones de hilos finos que había a su alrededor. Algunos, incluso, estaban pegados a ella, y Destino los inspeccionaba con gran interés.

—Usted —dijo por fin— es la muchacha que resistió a la muerte.

Blythe se quedó quieta ante aquella frase tan extraña. No necesitó preguntar cómo sabía eso, el pueblo entero apestaba a cotilleos. Aun así, le resultó estremecedor oírlo en voz alta, y ya no quería prestarle más atención a aquel momento de su vida.

—Soy una mujer —lo corrigió—. Pero sí, probablemente debería haber muerto varias veces. Es un milagro que no lo hiciera.

—Un milagro, sin duda.

Blythe se preguntó si se estaba imaginando que la voz de Aris se había enfriado de manera significativa, o que parecía haber tomado nuevo interés en ella.

—Me alegro de que haya venido, señorita...

—Hawthorne —dijo ella—. Me llamo...

—¡Blythe!

La joven se dio la vuelta de golpe hacia la voz urgente que la llamaba desde el otro lado del pasillo. Signa tenía la piel enrojecida y las ondas del cabello despeinadas, como si hubiera estado corriendo. Pero en vez de mirar a su prima, Signa tenía los ojos fijos en el príncipe. Blythe intentó captar la atención de Signa y advertirla de que aquel era el hombre al que habían estado buscando. Él era a quien tenían que impresionar. Pero su prima no se dirigió a ella ni una sola vez. Blythe tuvo que dar un paso más para darse cuenta de que Signa tenía los ojos más raros de lo habitual, muy abiertos y alarmados.

—Blythe —repitió Signa con la suavidad de un buey—, deberíamos volver al baile. Byron se va a dar cuenta de tu ausencia.

De nuevo, Blythe intentó mandarle un mensaje a su prima con los ojos, pero si Signa lo entendió, no le hizo caso. Aris pasó por delante de Blythe y ocupó el espacio que había entre ellas.

—Ah, señorita Farrow —dijo. Blythe habría jurado que su voz era más ligera y que hubo una energía repentina en sus pasos, algo que no había estado ahí hacía unos segundos—. Esperaba que viniera.

Signa se acercó un poco más, y prácticamente golpeó una de las extrañas esculturas. Su mirada jamás se desvió de Aris. Se estaba comportando como un ciervo asustadizo observando el cañón de un rifle.

—Mi prima y yo ya nos íbamos a disfrutar del baile —dijo dando un paso al lado y agarrando a su prima del brazo con tanto vigor que Blythe hizo una mueca—. Nuestro tío nos estará buscando.

—Signa, compórtate —dijo Blythe en voz bajita, escupiendo las palabras a través de una sonrisa—. Es el príncipe.

Blythe esperaba que aquella noticia relajara a Signa, que se pusiera recta y dejara de comportarse de manera tan grosera. Pero parecía que Blythe tendría que ser el doble de señorita para compensar el comportamiento de Signa, que ni siquiera se inmutó.

—La señorita Farrow tiene razón —dijo Blythe sonriendo con cada palabra y con el corazón aporreándole. Por el bien de su padre tenía que causar una buena impresión—. Puede que alguien se lleve una idea equivocada si nos sorprendieran aquí a solas. Aunque nos encantaría que alguien nos acompañada de vuelta. Resulta que necesito un compañero para mi primer baile.

—No creo que sea una buena... —Signa dio un tumbo hacia adelante justo cuando el príncipe Aris ofreció su brazo. Sus ojos relucían de un color tan dorado como los paneles que había a su alrededor.

—Por supuesto, señorita Hawthorne. —Sonrió cuando Blythe deslizó su mano por encima de su antebrazo—. Será un placer.

Once

Si las miradas mataran, Signa intentó aniquilar a Destino mientras se adentraba en la pista de baile con Blythe del brazo. Al ver la mirada furibunda que le estaba echando Signa, Destino levantó la comisura de la boca. Viendo dónde había colocado la mano y la sonrisa satisfecha que le iluminaba el rostro, parecía que el hombre estaba poniendo todo su empeño en poner de los nervios a Signa. Por desgracia para ella, estaba funcionando.

—¿Esa es Blythe Hawthorne de la mano de un príncipe?

Los cuerpos se apretujaban detrás de Signa y se sumieron en un mar de cuchicheos por el que se quedó con los pies clavados en el suelo. Había sido una necia al dejar que Blythe saliera de su vista; estuvo demasiado distraída por Byron y Eliza, que incluso entonces luchaban por captar su atención. La pareja ya no estaba cerca de la pista de baile, sino que se habían excusado y se habían ido hacia un rincón de la sala. Eliza no le echó ni una mirada a Byron. De hecho, sostenía el abanico para cubrirse la boca. De vez en cuando, Signa veía un destello de los labios de Eliza y veía que se movían. Byron estaba lo bastante cerca para escuchar y, aunque lo escondía muy bien, él también estaba hablando.

Signa deseaba acercarse más, tenía la profunda sensación de que se estaba perdiendo algo importante. Pero si Destino había dejado una cosa clara era que no iba a permitir que Signa tuviera un descanso. Ya había sido lo bastante necia como para permitir que Blythe cayera en sus manos. No iba a permitir que ocurriera el mismo error al dejar que bailara más de una vez con su prima.

El salón de baile se quedó en silencio cuando Destino inclinó la cabeza hacia Blythe, que devolvió aquella formalidad con una reverencia. Aunque ya habría oído los cuchicheos, Blythe mantuvo los pies ligeros y se mostró con la gracia de una reina al colocar una mano delicada encima del brazo de Destino y dejar que el hombre acomodara el otro brazo en su cintura. El arranque de un vals inundó la sala, y con cada paso que daba la pareja, a Signa le palpitaba el cuello.

¿Cómo había conseguido Destino convencer a todo el mundo de que formaba parte de la realeza? Le bastaba con aparecer para que las damas se quedaran con la boca abierta y los hombres se ajustaran los chalecos. Signa pensó en pedirles más información a algunos de ellos —preguntarles de dónde se suponía que provenía el príncipe o dónde estaban sus padres, el rey y la reina—, pero en cuanto conseguía formar las palabras, sus miradas se volvían vidriosas y se la quedaban mirando en blanco. La observaban como si hubieran sido arrastrados a un sueño sin haber escuchado ninguna pregunta.

Nadie más se daba cuenta de ello. Pero Signa sí, igual que se dio cuenta de que, aunque las voces se hubieran acallado, acarreaban susurros como si fueran espadas de lo más afiladas y se apiñaban en torno a Blythe como lobos dando círculos alrededor de su presa. Volvió a desear que Muerte estuviera presente, aunque solo fuera para sentir su frío reconfortante contra sus huesos al observar a su prima con una angustia cada vez mayor en el estómago. Las habilidades de Signa estando sola aún no podían competir con las de Destino. Aun así, acarició la belladona que mantenía escondida en el vestido, por si acaso. Fuera o no la intención de Destino, estaba convirtiendo a Blythe en un objetivo mayor, y un día de aquellos alguien iba a tomar acción. Lo único que deseaba Signa era ser el escudo de su prima.

Destino puso la mano en las lumbares de Blythe, un gesto pequeño pero que estaba lejos de ser inocente. Igual que el resto de las mujeres solteras que había en la multitud, Signa se preparó para abalanzarse en cuanto la canción terminara, no estaba dispuesta a ver a su prima continuar con la farsa de atusarse el pelo y sonreír en un intento ridículo por encandilar a un hombre al que indudablemente odiaba.

—Míralos —susurró Charlotte con ensoñación, inclinando la cabeza sobre el hombro de Signa—. Hacen una buena pareja, ¿no? Sus hijos parecerían pequeños rayos de sol.

—Él sabe que han acusado a su padre de asesinato, ¿no? —Diana meció el abanico contra el calor del salón de baile y, por una vez, Signa deseó tener uno propio. ¿Por qué aquellos eventos siempre parecían mucho más glamurosos desde fuera de lo que eran en realidad?

Era difícil quedarse ahí sin más mientras Blythe y Destino bailaban. Aunque, dadas todas las miradas que estaban clavadas en Signa, no le quedó más opción que forzar una sonrisa en los labios. Necesitaba meterse en aquella pista de baile, lo cual quería decir que necesitaba hacer parecer que, por lo menos, los hombres se le podían acercar. A Charlotte y a Diana ya las estaban inundando con invitaciones, y sus carnés de baile se estaban llenando con nombres. Eliza Wakefield también se había vuelto a unir a los otros en la pista. Aunque su vestido deslumbraba mientras giraba y daba vueltas a brazos de un hombre al que Signa nunca había visto, tenía la sonrisa deshecha y no dejaba de dirigir la mirada hacia el rincón en el que estaba Byron, mirando, con el rostro ensombrecido por la luz de los candelabros.

Signa estuvo a punto de decir un improperio cuando se dio cuenta de lo que estaba haciendo Eliza. Habría sido mucho más fácil si hubiera sido honesta con Muerte sobre su intención de acudir al baile y pedirle que vigilara a Byron. Dadas las circunstancias, tenía que tomar una decisión, ya tendría tiempo de lidiar con lo de Byron más tarde. Pero antes, tenía preferencia alejar a Blythe lo máximo posible de Destino.

Aceptó bailar con el primer hombre que se lo pidió, y se puso frente a él en una fila con otras mujeres. Su mirada se perdió hacia el resto de la fila buscando a Blythe. Hasta que volvió a prestar atención a su compañero, Signa no se dio cuenta de que el hombre que estaba frente a ella no era el mismo que la había invitado a bailar. Era el propio Destino, mudo pero con una satisfacción en los ojos que hablaba más alto que la risa. No hubo tiempo para retirarse antes de que empezara la canción.

—¿Puedo ayudarla con algo, señorita Farrow? He sentido sus ojos clavándose en mí desde el otro lado de la sala.

Destino dio un paso adelante, y el color ámbar bruñido de las paredes reflejaron un destello en el suelo que a Signa le recordó al atardecer de finales de otoño, casi como si estuvieran bailando sobre las hojas caídas de los arces. Pero no hubo ningún crujido suave bajo sus pasos, su mente no se calmó y tampoco sintió el alivio en el pecho que le provocaba la quietud del otoño. Signa copió a su compañero cuando levantó una mano al aire, y sus palmas casi se tocaron al dar vueltas uno alrededor del otro, como si estuvieran cada uno al otro lado de un espejo.

Había un calor abrasador en el espacio que quedaba entre sus palmas, y Signa sintió chispas en las puntas de los dedos. A pesar de todo, la joven mantuvo el rostro impasible. Todo sobre Destino era impostado, desde la lenta subida de la música hasta la iluminación del atardecer, y Signa se negaba a tragárselo.

—Sea cual sea el problema que tengas conmigo, mi prima no tiene nada que ver con esto.

—Al contrario —dijo él, y Signa se dio cuenta por primera vez de que había un atisbo de acento en su voz. No se parecía a ninguno que hubiera escuchado, pero había algo antiguo, extraño y casi gutural—. Por su insistencia en que viviera, su prima ha desafiado su destino tres veces ya. Se suponía que iba a morir en tres ocasiones.

Signa se atragantó al darse cuenta de que el murmullo de la sala había cesado. El suave susurro del otoño había desaparecido, mientras que se había colado el frío silencioso del invierno. No había susurros ni risas, ni siquiera el suave tintineo de las copas de cristal. La gente a su alrededor continuaba bailando, pero sus movimientos eran más afilados, cada uno de ellos más preciso que el anterior y perfectamente coordinado. Las caras bonitas sonreían, pero no se dirigían a nadie; no parpadeaban, y por eso sus ojos se llenaban de lágrimas que les recorrían las mejillas y terminaban en los labios que forzaban las sonrisas. No eran más que marionetas, y Destino era su maestro, que los hacía girar, dar vueltas y doblegarse a su antojo.

Allá donde mirara Signa había señales del poder de Destino. Desde el palacio y los hilos de oro tejidos a su alrededor hasta el control que tenía sobre tantas cosas a la vez. Era un poder que no parecía costarle esfuerzo, que ni siquiera parecía considerar mientras daba vueltas a Signa a través de la pista de baile.

—Libéralos.

A pesar de que la exigencia de Signa fuera firme, tuvo cuidado para que no se le escapara ninguna emoción. De nada serviría darle a Destino algo a lo que aferrarse, aunque algo en sus ojos resplandecientes le decía que él ya sabía lo mucho que la molestaba el poder que tenía.

—Seguro que quieres hacerme muchas preguntas —dijo él—. Prométeme otro baile y te contestaré a lo que desees.

Signa tuvo que detener sus cejas para que no se le alzaran. Destino la estaba provocando, desde luego, pero si existía la menor posibilidad de que estuviera siendo sincero...

—¿Lo que sea? —presionó ella, escudriñando cada uno de sus movimientos.

—Dentro de lo razonable. Aunque primero debes prometer que vas a dejar la furia que hay en tu mirada.

Signa se obligó a apartar los ojos de él.

—Y el ceño fruncido.

—Muy bien. —Signa pensó en Blythe y bloqueó la imagen de las caras vacías que daban vueltas al lado de ella—. Te concedo un baile más.

La única manera para describir la sonrisa que se extendió en los labios de Destino era deslumbrante. Con la mano libre que tenía hizo un movimiento minúsculo, apenas un cambio en los dedos, y de repente el aire se llenó de risas. De nuevo hubo susurros y parloteo por todo su alrededor mientras el baile terminaba y las parejas se separaban en busca del siguiente nombre en el carné de baile. Mientras tanto, Destino mantenía bien agarrada a Signa.

Fue tan indiscreto que la joven solo esperaba que sus mejillas no se sonrojaran cuando los gritos ahogados y las sonrisas se elevaron tras ella. Primero Blythe, y ahora ella. Se imaginaba lo que debía estar pensando Byron, aunque fue él quien sugirió que Marjorie se acostara con Elijah para que dejara de lamentarse por la muerte de su esposa. Tal vez creyera que esa fuera exactamente la jugada que Signa debería estar haciendo.

—Gracias por eso —lo reprendió ella, consiguiendo solo una sonrisa por parte de Destino mientras la música volvía a reverberar por toda la sala. No era un vals como tal, sino una antigua entonación que sonaba como algo de otra época. Algo que la hacía sentir como si debieran bailar con los pies descalzos a la luz de un bosque en vez de en un salón de baile con la luz atenuada.

Destino estaba lo bastante cerca como para que Signa oliera la wisteria en su ropa, dulce y suave. Él dio el primer paso y la dirigió a través del baile con una elegancia practicada.

—Tenías razón: tengo preguntas. Muchas —dijo ella intentando sonar menos ansiosa de lo que se sentía.

Para su sorpresa, el agarre de Destino era firme pero cuidadoso, y observaba el rostro de Signa como si fuese un rompecabezas que necesitara resolver. Ella sospechaba que su propio rostro tendría ese mismo aspecto.

—Siempre que haya música y estemos bailando, puedes hacerlas —dijo con una voz más suave de lo esperado.

—¿Por qué nadie se cuestiona que haya aparecido un palacio de la nada? —preguntó Signa sin perder el tiempo—. Nadie parece reconocerte como el hombre que acusó a mi tío. Solo te ven como un príncipe. —Los pasos de Signa eran rígidos, porque estaba contando del uno al tres en la cabeza. Antes muerta que permitirse meter la pata en un simple baile con Destino.

—Las mentes humanas son fáciles de aplacar. —De nuevo, los hilos dorados que había a su alrededor destellearon—. Puedo controlar lo que ven, lo que hacen... Si fuera necesario, podría hacer que todo el mundo se olvidara de que han metido en la cárcel a Elijah.

Destino abrazó a Signa cuando se equivocó en un paso, como si hubiera anticipado que ocurriría. Entonces, solo entonces, Signa se permitió mirar verdaderamente a aquel hombre. No le gustó el calor de su cuerpo ni que tocarlo le provocara sudor en las manos. Aun así, apreció el hecho de que fuera amable con ella y de que le diera aquella información con facilidad. Tampoco le molestó que no le costara fingir el rol de un príncipe. Tenía una cara que bien podría estar en los periódicos del mundo, ancha y cincelada donde tocaba, con una mandíbula cuadrada y orgullosa. Además, estaba fuerte; Signa sentía su cuerpo firme bajo los dedos. Sin olvidarse de lo listo que parecía con aquellos ojos, siempre un poco entrecerrados, como si estuviera en un estado constante de evaluación y por siempre insatisfecho con lo que averiguaba.

Signa habría jurado que ya había visto esa mirada, aunque no sabía dónde.

—¿Por qué estás aquí? —le preguntó mientras él le daba vueltas.

Su respuesta fue demasiado simple, demasiado relajada:

—Estoy aquí para conocerla, señorita Farrow.

Signa falló otro paso, pero Destino la tomó del codo y la corrigió antes de que alguien se diera cuenta.

La joven frunció el ceño, intentando no quedarse demasiado rezagada en sus palabras. Parecía, cada vez era más evidente, que aquel hombre era un libertino hecho y derecho con un pico de oro.

—¿Y tu hermano? ¿No estás aquí por él?

Destino se inclinó hacia adelante y se quedó a un paso de empezar un nuevo escándalo.

—Ya no tengo hermano. Ya se lo he dicho, estoy aquí por usted.

Signa fijó la mirada en su pecho, se detestaba cuando sentía que sus mejillas entraban en calor.

Incapaz de que Signa lo mirase, la luz en los ojos de Destino se atenuó.

—Esta canción terminará en algún momento. ¿No me va a preguntar por qué estoy aquí por usted?

—No. —Signa no tenía ninguna intención de caer en sus trucos, y desde luego no cuando había asuntos más urgentes—. Quiero que dejes en paz a Blythe. El precio por su vida ya se ha pagado.

—Sí, lo pagó un hombre al que le quedaban diez años más en esta tierra. Créame, soy consciente. —Destino la agarró con más fuerza, y aunque no lo mostró, Signa pudo sentir que dentro de él se desataba una tormenta—. Hay un efecto en cadena cuando se juega con el destino de una persona. ¿Por qué no se aventura a adivinar a quién le toca lidiar con las repercusiones?

A Signa le ardía la piel bajo su tacto arrollador.

—Te prometo que el esfuerzo que estamos haciendo, tanto tú como yo, merece la pena por ella.

Destino soltó una risa divertida desde lo hondo de su pecho.

—Nadie merece tanto la pena.

—No me creo que lo digas en serio —dijo Signa sin pensar en lo que estaba diciendo; las palabras brotaban de ella incluso cuando la expresión de Destino se volvió tensa—. No me digas que nunca ha habido nadie por quien harías cualquier cosa, que nunca ha habido nadie que creyeras que mereciera la pena.

La música se detuvo en seco. Por todo a su alrededor, los cuerpos se echaron hacia adelante, doblegados por la cintura como marionetas a quienes les habían cortado la cuerda. Las paredes se resquebrajaron, la fachada se rajó y reveló atisbos de piedra gris natural llena de telarañas y grietas. Signa lanzó una mirada de pánico a través de la multitud buscando a Blythe, pero su prima no estaba por ningún lado.

Destino inspiró y luego agarró a Signa con más fuerza mientras la música volvía a sonar. De inmediato, la piedra que se estaba rompiendo desapareció y, en su lugar, volvieron a aparecer los paneles de ámbar dorado y los cuerpos se volvieron a poner derechos como soldaditos de hojalata, dando vueltas sin dar ninguna señal de que hubieran dejado de hacerlo en ningún momento.

—¿Qué fue lo que te dijo Muerte exactamente?

—Solo me dijo que en una ocasión amaste a una mujer —contestó Signa apresurada, mirando fijamente las paredes que centelleaban del gris al dorado—, y que él se la tuvo que llevar.

—Bueno, es un comienzo. —Destino se rio, y fue como el chirrido de las cadenas de los carruajes cuando se arrastraban por los caminos de piedra—. Pero me temo que eso es apenas rascar la superficie, pajarito.

Un escalofrío le recorrió el cuerpo, y Signa tuvo que resistirse al instinto que le decía que se apartara.

—No te atrevas a llamarme así. Él estaba a punto de contarme más, pero tú le arrebataste la habilidad para hablar conmigo, ¿no fue así?

Con su mandíbula cuadrada ensombrecida por el parpadeo de las velas, el rostro principesco de Destino se rompió con un dolor minúsculo que, en un abrir y cerrar de ojos, desapareció, igual que el palacio.

—Muerte no se merece la felicidad. —La música estaba llegando al *crescendo*, y Destino apresuró los pasos de baile hasta que estuvieron moviéndose con tanta rapidez que a Signa se le empezó a nublar la visión.

—¿Y qué hay de mí? —exigió ella—. ¿Es que mi felicidad no significa nada?

—Al contrario, señorita Farrow. Lo significa todo.

Signa estaba jadeando en busca de aire cuando la música se detuvo. El sudor le caía desde las sienes y se deslizaba por su espalda, pero Destino no tenía ni un pelo fuera de su sitio.

—Me toca a mí hacer una pregunta —dijo por fin, en voz tan bajita que Signa tuvo que esforzarse para oírlo—. Ahora que acaba de escuchar esta canción, ¿no la ha reconocido?

Signa hizo un repaso con la mente, esperando encontrar algo que lo satisficiera. La respuesta que esperaba estaba clara, y con tanto en juego, Signa no quería nada más que dárselo. Pero por mucho que se esforzara, por mucho que lo observara o dejara que su piel chamuscara la suya, nada en aquel hombre le resultaba familiar.

—He escuchado muchas canciones a lo largo de mi vida. No puedes esperar que me acuerde de todas ellas.

Destino se pasó la palma por la cara y ahogó un gruñido en ella. Cuando relajó los hombros y su enfado disminuyó, extendió una mano.

—Por favor —rogó con tanta suavidad como si fuera una nana—. Tómela y lo volvemos a intentar. Necesito que recuerde. Necesito que escuche y que recuerde quién soy.

Signa se echó hacia atrás y apartó las manos hacia los lados.

—¿Que recuerde quién eres? —Tal vez su primera impresión sobre Destino no estuviera tan desencaminada como creía—. Si te hubiera conocido antes, lo sabría.

Destino no retiró la mano, sino que la empujó hacia adelante mientras atravesaba a Signa con la mirada.

—No, señorita Farrow, quizá no. No si nos hubiéramos conocido en otra vida.

Doce

No le pareció apropiado reírse. No ante la situación ni ante el hombre que había desnudado su alma frente a ella y parecía aterrorizado por lo que Signa pudiera hacer con ello. Así que no se rio, a pesar de que por dentro se estaba riendo nerviosa, ya que era una de las cosas más ridículas que había oído en su vida.

—No dices nada —Destino tensó la mandíbula—. Por favor, di algo.

Signa abrió la boca, pero las palabras se le cuajaron en la lengua. Él era Destino, él sabía cómo se iba a desarrollar la vida de una persona, igual que debía saber quién estaba detrás del asesinato de lord Wakefield y cómo podrían salvar a Elijah. Signa tal vez no fuera la persona que él quería que fuera, pero tampoco se podía permitir que aquel hombre fuera su enemigo.

—Crees que soy... ¿Qué? ¿La reencarnación de tu amada? —Signa sentía la boca en carne viva, como si hubiera tragado cristales, y Destino cerró el espacio que había entre ellos—. ¿Por qué diantres crees que soy yo?

—Por cada vida humana, hay un tapiz que define su destino —dijo—. En el tuyo había hilos de plata que yo no bordé.

Mis hilos son de oro, mientras que los de Muerte son negros. Y los tuyos... Los tuyos siempre han sido plateados.

Signa no lo estaba mirando a él mientras hablaba, sino a los hilos de oro que destelleaban a su alrededor. Estaban por todas partes. Destino había detenido a todos los cuerpos en la sala, había hecho que el tiempo se detuviera y, aun con todo aquello, no había ni una gota de sudor en su ceño.

Signa siempre supo que Muerte era poderoso, aunque sus habilidades a veces llegaban en brotes grandes y repentinos: un viento afilado o una caricia mortal. El poder de Destino daba la sensación de ser más arrollador. Era infinito y terrorífico, y lo único que pudo hacer Signa fue acercar la mano hacia las bayas de belladona que llevaba consigo.

—No hay suficientes colores en este mundo para que cada persona tenga el suyo —susurró ella—. ¿Por qué yo sí lo tengo?

Signa se quedó quieta mientras Destino le tomaba la barbilla con dos dedos y le inclinaba la cabeza hacia atrás para que solo lo pudiera mirar a él.

—Porque tú no eres una humana ordinaria y tampoco eres una parca. Tú eres Vida, y no tienes ni idea del tiempo que llevo buscándote —dijo con una mirada que casi hizo que Signa retrocediera cuando se dio cuenta de lo que era: ansia. Como si fuera un hombre hambriento y ella, un festín ante él.

Vida.

Vida.

En aquella ocasión, Signa no pudo controlar la risa que se le escapó. Se llevó ambas manos a la boca para ahogar el sonido, pero fue demasiado tarde. ¿Destino pensaba que ella era Vida? Dios bendito, ¿dónde había estado aquellos últimos meses?

Destino entrecerró los ojos y se le marcaron unas arrugas profundas entre las cejas.

—No te sientes atraída hacia Muerte porque seas una parca, señorita Farrow. Te sientes atraída hacia Muerte porque él es quien te apartó de mí. En otra época, tú fuiste mi esposa.

A Signa se le atragantó otra risa, aunque aquella se la consiguió tragar. ¡Su esposa! La mera idea era ridícula, ya que aquel hombre estaba claro que nunca había presenciado sus poderes mortales en acción.

—Es tu hermano a quien amo —dijo Signa en voz baja y suave, como si estuviera intentando apaciguar a un ciervo asustadizo—. No soy quien crees, pero te ayudaré a buscarla. Podemos encontrar a Vida juntos.

Por la manera en que Destinó se alejó, podrían pensar que Signa le había cruzado la cara. El dorado en su mirada se derritió, y a sus espaldas se marchitó toda la wisteria. Durante un breve instante, Signa volvió a ver el palacio como era realmente, con las paredes grises y los suelos de cemento agrietados. Vacío, hueco y privado de vida, como las marionetas que se arremolinaban mientras el suelo bajo sus pies temblaba, y que solo los mantenían en pie los hilos dorados. Entonces volvieron a estar en el salón de baile ámbar y rodeados por la risa de los invitados. La transición fue tan rápida que Signa se tuvo que convencerse a sí misma de que no fueron imaginaciones suyas.

—Mis tapices no mienten. —Destino ya no se mostraba reservado ni coqueto. Sus movimientos eran erráticos, y tomó a Signa por los hombros mientras se inclinaba para captar su mirada—. No soy un hombre que suplique, pero ahora te suplico que me escuches. Te suplico que pienses, señorita Farrow. Que pienses en lo que quieres. ¿Te hace feliz pasarte el resto de la vida rodeada de muerte? ¿De dolor y duelo?

Signa no se dio cuenta de que estaba temblando hasta que alzó los brazos para apartar a Destino de un manotazo.

—No es tan terrible como suena —susurró acordándose de la noche en que había visto un alma por primera vez, o en la noche en que Muerte la había llevado al puente del más allá—. Muerte es así.

—¿«Es así»? —Destino soltó un bufido—. ¿Y si esas manos que tienes pudieran hacer algo más que matar? Podría enseñarte cómo hacerlo. Yo podría enseñarte. ¿No querrías hacer algo así?

No quería.

No podía.

Signa acababa de aceptar la oscuridad que había en su interior, y encontró la belleza que había en aquello. Pero... ahí estaba aquel susurro otra vez, el que la advertía de que si tanto dudaba al admitirle a Blythe lo que era y las cosas que podía hacer, tal vez fuera una abominación.

No quería que Blythe le tuviera miedo. No quería que nadie a quien quisiera la temiera. Pero si sabían la verdad... ¿cómo no iban a hacerlo? No existía un alma en vida que fuera a recibir con los brazos abiertos a una parca.

Solo por aquella razón Signa se sintió atraída hacia la promesa de Destino, aunque en ningún caso iba a contemplar su ayuda. Si no fuera por cómo afectaría a Muerte, entonces sería porque acababa de empezar a sentirse cómoda en su propia piel, y la idea de volver a abrirse para explorar algo le resultaba terrorífica. Por eso Signa no contestó a la pregunta sobre sus poderes, sino que le dijo a Destino:

—Da igual lo que digas o lo que creas, yo amo a tu hermano. No lo voy a dejar, y tampoco es justo que me mantengas apartada de él.

La sonrisa de Destino se volvió más fina y en sus ojos se entremezcló una oscuridad.

—Dicen que en el amor y en la guerra todo vale. He construido mi trinchera y traído mis rifles, y no tengo ninguna intención de retirarme. Te voy a perseguir hasta que recuerdes quién eres. Si eso significa que te tengo que cortejar, Signa Farrow, lo haré. Flores, paseos, hasta poesía si es lo que deseas. Sea lo que sea que disfrutes, me enteraré. Y al final te acordarás de la vida que tuviste en una ocasión.

Aquello no estaba yendo como Signa había esperado para nada. Podía sentir cómo se estaban instalando los nervios en su pecho, y tuvo que dar un paso atrás para arrebatarle el abanico a Diana de su mano congelada y abrirlo de golpe en un intento desesperado por enfriarse.

Destino tenía que estar equivocado. Ella no era Vida. No podía serlo. Había matado a su tía Magda. Había arrebatado vidas, no las había concedido. Destino era un hombre necio y lleno de esperanza. Pero tal vez hubiera una manera de utilizar eso a su favor.

—Haz un trato conmigo. —Apenas tuvo tiempo para pensar en las palabras antes de decirlas en voz alta, y detuvo el abanico.

—¿Un trato? —repitió él—. Creo que no estás entendiendo la magnitud que conlleva hacer un trato conmigo.

Por supuesto que no. Un trato con Destino parecía ser tan peligroso como uno con Muerte, y aun así Signa no pudo detenerse. Si aquella iba a ser su oportunidad, tenía que tomarla.

—No voy a quedarme aquí sin más mientras tú me lanzas flores o te presentas en la puerta de mi casa. Pero si me devuelves la habilidad para comunicarme con Muerte, aceptaré esta fantasía que tienes.

Destino tensó la mandíbula y Signa sintió como si Wisteria Gardens fuera un horno, el aire se enrareció y se volvió opresivo. Aunque no quería más que retirarse hacia una ventana y escapar del calor de su severidad, la joven mantuvo los hombros rectos y la barbilla alta hasta que la expresión de Destino se volvió agria.

—Hay condiciones. Primero, solo podrás comunicarte con Muerte por las noches, después de que tú y yo nos veamos.

Cuando Signa abrió la boca para contestar, Destino levantó las cejas para detener su protesta. Parecía que aquel trato era lo mejor que iba a conseguir.

—¿Y juras honrar este trato?

—Por supuesto que sí —dijo con cada palabra entrecortada—. Bien mirado, no tiene gran importancia. Terminarás acordándote de mí, y cuando lo hagas, decidirás dejar de comunicarte con él por ti misma. Eso será mejor que cualquier venganza que pueda imaginar.

A Signa le ardía la garganta. Destino se mostraba demasiado confiado, como si ya lo hubiera planeado, pero ¿qué opción le quedaba?

—Muy bien. Si cuentas con esta noche como nuestro primer encuentro, acepto —dijo Signa en una voz tan baja que no estaría segura de haber hablado en voz alta de no haber sido por la sonrisa satisfecha de Destino. Aunque antes había considerado enigmático al hombre, con aquella última palabra fue como si le hubiera dado a un interruptor, porque estaba prácticamente radiante.

—Los tratos con Destino son vinculantes, señorita Farrow. Cuando yo decida cobrar, debes estar preparada —dijo como si estuviera saboreando cada palabra.

Signa había leído suficientes cuentos de hadas como para saber que no debía aceptar con tanta facilidad.

—Tres eventos o encuentros, eso es todo. Después, me devolverás la habilidad para comunicarme con Muerte por completo.

La risa de Destino le provocó a Signa un escalofrío por la espalda.

—Un mes —la corrigió—, en el que te puedo visitar varias veces.

Era menos tiempo del que Signa se había imaginado, aunque seguía siendo demasiado como para que no tuviera que fingir lo frustrada que se sentía.

—Muy bien —aceptó—, pero tengo otra pregunta que debes contestar antes: ¿quién mató a lord Wakefield?

Para su sorpresa, la sonrisa de Destino no vaciló.

—Ya no suena la música y no estamos bailando. —Los cuerpos se giraron todos a la vez y se dirigieron hacia las puertas; los invitados estaban marchando como soldados escaleras abajo—. Espero que tu velada haya sido tan agradable como la mía. Pronto volveremos a vernos, señorita Farrow.

Signa no se quedó rezagada ni se permitió pasar ni un segundo reconsiderando la situación en la que se había metido. Cuando el resto de los invitados salieron del salón de baile, Signa se recogió las faldas y se marchó de Wisteria Gardens.

Trece

Signa se encontró a Blythe embuchada en el carruaje con aspecto de haber vuelto del infierno. Ambas tenían el mismo aspecto.

—¿Dónde estabas? —preguntó Signa mientras cerraba de golpe la puerta del carruaje para sorpresa del conductor, que se había inclinado hacia adelante para hacer lo mismo.

Blythe parpadeó una vez, luego otra.

—Eh... ¿bailando? Creo. Hacía tanto calor que debo haber salido para tomar el aire —dijo, tomándose su tiempo con cada palabra y uniéndolas como si fuera un rompecabezas.

No se acordaba. Por supuesto que no.

Signa echó la cabeza hacia atrás y la apoyó contra el asiento mientras intentaba decidir si sentirse enfadada o aliviada. Terminó resoplando.

—Parecía que estábamos bailando en casa del diablo —dijo Signa en un intento por apaciguar la inquietud de Blythe—. Byron ya está en el carruaje detrás de nosotras. Todo el mundo se está yendo.

—¿Tan pronto? —Blythe frunció el ceño, aún le estaba dando vueltas a la cabeza. Echó un vistazo fuera de la ventana hacia el cielo, que estaba totalmente oscurecido—. ¿A dónde ha ido el tiempo?

Cuando el conductor agitó las riendas y los caballos empezaron el descenso por la montaña, Signa se permitió respirar como tocaba. Blythe, sin embargo, no dejaba los dedos tranquilos y se arrancaba las cutículas de manera distraída.

A pesar de que ambas habían puesto mucho esmero en su apariencia aquella mañana, por cómo tenía el cabello Blythe parecía que hubiera estado corriendo por los bosques. En el rostro tenía un halo de pelillos sueltos en todas las direcciones, y sus mejillas pálidas estaban totalmente enrojecidas. Por su parte, Signa sentía que tenía toda la piel pegajosa, y se imaginaba que tanto los polvos como el rubor que se había preocupado en aplicarse aquella mañana estarían para entonces más que fundidos.

—¿Te has enterado de algo? —preguntó Blythe mientras apoyaba la cabeza contra la ventana. Signa también estaba apoyada contra la ventana, intentando echar un último vistazo a la fuente del patio. La escultura era de una mujer que se parecía tan poco a ella que Signa se rascó los brazos e intentó disipar aquella posibilidad de su mente.

No era ella. No podía serlo.

—Solo de rumores —respondió Signa—. Charlotte estaba ahí. También Eliza.

—Ni siquiera llevaba la ropa de luto —apuntó Blythe—. Es extraño, ¿no crees? No podía apartar los ojos de Aris, y eso que se ha pasado la velada bailando con lord Bainbridge.

A Signa se le heló la sangre.

—¿«Aris»? ¿Te refieres al príncipe?

—¿También tengo que ser formal contigo, prima? —la reprendió Blythe. Signa tuvo que morderse el interior de la mejilla para no hacer una mueca. Blythe era lista. Si creía que

Signa estaba reteniendo información, encontraría la verdad como un sabueso. Fue un alivio que Blythe continuara, y solo con un ligero toque de crispación en la voz—: Me sorprende que Eliza acudiera, la verdad. Si sigue así, los buitres no tardarán en ir a por ella.

Aunque a Signa no le gustaba nada Eliza —aquella joven siempre había sido la peor de las chismosas y, tal vez, la persona que más juzgaba al resto de las damas a las que Signa había conocido hasta el momento—, entendía mejor que nadie que el dolor podía provocar que las personas hicieran cosas incomprensibles.

—Te aseguro que es la temporada lo que está alterando su comportamiento, no el dolor que siente —añadió Blythe como si pudiera leer los pensamientos de Signa de manera clara en su rostro—. En cuanto se enteró de que un príncipe iba a entrar en la refriega, se volvió tan ansiosa como una mamá. ¿Has visto su escote?

—¿Has visto el mío? —Signa hizo un gesto con la mano hacia el canesú de su vestido y Blythe estiró el brazo para agarrar a Signa por la rodilla.

—¡A eso es a lo que me refiero! Dejando aparte tu espantoso comportamiento, nosotras hemos venido con la intención de seducir a un príncipe y ella, también. O a un vizconde como mínimo. ¿No te parece raro que se centre en eso con la muerte de su tío? Era lo más parecido a un padre que tenía Eliza.

Era extraño, desde luego, igual que el hecho de haberse pasado tanto tiempo cerca de Byron cuando no estaba bailando. Aun así, antes incluso de la muerte de lord Wakefield, Signa había observado el cambio en el comportamiento de Eliza en cuanto hizo su presentación en sociedad. Quería encontrar marido en su primer año, algo que Signa no podía reprocharle. Después de todo, ¿no había querido eso para sí misma en una ocasión?

—No estaría de más echarle un ojo encima —coincidió Signa—. Aunque no veo qué motivo podría tener para matar al duque.

Blythe suspiró y se puso los guantes.

—No, no creo que tenga ninguno. De hecho, le gustaba pasearse por el pueblo de su brazo. Él siempre le regalaba vestidos preciosos.

Tal vez hubiera un motivo que descubrir, pero parecía que iba a estar complicado. Todos los sospechosos parecían improbables. Daba la sensación de que encontrar al asesino sería un esfuerzo inútil, y aunque Byron era el primero de la lista, las piezas no encajaban. Signa quería contarle a Blythe lo que había notado entre él y Eliza Wakefield, pero, en cuanto a su familia, Blythe ya había tenido lo suyo, y Signa no quería que se sintiera traicionada también por su tío.

El camino bajo el carruaje se había alisado durante el trayecto por la ladera de la montaña. Cuando la conversación se apagó, Blythe descansó la cabeza contra la ventana y cerró los ojos. Tras unos momentos, respiraba profundamente. Signa se recostó hacia atrás, estirando las piernas bajo el vestido, y luego frunció el ceño, ya que aquel gesto le recordó a cuando habló con Muerte por primera vez, con Sylas. Ambos se encontraban en el vagón de un tren y él estiró las piernas, obscenamente largas, de la manera más grosera posible.

Dios, cómo deseaba que estuviera con ella en aquel momento.

Signa miró de manera distraída a través de la ventana y captó unos destellos preciosos de luna azul a través de los enormes alisos. Al observarlos le sobrevinieron los recuerdos del otoño, de cuando montó a caballo bajo las estrellas con

Sylas a su lado. La brisa le cortaba la piel, y todavía se acordaba de la sonrisa satisfecha en el rostro de Sylas cuando inclinó la cabeza hacia atrás para mirar al cielo y aullar con Gundry.

Signa no quiso que Muerte se enterara de su escapada a Wisteria Gardens, sobre todo teniendo en cuenta que le había suplicado que no acudiera. Pero lo echaba de menos, y no había manera de saber cuánto duraría el acuerdo con Destino. No quería esperar hasta que estuviera de vuelta en Thorn Grove para hablar con él, así que igual que Blythe, Signa inclinó la cabeza contra la ventana del carruaje y cerró los ojos.

¿Tienes intención de contarme el resto de la historia sobre tu hermano?, le preguntó. *¿O tengo que quedarme aquí sentada y esperar el final durante toda la eternidad?*

Signa esperó y detuvo el pie cuando se dio cuenta de que lo estaba agitando por los nervios. Tal vez no sirviera de nada. Tal vez Muerte siguiera siendo incapaz de escucharla y aquello no fuera más que una broma cruel de Destino.

Parecía que había pasado una eternidad cuando a Signa se le inundaron los ojos de lágrimas al sentir que Muerte le dirigía la atención. La joven no siempre había sido capaz de notar cuándo estaba el hombre presente, escuchando; pero desde que compartir pensamientos se había convertido en la manera más frecuente de comunicarse, Signa había aprendido a notar sus pequeñas sutilezas: un zumbido mudo en su cuerpo, una sensación de hormigueo, una compenetración repentina con él.

Ay, pajarito, cuánto te he echado de menos. A pesar de que no estuviera con ella en persona, la voz de Muerte seguía siendo un bálsamo que la sosegaba. Signa se alegraba de que Blythe estuviera dormida, porque no había manera de esconder su sonrisa. Apartó la mirada de su prima y saboreó el momento.

Destino era un necio si creía que en algún momento dejaría a Muerte. Signa lo amaba como el invierno, de manera firme y absorbente. Lo amaba con la estabilidad del verano y con la ferocidad de la naturaleza misma.

Yo también te he echado de menos, le dijo aprovechando la oportunidad. *Y hay un millón de cosas de las que preferiría hablar contigo, pero no sé cuánto tiempo tenemos.*

Signa oyó el suspiro de Muerte como si estuviera a su lado, y ella puso todo su empeño en fingir que lo estaba, en fingir que, si estiraba el brazo, el frío escalofriante de su cuerpo se adentraría en el suyo.

Entiendo que has hablado con mi hermano.

Necesito que me cuentes quién es Vida, dijo Signa a modo de respuesta, esperando evitar cualquier discusión para la que no tenían tiempo. *Necesito que me lo cuentes todo.*

Durante un largo rato, solo hubo silencio. Signa vaciló y se preguntó si, por parte de Destino, el acuerdo ya había llegado a su límite de tiempo. Pero luego se centró y pudo sentir a Muerte aún rezagado en los rincones de su mente, tomándose su tiempo. Después contestó: *Durante muchos años, solo tuve a Destino. Nuestra relación no era perfecta; él siempre pensó que yo debía intervenir menos en el mundo humano, mientras que yo siempre sugería que él interviniera más, que escuchara las peticiones de las almas cuyas vidas entretejía y que las tuviera en cuenta. Pero Destino se cree que es el artista perfecto. En cuanto una historia queda entretejida, pasa a la siguiente y no mira atrás. No siempre estábamos de acuerdo en los métodos que teníamos cada uno, pero, al fin y al cabo, solo nos teníamos el uno al otro. Hasta que un día dejó de ser así.* En aquel momento, Muerte se detuvo, aparentemente para reflexionar. Las palabras que siguieron fueron crudas, como si el recuerdo le estuviera suponiendo un gran sacrificio.

Hubo una mujer como nosotros, continuó. *Una que siempre había estado en este mundo de una forma u otra. Se llamaba Vida y era radiante. Destino enseguida se quedó prendado de ella, y se enamoraron ante mis propios ojos. Vida creaba un alma y Destino le daba un propósito. Él tejía su historia ante ella. Por aquel entonces, eran historias más amables, entretejidas con más cuidado, porque Vida quería que a sus almas les fuera bien y Destino quería que ella fuera feliz, que sonriera. Tenía una sonrisa preciosa.*

Signa tensó un poco los hombros y Muerte enseguida clarificó: *Yo la quería mucho, pajarito, pero no era un amor romántico. Cuanto más mayores nos hacíamos, más me daba cuenta de que Vida no era como Destino ni como yo. Él y yo éramos eternos, pero a ella le salieron arrugas alrededor de los ojos y la boca. Empezó a sentirse cansada, y llegó un momento en el que las nuevas almas que generaba eran escasas y esporádicas.*

Un día me apartó para decirme que había llegado el momento de irse. Me dijo que la vida no tenía que ser infinita y que pronto volvería con nosotros de una nueva forma. Como no existe la vida sin experimentar la muerte, me pidió que me la llevara. Pero antes, quería pasar un día más con Destino. Un día más para despedirse.

Evidentemente, Destino se dio cuenta de lo que estaba ocurriendo, continuó Muerte con palabras disgustadas. *Me exigió que me negara a su petición. Me dejó claro que, de no hacerlo, no volvería a dirigirme la palabra. No veía que yo también lo lamentaba, y estando así... me volví susceptible.*

Cuando Vida acudió a mí al día siguiente, yo me negué, y fue lo más egoísta que he hecho jamás. Vida era más fuerte que cualquiera de nosotros y sabía que le había llegado la hora de irse. Se reencarnaría, pero nosotros no sabíamos dónde ni qué forma asumiría. Tampoco sabíamos cuánto tardaría en volver a encontrarnos. Ya nos habíamos pasado gran parte de nuestra existencia sin ella, y ni Destino ni yo queríamos volver a arriesgarnos. Pero, como ya te he dicho, de una manera u otra, le había llegado la hora.

Cuanto más me resistía, peor se volvía la situación. Signa no se movía y apenas respiraba, aferrada a todas y cada una de sus palabras. *Oí la llamada de su muerte. Sabía que había llegado la hora. Aun así, me resistí y lo reprimí en mi interior hasta que estalló, y le di la peor muerte imaginable.*

La peste, Signa. La peste negra. La intenté mantener con vida de manera tan egoísta... hasta que no pude más. Ella fue la primera víctima, y luego aquello se propagó. Dios, que si se propagó. ¿Sabes cuánta gente murió por culpa de mi egoísmo? ¿Sabes cuántas vidas inocentes terminaron por culpa de mi error?

Signa deseó que Muerte estuviera ahí a su lado para tomarle de la mano y abrazarlo mientras compartía aquella historia, que era mucho peor de lo que se había imaginado.

Veinticinco millones, dijo al fin, y Signa sintió la gravedad de aquel número como un puñetazo en el estómago. *En cuatro años reclamé veinticinco millones de vidas inocentes. Todo porque me negaba a dejarla marchar.*

Tú la querías, le dijo Signa, detestando que solo pudieran hablar a través de aquel extraño vínculo que existía entre ellos. *Todos hacemos cosas absurdas por las personas a las que queremos.* Por eso Signa había protegido a Blythe; por eso había hecho aquel trato con Destino, solo para tener la oportunidad de hablar con Muerte.

Fue algo más que absurdo, Signa. Fue egoísta y cruel. Desde entonces no he visto a Vida, y mi hermano tampoco. Tal vez este sea nuestro castigo. O tal vez ella no nos recuerde. No es fácil tener certeza de algo, pero yo no he sido capaz de encontrar a Vida desde el día en que la vi morir.

Signa quiso decirle a Muerte todo lo que Destino le había contado. Quería que se riera y coincidiera con ella en que era ridículo creer que podía ser la mujer que se habían pasado tanto tiempo buscando. Pero las palabras se le atragantaron, ya que la aterrorizaba lo que él pudiera pensar.

Si era verdad que ella era otra persona, si existiera la mínima posibilidad de que ella fuera Vida, la mujer a la que él había matado y a la que su hermano había amado tanto... ¿cambiaría lo que sentía por ella?

Ahora me toca a mí hacer una pregunta: ¿ha pasado algo durante la visita a mi hermano?

Signa se centró en cada sílaba que pronunció Muerte, rebuscando en su voz cualquier sensación sobre lo enfadado que podía estar. Le resultó de una dificultad desconcertante.

El baile fue inútil. Signa arremetió los dedos en el asiento del carruaje. *No siento que ahora esté más cerca de detener a Destino ni de descubrir al asesino de lord Wakefield que la semana pasada. Me preocupa Elijah. También Blythe, si no encontramos la manera de limpiar su nombre. ¿No puedes meterte en la cabeza del guardia y convencerlo de la inocencia de Elijah, igual que hiciste con el personal de Thorn Grove cuando despareció Percy?*

Signa sintió el peso del silencio de Muerte durante un largo rato mientras él reflexionaba sobre su petición.

Si hiciera eso, Destino volvería a la carga con algo peor. No va a permitir que hagamos desaparecer esto.

En aquel punto, había que reconocer el mérito de Signa por resistirse al impulso cada vez mayor de echar la cabeza hacia atrás y gritar. Al notar su preocupación, Muerte dijo en una voz tan suave como la seda:

No pierdas la esperanza. Ya tenemos una lista de sospechosos con todos los que estuvieron en Thorn Grove la noche del asesinato.

Aquello no era, ni por asomo, tan tranquilizador como parecía creer.

La mitad del pueblo estaba en Thorn Grove aquella noche.

Puede, pero es un comienzo, que es mucho más de lo que tenías la última vez que resolviste un asesinato.

Signa suponía que aquello era cierto, dado que no conocía a una sola persona cuando llegó Thorn Grove. Aun así, supo que quien quisiera asesinar a Blythe debía tener acceso frecuente al lugar, lo cual... no era mucho más en lo que basarse de lo que tenía para el asesino de lord Wakefield.

¿Por qué tengo la sensación de que es mucho más difícil esta vez? Quería sonar segura, creer que podía resolver aquel caso, pero no pudo mantener la fachada. No con Muerte.

La última vez, no tenías a mi hermano encima, buscando venganza y sacando provecho de la situación. Y tú no querías tanto a la familia Hawthorne como ahora. Al menos, no al principio.

Ella los quería, muchísimo. Por eso tenía que centrarse y averiguarlo. Muerte tenía razón, aunque no fuera una gran pista, tenía a alguien con quien empezar: Byron.

Aún no sé cómo ayudarte, continuó Muerte, con unas palabras tan sosegadas como la brisa de primavera, *pero hablaré con mi hermano. Y, mientras tanto, quiero que te alejes de él. Esta vez lo digo en serio. ¿Me lo prometes?*

Iba a ser algo imposible de prometer, dadas las intenciones de Destino para con ella, pero Signa no creyó que Muerte debiera conocer todos los detalles. Al menos, no hasta que descifrara lo que sentía ella misma.

Prometo hacer lo que pueda y que seré discreta. Fue lo mejor que pudo ofrecer, y aunque Muerte suspiró su nombre, sabía que era mejor no protestar.

¿Te han dicho alguna vez lo tremendamente tozuda que eres?

A Signa le sorprendió la sonrisa que se le puso en los labios.

¿Te gustaría que fuera de otra manera?

La pausa que hizo Muerte le bastó como respuesta.

Sigue así, pajarito, y ya veremos si sigues siendo tan tozuda la próxima vez que te ponga las manos encima.

La imagen mental de aquella promesa hizo que Signa se imaginara cosas. Cambió de postura, le había entrado un calor repentino y muy incómodo con aquellas ropas que llevaba, que le parecieron montañas de tela.

¿Y qué harás exactamente? Descríbemelo con detalle.

Muerte habló en un gruñido bajo, pero Signa no consiguió escuchar su respuesta. En vez de eso, su cuerpo se puso alerta cuando una voz que definitivamente no era la de Muerte preguntó:

—¿Qué diablos te tiene sonriendo de esa manera?

Signa abrió los ojos de par en par cuando Blythe la tomó por el hombro, inclinándose hacia delante para inspeccionar a su prima. Le puso el dorso de la mano sobre la mejilla y arrugó la frente:

—Estás ardiendo del cuello para arriba. ¿Crees que estás incubando algo?

Signa sentía la mano de Blythe caliente contra su piel, pero solo tuvo un momento para darse cuenta de ello porque enseguida dio un respingo, sorprendida.

—¡Me encuentro perfectamente!

Debió enrojecerse aún más, porque Blythe entrecerró los ojos durante un buen momento. Después, se le iluminó el rostro con alegría:

—Ay, Dios, estabas soñando con un hombre, ¿a que sí? ¿Quién era? ¡Cuéntamelo!

En la mente de Signa sonó la risa de Muerte, bajita y como un rugido.

Venga, se mofó, *cuéntaselo.*

—No era nadie...

—No me vengas con esas —resopló Blythe—. ¿Has conocido a alguien en el baile? Dado que no has ni pestañado en su presencia, no ha podido ser el príncipe.

Por mucho que le hubiera encantado decirle que había conocido a alguien, Signa estaba tan aturdida que le supuso un esfuerzo incluso acordarse de su propio nombre. ¿Cómo iba a acordarse de cualquiera que hubiera estado en la velada? Además, conociendo a Blythe, ofrecerle un nombre sería como darle permiso para acechar al pobre hombre y averiguar hasta el último detalle sobre él, sobre su familia, sus secretos más profundos y si merecía o no a Signa. Por eso, sin pensarlo demasiado, dijo el primer nombre que le vino a la cabeza:

—Era Everett Wakefield.

Blythe cerró la boca de golpe. Juntó las manos, amable, sobre el regazo, haciendo un trabajo espantoso simulando que estaba tranquila.

—Bueno, él... A ver, supongo que está disponible. Pero, Dios santo, Signa, en qué momento. Me preguntaba si seguirías estando interesada en él después de todo lo que ha ocurrido. Daba la sensación de que durante los últimos meses había dejado de interesarte, aunque no quería husmear. Sabe Dios que le vendría bien algo de compañía, con todo por lo que está pasando. Pero ¿has visto la manera en que lo mira Charlotte? Me pregunto qué pensará si acabáis juntos.

—Supongo que se lo tendré que preguntar.

Cuando empezaron a ver las enormes puertas de hierro y las agujas de Thorn Grove, Signa soltó un suspiro de alivio tan fuerte que empañó la ventana. Cuanto antes saliera del carruaje, mejor.

Muerte, al fin y al cabo, la estaba esperando.

Catorce

Blythe no se molestó en llamar a la puerta cuando llegó a la habitación de Signa temprano a la mañana siguiente, con las mejillas coloradas y sin aliento, y el cuerpo encorvado por el peso del arreglo floral con el que cargaba. Era casi la mitad de grande que ella, y de una vegetación preciosa sobre la que caía wisteria.

—¿Puedo preguntarte qué encantos femeninos utilizaste para ganarte el afecto del príncipe con tanta rapidez? —Blythe dejó el arreglo sobre la mesa para el té de Signa, intentando no tropezarse con las flores que rozaban el suelo.

Apenas había salido el sol, aunque Signa ya estaba del todo despierta, sentada en el escritorio de su sala de estar y repasando la lista con los nombres de quienes habían recibido una invitación a Thorn Grove la noche del asesinato de lord Wakefield. Parecía que habían tachado varios nombres mientras ella dormía, y le llevó unos buenos diez minutos mirar fijamente el papel para darse cuenta de que solo podría haberlo hecho Muerte. Al hacerlo, se puso a rebuscar en la mesa hasta que encontró una carta que le había dejado doblada en la lista de los nombres. Había flores silvestres prensadas en el papel, y a Signa casi le estalló el corazón solo con verlo.

Tal vez Destino hubiera sido capaz de dejarlos sin hablar, pero no iba a poder detener aquello. Acababa de abrir la carta, que detallaba todas las cosas que harían en cuanto aquello hubiera pasado y todos los lugares que visitarían, pero Blythe entró por la puerta a trompicones y Signa tuvo que esconderse la carta por debajo del canesú mientras se levantaba de la silla. Cruzó la habitación e inspeccionó las flores con el ceño fruncido.

—Son preciosas —dijo Blythe mientras se estiraba, en un intento por relajar la espalda después de haber cargado con el arreglo floral—. Dada la manera en que hablaste con él y que ahora sueñas despierta con lord Wakefield, pensaba que eran para mí hasta que he visto tu nombre en la carta. No tengo ni idea de cómo has conseguido adiestrar a un hombre tan animal, pero estoy impresionada.

Signa se encorvó y vio que Blythe tenía razón: en medio del arreglo había un sobre dorado dirigido a ella. Lo arrancó de las flores, y varios pétalos cayeron sobre la mesa por la rapidez con la que lo hizo.

—Pensaba que no te gustaba el príncipe —insistió Blythe, entrecerrando los ojos mientras daba varios pasos para acercarse a examinar el sobre.

—Para ser alguien a quien tampoco le gustaba, parece que te interesa lo que ha enviado —respondió Signa. No pretendía sonar tan antagonista como lo hizo, pero le ponía de los nervios que Blythe husmeara, y dijera lo que dijese la carta, prefería que no lo viera.

—¿Qué tiene de malo sentir curiosidad? —Blythe apartó los pétalos caídos con la mano—. Que no te quepa duda, detesto tanto a ese hombre que me debería haber enviado flores a mí como disculpa por molestarme con su existencia. Son bastante bonitas.

Por desgracia, lo eran. También parecían ser caras, lo que quería decir que cualquiera que las viera cómo se las entregaban entendería de inmediato las intenciones del príncipe. Signa se imaginaba lo que ya estaría maquinando Byron en la cabeza.

—¿No vas a leer la carta? —Blythe se puso de puntillas, en un nuevo intento por mirar por encima del hombro de Signa—. Si te has ganado el favor del príncipe, debes responder.

Signa se tragó un quejido cuando abrió el sobre de golpe y puso el cuerpo en ángulo para alejarse de Blythe, que cada vez estaba más cerca. Signa no quería saber lo que quería decirle Destino, pero tenía claro que se enteraría de lo que había hecho si simplemente lanzaba la carta a la chimenea. Y, qué demonios, ella también sentía algo de curiosidad.

Con los dedos nerviosos, Signa liberó el papel que había dentro del sobre. No había sino una sencilla frase escrita con una letra elegante:

Dame una oportunidad y te demostraré que yo no soy el malo, señorita Farrow.

Signa casi se desmayó.

—¿Qué dice? —preguntó Blythe mientras Signa se llevaba la nota contra el pecho y la sacaba de su vista.

—Nada, solo es una nota dándome las gracias por bailar con él.

Blythe frunció los labios con amargura.

—Yo también bailé con él. Deja que vea...

Signa la esquivó cuando Blythe intentó quitarle la carta, y luego se acordó de lo que había hecho Elijah con el trozo de papel en la celda y lo arrugó. Cuando Blythe extendió la mano esperando recibir la nota, Signa se metió el papel en la boca.

Pero se trataba de un papel mucho más grueso que el trozo que le había mandado a Elijah, y se atragantó.

Blythe se quedó con la boca colgando.

—¿En qué diablos estás pensando?

Independientemente de que la carta le impidiese hablar, Signa no pudo responder. Por suerte, no tuvo necesidad de hacerlo, ya que la rescató un golpe en la puerta y Elaine entrando apresurada un momento después.

—¡Señorita Farrow! —gritó la sirvienta—. ¡Tiene que arreglarse enseguida!

—¿Qué pasa, Elaine? —preguntó Blythe, lo que le permitió a Signa tener un momento para escupir el resto del papel y limpiarse la lengua. Se apresuró por romper el papel húmedo y tirar lo que quedaba en la papelera cuando nadie más estaba mirando—. ¿Ha ocurrido algo?

—Está aquí, señorita —dijo Elaine rezumando con anticipación, y a Signa se le heló la sangre mientras rezaba por que la mujer se estuviese refiriendo a Elijah. Tal vez la carta de Destino quería decir que, después de todo, había decidido ayudarlos. Pero entonces, Elaine continuó—: Everett Wakefield ha venido a verla. El señor Hawthorne está con él en el salón.

Blythe hizo un ruido con la garganta indicando comprensión.

—Primero el príncipe y ahora el duque. Alguien lo pasó bien durante la velada.

Signa se encogió en la silla.

—¿Lord Wakefield ha venido a verme? Pero si hoy no iba a recibir a nadie. —Aquellas palabras sonaron absurdas incluso a su propio oído, porque estaba claro que el joven no iba a acudir a verla sin tener un buen motivo dado todo lo que estaba ocurriendo, sobre todo a una hora tan temprana. Aun así, la curiosidad hizo que Signa se pusiera en pie, y le dio un golpe suave a Blythe sobre el hombro cuando se dio cuenta de la sonrisa engreída que había puesto—. Muy bien. No debemos hacerle esperar.

Elaine se apresuró en ayudar a Signa a quitarse la bata y ponerse un vestido precioso de color crema para andar por casa, con cuello alto y mangas largas con adornos de encaje alrededor de las muñecas. Signa se puso rápidamente los guantes, a sabiendas de lo que le fastidiaba a Elaine, mientras se aseguraba de que todos los mechones de su cabello estuvieran en su sitio. A Signa le parecía ridículo que a alguien le preocupara su aspecto cuando el padre de Everett acababa de morir, pero no dijo nada.

—Parece que le causaste una gran impresión al príncipe —dijo Elaine—. Debería ver todos los arreglos florales que le ha mandado.

Dios santo, había más.

Blythe se levantó el dobladillo del camisón y agachó la cabeza.

—¿Debería hacer una reverencia cuando me dirija a ti a partir de ahora, prima? No quisiera ofender a una princesa.

—¿Desde cuándo te ha detenido un título a la hora de ofender a alguien? —Las palabras de Signa quedaron ahogadas cuando Elaine apretó los cordones de su corsé con tanta fuerza que la joven se preocupó por si se le rompían las costillas.

Prepararse por las mañanas era una ardua tarea, sin duda, y para cuando la joven estuvo vestida y lista, Elaine estaba sudando y Signa estaba sin poder respirar y un poco adolorida, mientras que Blythe observaba desde una silla en la esquina.

—¿Lord Wakefield ha dicho algo sobre el motivo por el que está aquí? —preguntó Signa mientras se ponía los zapatos, saliendo ya por la puerta.

Elaine siguió sus pasos. Era más bajita que Signa y tuvo que apresurarse para mantener el ritmo.

—Solo ha dicho que ha venido para hablar con usted —dijo.

Signa llevaba dos semanas preguntándose cómo le estaría yendo a Everett. A diferencia de su prima Eliza, él había mantenido un perfil bajo, y no había abandonado su finca ni una sola vez. De haberlo hecho, Signa se habría enterado de los chismes. ¿Por qué, entonces, la primera vez que salía había elegido acudir a Thorn Grove de entre todos los lugares?

—¡Espera! —siseó Blythe mientras las seguía. Aún llevaba puestos la bata y el camisón, y el cabello sin arreglar, y así se dirigió por el pasillo—. ¡Yo también voy!

Elaine se giró para mirarla de frente con un grito ahogado y horrorizado.

—¡Desde luego que no! Deberíamos vestirla de manera apropiada, y no hay tiempo...

Blythe la apartó con un gesto de la mano.

—Él no va a verme, yo solo voy a escuchar. Habla en voz alta, prima. Articula.

Aunque a Signa le habría encantado decirle a Blythe lo tonta y entrometida que sonaba, no había tiempo para discutir. Ya habían llegado al principio de las escaleras, y Blythe enseguida dio un paso atrás y se escondió en una esquina del rellano. Elaine también se quedó ahí, dejando que Signa bajara sola.

La doncella tenía razón: había flores por todas partes. Arreglos enormes de peonías y rosas, lilas; jarrones enormes de mármol cubiertos de wisteria. Decir que aquello era excesivo era decir poco. Signa intentó ignorar todo aquello lo mejor que pudo mientras iba hacia el salón, y se tomó un momento para dar cuenta de la situación mientras aún no la veían.

Byron y Everett estaban sentados uno frente a otro, con una bandeja de té y pastitas sin tocar entre ellos. Everett iba vestido de pies a cabeza con un traje negro de luto, y sostenía el sombrero sobre su regazo. Su piel cálida y bronceada se había vuelto ceniza, y tenía arrugas sobre la frente en las que Signa nunca se había fijado.

Aunque todos los movimientos que hacía fueran aletargados, Everett mantuvo una conversación educada, y Byron se mostró tan educado como Percy había sido, sin salirse de los temas fáciles e intentando no husmear, aunque Signa estaba segura de que quería hacerlo. No oyó mención alguna al nombre de Elijah ni al del duque, y la curiosidad enseguida pudo con ella. En el umbral que conducía al salón, Signa carraspeó.

Ambos hombres se pusieron en pie.

—¡Señorita Farrow! —Everett dio un paso minúsculo hacia adelante y echó un vistazo discreto a las flores que había detrás de ella—. De nuevo, le pido disculpas por presentarme sin avisar. Le prometo que no se convertirá en costumbre. Le habría mandado una carta detallando mi llegada, pero...

No necesitó decir nada más. Últimamente, la gente se comportaba como pirañas, esperando a que Everett saliera a la superficie para poder abrirlo en canal. Signa entró en el salón y acudió a su lado de inmediato. Por muy inapropiado que fuera, tomó una de las manos de Everett en las suyas.

—No se disculpe, no es necesario. Por favor, siéntese con nosotros. Lamento lo de su padre, y aunque sé que no es una pregunta justa, no puedo evitar hacerla... ¿Cómo le va?

—La señorita Killinger está siendo muy generosa con su tiempo —dijo mientras se sentaba, tirando de ella para que se sentara a su lado—. Me ha estado ayudando a organizarlo todo: el funeral, el entierro... la ceremonia para mi título. A decir verdad, por eso estoy aquí. Quería invitarla a usted y a su familia, y disculparme por el comportamiento que tuve la otra noche. No tengo ni idea de qué me ocurrió cuando dije lo que dije sobre sus tíos. —Echó la vista a un lado, hacia Byron, que asintió, pero observando a Everett con ojos recelosos. Parecía que ya habían discutido—. No estaba en mis cabales —continuó—. Quiero que sepa que hablé con el guardia en cuanto volví a recuperar la cordura, y que he hablado a favor de Elijah.

Signa se enderezó e ignoró el golpe seco que provenía de la escalera, donde estaba escuchando Blythe.

—¿Está diciendo que lo van a soltar?

La larga demora antes de que Everett volviera a hablar bastó como respuesta. Con suavidad, alejó su mano de la de Signa.

—No creo que su tío tuviera razón alguna para envenenar a mi padre, pero el señor Hawthorne confesó ser quien le dio la bebida, y el guardia cree que tiene un motivo para querer a mi padre muerto. Lo van a tener encerrado a pesar de lo que yo diga. Lo que pasa es que creía que debía saber que yo nunca quise que ocurriera nada de esto.

Si estuviera en el lugar de Everett y la situación fuese la contraria, Signa seguramente le habría odiado. La parte táctica de su mente volvió a pensar en los motivos que pudieran existir, pero entonces se acordó de la carta de Destino, aquella en la que decía que quería demostrarle que estaba de su lado. ¿Podía ser el cambio de rumbo de Everett un regalo de su parte? La disculpa que había en los ojos de Everett era tan sincera que casi podía estar tranquila. Casi, pero no del todo, dado que no había manera de saber si Everett había acudido por voluntad propia o Destino había plantado la semilla en su mente.

—Que hable a favor de él es una gran ayuda —consiguió decir Signa al fin—. Lo que le ocurrió a su padre es horrible, Everett. Aprecio de todo corazón que en estos momentos esté pensando en mi tío, pero debe cuidarse de sí mismo. Si hay algo que pueda hacer por usted, dígamelo.

—De hecho, sí que hay algo. —Se recostó justo lo suficiente para alcanzar su chaqueta y sacar una carta—. Como he dicho, debo tomar mi lugar formalmente como el duque de Berness, y para mí significaría mucho que usted y su familia acudieran a la investidura.

Cuando le puso la invitación en la mano, Signa se quedó quieta. Lo que le estaba pidiendo no era algo menor, y de no haber sido por Destino, Signa dudaba que Everett lo pidiera siquiera. Aunque, sin Destino, no creía que hubieran acusado a Elijah. Aun así, si Signa acudiera a la investidura con su familia y una invitación en mano por parte del hombre que había culpado a su tío... ¿Habría una manera mejor para empezar a limpiar el nombre de Elijah?

—Hice una acusación apresurada aquella noche. —Everett se pasó una mano por el cabello, y tragó saliva—. Le pido perdón por eso. Me imagino que es lo menos que puedo hacer para intentar reparar el daño que le he causado a su familia. —Byron carraspeó, y Signa lo miró el tiempo suficiente para verlo asentir una sola vez.

Signa dejó la invitación sobre su regazo y dirigió una sonrisa hacia Everett.

—Ahí estaremos. —No se había dado cuenta de lo tenso que estaba el joven hasta que relajó los hombros al oír su respuesta.

—Fantástico —dijo él, y Signa supo que, aunque Destino hubiera orquestado todo aquello, Everett iba en serio con cada palabra que dijo. Era mejor persona que Signa. Mejor que la mayoría de la gente, en realidad.

Entonces Everett se puso en pie, y Byron y Signa hicieron lo propio.

—Debería irme antes de que alguien vea mi carruaje aquí enfrente. De nuevo, les pido disculpas. Y espero verlos a todos en la ceremonia.

—Será usted un gran duque —le dijo Byron—. Su padre estaría orgulloso.

Aquellas cuatro palabras bastaron para dejar sin respiración a Everett y arrebatarle lo que le quedaba de luz en los ojos. Signa se quedó mirando fijamente sus labios apretados y pálidos, sintiéndose culpable mientras lo observaba tratando de rectificarse.

—Gracias —dijo en un tono inexpresivo, aunque se obligó a sonreír—. Desde luego, eso espero. Ahora, si me disculpan... —Tal vez incapaz de seguir fingiendo que se encontraba bien, Everett se puso el sombrero en la cabeza y salió apresurado hacia su carruaje.

En cuanto la puerta se cerró detrás de él, Blythe prácticamente bajó volando por las escaleras. Arrastraba el vestido detrás de ella hasta que se le quedó enganchado entre dos arreglos florales y se tuvo que detener para tirar de él.

—¿Crees que lo decía de verdad? —preguntó cuando consiguió retomar el aliento.

—Parecía sincero —admitió Signa—, aunque es difícil de decir.

—Este es precisamente el tipo de atención que necesitamos. —Byron escudriñó más allá de la puerta, que estaba abierta, hacia donde los sirvientes seguían recogiendo los regalos de Destino—. Tendremos que andarnos con cuidado. Un movimiento en falso, señorita Farrow, y todo se hará trizas. ¿Cuándo es la investidura?

Signa abrió sin cuidado el sobre, sacó la invitación y leyó por encima la caligrafía elegante hasta que vio la fecha:

—El veinte de abril.

—Menos de una semana. No hay mucho tiempo para planificar. —Byron se pasó la mano a lo largo de la mandíbula, y cuando volvió a mirar a Signa, no lo hizo con preocupación, sino con la misma consideración que una persona inspeccionando a un caballo antes de una carrera—. Esto está yendo mejor de lo que esperaba. Sigue así, y puede que tengamos a Elijah con nosotros antes de lo que esperábamos.

La pregunta era si lo esperaba él. Y ya era hora de que Signa obtuviera una respuesta.

Quince

Cuando Signa sacó las bayas de belladona del envoltorio, estaban pasas y arrugadas. Solo quedaban diez, y al mirarlas fijamente, se imaginó la voz de Muerte en su cabeza diciéndole que no se arriesgara, que encontrarían otra manera.

Byron llevaba dos semanas sin hacer nada que demostrara que era culpable, pero si lo era, no había tiempo que perder. Signa se había pasado horas esperando a que abandonara el estudio de Elijah, y no había manera de saber cuándo volvería. Byron apenas había salido de la habitación, ni siquiera para dormir, y cuando lo hacía, nunca se iba sin cerrar. Si Signa quería saber lo que hacía cuando se pasaba el día ahí, aquella era su oportunidad de averiguarlo.

Cuando la temperatura de su habitación se desplomó, Signa supo que, aunque no pudiera verlo, Muerte estaba ahí con ella, viendo cómo sostenía las cinco bayas que le quedaban. Las ventanas se abrieron de par en par, y las esquinas quedaron heladas por una brisa que atravesó la habitación y derribó una de las bayas que tenía en las manos. Signa echó una mirada furibunda detrás de ella, donde esperaba que Muerte estuviera, y después recogió la baya y sosegó el temblor de sus manos. No quería que viera lo asustada que estaba.

Estaba ocurriendo algo raro con sus poderes, pero Destino no iba a permitir que enfermara tanto como para morir si sospechaba que ella podía ser Vida. Aquel pensamiento no la reconfortaba, pero le daba la confianza para seguir adelante con su plan. Se metió las bayas en la boca antes de que cambiara de opinión y las masticó. Hizo una mueca ante el sabor a podrido que se le posaba en la lengua. Después de aquello, se arrodilló frente a la estructura de la cama, a la espera de que se apoderaran de ella aquellos efectos tan conocidos. Le llevó más tiempo de lo habitual, ya que las bayas eran menos potentes. Tendría que moverse rápido para evitar quedarse atascada al otro lado de la puerta del estudio.

Al final, cuando el mundo se sumió en una espiral de neblina gris y el cuerpo se le quedó frío, Signa abrió los ojos. No le hizo falta darse la vuelta para saber dónde estaba Muerte, ya que sus sombras ya se habían colocado alrededor de ella y la habían llevado hacia su pecho. Muerte la abrazó con tanta ferocidad que Signa se preguntó si alguna vez la dejaría marchar.

Se habituó a esa conocida ráfaga de poder que la atravesaba estando en aquella forma, e inclinó la cabeza contra él mientras invocaba la noche. Las sombras se acercaron a ella, se deslizaron por sus pies y le envolvieron las manos hasta que le cubrieron la piel como una armadura. Signa hizo un gesto para darles la bienvenida. Aquel poder le parecía tan natural que sentía pena por Destino y sus esperanzas.

—Hola, pajarito —dijo Muerte con una voz que atravesó la noche, y Signa sintió un frío abrasador contra su piel.

Dios, qué bueno era oír su voz. No solo en su cabeza, sino atravesando la habitación como una tormenta gloriosa. Signa se echó hacia atrás para poder verlo: no era un humano, sino sombras con la forma de un hombre, con el rostro y la piel enmascarados por la oscuridad.

—No te enfades conmigo —susurró ella, y aunque nada le habría gustado más que dejarse caer de nuevo en sus brazos y sentirlo ahí contra ella, Signa temía que tuviera menos tiempo que nunca para quedarse en aquel estado, siendo las bayas de hacía tanto—. No tenemos mucho tiempo.

—Últimamente no lo tenemos. Y de nada sirve estar enfadado. Me he resignado a entender que siempre ignorarás mis deseos y que harás lo que quieras. —Aunque habló con una voz suave mientras salía con ella por la puerta, se quedó a un brazo de distancia, observando cada uno de sus movimientos. Se mantuvieron pegados a las paredes, cerca de los retratos del linaje Hawthorne, que Muerte inspeccionó mientras caminaban—. Hay muchos de ellos, ¿a que sí? —Dio unos cuantos pasos más y se detuvo ante otro retrato de una mujer con los ojos inexpresivos y una mueca de enfado—. Recuerdo el día en que recogí a esta. No dejaba de gritar y me dijo que, si estaba muerta, tenía que llevarme también a su marido. Él estaba en plena forma.

Signa sonrió y dejó que su mano se deslizara en la de él, saboreando el momento mientras durara. Anteriormente había paseado por aquellos pasillos con Sylas, buscando pistas sobre el asesinato de Lillian Hawthorne. Sabía que no debería sentirse tan contenta como estaba, pero Signa nunca había tenido una vida normal, y entrar a hurtadillas en el estudio para investigar a su tío con Muerte a su lado parecía su manera particular de cortejo.

—Es aquí. —Signa se detuvo a escuchar cualquier paso o signos de vida dentro. Al obtener solo el silencio por respuesta, atravesó la puerta temblando.

El estudio de Elijah era como lo recordaba: una habitación amplia con butacas de cuero tan intenso como el caramelo, y muebles elegantes y con buenos acabados. Tenía una esencia masculina, cálida y sofisticada, y olía a pino. Los cientos de libros que había en las estanterías por todas las paredes estaban inmaculados y sin tocar, aunque el escritorio era otra historia. Era un desastre lleno de papeles con manchas de té y libretas llenas de notas en cada página.

Muerte acompañó a Signa mientras ella pululaba por el escritorio y mandaba a sus sombras que quitaran la silla del medio para que no tuviera que quedarse en mitad de un mueble y sentirse como un fantasma de verdad. Muerte se rio, en voz baja y satisfecho, mientras la observaba.

—No esperaba que ya tuvieras tanto control.

—Por supuesto que sí. —Signa volvió a invocar a sus sombras alrededor de ella para que los filamentos giraran las páginas que ella no podía tocar estando en su forma de espíritu—. Al fin y al cabo, soy una parca.

Aquellas palabras las dijo tanto por su bien como por el de él, aunque se atragantó con ellas. Cuando estaba en aquella forma, ser capaz de dar órdenes a sus sombras la hacía sentir más poderosa que cualquier cosa en el mundo. Le gustaba que Muerte y ella se parecieran tanto. Le gustaba que hubiera una parte de ella que solo él entendía.

Pero por mucho que ansiara el rasgueo de aquel poder recorriéndole el cuerpo, las sospechas de Destino seguían retumbándole en la cabeza. Si él estaba en lo cierto, si sus manos de verdad pudieran brindar vida en vez de muerte, ¿no debería ser ese el poder que ansiara?

No quería creer que pudiera ser verdad, pero la idea se le había metido a fondo en la cabeza. Era como un picor constante que no se podía rascar. Tuvo que distraerse pasando las páginas y los recortes que había desperdigados sobre el escritorio. El primero que le llamó la atención era la historia de un incendio que hubo en un jardín.

A Signa se le hizo un nudo en la garganta. Estaba tan perdida en sus pensamientos que intentó agarrar el periódico por sí misma, pero con su mano fantasmagórica lo atravesó. Muerte se puso a su lado e inspeccionó las páginas por encima de su hombro. Entonces dijo en voz alta la verdad que tanto aterrorizaba a Signa:

—Byron está investigando la desaparición de Percy.

En los libros de contabilidad no solo había notas, sino también los nombres de comerciantes y amigos. El nombre de Charlotte Killinger estaba subrayado, y Signa se dio cuenta, para gran disgusto, que había un círculo en su propio nombre. También en el de Elijah.

Detrás de ellos había un mapa al que Muerte dio la vuelta e inspeccionó en un silencio absoluto. Signa también se puso a mirarlo, aunque de inmediato deseó no haberlo hecho. Había pueblos tachados con una X y solo había uno que tuviera un círculo: Amestris. La joven volvió al escritorio y vio el mismo nombre en los libros de contabilidad, con la dirección de cada posada y cada pub del lugar anotada.

—Byron lo está buscando —susurró Signa. Sentía una culpabilidad mordaz y que la quemaba por dentro. Parecía que por aquel entonces Byron ya había buscado prácticamente en medio país. Página a página, sus notas iban perdiendo elegancia hasta que se convirtieron en una letra prácticamente ilegible y garabateada. Algunas de las cosas eran tan difíciles de leer que casi pasó por alto una palabra en lo alto de la página más reciente: «¿Asesinato?».

Signa se tropezó hacia atrás y sus sombras se evaporaron como humo. Muerte la agarró por los hombros para que retomara el equilibrio.

—Lo sabe. —Si Signa hubiera estado en su forma mortal, habría vomitado. Estando de aquella manera, se colocó una mano sobre la barriga e intentó sofocar aquella culpabilidad que la quemaba—. Sabe que Percy está muerto. Sabe que alguien lo ha matado. Mi nombre está en esos papeles, Muerte. Debe creer que fui yo. Debe saber...

—Él no sabe nada. —Muerte le atravesó la piel con los dedos—. No dejamos ningún rastro. Byron puede sospechar todo lo que quiera, pero él no sabe nada. Te lo prometo, yo me encargué.

Tal vez. Pero lo único que ella podía ver eran los mapas con ciudades tachadas y las decenas de notas esparcidas y escritas con una mano desquiciada. De puertas para afuera, Byron mantenía la compostura. Pero de puertas para adentro...

—Él quería mucho a Percy. —Signa se quedó con los labios paralizados ante aquellas palabras—. Lo quería y no lo volverá a ver nunca. Ni siquiera sabe lo que ocurrió.

Signa se sentía como si fuese una muñeca de trapo olvidada con las costuras deshilachadas. Por muy cruel que terminara siendo Percy, ¿acaso no se merecía su familia una respuesta? Signa había querido evitarles una verdad tan dolorosa, pero no podía decir nada sin que ellos supieran que ella era la responsable de su muerte. Y si eso ocurriera... perdería a la familia Hawthorne para siempre.

—Signa. —Muerte la agarró con más fuerza. El cuerpo de la joven tintineaba en su forma de espíritu, visible un momento y traslúcido al siguiente. A su alrededor, las sombras se arremolinaban frenéticas—. Si no lamentaran la pérdida de Percy, habrían tenido que lamentar la de Blythe...

Muerte se detuvo en seco al ver que el mango de la puerta se movía, y entonces lanzó sus sombras alrededor de ambos. Aunque Byron no pudiera verlos ni oírlos, tanto Signa como Muerte se quedaron tan quietos como pudieron, nutriéndose de la ansiedad de cada uno.

Pero no fue Byron quien entró en el estudio, sino Blythe. Y Signa ahí, de pie, invisible en su forma de parca, se sintió bastante tonta por no haberle preguntado antes a su prima por la llave de la habitación. Había ido con mucho cuidado alrededor de Blythe en cuanto a sus sospechas sobre Byron, pero tendría que haberse imaginado que su prima tendría tantas sospechas sobre él como ella. Signa tendría que haberse imaginado que mientras la estaba evitando, Blythe estaba haciendo sus propias indagaciones.

Blythe estaba tan callada como los muertos al acercarse al escritorio, aunque no fue ni de lejos con tanto cuidado como Signa al hojear los papeles. No dejó todos los cuadernos por la página en la que se los había encontrado abiertos ni fue con cuidado para mantenerlo todo organizado. Para que Byron no se diera cuenta de que había estado ahí, Signa se encargó de reorganizar las cosas cada vez que Blythe apartaba la vista y se ponía con el siguiente papel. No debían ser más que fantasmas pasando por ahí, como le había dicho Sylas tanto tiempo atrás.

Blythe investigó más a fondo que Signa, y fisgoneó todo lo que había en el escritorio hasta que dio con una cajita de terciopelo en uno de los cajones. Se quedó quieta, y Signa agarró a Muerte del hombro. No hacía falta mirar dentro para saber lo que contenía la caja. Aun así, Blythe abrió la tapa y reveló una esmeralda deslumbrante sobre un anillo de oro.

Es el escritorio de Elijah. Signa lanzó aquellas palabras a Muerte mientras sus sombras se removían, aparentemente inalteradas.

Byron lleva una semana haciendo uso de él. El anillo podría ser de cualquiera de ellos.

Seguramente el anillo no fuera de Elijah, dado que estaba empezando a pasar los días sin perderse a sí mismo pensando en su mujer fallecida. Byron, por otra parte, había mostrado más interés en aquella temporada que nunca.

Volvió a pensar en lo extraño que había sido su comportamiento durante la velada de Destino, y en que él y Eliza habían estado juntos en más de una ocasión. No estaría pasando nada entre ellos... ¿o sí?

Blythe cerró la caja de golpe y dejó el anillo de vuelta en el cajón con el ceño muy fruncido. Desvió la atención hacia el escritorio, con una mirada más crítica mientras levantaba varios de los recortes para volver a leerlos por encima. A Blythe le llevó un poco más de tiempo que a Signa llegar a la misma conclusión. Hasta que vio el artículo sobre el incendio, no soltó el resto de los recortes de periódicos. Y con el rostro volviéndosele blanco como la cal, estudió la teoría de Byron: no que Percy se hubiera marchado, sino que a él también lo hubieran asesinado. Blythe leyó aquellas palabras una y otra vez, con tensión. Luego recogió los papeles y los volvió a colocar donde los había encontrado. Agarró el escritorio por los bordes, sin darse cuenta de que Signa estaba a su lado, observando a su prima mientras miraba los nombres que había en la lista de Byron. Observando cómo veía el nombre de Elijah. Y el de Signa.

—No —susurro Blythe, y qué ganas tuvo Signa de agarrar a su prima por la mano y contárselo todo. Pero Blythe no la perdonaría nunca. ¿Por qué debería hacerlo?

Signa se había dicho a sí misma que no iba a mantener aquel secreto por su propio bien, sino por el de Blythe. Pero con la presión de la culpa, se dio cuenta de lo mucho que se había estado mintiendo a sí misma. Quería evitarle el dolor a Blythe, desde luego. Pero, más que otra cosa, a Signa le aterrorizaba perderla. Le aterrorizaba volver sola a Foxglove, de nuevo abandonada por aquellos a quienes quería. Si

Muerte no la hubiera estado agarrando, habría vuelto a su forma humana, aunque solo fuera para tenderle una mano a su prima, para pedirle perdón por todo lo que había hecho para salvarle la vida aquella noche en el bosque.

Las palabras de Destino repiqueteaban en su cabeza, una y otra vez: *¿Y si esas manos que tienes pudieran hacer algo más que matar? ¿No te gustaría?*

En aquel momento, sí. Si aquello significaba no volver a tener que ser la responsable de las lágrimas de alguien a quien quería, por los cielos que sí.

El mundo empezó a girar a su alrededor, hacía demasiado calor. No. No hacía calor: quemaba, abrasaba, chamuscaba, como si algo la estuviera quemando viva. Se agarró la cabeza y cayó de rodillas.

No se trataba del calor agradable de la muerte, sino de un fuego abrasador que la atravesó al mismo tiempo que unas gruesas enredaderas irrumpieron desde los tablones de madera que había bajo sus pies. Fue como aquella noche en el bosque, cuando Gundry había estado a su lado y Signa había hecho que el jardín muerto se alzara para que atrapara a Percy. Pero aquello no eran unas zarzas muertas alzándose desde la tierra, sino una hiedra hermosa que se abría paso por el suelo como un fuego desatado.

¿Qué ocurre?, preguntó Signa, presa del pánico, mientras un liquen grueso devoraba las patas del escritorio de Elijah y la wisteria se entretejía entre las astillas de la madera. Muerte se echó corriendo hacia atrás, y siseó mientras daba zarpazos a las enredaderas que, de algún modo, estaban atrapando a sus sombras.

Blythe se apartó del escritorio y se alejó de la tierra creciente con un chillido, dando patadas al musgo que se le subía por las botas. Se frotó los ojos llorosos, como intentando desengañarse a sí misma, pero cuando bajó las manos, había tallos verdes y maduros saliendo de las paredes y enredándose en sus dedos. Entonces Blythe gritó y se tropezó con una butaca.

Deberíamos irnos. Muerte agarró un puñado de la hiedra que había atrapado las manos de Signa. Las espinas se clavaron en su piel, extrayéndole volutas de oscuridad en vez de sangre. No podía ver con la suficiente claridad como para quitárselas ella misma, estaba temblando cuando Muerte se las arrancó y la sacó aprisa del estudio. No se detuvieron ni una sola vez durante el camino de vuelta a la habitación de Signa. Ni para hablar, ni para hacer preguntas. Para nada. Pero en cuanto llegaron, las enredaderas en flor se cayeron de sus cuerpos, y Muerte dejó que salieran unas sombras para que las apartaran a un lado mientras volvía a su forma humana. Entonces, Signa pudo ver que la estaba observando con una mirada aguda, como si no la hubiera visto antes.

—Lo siento —dijo Signa con la voz rasgada—. Te juro que no era mi intención. No... no sabía que fuera verdad. Yo no... no pensé... —Sentía una tensión en el pecho porque estaba recuperando el aire en los pulmones. Le quemaba la sangre en las venas y su cuerpo centelleaba, apareciendo y desapareciendo de la vista. Pero aún no se encontraba mal. No estaba tosiendo sangre ni vomitando, y se aferró a aquella victoria.

»Di algo —gimoteó Signa cuando por fin reunió el valor para dirigirse a Muerte.

Normalmente, a Muerte se le daba bastante bien hacer de humano, pero en aquel momento se había olvidado de pestañear y la estaba mirando fijamente. Signa intentó calmarse. Intentó, por todos los medios, estar tranquila y calmada, ya que no les haría ningún bien que volviera a hacer que brotaran cosas.

Muerte puso sus dedos alrededor de los de ella, uno a uno, y cerró los ojos.

—Has hecho que aquello brotara, Signa.

—Lo sé. No era mi intención...

—No me estás escuchando. —Muerte le agarró la mano con fuerza y Signa sintió más miedo. No podía ser verdad.

No podía serlo. Había matado a Percy. Había matado a Magda. Sus manos eran letales. Venenosas y mortíferas, porque era una parca.

Era una parca.

Pero una sola mirada a los ojos grises de Muerte y todo su mundo cambió.

—Has hecho que brote algo —dijo Muerte con una calma peligrosa en sus palabras y se encorvó para capturar la mirada de Signa—. No has reclamado una vida. No te has llevado a nadie ni nada. Has creado algo. Solo hay una persona en este mundo con los poderes para hacer tal cosa.

Signa habría dado toda su fortuna para que Muerte dejara de hablar. Para golpear el reloj y detener el tiempo para siempre, porque, aunque entendía las palabras que iban a llegar y que una parte secreta y profunda de ella quería oír, no había nada que la preparara para el peso de lo que significaban cuando Muerte dijo:

—Signa, has utilizado los poderes de Vida.

En aquella ocasión no hubo manera de negarlo. Había visto las espinas y las enredaderas salir de debajo de sus propios pies. Las había visto encaramarse por las sombras y recorrerle la piel. Aun así, parecía imposible. Porque si tenía los poderes de Vida... Si podía otorgar vida...

Durante toda su vida, la gente alrededor de Signa la había tratado como si fuese el mal en persona. A lo largo de los años se había hecho a las rarezas de quien era y de lo que podía hacer, y por fin se sentía cómoda en su propia piel.

Aun así... Signa llevaba años internalizando un odio hacia sí misma. Aunque pensaba que había conseguido dejarlo atrás, parecía que el cambio no ocurría con tanta facilidad. No había un interruptor que pudiera apretar y que le permitiera olvidar lo mucho que se había odiado a sí misma. Aquellos recuerdos la azotaban como el mar, y amenazaban con ahogarla en aquel autodesprecio que la consumía.

Durante todo aquel tiempo, su vida nunca tuvo que ser así.

—¿Lo sabías? —preguntó Muerte con una voz que fue como una guadaña que le atravesó el pecho—. ¿Sabías que este era el motivo por el que ha venido mi hermano?

Signa se mantuvo firme en su mano, ya que en el fondo de su mente una voz le advertía que no lo dejara ir. Que, si lo hacía, todo sería diferente.

—Me daba miedo creer que podía ser verdad.

Muerte se puso tenso.

—Pero es así, Signa. Todo este tiempo no he sido sino un necio al creer que tú y yo estábamos hechos el uno para el otro, que si Destino había tenido a su compañera, seguro que yo también podría tener otra. Creía que era una señal que pudiera tocarte sin matarte, pero ahora sé el motivo...

—¡Por eso precisamente me daba miedo! —La mente de Signa era una ráfaga de pensamientos que habían convertido sus palabras en afiladas—. No te pongas filosófico conmigo. No te atrevas a pensar ni por un momento que esto cambia algo entre nosotros. Antes me contaste que fuiste tú quien se llevó el alma de Vida. ¿Cómo lo hiciste?

Muerte se quedó quieto.

—Igual que hago siempre.

—A través del tacto, ¿no? —Signa sintió tanto alivio cuando Muerte asintió con la cabeza que tuvo que tragarse una risa—. Entonces, ¿no lo ves? No sé lo que soy, pero no puedo ser ella. Yo no muero cuando me tocas, Muerte. No soy ella.

—Pero tienes sus poderes —dijo él—, lo que significa que tus opciones son ilimitadas, pajarito. Ya no te tiene que consumir tanto todo lo que está muerto o muriéndose.

—Tú no puedes tomar esa decisión por mí. —Libraría aquella batalla si con ello conseguía que entrara en razón—. No puedes decirme lo que debería hacer y no puedes irte de mi lado. Ahora no.

Muerte pareció reconocer la intensidad de la emoción que la estaba atravesando antes que ella, ya que le rozó el dorso de la mano con los labios mientras la acercaba a él.

—Ni en sueños. Significas para mí más de lo que jamás entenderás, y no me iré por voluntad propia. Pero si vamos a estar juntos, quiero que sea por decisión propia. No bloquees esta otra parte de ti simplemente porque temes cómo me pueda sentir. Si eres quien yo creo... te mereces explorarlo. Te mereces saber lo que significa.

Tal vez, pero no había palabras para describir lo mucho que le inquietaba aquella idea. Aquellos poderes no eran nada suave. Eran como un fuego salvaje sobre su piel y parecía que la fueran a quemar por completo si se lo permitía.

—Decidas lo que decidas, estaré aquí —prometió Muerte—. Hasta el momento en que me digas que me marche, estaré a tu lado.

Signa apoyó la cabeza contra su pecho, intentando aliviar el dolor de su corazón.

—¿Qué pasa con Destino? Si es cierto que puedo ser quien está buscando, ¿cuál es su lugar en todo esto?

Signa se alegró al ver lo tenso que se ponía de repente el rostro de muerte, al ver que la rodeaba y la acercaba más a él.

—Da igual lo que seas y lo que puedas hacer, no eres quien Destino espera que seas. Sigues siendo Signa Farrow, y yo no soy un hombre lo bastante bueno como para permitir que mi hermano te aleje de mí.

Aquellas eran las palabras que ella quería —que necesitaba— y solo esperaba que Muerte las dijera en serio. Porque Signa Farrow tenía otro secreto, uno que no se atrevía a admitir en voz alta. Y era que mientras las enredaderas atravesaban el suelo y los poderes de Vida la sajaban, Signa había oído la canción que Destino y ella habían bailado.

Había oído la canción que le había pedido que recordara.

Dieciséis

Blythe

No había duda de que estaban envenenado de nuevo a Blythe, porque ¿qué otra cosa podría explicar lo que había visto en el estudio de su padre?

Nunca había corrido tan rápido como lo hizo en cuanto pudo liberarse de la hiedra, y le llevó horas de andar de un lado para otro, preocuparse y convencerse a sí misma de que debía estar viendo cosas hasta que reunió el valor suficiente para volver al estudio, pero solo se encontró con que no había plantas esperándola adentro. Los tablones de madera estaban todos en perfecto estado, y el escritorio y sus papeles estaban libres del menor rastro de tierra.

Entonces Blythe se dio cuenta de que estaba perdiendo la cabeza.

Se negó a quedarse por más tiempo en el estudio, y respiró entrecortadamente mientras se apresuraba no hacia su habitación, sino escaleras abajo para salir de Thorn Grove del todo, intentando no gritar ni alertar a toda la casa de su achaque.

Había pasado mucho tiempo desde que había salido de Thorn Grove en algo que no fuera un carruaje. Preocupado por si tenía una recaída en cuanto a su salud, Elijah la había observado con cautela y se había asegurado de que Blythe hiciera pocos esfuerzos físicos y que el personal la mimara. Pero el cuerpo le temblaba de manera violenta como para atrincherarse sola en su habitación, por lo que Blythe se pasó la mayor parte de una hora paseando por el jardín dando pisotones, empapándose del calor de la primavera hasta los huesos y debatiéndose si decirle a Signa lo que había ocurrido.

Al final, Blythe decidió que quería más tiempo. Más tiempo para ver si se trataba solo de una recaída temporal. Más tiempo para sentirse, por lo menos, un poco normal, sin que todo el mundo la tratara como una reliquia familiar frágil y de cristal. Así, se aventuró hacia las caballerizas, donde un mozo al que nunca había visto estaba de cuclillas en el heno con un potrillo acurrucado a su lado. El pobre estaba temblando, no abría los ojos y respiraba de manera pesada. Una yegua preciosa y dorada sacaba la cabeza desde la siguiente cuadra para observar. A Blythe se le encogió el estómago al darse cuenta de que era el caballo de su madre, Mitra.

El mozo de cuadra cantaba mientras acariciaba con los dedos el pelaje del potro, y aunque le llevó un rato reconocer la canción, Blythe soltó una risa de lo más suave cuando se dio cuenta de que estaba cantando una canción totalmente inapropiada sobre una mujer preciosa que trabajaba en una granja, con una voz cansada y marcada por un acento irlandés.

Blythe pasó los ojos de él al potro, y en voz muy baja preguntó:

—¿Se pondrá bien?

El mozo de cuadra se puso en pie de un salto.

—¡Señorita Hawthorne! Ay, Dios. Perdóneme, no tenía ni idea de que estaba en presencia de una señorita. —Tenía los ojos redondos y abiertos de par en par, y estaba fallando estrepitosamente intentando no tropezarse consigo mismo—. ¿Puedo ayudarla con algo?

—El potro. ¿Se pondrá bien?

El mozo suavizó el rostro.

—Lo sabremos con el tiempo, señorita. Lo único que podemos hacer ahora es que esté cómodo y rezar por que todo salga bien.

Blythe sintió una tensión en el pecho hasta el punto en que apenas pudo respirar, y detestó hacer caso de su primer instinto, que fue el de alejarse del recién nacido. Últimamente le resultaba muy difícil mirar a los muertos o a los que se estaban muriendo. El recuerdo de todo el tiempo que había pasado en aquel umbral aún era demasiado para sobrellevar.

Se obligó a volver a prestar atención a la tarea que tenía entre manos. Su padre estaría furioso si se enterase de que había hecho el camino hasta las caballerizas, por no hablar de que quería montar a caballo. Por suerte para ella, el mozo de cuadra era nuevo en el trabajo, lo había contratado Byron hacía solo una semana.

—Me gustaría salir con Mitra. —Blythe juntó las manos detrás de la espalda e intentó parecer segura de sí misma. El mozo miró detrás de ella, y se le formó una arruga minúscula entre las cejas al ver que estaba sola.

—¿Necesitará un acompañante?

Era una pregunta sincera. Una pregunta honesta y que se esperaría que hiciera cualquier mozo de cuadra que se preciara. Aun así, Blythe se sintió resentida, porque hubo un tiempo en el que algo como montar a caballo le había resultado tan fácil que se habría reído de aquella pregunta. Pero por aquel entonces no estaba nada familiarizada con su nueva capacidad de resistencia, por lo que no sabía cuándo se cansaría, y no era tan necia como para permitir la posibilidad de quedarse atrapada y sin compañía en el bosque. Por eso, Blythe se mordió la lengua y le dijo:

—Sería todo un detalle, señor...

—Crepsley. William Crepsley. —Tenía las manos llenas de callos por el trabajo duro, una composición ancha y una piel bronceada por el sol que no pertenecía a un hombre de la alta sociedad. No podía ser mucho mayor que Blythe, y se fijó en que tenía un rostro redondo, amable y sincero. Dado el poco tiempo que llevaba ahí, sin duda querría dar una buena impresión, lo que significaba que sería demasiado fácil aprovecharse de él.

—¿Estará bien el potro si se queda solo?

—No estará solo —prometió William—. Vendrá alguien a examinarlo pronto, y el señor Haysworth cuidará de él mientras tanto.

Blythe asintió con la cabeza, aunque no tenía la menor idea de quién era el señor Haysworth. Llevaba veinte años viviendo dentro de los muros de Thorn Grove, pero cada día se estaba volviendo más desconocido para ella. Le llevaría mucho tiempo aprenderse los nombres y las caras del nuevo personal.

—Muy bien. Entonces agradecería que alguien me acompañase a la finca de los Killinger, señor Crepsley. Con mucho gusto iré primero.

Cuando William asintió con la cabeza y se dispuso a preparar los caballos, Blythe se descubrió más agradecida de lo que él jamás sabría. No porque fuera amable o llevara tan poco tiempo en aquel trabajo que no sabía que, en teoría, ella no debía estar ahí, sino porque si volvía a brotar musgo o espinas, al menos en aquella ocasión no estaría sola.

* * *

William fue más lento de lo necesario, pero Blythe no le dio ningún problema. Estaba segura de que estaba comprobando su trabajo minuciosamente, quizá porque no habría tenido la oportunidad de preparar a un caballo para un paseo propiamente dicho desde que había empezado a trabajar en Thorn Grove. Pero Blythe fue paciente, y el mozo de cuadra volvió enseguida con Mitra y otra yegua blanca y con la silla puesta.

Mitra se acercó a ella con la cabeza baja y moviendo la cola, y soltó un soplido agradable para saludar a Blythe, que le puso la mano sobre la frente y acarició su preciosa crin dorada. Habían pasado años desde la última vez que había visto al caballo, desde que su madre había estado con vida y lo bastante bien como para salir a pasear con ella casi cada tarde. Blythe casi podía oír el eco de la risa de su madre mientras cabalgaban, casi podía ver su cabello al viento brillando como un rayo de sol en el cielo.

Llevaba mucho tiempo evitando los recuerdos de su madre, desesperada por no seguir sus pasos. Pero en aquel momento, habiendo superado la llamada de la muerte, Blythe se sentía atravesada por la nostalgia y anhelaba cualquier resto que aún quedara de su madre en la tierra.

—Aquí tiene, señorita. —William agarró a Mitra mientras Blythe ponía un pie en el estribo y se montaba en la silla. Se le puso un nudo en la garganta cuando sintió la respiración de Mitra bajo ella, que parecía una nana. ¿Cuánto tiempo había pasado desde que había tenido la fuerza suficiente para subirse por sí misma sin pensarlo? Blythe se apartó del mozo con lágrimas en los ojos.

Tal vez su subconsciente había sabido durante todo ese tiempo que aquello era lo que necesitaba. Debió haber estado de los nervios más de lo que se había imaginado para haber encontrado tanta paz en las caballerizas. Aun así, no consiguió que el corazón dejara de latirle con tanta violencia y descontento. No después de lo que había visto en el estudio de su padre o de lo que había leído en aquellos cuadernos.

Blythe agarró las riendas con fuerza, determinada a encontrar la verdad.

Charlotte Killinger se había encontrado con Signa la noche en que desapareció Percy. Ella fue quien alertó a Elijah de que había un incendio en el jardín. Blythe ya había hablado con ella en una ocasión hacía meses, pero tal vez había más información que recabar. Si alguien podía contarle algo más sobre lo que ocurrió aquella noche en el bosque era Charlotte.

Blythe lideró la carga a través de la tierra reblandecida para adentrarse en el bosque, que le resultó tan dolorosamente familiar que volvió a sentirse como una niña. No veía simplemente árboles de un color verde intenso que se doblegaban hacia ellos como una boca hambrienta, sino que vio el fantasma de su madre sorteando ramas altas y delgadas, sin dejar en ningún momento que le rasgaran las costuras de su vestido blanco, como solía ocurrir con el de Blythe. Los pájaros martilleaban los troncos de los altísimos robles, dándoles la bienvenida o cantando dulces melodías de primavera. Blythe oyó la risa de su hermano entre ellos. Lo oyó regañándola por permitir que se manchara tanto y llamando a su madre para que ayudase a Blythe a desengancharse el cabello de las ramas avariciosas.

Cuanto más lejos se aventuraban dentro del bosque, más le picaba la nariz y le lloraban los ojos a Blythe. Se alegraba, al menos, de que el tiempo no hubiera disminuido su familiaridad con la tierra. Había crecido sobre aquel suelo, recogiendo bayas hermosas de los arbustos y siguiendo a Percy el tiempo suficiente para ver al gran caballero adentrarse a hurtadillas en los matorrales, acompañado de diferentes damas, cuando creía que nadie estaba prestando atención. Estuvo a punto de reírse ante aquel recuerdo; se aseguraría de mofarse de Percy por aquello cuando consiguieran encontrarlo.

Blythe no necesitaba ningún camino para saber hacia dónde se dirigía. Podría abrirse paso a través del bosque según la inclinación de las ramas o los árboles que se volvían de color marrón con cada temporada menguante. El bosque siempre había sido una parte de ella, estaba más ligada a su alma de lo que se había dado cuenta.

La joven habría dado cualquier cosa por cerrar los ojos y permitirse girar a la izquierda, hacia el camino olvidado que conducía al jardín de su madre, donde la esencia de los lirios la acariciaba. Quería creer que su madre la estaría esperando, viendo la cascada de flores de loto sobre el estanque o sentada en su banco favorito y leyendo un libro que Blythe le robaría para leer más tarde.

Pero todo cuanto la esperaba en el jardín eran cenizas y el fantasma de unos recuerdos demasiado dulces. Así, Blythe giró hacia la derecha, alejándose del jardín y dirigiéndose al hogar de Charlotte Killinger.

Les llevó menos de veinte minutos llegar hasta la finca que se situaba en la base del bosque, protegida por una fortaleza de olmos altísimos. No era ni por asomo tan grande como Thorn Grove, pero su encanto no tenía rival. Mientras que Thorn Grove era lúgubre, hasta el humo gris que salía de la chimenea de la finca de la familia Killinger parecía, de algún modo, de lo más agradable. La piedra oscura de la finca estaba llena de enredaderas que luchaban por consumir una puerta principal que también parecía estar en guerra con los arbustos que crecían contra ella. Si alguien sacara la imagen de una casa de campo de un cuento de hadas y la trajera mágicamente a la vida, Blythe imaginaba que tendría el aspecto del hogar de Charlotte. La tierra sobre la que se asentaba su hogar era de un verde intenso y vibrante, y estaba rodeada por ciruelos y un solo árbol de saúco. El musgo subía por la verja de hierro que rodeaba la propiedad, y por en medio de los barrotes Blythe vio que Charlotte ya estaba afuera.

Sin embargo, no estaba sola.

Everett Wakefield estaba sentado al lado de Charlotte y sonreía de una manera jovial. Charlotte se reía y le apretaba la mano mientras hablaban en susurros bajos y alegres. No parecía que nadie más los acompañara, y Blythe se sintió como toda una *voyeuse* cuando Everett le robó un beso a Charlotte que ella le devolvió con mucho gusto.

Sonrojada del cuello para arriba, Blythe se dirigió a William y le dijo, en voz más alta de la que tenía derecho a usar:

—Pero ¿has visto eso, señor Crepsley? ¡Parece que hemos llegado antes de lo esperado!

Charlotte apartó a Everett de su lado y se susurraron unas palabras apresuradas que Blythe no pudo descifrar. La joven hizo como que estaba mirando hacia otro lado y que no se había dado cuenta de la presencia de Everett mientras él se escabullía y salía de su vista.

Blythe siempre supo que Charlotte estaba interesada en Everett. Lo que no había sabido era si el interés era recíproco. Qué curioso que ninguno de ellos hubiera dicho nada sobre su relación.

Después de ajustarse el vestido y de asegurarse de que tenía el cabello bien, Charlotte se apresuró hacia ellos.

—¡Pero bueno! —Soltó un grito ahogado—. ¡Cuánto tiempo hacía que no te veía sobre un caballo!

Ignorando el cansancio que sentía en los huesos y todo lo que acababa de presenciar, Blythe levantó la barbilla y dijo:

—Me temo que el mundo no está preparado para el poder que tengo ahora que he recuperado mi fuerza.

Charlotte puso los ojos en blanco.

—En fin, ya he visto suficiente.

Intentó quitarse de manera disimulada una mancha de césped sobre la falda mientras William bajaba del caballo y tomaba las riendas de Mitra para que Blythe pudiera desmontar. No se había dado cuenta de que se había quedado sin aliento, ya que, aunque hubiera recuperado una gran fuerza en los últimos meses, de vez en cuando la alcanzaba aquel cansancio familiar que le nublaba la vista o le presionaba el pecho. Era un recuerdo de que no debía hacer un esfuerzo excesivo.

Por muy entusiasmada que se mostrara, Charlotte debió ser capaz de sentir la fatiga de su amiga. Entrelazó su brazo con el de Blythe en una muestra de apoyo silenciosa.

—¿Solo habéis venido vosotros dos? —Charlotte echó un vistazo hacia el bosque, seguramente buscando a Signa—. ¿Por qué no nos sentamos? ¿Señor Pembrooke? —Charlotte se dirigió a un señor alto y corpulento que llevaba un traje y que justo estaba saliendo de la casa—. Por favor, acompaña al mozo de cuadra de la señorita Hawthorne hacia las caballerizas y asegúrate de que recibe lo que desea.

—Enseguida, señorita. —El señor Pembrooke asintió con la cabeza, y en un momento ambos se dispusieron a cruzar el campo hacia las caballerizas.

—Disculpa mi espontaneidad —dijo Blythe cuando se quedaron solas—. Sé que normalmente no recibirías visitas hoy, pero alejarme un rato de Thorn Grove me ha parecido lo mejor.

Por un momento, la luz en la expresión de Charlotte se desvaneció.

—Lo que me extraña es que no salgas más a menudo con todo lo que dicen sobre ese lugar.

Si Charlotte hubiera dicho algo así el día anterior, tal vez Blythe se hubiera sentido ofendida. Pero después de lo que había presenciado en el estudio, ya no podía estar segura de que los rumores sobre que Thorn Grove estaba encantado no fueran verdad.

—Hasta ahora he aguantado —respondió Blythe. Detrás de ellas había un arbusto lleno de arándanos, triste y moribundo a pesar del tiempo cálido. Lo observó y pasó los dedos por sus ramitas desnudas mientras añadía—: Aunque hay algo de lo que me gustaría hablar contigo.

Blythe nunca había visto a nadie tragándose una rana, pero pensaba que, de haberlo hecho, tendría el mismo aspecto que Charlotte en aquel momento.

—¿Ah, sí? —Charlotte desvió la mirada hacia la dirección en la que Everett se había marchado. Aunque a Blythe le habría encantado preguntarle sobre lo que acababa de presenciar entre ellos, Charlotte era demasiado formal para sentirse cómoda sabiendo que alguien había sido testigo de un momento de tanto cariño.

—Me gustaría que me contaras todo lo que viste la noche en que mi hermano desapareció.

El alivio que sintió Charlotte fue tan intenso que Blythe casi pudo sentir cómo se le relajaba a ella también el cansancio que tenía en los músculos.

—Nada bueno puede salir de esta conversación, Blythe. Ya hemos hablado de esto.

En efecto, así era. Aun así, Blythe presionó:

—Por favor, una vez más. Te prometo que será la última vez que te lo pregunte.

Charlotte soltó un suspiro y acompañó a Blythe a un banco que había cerca, bajo la sombra de un arce enorme y lejos de oídos curiosos.

—Te he contado todo lo que sé. Vi a Percy brevemente en el bosque, dirigiéndose hacia el jardín de tu madre. Apenas me había visto cuando lo saludé, y...

—¿Qué aspecto tenía? —la interrumpió Blythe, entrecerrando los ojos con fuerza hacia abajo para visualizar la escena en su mente—. ¿Iba con prisa? ¿Caminaba despacio?

Charlotte posó sus ojos oscuros sobre ella con una seriedad alarmante.

—Tenía el mismo aspecto que todos los que salen corriendo de Thorn Grove hablando de fantasmas. Si quieres que sea honesta contigo, parecía estar medio loco. Me dijo que se dirigía al jardín, ya está. Fue una conversación corta.

Entonces le contó a Blythe que Signa había ido tras él, y que la propia Charlotte se dirigió a toda prisa hacia Thorn Grove para avisar a Elijah.

—Y entonces empezó a salir humo, ¿no? —preguntó Blythe—. Algo se nos está escapando. Percy no saldría corriendo hacia el bosque sin más. No desaparecería de aquella manera, no estando...

—¿Estando tú enferma? —Charlotte no esperó a ver cómo se le alargaba el rostro a Blythe, antes se acercó más a ella y le puso una mano sobre el regazo—. Si de verdad se marchó por voluntad propia, debía tener un buen motivo para hacerlo.

Era la misma historia que Blythe había oído miles de veces. La misma que le había contado Signa. Percy estaba paranoico con que alguien lo estaba siguiendo después de que lo envenenaran durante el baile de Navidad. Como Elijah había dejado claro que Percy jamás se haría cargo del Grey, no tenía ningún motivo por el que quedarse en Thorn Grove. Huyó por su propia seguridad. La historia, en todos los aspectos, encajaba.

Excepto por una cosa: ¿por qué Percy nunca había intentado contactar con ellos? Ni para pedir dinero, ni para compartir sus andanzas; peor aún, ni para preguntar por la salud de Blythe y asegurarse de que seguía con vida. Tal vez le preocupaba que contactar con alguien lo pusiera en peligro, pero... ¿no lo habría intentado por lo menos?

Tal vez Percy de verdad había empezado una nueva vida con un nombre diferente, en algún lugar en el que su familia no fuese un objetivo constante. Sin embargo, Blythe no podía ignorar las notas de Byron ni los mapas tachados. Los recursos de la familia Hawthorne eran infinitos.

Charlotte se mostró tímida cuando volvió a hablar, en voz baja.

—Si Percy se hubiera mudado a algún otro lugar, deberían haber podido encontrarlo —dijo.

—¿Qué quieres decir con ese «si»? —insistió Blythe, con la mente incapaz de alejarse de esa única palabra—. Si no se fue por voluntad propia, ¿qué crees que ocurrió?

Charlotte echó un vistazo por encima del hombro, como para asegurarse de que nadie andaba cerca.

—No me toca a mí hacer especulaciones.

—¡Claro que sí! Quiero que las hagas. Por eso estoy aquí...

En aquella ocasión, las palabras de Blythe quedaron cortadas porque Charlotte le había puesto una mano en la boca para ahogar cualquier sonido.

—Le estás restando importancia a una parte importante de lo que ocurrió después, Blythe. La parte en la que yo me encontré con tu prima. No deberías estar haciéndome estas preguntas a mí. Yo no fui la que salió corriendo hacia el incendio aquella noche.

Blythe se separó de Charlotte y se pasó la mano por la boca.

—¿Crees que Signa es la razón por la que desapareció Percy? —La risa que soltó Blythe fue un sonido áspero e incisivo por el que Charlotte se puso tiesa—. ¿Qué crees que podría haberle hecho? ¿Sacarlo corriendo del pueblo? ¿Crees que es lo bastante fuerte como para haberlo matado?

Blythe estaba como una serpiente a punto de atacar la mano que le daba de comer. Sabía perfectamente que no le convenía en absoluto comportarse de aquella manera en la propia casa de Charlotte, pero no podía dejar estar el enfado que se estaba cuajando en su interior. Estaba acostumbrada a que la gente se apartara cuando ella mordía, era la manera que tenía de protegerse ante cualquier cosa a la que no quisiera enfrentarse. Por eso, cuando Charlotte se mantuvo alta y sin vacilar, fue Blythe quien empezó a encogerse, con el pánico apoderándose de ella.

—Yo conocí a Signa cuando éramos niñas —insistió Charlotte—. Era mi mejor amiga porque me gustaba que fuera un poco rara y que se pasara el día en el bosque, como yo. La gente decía cosas sobre ella, pero yo no hacía caso. Pero hay rumores. Rumores sobre por qué ha ido pasando de familia en familia y por qué han muerto todos sus tutores.

»La gente siempre ha dicho que estaba maldita, aunque yo no me lo creí hasta que murió su tío —continuó Charlotte, cada palabra en voz más baja que la anterior—. Y luego mi propia madre. Mi padre y yo huimos, y me pasé años creyendo que era una tontería. Signa no pudo haber sido la razón por la que mi madre y su tío contrajeron la enfermedad que los mató. Me alegré de volver a verla, pero desde aquella noche en el jardín no pude evitar preguntarme... ¿Por qué fue corriendo hacia el incendio?

Blythe no tuvo que pensar en la respuesta, lo sabía dentro de su ser:

—Estaba buscando a Percy.

—Quizá. —Charlotte agarró el borde del banco con las manos—. Te repito, no me toca a mí hacer especulaciones.

De repente, Blythe deseó no haber acudido a la casa de Charlotte. Porque Signa le había salvado la vida. Ella estuvo ahí cuando nadie más lo hizo. Era la persona de Blythe, que era lo único en lo que ella podía pensar cuando le hizo señales a William para que trajera los caballos. Se montó sin decir una sola palabra mientras Charlotte la seguía mirando con una expresión hostil.

—¿Sabes? Everett quiere vigilarla —dijo mientras Blythe agarraba las riendas con la mano—. ¿Por qué crees que os ha invitado a todos a la investidura? Desde luego, no creerás que es porque a él aún le gusta.

Blythe se detuvo entonces, solo durante un momento y solo porque nunca había oído una malicia como aquella en boca de Charlotte. Incluso la señorita Killinger pareció reconocer enseguida aquel desliz, ya que puso los ojos como platos a la vez que se cubrió la boca.

Y aunque Blythe sabía que no debía caer en ello —aunque no había querido decir una palabra sobre ello—, sintió un fuego protector tan fuerte por Signa que no pudo evitar responder:

—Dado lo que acabo de presenciar entre tú y Everett, no se me ha ocurrido que pueda ser por eso. Cuando vuelvas a verlo, dale saludos de mi parte, ¿de acuerdo?

Charlotte dio un paso atrás, y Blythe detestó que hubiera dado en el blanco. Una palabra de Blythe y la reputación de Charlotte quedaría arruinada.

Blythe no diría nada, claro, y se detestaba hasta por dejar creer a Charlotte que podría hacerlo. Sin dejar pasar un momento más, Charlotte se apresuró de vuelta dentro de la casa mientras que Blythe agitó las riendas y salió encima de Mitra, con William manteniendo el ritmo a su lado.

—Había un hombre escondido en las caballerizas —susurró él—. Estaba agazapado detrás de una bala de heno.

Blythe le dirigió una mirada indignada.

—No, no había nadie.

En aquel momento, mientras le daba un suave golpe a Mitra y se apresuraba para entrar en el abrazo del bosque, Blythe no pensó en su madre mientras las ramas se enganchaban en su pelo y le arañaban el vestido, sino que se acordó de las mujeres que había aquella temporada, que destrozarían a quien pudieran con tal de ponerse por delante. La competitividad de Charlotte hacía que su comportamiento no fuera mejor que el del resto.

Pero no era ese el motivo por el que en aquel momento Blythe odiara a Charlotte más que a nadie en el mundo, sino que era porque Charlotte había plantado una semilla en su cabeza. Y daba igual lo mucho que Blythe intentara deshacerse de ella, la idea era como un hierbajo entre sus pensamientos que se estaba cavando profundamente y echando raíces.

No era posible que Signa le hubiera hecho daño a Percy. Ella lo quería, igual que a Blythe...

... ¿No?

Diecisiete

Hubo un tiempo al inicio de la temporada en el que los hombres llenos de esperanza iban a visitar a las señoritas de Thorn Grove todos los lunes y jueves. Solían acudir con regalos generosos y dulces sensiblerías, pero solo se encontraban con el desprecio de Blythe y las disculpas de Signa. Aquellos hombres habían ido disminuyendo a lo largo de las semanas, y terminaron por desaparecer por completo tras la muerte de lord Wakefield. Aunque la situación irritaba tanto a Byron que estuvo sin pasar la página del periódico que pretendía estar leyendo ni una sola vez, Signa se sentía agradecida por el tiempo que le permitía pasar con Blythe acurrucada en el sillón de la sala de pintura y compartiendo sus teorías y avances en la caza del asesino de lord Wakefield mientras Byron seguramente sospechara que estaban cotilleando sobre hombres.

Pero Blythe no había dicho gran cosa desde el incidente de la noche anterior en el estudio, y Signa cazó varias veces a su prima desviando la mirada hacia ella, escudriñándola de un modo que nunca había hecho. Era imposible que supiera que Signa había tenido algo que ver con lo que había ocurrido, y aun así...

—¿Qué hay de Charlotte? —susurró Blythe, sentada sobre las piernas cruzadas con una taza de té que humeaba en su rostro—. En los libros, el asesino siempre es el más reservado.

—Lo único que quiere Charlotte es encontrar un buen partido esta temporada. —Signa se alegraba de que a pesar del estrepitoso éxito que estaban teniendo durante su día de visitas, Byron hubiera insistido en tener bollitos frescos y té caliente preparado. Desde que invocó los poderes de la parca el día anterior, un cansancio inexplicable se había apoderado del cuerpo de Signa; sus pensamientos eran borrosos y le dolía el cuerpo. Se zampó un bollito con crema de limón con la esperanza de que el azúcar la reviviera—. ¿Qué piensas sobre Everett?

Blythe hizo una mueca, pero no le dio tiempo a Signa para que cuestionara su extraña expresión antes de hacerla desaparecer, porque respondió:

—Supongo que quiere encontrar al asesino tanto como nosotras. Por no mencionar que nunca he oído a ese hombre alzar la voz.

—Yo tampoco —coincidió Signa—. Aunque recibir el título de duque le da un motivo.

—Quizás, pero ¿qué beneficio le aportaría ahora? Iba a heredar de todos modos, y no es que le falte dinero ni estatus.

—Al menos, no que sepamos —contestó Signa, aunque era un argumento débil.

Siempre existía la posibilidad de que el asesinato hubiese sido aleatorio, pero durante los años que Signa se había pasado rodeada por los muertos, cuando se trataba de asesinatos, los responsables solían ser las personas más cercanas a las víctimas.

No sería sabio descartar a Everett, aunque Signa solo pudiera pensar en lo absolutamente devastado que se mostró y en lo vacía que tenía la mirada estando agazapado sobre el cadáver de su padre. No obstante, los familiares de lord Wakefield no eran los únicos sospechosos en cuestión.

—Byron también tiene un motivo, y lo sabes —dijo Signa en un susurro y a la fuerza, ya que sentía la ansiedad recorriéndole el cuerpo. Luego le lanzó una mirada de lado al hombre para asegurarse de que seguía distraído con el periódico—. Siempre ha querido el Grey.

Para sorpresa de Signa, Blythe se tomó aquella teoría con calma.

—Lo sé. Pero, por muy frío que pueda ser Byron, él quiere mucho a su familia. Aun así... sería una estupidez no tenerlo en cuenta, y por ese motivo me colé en su estudio.

Nunca, ni siquiera con la presencia de Muerte, se le había helado tanto la sangre a Signa.

—¿Encontraste algo interesante?

Se oyeron pasos a lo largo del pasillo justo en el momento en el que Blythe agarró a Signa por la mano y abrió la boca para hablar. Byron se enderezó al tiempo que una sirvienta entró en el vestíbulo con una sola tarjeta de visita colocada en medio de una bandeja de plata, y entonces dirigió la mirada rápidamente hacia las muchachas.

—Poneos derechas enseguida —siseó—. Es el príncipe.

Signa jamás se había imaginado que se pudiera sentir tan aliviada con la llegada de Destino.

Blythe fue prácticamente volando hacia la banqueta del piano que había al fondo de la sala, pero no sin antes de tirar del canesú de Signa. Intentó bajárselo, pero Signa le dio un manotazo para apartarla y lo reajustó a tiempo de oír el ruido de las botas de Destino al entrar con gran majestuosidad.

Tenía el mismo aspecto que la última vez que Signa había estado con él, lo que quería decir que la mayor parte de las personas dirían que era apuesto, digno, y tan seguro de sí mismo que parecía pretencioso. Aunque el salón mismo brillaba con su presencia, las perspectivas de Signa para aquel día eran cada vez más grises.

—Un placer, señor Hawthorne. —Destino inclinó la cabeza, ya que tenía las manos ocupadas con más flores ridículas y no podía saludar de manera apropiada a Byron.

—Príncipe Aris, el placer es todo nuestro. —Byron le indicó que pasara adelante—. Por favor, tome asiento y permítanos servirle un té. —Las muchachas cruzaron la mirada. Ninguna de ellas había visto jamás a Byron siendo tan... hospitalario—. Blythe, ¿por qué no le das algo de privacidad a tu prima?

—Estoy bien aquí, gracias —dijo Blythe desde su sitio en la banqueta del piano, lo bastante cerca como para oír cualquier conversación si de verdad le ponía empeño—. Creo que el señor Worthington tiene el ojo puesto en mí, y no quisiera ofenderlo si se presentara hoy. —No se dio la vuelta para ver el ceño fruncido de Byron, sino que, en su lugar, puso los dedos sobre las teclas del piano y tocó una pieza preciosa que Signa se dio cuenta de que era demasiado suave, como si Blythe no estuviera presionando las teclas del todo.

Era asombroso lo entrometida que era.

Destino cruzó la sala para tomar asiento al lado de Signa, de nuevo con un ramo de wisteria en las manos.

—Hola, señorita Farrow.

Cuando intentó entregarle el ramo, Signa comprobó que Byron estuviera mirando. Como vio que lo estaba haciendo, lo aceptó, y los nudillos se le volvieron blancos de tanto que apretaba el ramo contra el pecho.

—Hola, alteza. ¿A qué debo este inesperado placer?

—¿De verdad es tan inesperado? —La temperatura de la habitación había caído en picado cuando Destino se acercó.

Aunque Signa sabía por el frío que Muerte andaba cerca, Destino no delató dónde estaba su hermano ni con una mera mirada cuando preguntó—: ¿Le gustan las flores?

Signa las olisqueó y sintió que le venía un estornudo cuando las dejó en la mesita de al lado.

—Tiene usted predilección por sus cosas favoritas, ¿no es así? —Hasta ese momento, Signa no se había dado cuenta de lo mucho que Destino solía arrugar la nariz con expresión de repugnancia.

—Son sus favoritas —la corrigió él—. O, por lo menos, lo eran. —Destino se detuvo mientras Signa se ajustaba para que quedara en ángulo entre él y Blythe. La atención del príncipe iba entre ellas dos hasta que se desabrochó el botón del chaleco y tomó asiento—. No tengo intención de hacerle daño a su prima.

—¿Por qué debería creerle? —lo desafió Signa con un susurro de lo más feroz—. Ya ha metido a un Hawthorne en prisión.

El hombre castañeteó los dientes con un ruido sonoro.

—Su tío habría terminado en prisión tanto si yo hubiera estado ahí como si no —dijo con un siseo lo bastante bajo como para que a Blythe le resultara imposible de oír, por muy lento o bajo que tocara el piano.

—Pero usted estuvo ahí, ¿no? —Por el bien de Byron, Signa escupió aquellas palabras a través de una vigorizante sonrisa—. No me creo ni una palabra de lo que me dice.

Él puso una expresión cansada y marchita.

—Sé que aún nos estamos conociendo, señorita Farrow, por lo que no tiene muchos motivos por los que creerme. Pero me esfuerzo por no mentir nunca.

Sus ojos por fin se dirigieron más allá del hombro de Signa. No fue más que un vistazo rápido, pero fue suficiente para que la joven supiera exactamente dónde andaba Muerte. Solo con visualizarlo estando ahí disminuyó la presión que sentía en el pecho, ya que sabía que, sin importar lo que ocurriera, él mantendría a salvo a Blythe.

Con la misma rapidez con la que se había sentado, Destino se volvió a poner de pie.

—Si no le importa, señor Hawthorne, me encantaría que la señorita Farrow me acompañara a dar un paseo por los alrededores de Thorn Grove. ¿Le parece adecuado?

Aquella pregunta era más por el bien de Signa que por el de Byron, ya que mientras que a Destino le brillaban los ojos dorados y los hilos a su alrededor relucían como el rocío mañanero, a Byron se le volvió el rostro demacrado y la mirada vacía. Aunque lo adecuado sería que tuvieran un acompañante, la única respuesta por parte de Byron fue un lento asentir con la cabeza. Blythe se quedó mirando el piano tocando los mismos tres acordes una y otra vez.

A Signa se le tensó la espalda como un arco y lanzó una mirada hacia donde estaba Muerte.

—Me las puedo arreglar. Quédate con Blythe, por favor.

—Ya ha oído a la señorita. —Destino ofreció su brazo, y Signa se imaginó el aspecto que debía tener el rostro de Muerte cuando ella lo tomó.

Se alegraba de que en aquel momento no pudiera ver a Muerte, ya que detestaba lo mucho que aquello le afectaría. Si la situación hubiera sido al revés, Signa estaría ahogándose en su miseria, sobre todo dadas sus nuevas habilidades descubiertas. Aun así, esperaba que él entendiera que aquello no lo hacía por el bien de Destino, ya que a Signa solo le importaban dos cosas: sacar a Elijah de aquella celda y mantener a Destino lejos de cualquier otro miembro de la familia Hawthorne.

Así, Signa siguió a Destino en su camino a través de la casa, saliendo por la puerta principal de Thorn Grove y adentrándose en los campos de flores silvestres que se esparcían sin fin frente a ellos. Tuvo que apoyarse en el brazo de Destino más de lo que le habría gustado, y cada paso que daba era lento y calculado; su cuerpo era más débil de lo que creía.

Tan débil, de hecho, que Destino se dio cuenta.

—Has utilizado los poderes de la parca —señaló sin alterar su tono de voz—, ¿a que sí?

Signa no quería darle la satisfacción de fruncir el ceño, por lo que se guardó el enfado dentro.

—Había algo que tenía que hacer.

El hombre soltó un murmullo entre dientes y tensó el brazo bajo el agarre de Signa.

—¿Y las consecuencias merecen la pena?

Dado todo lo que había ocurrido y de lo que se había enterado, era imposible contestar aquello. Por una parte, se alegraba de tener aquella información. Por la otra, aún se acordaba de cómo le ardió el cuerpo y de la música que se arremolinó en las profundidades de su mente al observar a Blythe huir del estudio de Elijah.

Muy interesada en sus botas, Signa respondió:

—Preferiría no hablar de ello.

La risa de Destino no era como la de Muerte. No era la llamada seductora de la medianoche que le provocaba escalofríos en la espalda con promesas oscuras, sino que era cálida y fresca, como el amanecer del verano.

—Muy bien —dijo él, intentando no aplastar las flores silvestres bajo sus botas, mientras conducía a Signa por un camino que había hecho cientos de veces antes con Blythe.

El final de la primavera estaba lejos de ser el momento favorito del año de Signa. Había algo en el calor que le alteraba el temperamento. Le quitaba la energía de los huesos y la dejaba marchita, quemada e insaciable durante el resto del día. «Opresor» era la única palabra con la que podía describir el aire que los rodeaba, tan denso y húmedo que ya estaba empezando a sudar bajo las muchas capas del vestido. Los pelitos más finos que tenía alrededor del rostro empezaron a rizarse, y algunos mechones sueltos empezaron a escaparse de sus elegantes confines con cada minuto que Signa pasaba fuera, al aire libre, y las hierbas crecidas le arañaban los tobillos.

En vez de seguir paseando, había una gran manta de pícnic estirada bajo un roble encorvado, y Signa frunció el ceño cuando Destino le hizo un gesto para que se sentara sobre ella. No podía apartar la mirada de una babosa que se estaba deslizando a lo largo del borde de la manta, buscando algún lugar oscuro y fresco al que escaparse. Nunca se había sentido tan identificada con una babosa en su vida.

Signa jamás, ni en un millón de años, visualizaría a Muerte sentado ahí frente a ella, los dos aplastados por la luz del sol mientras intentaban tomar té y disfrutar con el calor fulminándolos. No quería ser un girasol que desplegara sus pétalos a la luz del día para que todo el mundo lo viera. En su lugar, prefería ser un adorable champiñón, que estaba mejor en las grietas oscuras donde pocas personas se aventuraban a mirar.

—¿Y bien? —Destino estaba colocando unas bandejas de porcelana preciosas ante ella, poniendo mucho cuidado en cómo dejaba cada una de ellas—. ¿Te gusta? —preguntó con una voz tan esperanzada que, en vez de volver a criticarlo, Signa se quedó quieta. Observó la babosa como si fuera a ayudarla a encontrar las palabras adecuadas, y él colocó la cesta del pícnic a su lado y empezó a ponerse en pie.

»No pasa nada si no te gusta —dijo apresurado—. Podemos ir al ballet esta noche. Podríamos dar un paseo propiamente dicho, por el parque quizás...

Signa extendió el brazo para agarrarlo de la mano, impresionada ante lo quieto que se quedó. Jamás en su vida había sentido aquel dominio sobre alguien, ni siquiera sobre Muerte. En aquel momento sintió toda la tensión en el interior de Destino a punto de estallar. Era un hombre desesperado y estaba más susceptible de lo que Signa se esperaba. Tal vez algún día podría sacarle partido a eso, pero en aquel momento solo podía pensar en lo triste que era. En lo triste y roto que estaba él.

—Esto es muy bonito —le dijo a Destino con una culpabilidad que le removía las tripas mientras él relajaba los hombros.

Signa pensó en el agradable frío de Muerte contra su piel, anhelándolo más que nunca en aquel calor insoportable. Aun así, prefería sufrir ahí con todo el calor a que la vieran públicamente con el príncipe Aris.

—Antes te gustaba la primavera —susurró Destino al tomar asiento, con un aspecto dolido al alejarse de ella—, pero el verano siempre fue tu estación favorita. Nos pasábamos los días así, disfrutando de comidas al lado del mar o explorando viejas ciudades que parecían nuevas. Esperaba que un pícnic tal vez despertara algún tipo de recuerdo.

Signa frunció el ceño porque la música que había recordado sonaba en bucle dentro de su cabeza. Tal vez no fuera más que una coincidencia, el simple recuerdo bailando con Destino en Wisteria Gardens que se estaba llevando lo mejor de ella. Sentía más curiosidad por él de la que tenía derecho, y aunque fuera verdad que en su presencia sentía un tirón extraño e innegable, no había nada romántico entre ellos.

—Odio el verano —dijo Signa sin pretender sonar cruel, y detestó que aquellas palabras provocaran que Destino se encogiera y frunciera el ceño—. Tampoco me gusta demasiado la primavera. Prefiero las estaciones más frías.

Destino tensó la mandíbula y agarró la cesta con fuerza.

—Claro. Mis disculpas.

No la miró al sacar un plato lleno de embutidos y sándwiches cortados con la mayor precisión. Hasta las copas que sirvió de zumo fresco de limón y sirope de azúcar las rellenó de manera meticulosa para que quedaran hasta el mismo punto, no demasiado bajo como para resultar insatisfactorio, pero tampoco tan alto como para que se derramara al tomar un sorbo. Y por encima flotaban delicados pétalos de lavanda.

—¿Todo esto lo has hecho tú? —Signa tomó la bebida con gratitud, intentando husmear lo que aún quedaba en la cesta. Había pastas, incluyendo algún tipo de tartaleta glaseada que parecía haber sido horneada por una mano experta.

—¿Te sorprende? —le preguntó por respuesta, y la sonrisita que intentó esconder bastó para confirmar sus sospechas de que lo había hecho.

Signa bajó la mirada hacia su limonada y tomó un sorbo cauteloso para ver si sabía tan bien como el aspecto que tenía. Era incluso mejor.

Entonces, Signa miró verdaderamente a Destino mientras él llenaba un plato para ella y luego para sí mismo. A diferencia de Muerte, aquel hombre estaba hecho para el sol. Estaba prácticamente resplandeciente bajo este, como si fuera una parte de él. Parecía cómodo con una camisa blanca y ajustada que se había soltado a la altura del cuello y unos pantalones que le llegaban a los tobillos y los dejaba al aire libre cuando se recostó para mirarla.

—Algún día se pondrán de moda —señaló cuando la cazó mirándole—. Pasará un tiempo hasta que la gente lo capte, pero he querido probármelo desde que creé el destino de una mujer a la que se le ocurrió.

Signa colocó el plato que él le había preparado sobre el regazo y tomó un bocado vacilante de un embutido que estaba tan rico que empezó a salivar.

—Dios mío. —Tuvo que bajar la mirada hacia lo que estaba comiendo simplemente para confirmar que no se trataba de una manifestación de su hambre—. ¿Siempre comes así?

Destino soltó una risa cálida y orgullosa.

—Por supuesto. Conozco a los mejores cocineros y artesanos del mundo, señorita Farrow. ¿Por qué conformarse con algo mediocre cuando todo lo que te pusieras sobre la lengua pudiera saber como un manjar de los dioses?

Lo cierto era que Muerte y él no podrían haber sido más distintos, y Signa se sorprendió imaginando como sería pasarse una eternidad con los poderes de Destino. Aunque existía la posibilidad de que cada día fuera intenso y emocionante, se preguntaba si el resto de las cosas parecerían aburridas en comparación. En lo insatisfactorio que debía parecer cada día cuando siempre estabas a la caza de algo más bonito o lujoso que lo anterior.

—¿Qué pasa con las obras de arte en Wisteria Gardens? —se descubrió preguntando la joven—. ¿Cómo las has coleccionado?

—Algunas piezas son de los artistas con más talento que me he encontrado, la mayoría de ellos sin reconocimiento. La mayor parte de las obras de arte, sin embargo, son mías.

Destino hablaba de un modo sencillo, y había algo casual en su voz y en su postura con lo que Signa no estaba segura de qué hacer. Lo cierto era que quería odiar a aquel hombre, pero, aunque sus métodos necesitaran una gran mejoría, también los entendía, porque ella haría cualquier cosa por ayudar a Elijah. Ya había matado por Blythe. Y si Muerte estuviera en una posición así... Signa se estremeció pensando en lo lejos que llegaría para salvarlo.

En realidad, ella no era mejor que Destino. Y aunque no podía darle lo que quería, debía admitir que estar con él no era tan malo como había imaginado.

—¿O sea que te pasas los días bebiendo los mejores vinos y comiendo las cosas más deliciosas que encuentras? —lo provocó—. Qué agotador parece.

Los labios de Destino se resquebrajaron con el menor destello de una sonrisa.

—Me temo que no es tan lujoso como eso. La mayor parte del tiempo, trabajo.

—Tejiendo tapices —especificó ella mientras arrancaba la babosa de la manta y la dejaba en la tierra, a los pies del roble. Tal vez ella estuviera condenada a quemarse a la luz del sol, pero, por lo menos, la babosa no tenía que hacerlo.

—Tejiendo tapices —repitió él—. Sí. Aunque tú haces que suene muy sencillo.

—¿No lo es? —Signa pensó en sus propias habilidades como la parca y en lo naturales que le parecían. Sus poderes de Vida, sin embargo... Por mucho que le atrajera la idea de explorarlos, utilizarlos le había parecido como si la desgarraran desde dentro.

Signa se aferró a sus palabras, desesperada por comprender. Se imaginaba que sentiría algún tipo de alivio si conociera a alguien más que también estuviera pasando apuros con unas habilidades inusuales.

Destino se inclinó hacia adelante y sonrió de manera tan brillante que a Signa le dio un vuelco el corazón.

—Si quisieras, te lo podría enseñar.

Dentro de ella la curiosidad crecía, pero se imaginaba la idea que se llevaría Destino si aceptaba. No tenía ningún deseo de permitir a aquel hombre continuar creyendo que existía la posibilidad de que ocurriera algo entre ellos, por muy tentadora que fuera la idea de verlo trabajando.

—Dijiste que no le harías daño a Blythe. —Signa dejó el plato y la copa a un lado, ambos vacíos—. Y dijiste que te esfuerzas en no mentir, así que ¿me lo prometes? Que sin importar lo que ocurra entre nosotros, no le harás ningún daño a ella. Que no pervertirás su mente ni la convertirás en una de tus marionetas.

—¿Mis marionetas? —Destino bufó y se terminó la bebida antes de llevarse la mano al bolsillo y sacar una aguja de coser plateada. Sin dudarlo ni un momento, se clavó la punta en el dedo. Al hacerlo, salió una sola gota de sangre dorada—. Muy bien. Si con esto te quedas tranquila, te haré la promesa más vinculante del mundo. Dame la mano.

Así lo hizo. Signa estaba tan acostumbrada a pincharse el dedo cuando había estado probando sus habilidades que ni siquiera parpadeó cuando le clavó la aguja en la piel. En cuanto se acumuló la sangre, Destino puso la suya encima.

—Mientras yo exista, prometo no hacerle daño a Blythe Hawthorne.

La sangre de Destino quemaba contra la piel de Signa, y la joven siseó entre dientes por el dolor. Y antes de que pudiera retirar la mano, lo agarró con más fuerza.

—¿Y qué pasa con Muerte? —preguntó y se mantuvo firme, aunque sabía que estaba tentando a su suerte cuando él intentó retirar la mano—. ¿Me prometes también no hacerle daño a él?

Destino dejó de intentar apartarse y, en su lugar, permitió que sus miradas se cruzaran y dijo con frialdad:

—A él no le ofreceré la misma cortesía.

Signa se apartó con fuerza, la sangre le palpitaba con un ritmo maníaco. De manera racional, podía entender el enfado de Destino, pero sabiendo a quién se dirigía, no iba a aceptarlo.

—Quiero que se restablezca mi comunicación con él de inmediato —exigió mientras Destino se limpiaba la sangre corrida en un pañuelo que había sacado del bolsillo. Era una carcasa del hombre que había sido unos momentos antes, y fruncía tanto el ceño que parecía como si alguien hubiera sacado un cincel y lo hubiera esculpido en su rostro.

—Podrás hablar con él esta noche. —Destino se puso en pie, cruzó la manta dando pisotones y agarró la cesta con la tartaleta aún dentro. Si Signa hubiera esperado apenas cinco minutos más de empezar aquella discusión, quizá la hubiera podido probar—. Que descanse, señorita Farrow. Nos vemos pronto.

Signa estaba segura de que podía contar con ello.

Dieciocho

Cuando Signa volvió a sus aposentos aquella noche, Muerte la estaba esperando.

Aunque no podía verlo, en cuanto puso un pie al otro lado del umbral pudo sentir el peso de su opresión. Parecía como si estuviese atravesando gelatina mientras se obligaba a poner un pie detrás del otro. La emoción que sentía se vio sofocada por el instinto de darse la vuelta.

Clavó la mirada alrededor de la habitación, y deseó poder ver un destello de él. Pero lo único que vio fue a Gundry acurrucado al lado del fuego, con las patas desparramadas cerca de la chimenea mientras dormía, aparentemente sin ninguna preocupación en el mundo mientras que Signa tenía todos los pelos de la nuca erizados.

—¿Qué ocurre? —susurró, aunque ya sabía el motivo del enfado de Muerte antes de que sus palabras inundaran sus pensamientos.

Dime que me equivoco. Por una vez, la voz de Muerte no fue ningún bálsamo para su alma, sino una ventisca que enfriaba cada centímetro de su cuerpo. *Dime que no eres ninguna necia, pajarito, y que no has hecho ningún trato con mi hermano.*

—No he hecho un trato con tu hermano. —Signa cerró la puerta tras ella y echó el pestillo, preocupada por si alguien pasaba por delante y veía el vaho que salía de su boca—. He hecho dos. Yo entiendo que te sientas frustrado, pero...

¿Frustrado? El fuego de la chimenea centelleó, y aquello despertó a Gundry de su sueño. El sabueso levantó la cabeza y ladró en voz baja con la garganta. *No tienes la menor idea de en lo que te has metido. Con Destino no se hacen tratos, Signa.*

La última vez que Signa recordaba oírlo así de enfadado fue después de haber conocido a Eliza Wakefield y a las otras muchachas para tomar el té unos meses antes. Detestó la manera en que Signa se había reprimido alrededor de ellas, fingiendo ser alguien que no era simplemente para agradarlas. Aquella vez, no obstante, no solo había enfado en su tono, sino algo más que Signa no era capaz de descifrar.

—¿Qué otra opción tenía? —preguntó—. Era hacer un trato con él o no volver a verte ni hablar contigo. Además, fue idea mía, no suya.

La risa que soltó Muerte fue como un veneno de lo más tóxico, ya que incluso aunque Signa se estuviera enfadando, se sorprendió no queriendo nada más que ahogarse en ella.

Esto es lo que él quería que ocurriera. Escupió cada palabra, como si no pudiera sacarlas de la boca lo bastante rápido. *Fue Destino quien planeó este juego y colocó las piezas precisamente donde quería que estuvieran. Y tú has caído en la trampa.*

Dentro del pecho de Signa se estaba cociendo una tormenta, y la rabia le provocaba calor en las mejillas y en las palmas de las manos. Aquella era su idea, no la de Destino. Se le había ocurrido a ella. Ella fue quien acudió a él, asegurándose de que decía cada una de las palabras con intención, para poder conseguir precisamente lo que quería del trato.

Era ella quien tenía el control... ¿no?

Estas decisiones no tienes que tomarlas sola, le dijo Muerte, y Signa supo que debía andar cerca por la manera en que la escarcha le rozó los labios. *Y aun así, lo has hecho.*

Aquellas últimas palabras las dijo de manera tan intencionada que Signa se dio cuenta. Se recostó contra el escritorio y agarró el borde.

—¿Qué estás intentando decir exactamente?

La respuesta de Muerte no llegó con un viento afilado por una tormenta, sino con un suspiro que alivió gran parte de la presión que había en la habitación.

Entendería que quisieras hacer un trato, Signa. Has tenido que lidiar con tantas cosas, y ahora tienes opciones que no tenías antes. Tiene sentido que tengas curiosidad, pero debo advertirte...

—No necesito tus advertencias.

Entonces, Signa se dio cuenta de lo que era la extraña tensión que había en la voz de Muerte: miedo.

Él creía que Signa estaba interesada en Destino. La sola idea era absurda, pero a la joven no le salió ninguna risa de dentro. En vez de eso, siguió la mirada de Gundry hacia donde estaba Muerte, y no se dio ni un momento para detenerse a pensar antes de lanzarse hacia él. Se arrancó un guante en el último segundo y consiguió encontrar un trozo de su piel desnuda antes de que Muerte tuviera la oportunidad de apartarse.

De inmediato, el latido del corazón de Signa aminoró, pero en aquella ocasión su transformación en la parca estuvo lejos de ser agradable. Se cayó de rodillas cuando sus pulmones colapsaron, la cabeza le daba vueltas mientras su cuerpo luchaba por tomar un aire que no llegaba. Se llevó las manos al cuello y se clavó las uñas hasta que todo cuanto pudo ver fue blanco. No había manera de saber cuánto tiempo estuvo así antes de que las sombras furiosas se deslizaran en su campo de visión y se apoderaran de ella. Incluso estando furioso, Muerte era tierno y Signa se adentró en su abrazo.

—Mi pequeña necia —susurró acercándola a unos brazos poderosos que la rodearon con fuerza—. ¿En qué estabas pensando?

Aquel era el problema: cuando se trataba de personas a las que Signa quería, normalmente no pensaba en nada. Se echó hacia atrás y puso las manos alrededor de su rostro.

—Tú eres el necio —le dijo—. Cuando hice aquel trato fue porque te quería a ti, no a tu ridículo hermano. ¿Por qué le tienes tanto miedo?

Muerte puso las manos encima de las de ella, y aunque ofreció una sonrisa por el bien de Signa, no llegó a sus ojos.

—No es a él a quien le tengo miedo, Signa.

—Entonces, ¿a quién? —insistió ella, buscando en su mirada, que se volvió más dura cuando se dirigió a ella—. ¿A quién le tienes miedo?

No hubo manera de leer su expresión. No pudo descifrar la tensión que había en su mandíbula cuando dio un paso atrás y le tendió la mano.

—Ven —susurró, y Signa deseó poder desaparecer en aquel tono meloso—. Te lo enseñaré.

* * *

Wisteria Gardens estaba prácticamente irreconocible cuando Muerte condujo a Signa por el patio que una vez fue glorioso. Si no fuera por la fuente de mármol y la wisteria que caía sobre ellos desde el dosel que tenían encima, no habría tenido la menor idea de a dónde la había llevado. Estando así, Signa vacilaba mientras se acercaban a un palacio que no se parecía en absoluto a aquel en el que se habían aventurado apenas unas noches antes.

—Tendremos que darnos prisa —dijo Muerte—. No hay modo de saber cuándo volverá Destino.

Agarró a Signa de la mano mientras atravesaban el patio hacia el edificio ruinoso de piedra. Era el mismo que había atisbado en el momento en que los poderes de Destino se le habían escapado durante la velada. Capaz de verlo en su totalidad a la luz del sol poniente, Signa observó la piedra gris y vieja que parecía que con un mero portazo se haría pedazos. Si no fuera por el hecho de que estaba en su forma de parca, Signa tal vez no se habría atrevido a acercarse por miedo a que cayera sobre ella.

—¿Por qué tiene este aspecto? —La joven frunció el ceño al ver la hierba marchita bajo sus pies, echando de menos los campos de verde intenso de unos días antes. Se dio cuenta de que tampoco había animales. No había ovejas balando ni el ruido de los cascos de los caballos llenando el aire. El palacio estaba sumido en un silencio inquietante, un mundo de ensueño descansando y esperando el retorno de su soñador.

—Mi hermano creó este hogar hace mucho tiempo. —Muerte echó un vistazo alrededor de ellos y luego empujo a Signa a través de la pared principal—. Es una parte de él, y siempre ha reflejado quién es y lo que está sintiendo por dentro.

Donde antes hubo una gran entrada y un salón hermoso con una chimenea crepitante, ahora la entrada soltaba bocanadas de humo gris por las ascuas que se estaban apagando. Las paredes interiores estaban tan vacías y en ruina como el exterior del palacio, y aunque gran parte de las obras de arte seguían expuestas, los colores se habían apagado y pasaban desapercibidos en la piedra gris. Ya no quedaba nada de la extravagancia de la que había alardeado Destino.

—Ni siquiera parece que sea el mismo lugar —susurró Signa, subiendo un peldaño de la escalera. Estaba tan desvencijado que no tenía la menor duda de que los tablones se romperían bajo sus pies si no se estuviera deslizando sobre ellos.

—Solía ser tan suntuoso como la última vez que lo viste. Siempre cambiaba a su antojo o para acomodarse al lugar al que viajara. —Muerte mantuvo sus sombras cerca de Signa mientras continuaban hacia la planta más alta.

—¿Qué le ocurrió al lugar? —Signa juntó las manos y se las apretó contra el pecho, resistiéndose a la necesidad de tocar todas las cosas mientras pasaban por delante del salón de baile. Metió la cabeza dentro, y el corazón se le cayó al suelo cuando vio que todos los paneles preciosos de color ámbar se habían desvanecido.

En vez de contestar de inmediato, Muerte la condujo más adelante por el pasillo hacia el retrato donde Signa había visto a Blythe y a Destino hablando. No había tenido la oportunidad de mirarlo con detenimiento entonces, pero en aquel momento vio que la mujer retratada era la más bonita que había visto jamás, con un cabello blanquísimo y una suavidad de la que no podía apartar la mirada.

—Esa es Vida—susurró Signa, reconociendo de algún modo a aquella mujer—, ¿no?

El dolor inundó los ojos de Muerte.

—Wisteria empezó a deteriorarse en cuanto mi hermano la perdió. Me permití creer que mejoraría con el tiempo, pero nunca he visto este lugar en un estado peor.

Signa se dio cuenta de que el cuadro de Vida era lo único en el palacio que seguía estando a todo color. Tuvo que alejarse varios pasos y echar la cabeza hacia atrás para poder verlo por completo, ya que ocupaba el ancho de toda una pared. Inclinó la cabeza intentando vislumbrar los ojos de la mujer cuando Muerte la apartó con suavidad.

—Me has preguntado a quién le tenía miedo. —El hombre estiró la mano y rozó con los dedos el marco del cuadro—. Puede que mi hermano sea un fastidio, pero él no me da miedo. Sin embargo, sí te temo a ti, Signa. Temo que algún día me partas el corazón.

Su sinceridad desgarró a Signa y arqueó la espalda.

—Parece que hasta Muerte tiene miedos irracionales —susurró.

Él, sin embargo, no pareció convencido.

—Solo hay una persona en este mundo que haya tenido tanto poder como el que usaste aquella noche en el estudio de Elijah —dijo—. Mientras mi hermano crea que tú y ella sois la misma persona, no te dejará en paz. Habiéndolos visto juntos, puedo entender el motivo.

»Cuando echo un vistazo alrededor de este lugar, veo a mi hermano por lo que es —continuó Muerte—: un hombre desesperado que se ha pasado cientos de años incapaz de superar a la mujer que reclamó su corazón. No tendrá paz hasta que la encuentre. Para hacer un trato con él tienes que entender lo que hay en juego. Tienes que verlo por quien es. Nadie querría pasarse una sola vida tan desesperado, menos aún la eternidad que tendrá que soportar mi hermano.

Signa no podía apartar los ojos del retrato. La mujer que había en él era diferente a ella en todos los aspectos. Aun así, Signa se sintió atraída hacia Vida de un modo imposible de describir con palabras.

Destino se presentaba como un hombre confiado y seguro de sí mismo, pero si lo que decía Muerte era real y Wisteria

Gardens de verdad era un reflejo de su interior, entonces el hombre se encontraba frente a un precipicio en el que iba a romperse sin reparo. Signa intentó tragarse la pena que tenía atascada en la garganta y se alejó del retrato.

—Hay más cosas que ver —dijo Muerte y volvió a extender la mano hacia el marco, dejando la otra sobre Signa para asegurarse de que se mantenía en su forma de parca.

El hombre estuvo un rato hasta que encontró un cierre pequeño, y se oyó un suave clic cuando lo apretó. El retrato se abrió de par en par y reveló una habitación enorme llena de tapices.

—Cuidado con la cabeza —advirtió cuando entraron ahí, y Signa se agachó justo a tiempo de que un tapiz oscilara sobre ella, con los hilos desenredándose en un surtido de colores y aterrizando cada uno de ellos en una cesta distinta.

Signa no podía apartar la mirada. No tenía sentido que las hileras de tapices continuaran moviéndose, por no hablar de cómo los hilos y las agujas se entretejían sin ninguna mano que las guiara, pero la habitación no dejaba de recordarle a una fábrica. Se sintió embelesada por el proceso y tentada de desaparecer por aquella hilera y ponerse a explorar, pero Muerte le apretó la mano.

—A ti y a mí, esto siempre nos parecerán tapices. Pero para Destino, un solo hilo es la diferencia entre la vida y la muerte. Ese es su poder, Signa. Si en algún momento te da por creer que eres tú quien tiene el control, si mi hermano intenta llegar a otro acuerdo, quiero que pienses en esta habitación.

Signa se estremeció. Quizá no terminara de entender aquel lugar, pero no podía negar la magia que tenía. Tal vez Muerte tuviera razón y Signa no hubiera sido tan lista con el trato como había creído.

—Mi hermano utilizará todo el poder del que disponga para arrebatarte —dijo Muerte y deslizó su mano por la cadera de Signa para ponerla contra la pared de piedra mientras una posesividad oscura se apoderaba de su voz—. Y a menos que decidas que quieres irte, utilizaré todo el poder del que yo disponga y más para mantenerte aquí conmigo. Se acabaron los tratos, ¿me entiendes? —le dijo pegado a sus labios mientras le levantaba la barbilla.

Su voz le nubló el pensamiento a Signa, y no tenía ni uno inocente mientras arqueaba la espalda y se apretaba más contra Muerte. Estaba indefensa ante él, lo anhelaba contra su piel.

—Se acabaron los tratos —repitió ella, y el placer la atravesó cuando le capturó los labios. Muerte soltó un gruñido suave al enganchar sus brazos alrededor de ella y levantarla para que pudiera rodearle la cintura con las piernas.

—Muy bien —dijo él y deslizó la mano por debajo de sus faldas para luego subirla hasta el muslo.

Signa no pensó en el lugar en el que estaban cuando inclinó la cabeza contra la piedra, animándole a que subiera más la mano. Pero Muerte se detuvo al oír un ruido en la primera planta, sacó la mano y la puso sobre los labios de Signa.

Tranquila, susurró la voz de Muerte en su mente. *Mi hermano no puede vernos en este estado.*

Quizá no pudiera verlos a ellos, pero sí la puerta que habían dejado entreabierta. Con una gran lentitud, Muerte deslizó sus sombras hacia el retrato, aunque en cuanto lo cerró, hizo un chirrido suave que acalló el resto del palacio, como si estuviese aguantando la respiración. Destino también se mantuvo callado durante un largo rato hasta que Signa oyó el estampido de sus botas subiendo los escalones con prisa.

Signa hundió los dedos en los hombros de Muerte. *Genial, ¿eh? ¿Cómo era eso? «No somos más que fantasmas pasando por aquí»,* le siseó, tensándose con cada paso de Destino.

Muerte la ignoró mientras adelantaba sus sombras para que cerraran la puerta, pero lo hicieron con un ruido tan alto que Signa estuvo a punto de refunfuñar. Entonces, el hombre le dirigió una sonrisilla y le dio un último beso en los labios. Luego se inclinó hacia adelante y le susurró al oído:

—Agárrate fuerte.

Lo hizo, y en cuanto la puerta se abrió de par en par y Destino entró a toda prisa, Muerte lanzó las sombras alrededor de ellos y los transportó de vuelta a Thorn Grove.

Diecinueve

Por mucho que Signa hubiera leído sobre las recepciones al aire libre, la joven nunca había tenido el placer de acudir a una, menos aún a una organizada por una reina.

El palacio Covington estaba compuesto por quinientas setenta y cinco habitaciones, y su aspecto era tan sorprendente como aquel número desde el momento en el que Signa atravesó sus puertas opulentas. Había columnas de mármol blanco reinando sobre la entrada, adornadas con capiteles de bronce dorado. Uno a uno, iban recibiendo a la gente en el interior, y los conducían por una alfombra roja interminable y tan mullida que Signa se preguntaba qué sensación daría bajo los pies desnudos. Por supuesto, no iba a comprobarlo, dada la compañía con la que estaba. No parecía haber una sola persona sin la nariz elevada con altanería ni un solo hombre que no caminara como si un panal de abejas le hubiera picado en el pecho y se le hubiera hinchado.

Condujeron a los invitados hacia una habitación con paredes de marfil, donde de una araña de luces a juego y del tamaño del salón de Thorn Grove colgaban unos cristales tan gruesos que uno solo bastaría para sacar de pobre a alguien.

Signa encontró su lugar al lado de Blythe y Byron. No se atrevían a hablar, ya que el lugar daba la sensación de ser demasiado suntuoso como para estropearlo con palabras.

En el extremo de la sala había un trono de color dorado y carmesí, y todas las cabezas se inclinaron cuando salió la reina. Signa solo la había visto en una ocasión, cuando hizo su presentación en sociedad, y estaba tan nerviosa que los tobillos casi le cedieron durante la reverencia. En aquel momento, no obstante, consiguió mantenerse en equilibrio mientras una mujer preciosa con la piel de un intenso bronceado tomaba su lugar en el trono. Era rolliza y de mediana edad, y llevaba un vestido de seda de color rosa y el cuello de encaje, y una pequeña corona de diamantes sobre la cabeza. La mirada de la reina solo se suavizó cuando Everett Wakefield entró en la sala y lo llevaron frente a ella.

Lo habían ataviado con un conjunto precioso hecho de chenilla de seda negra y con acabados de piel. El chaleco llevaba muchas decoraciones en hilos plateados y botones de metal, y el blasón de su familia —un lobo negro merodeando con un escudo blanco y plateado— estaba expuesto con orgullo encima de su corazón.

Everett no fue el único al que se desviaron los ojos deambulantes de Signa. Entre la multitud rebosante de emoción, se quedó quieta cuando vio los ojos de Destino sobre ella. Habían pasado varios días desde que casi los había pillado a Muerte y a ella en Wisteria, y la lástima aún se la atragantaba en la garganta.

Aquella misma mañana habían llegado más flores por parte de él —en aquella ocasión, acompañadas de bombones, que Blythe le había quitado de las manos felizmente— y cada día Signa ponía su mayor empeño en ignorar aquellas ofrendas y a las sonrisitas de las sirvientas. Por mucha simpatía que sintiera por él, también debía tener en cuenta a Muerte y sus miedos. Solo por aquella razón ya detestaba los regalos de Destino: no quería sentir presión por su falsa esperanza ni que tuviera algún otro motivo por el que pagar sus frustraciones con Muerte o la familia Hawthorne.

Signa no sabría decir exactamente cuándo había empezado aquel sentimiento —tal vez, hasta cierto punto, siempre hubiera estado ahí—, pero tenía tantas expectativas sobre ella que la presión aumentaba rápidamente: Blythe esperaba que Signa fuera una buena prima, una prima normal, mientras que Byron quería que fuera una señorita formal y adecuada que ayudara a restaurar el nombre de la familia. Destino esperaba que fuera otra mujer completamente, una con poderes por los que Signa habría dado cualquier cosa en otro momento.

En cuanto a ella misma... Bueno, Signa necesitaba resolver un asesinato, proteger a todas las personas a las que quería y llegar a la raíz de quién era y qué podía hacer.

Era agotador.

Everett se arrodilló frente a la reina, y Signa fijó su atención en él mientras le otorgaban el título de duque. La reina colocó un cetro sobre el hombro derecho de Everett y luego sobre el izquierdo. Signa se unió a los aplausos mientras el joven se ponía de pie, y la joven mostró su comportamiento más educado y recatado ante las diversas miradas furibundas y los rostros altaneros que se dirigían hacia su familia. Todo el mundo había empezado a dirigirse hacia la fiesta, y Byron le dio un golpecito en la pierna con el bastón, indicándole en silencio que hiciera lo mismo.

—Es un buen chico —murmuró Byron lo bastante alto para que quien tuviera la oreja puesta lo oyera—. Será un duque maravilloso.

Aunque Signa estaba de acuerdo con ambas cosas, no hizo ningún comentario. Le pareció demasiado extraño mirar a Everett con la ropa formal y ver otra cosa que no fueran las lágrimas en sus ojos al sostener la mano del cadáver de su padre unas semanas antes.

—¿Signa? —preguntó Blythe y le cortó el hilo de pensamiento—. Parece que estás como aturdida. Venga, vamos a la fiesta. —Y entrelazó el brazo con el de su prima.

Blythe se había mostrado asustadiza desde el incidente del estudio, y Signa la vio varias veces inspeccionando los rincones de todas las habitaciones con una mirada agitada. También se había fijado en el resplandor proveniente de la luz de una vela bajo la puerta de Blythe la noche anterior, cuando su prima debería haber estado durmiendo. Signa había intentado que Blythe dejara de pensar en aquello llevándole recortes de periódicos de crímenes recientes mientras tomaban té por las tardes, pero el interés de Blythe por aquello era tenso y forzado.

Signa esperaba que aquella salida le hiciera bien. Aunque la gente les lanzaba miradas llenas de desdén, los cuchicheos quedarían reducidos al mínimo ante la presencia de la reina, lo cual era un descanso apreciado. Examinando a la multitud, Signa atisbó a Everett cuando la sacaron hacia el jardín, y su pecho entró en calor cuando él saludó.

Empezó a devolverle el saludo cuando se dio cuenta, avergonzada, de que se estaba dirigiendo a Charlotte Killinger, que estaba a tan solo unos pasos detrás de ellos. Charlotte tenía una sonrisa tan radiante como una luna llena cuando colocó las manos sobre los hombros tanto de Signa como de Blythe.

—Qué lindas estáis.

Signa deseó poder decir lo mismo, pero «linda» era decir poco para Charlotte. Ataviada con un vestido malva pálido y un sombrero de plumas a conjunto, Charlotte estaba tan linda que todos los ojos parecían seguirla. También se comportaba de una manera tan perfectamente formal que Signa se descubrió estirando la espalda, intimidada ante tanto decoro. Blythe, por otra parte, se puso tensa y agarró con fuerza a Signa.

—Creo que esto parece una procesión funeraria —señaló Blythe con aire sombrío, sin mirar a Charlotte—. A ti también te lo parece, ¿no, Signa? Hay algo pesado en el aire.

Dado que Signa tenía mucha más experiencia con los muertos, ella no sentía nada parecido. Pero entendió lo que sentía su prima y asintió con la cabeza dándole la razón.

—¿Cómo lo lleva lord Wakefield? —le preguntó Signa a Charlotte—. He oído que estás siendo de gran ayuda para él.

—Le va mejor de lo que esperaba, bien mirado. —Aunque Signa no tenía ni idea de lo que podía haber ocurrido entre aquellas dos, Charlotte se mostró totalmente consciente de la vacilación de Blythe cuando retiró la mano y abrió su abanico con unos movimientos suaves y gentiles—. No esperaba que los Wakefield me pidieran ayuda, dado todo lo que ha ocurrido, pero me alegro de que lo hicieran. A esa familia le vendría bien algo de apoyo.

Signa ignoró el resoplido acallado de Blythe y, en su lugar, preguntó:

—¿«Todo lo que ha ocurrido»?

Charlotte detuvo el abanico cubriéndose la boca. A pesar de que escondía la mayor parte de su expresión, Signa aún pudo notar que Charlotte abrió los ojos un poco, como si se hubiera dado cuenta de que había hablado fuera de lugar. Solo entonces Blythe dirigió su atención hacia ella con los labios apretados.

—No es nada relevante —dijo Charlotte cerrando el abanico de golpe, intentando restarle importancia a la pregunta—. De todos modos, Eliza estaba preocupada por su primo y me pidió que me quedara con ellos durante los primeros días después de la muerte del duque. Everett vomitaba cada vez que comía, no podía mantener en el estómago ni siquiera el pan. Creo que ahora está empezando a darse cuenta de que su padre de verdad se ha ido. No está bien, pero está aceptando la pérdida lo mejor que puede.

Blythe debió tener la misma sospecha que Signa ante lo rápido que quiso cambiar de tema Charlotte, ya que le lanzó una mirada a su prima. Por desgracia, Blythe perdió rápidamente el interés cuando observó el lado derecho de la cabeza de Signa y ahogó un grito. Agarró a su prima por la muñeca, se inclinó hacia ella y le dijo con una voz áspera:

—¿Qué diablos tienes en el pelo?

A Signa le dio un vuelco el estómago y rezó a Dios por que no fuera algo asqueroso y que trepara.

—¡Quítamelo! —intentó ver lo que era, pero fue incapaz de hacerlo hasta que Blythe le sacó varios mechones escondidos detrás de su oreja.

Eran plateados como la luz de las estrellas.

—Arréglamelo —dijo Signa con unas palabras que no fueron más que un aliento urgente—. Arráncamelos si hace falta, pero asegúrate de que nadie lo vea.

—¿Has perdido el juicio? No voy a arrancarte el pelo.

Qué ganas tenía Signa de decirle cuatro cosas a Destino. Quiso creer que había conseguido salirse de la última vez que había utilizado los poderes de parca con nada más que algo de cansancio, pero parecía tener razón en cuanto a las consecuencias.

Blythe frunció el ceño con severidad mientras escondía con cuidado los mechones plateados justo a tiempo de que

Charlotte echara un vistazo con una ceja levantada. Signa se irguió y sonrió, a pesar de que tenía el corazón aporreándole.

Un duque había muerto, Destino le había impedido comunicarse con Muerte, su amiga de la infancia era una posible sospechosa de asesinato, y, además, el cabello se le estaba volviendo plateado como si hubiera envejecido de la noche a la mañana.

¿Qué más podía ir mal?

Signa intentó volver a la realidad; no quería centrarse demasiado en su cabello y alertar al resto de la gente. Desvió la atención hacia Everett, que estaba saludando a unas mujeres encantadoras ataviadas con vestidos claros para el té y parasoles que bloqueaban el sol, que se estaba afanando por abrasar a la joven ahí donde estaba. Everett no parecía ser un hombre capaz de asesinar... pero Signa ya se había equivocado antes.

Eliza también estaba cerca, y Signa se dio cuenta después de echar un segundo vistazo y ver que el hombre de cabello oscuro que hablaba con ella no era otro que Byron. Cuando Charlotte la cazó mirando, Signa tarareó en voz baja.

—La señorita Wakefield siempre ha querido casarse con un Hawthorne —dijo Charlotte pensativa—. Yo creí que iba a ser Percy. Estaban muy unidos antes de que se marchara.

Blythe hizo un sonido ininteligible.

—¿Eliza y mi tío? Lo de contar historias a tu mente se le da mucho mejor de lo que me imaginaba.

Charlotte agitó el abanico con más fuerza y le lanzó a Blythe una mirada feroz.

—Llevan un tiempo viéndose. Él es un buen partido, soltero y con dinero. Me atrevería a decir que ya le habría pedido la mano de no ser por el escándalo con tu padre. O puede que ya lo haya hecho y estén esperando a que se limpie el nombre de tu familia.

Por mucho que Signa detestara la idea de que Eliza formara parte de la familia, aquello ayudaría, sin duda, a entender el anillo que habían encontrado en el estudio de Elijah.

Blythe se puso las manos alrededor de la tripa, seguramente pensando lo mismo.

—Parece que, mientras estuve confinada en la cama, pasaron más cosas de las que me di cuenta.

—O puede que hayas estado demasiado ocupada contigo misma como para tener en cuenta lo que estaba haciendo el resto.

—Bueno, bueno, ya está bien —dijo Signa, alarmada. Fuera lo que fuera que hubiese ocurrido entre Charlotte y Blythe, ya habría tiempo de arreglarlo más tarde, en privado—. Aquí somos todas amigas...

La voz de Signa se apagó cuando vio una cabeza dorada abriéndose paso entre la multitud. Un gran enfado se estaba cociendo en el estómago de la joven pensando en su cabello plateado y en la discusión que tuvieron la última vez que hablaron. Estaban ocurriendo demasiadas cosas. Había tantos pensamientos que analizar que no estaba segura de cómo podría manejar nada más. Por suerte, Destino giró en el último momento y no se dirigió hacia ella, sino hacia Everett.

—De verdad que últimamente no puedo mantenerte el ritmo —resopló Blythe entre dientes—. Primero sueñas con un duque, y ahora pierdes el hilo del pensamiento con la presencia de un príncipe.

—¿Has estado soñando con Everett? —preguntó Charlotte con la mandíbula tensa.

Signa no encontró la manera de responder. La presencia de Destino la consumía por completo. Aunque estuvieran ahí para reforzar el nombre de Elijah y dar una buena impresión a los invitados, Signa dudaba mucho que alguien se fuera a acordar de que la familia Hawthorne y ella habían acudido cuando había alguien mucho más interesante en quien pensar.

—No me puedo creer que venga de visita desde Verena. —Signa se giró para ver que la voz provenía de un pequeño grupo de señoritas al que reconoció de otros eventos sociales de aquella temporada. Diana Blackwater estaba entre ellas, abanicándose con tanta fuerza que el tocado blanco que llevaba se levantaba de su pequeña cabeza—. Es un sitio muy bonito, justo al lado del mar. Mi padre me llevó de visita cuando era pequeña. El príncipe y yo nos hicimos bastante íntimos.

Una de las más jóvenes soltó un grito ahogado.

—¿Crees que ha venido hasta aquí por ti?

Diana, pobrecita, se estaba pavoneando. Qué estúpido le parecía verla a ella y al pueblo entero caer en la trampa de Destino.

—Cuéntanos más cosas sobre él —dijo una muchacha fisgoneando esperanzada—. ¿Es simpático?

—Es todo un caballero —dijo Diana con un desmayo practicado. Parecía que últimamente todo el mundo era actor—. Tiene muy buenos modales y es extremadamente atento. Si Wisteria Gardens os parece un lugar precioso, os moriríais al ver el palacio real de su familia.

¡Ja! Muy buenos modales, claro que sí.

—Debo admitir que ha sido agradable ver que Aris... perdón, quiero decir, el príncipe Dryden, viene de visita el año en que me presento en sociedad —continuó Diana—. Siempre he sentido un gran aprecio por Verena, y siempre he imaginado que algún día terminaría ahí.

No merecía la pena. No lo hacía. Y aun así, Signa movió las manos de manera nerviosa porque estaba molesta. Diana y sus mentiras, por lo general, no significaban nada, pero había algo sobre ella que le fastidiaba tanto a Signa que se dio la vuelta para mirar de frente a la muchacha.

—Debe ser el destino —dijo pensativa con una sonrisa tan amplia que se le entrecerraron los ojos hasta quedar medio cerrados.

Diana le devolvió una sonrisa fina mientras se abanicaba con un poco más de agresividad.

—Me atrevería a decir que tiene usted razón, señorita Farrow.

—No podría estar más de acuerdo. El destino es poderoso.

Fue el supuesto príncipe quien dijo aquello mientras se acercaba con Everett. Diana y el resto de las señoritas se quedaron en silencio mientras él y el recién estrenado duque inclinaban las cabezas a modo de saludo. Los ojos de Destino, sin embargo, se levantaron para ver a Signa por debajo de unas largas pestañas, y volvió a sentir un calor extraño en el vientre.

—Príncipe Aris —dijo ella con tanta repugnancia como era aceptable en público—, ¿aún por aquí?

—¿«Aún»? ¿Tiene la intención de marcharse? —preguntó Everett colocando una mano sobre el hombro de Destino como si fueran buenos amigos. Signa no pudo evitar fijarse en aquel gesto con una mirada furiosa. ¿Por qué Destino podía no solo ser visto, sino ser tocado cuando Muerte no podía hacer ninguna de esas cosas?—. Esperaba que te quedaras durante toda la temporada.

—Lo haré —contestó Destino con la suficiente frialdad como para que a Signa se le erizara la piel—. La señorita Farrow debe haberse confundido. Tengo toda la intención de quedarme aquí hasta que decida aceptar mi propuesta.

Dijo aquello con una voz tan casual que todos los que lo oyeron se quedaron quietos, mirándose unos a otros para asegurarse de que habían oído lo mismo. A Signa le ardieron las mejillas.

—Seguro que quiere decir hasta que «alguien» acepte su propuesta —dijo Signa intentando sonreír y restarle importancia a su comentario.

Por suerte, Destino inclinó la cabeza y le concedió una sonrisita divertida.

—Por supuesto, señorita Farrow. Discúlpeme por mi equívoco.

Cómo deseó Signa poder invocar sus sombras y reclamar a Destino ahí mismo. Detestaba lo encantador que sonaba y que tuviera un hoyuelo en la mejilla que lo hacía parecer tan amigable. Cuando vio que ya no podía soportar seguir con aquello, Signa desvió su atención hacia Everett.

—Enhorabuena, lord Wakefield —dijo al fin, esperando crear algo de distracción de lo que fuera a lo que estuviera jugando Destino.

—Eso es, enhorabuena —dijo Charlotte, y dio una respiración sonora cuando Everett se acercó—. Se le ve muy respetable con esa faja. Su padre estaría orgulloso.

Everett se mostró tan tímido ajustándose el chaleco que Signa buscó los ojos de Blythe para compartir una mirada. Su prima, sin embargo, tenía los ojos clavados en el suelo.

—Gracias, señorita Killinger —dijo—. Lo aprecio mucho.

Charlotte desvió tímidamente la mirada mientras se retiraba un tirabuzón caído sobre el hombro. Parecía que se pasarían el día entero así si nadie hacía nada por sacarlos de su estupor. Y aunque Signa abrió la boca para socorrer a su amiga, Destino se le adelantó.

—Hace un día perfecto para que continuemos aquí de pie charlando. —Inclinó la cabeza hacia el jardín—. ¿A quién le apetece jugar al croquet?

Veinte

El jardín del palacio era lo contrario a Wisteria en todos los aspectos. Tenía una belleza sencilla con rosales elegantes y robles que daban sombra a los lados de un caminito bien cuidado. Los sirvientes pasaban con bandejas llenas de sándwiches delicados y tentempiés salados, que los invitados comían mientras cuchicheaban juntos en la sombra. Cuando atravesó el jardín con Blythe, Signa se sorprendió deseando poder ser una de esas invitadas y contemplar la belleza del jardín mientras se embuchaba comida.

En su lugar, se vio mirando constantemente a Everett, examinando la sonrisa que no terminaba de llegar a sus ojos mientras saludaba a los demás. ¿Podría tener un motivo para matar a su padre? ¿Podía su rostro ser el de un asesino?

Charlotte estaba a su lado, hablando con él en voz baja y en un tono feliz. Signa los miraba todo el rato, intentando no prestarle atención a Destino a propósito. Blythe debió haber estado haciendo lo mismo, ya que le dijo en voz muy baja:

—Puede que vaya siendo hora de que centres tu atención en ser una princesa. Parece que hacen buena pareja —dijo como tanteando los sentimientos de Signa sobre el tema.

—Y aun así, ninguno de los dos ha dicho una sola palabra sobre una unión —respondió Signa y le dio un golpecito a Blythe para señalarle en dirección a Everett, que inclinaba la cabeza a las señoritas y madres entusiastas que se le acercaban mientras Charlotte observaba con una expresión más vacía con cada nuevo rostro.

Parecía que tenían que detenerse cada pocos pasos mientras Destino los dirigía a través de un campo aparentemente infinito con un césped perfecto. Lo cierto era que no había ni una sola hoja marrón, y todo parecía estar cortado a la misma y precisa altura. Cuando Destino cazó a Signa echándole una mirada furtiva, le ofreció el brazo con el pecho bien henchido. Blythe prácticamente la estampó hacia adelante, y Signa le lanzó una mirada de odio antes de tomar el brazo de Destino a regañadientes y permitirle que tirara de ella hacia adelante.

—¿Una partida, señorita Farrow? —preguntó. Aunque lo dijo con un tono de burla, era fácil ver la vulnerabilidad que estaba escondiendo.

—Diría que no —respondió Signa con honestidad—, pero ¿acaso tengo elección?

Destino se tomó el ataque con calma.

—¿Cambiaría la respuesta si dijera que podemos considerarlo como parte del cortejo?

Signa casi se tropezó. Ante tantos ojos, lo último que quería era que vieran que Destino la cortejaba. Tampoco quería avivar el fuego de su interés cuando se había negado a prometer que no le haría daño a Muerte. Pero, aunque se negara, Signa dudaba que Destino se marchara. Por no mencionar que daría cualquier cosa por volver a oír la voz de Muerte.

—Déjamelo un día entero. —Signa dio un paso al lado y se acercó un poco más hacia Destino, intentando mantener la voz baja. Estaba segura de que Blythe estaría esforzándose por escuchar—. Empezando ya.

Destino caminó dando unos pasos fuertes y seguros, y aun así consiguió parecer elegante. Casi como si estuviese flotando, sin un rasguño en las botas.

—No voy a cambiar los términos de nuestro acuerdo.

Signa se aseguró de golpear el césped con un poco más de fuerza al dar el siguiente paso, con la esperanza de mancharle las botas con un poco de barro. De algún modo, no consiguió acertar.

—Muy bien. Pero nada de hacer trampas. No me gustan los hombres que juegan sucio.

Se rio.

—Si jugar sucio es lo que hace que recuerdes todo lo que has perdido, seré el bastardo más guarro que hayas conocido jamás, Signa Farrow. Después de la partida, podrás estar con Muerte.

Signa no había anticipado la calidez que estalló en su interior. No podía tragar saliva y no se atrevió a mirar a Destino a los ojos.

El campo estaba vacío aparte de los palos y postes que pertenecían al juego, y Signa se preguntó si era porque todos los demás habían sido lo bastante listos como para disfrutar de la comida de palacio mientras pudieran o porque Destino había metido mano. Se alegró de tener unos segundos de descanso cuando él se alejó de su lado para recoger dos mazos, uno de los cuales le extendió.

—¿Qué dicen, señoritas? ¿Les apetece una partida? —preguntó Everett con un brillo en los ojos, y después de todo lo que había pasado durante aquellas últimas semanas, el humor agrio de Signa se alivió ante aquella agradable vista.

—Yo prefiero mirar —contestó Charlotte con una sonrisita que hizo que Everett respondiera con otra sonrisa de inmediato. Signa no podía creer lo que estaba viendo. ¿Cuándo había empezado aquel fuego entre ellos?

—¿Te quedarás cerca? —inquirió él.

—Por supuesto. —Charlotte se alejó unos cortos pasos y se detuvo bajo un árbol encorvado que daba sombra—. Estaré aquí mismo, apoyando a ambos equipos.

—En ese caso, mi equipo seremos mi prima y yo —dijo Signa, que no iba a permitir ni que Blythe ni ella estuvieran en un equipo con Destino.

A pesar de que esperaba que Destino se mostrara molesto por su declaración, pareció que su divertimento no hizo más que aumentar.

—Muy bien, pero que sepáis que en Verena jugamos con premios.

El pavor se apoderó del estómago de Signa. Debería haber sabido que habría truco.

—¿Cuál es el premio? —preguntó Blythe mientras comprobaba cuánto pesaba el mazo.

—Lo que queramos. —Destino golpeó dos bolas para cada equipo. Las del equipo de Signa tenían una raya lila alrededor, a conjunto con su mazo—. Para nosotros, ¿que nos escribáis y cantéis una canción de alabanza? ¿Un favor? ¿Tal vez un beso por parte de una dama encantadora?

Everett se puso un poco recto y echó una mirada hacia Charlotte.

—No creo que...

—Venga ya, Everett —dijo Destino riéndose—. Es solo un beso.

Signa estaba a punto de expresar su negativa cuando Blythe intervino:

—¿Podemos pedir lo que queramos? —preguntó.

Había tendido la trampa, y Signa no creía que Destino pudiera tener un aspecto más satisfecho que en aquel momento.

—Cualquier cosa que esté en mi poder otorgar.

Blythe no se detuvo a considerar su petición, aunque al menos tuvo la sensatez de bajar la voz antes de hablar.

—Si ganamos, el príncipe debe defender a mi padre —dijo, y antes de que alguno de los hombres pudiera decir nada más, añadió—: y quiero verlo. De inmediato.

Everett bajó el mazo con el rostro severo.

—Señorita Hawthorne, eso no es posible...

—Hecho. —La falta de vacilación de Destino le dio que pensar a Everett. El joven parpadeó, aparentemente cuestionando en aquel momento cuánto poder podía tener un príncipe—. Acepto los términos.

Signa le daba vueltas a la petición, examinando la elección de palabras y buscando algún significado oculto. Pero antes de que llegara a una conclusión, Blythe se puso el mazo sobre el hombro y se dispuso hacia el campo.

—Fantástico —dijo Blythe y se retiró de un manotazo una onda rubia que se había escapado de su sombrero de marfil de ala ancha—. Será mejor que se prepare, principito. No tengo la menor intención de dejar que me bese.

—¿«Dejar»? ¿A mí? —Destino se rio con demasiada sinceridad—. No es usted de mi agrado, querida.

—Entonces, Dios existe. —Blythe juntó las manos y miró hacia el cielo como rezando—. Me bastó con observar las obras de arte que tiene para entender lo terrible que es su gusto.

Destino agarró con más fuerza el mazo, y Everett y Signa cruzaron la mirada. Al menos, había dos personas que se estaban comportando de manera apropiada, aunque tanto

Destino como Blythe atufaban tanto a determinación que no hubo opción de convencerlos para que jugaran sin apuestas, por mucho que Signa hubiera querido retorcerle el cuello a Blythe.

¿Cómo se podía vencer a Destino en su propio juego? ¿Acaso no podía cambiar el resultado? ¿Retorcerlo todo a su favor? Signa quería ganar tanto como Blythe, pero hasta que sintió un escalofrío atravesando el aire alrededor de sus hombros no creyó que fuera a tener alguna oportunidad.

Signa agarró el mango de su mazo e intentó recuperar el aliento. Enseguida se dirigió a Destino, que se había delatado a sí mismo al mirar directamente al lugar que había al lado de Signa, donde —se dio cuenta entonces— estaba Muerte. Aunque no podía ni verlo ni oírlo, el mazo hizo una presión más fuerte en sus palmas, como diciendo que él estaba ahí con ella, que la ayudaría.

—Las damas primero —ofreció Destino con un tono molesto. Fue lo único que reveló acerca de cómo se sentía con la llegada de Muerte.

Blythe se colocó como si ya hubiera jugado mil veces, encuadrándose con la pelota y golpeándola directamente. Arrojó la pelota a través del primer poste, y la sonrisa de Destino se torció hacia abajo. El hombre echó un vistazo a Blythe, luego a Muerte, pero hasta donde Signa sabía, aquel golpe fue todo cosa de ella.

Blythe deslumbró a Destino con una sonrisa cruel cuando fue hasta la pelota, habiendo ganado un segundo turno por marcar un punto. El siguiente golpe que dio lanzó la pelota a través del campo y a más de medio camino del siguiente poste. Inspeccionó el trabajo hecho con una pequeña inclinación de cabeza, satisfecha, y luego volvió caminando hacia ellos.

—Supongo que eso servirá.

El siguiente turno le tocaba a Everett, y Signa sintió el frío que lo bañó. Destino también dio un paso sutil para acercarse más a él. Los hilos dorados centelleaban y tiraron del mazo hacia atrás, pero fue como si algo agarrara la pelota en cuanto el mazo la golpeó. Fue Muerte. Al menos, tuvo la decencia de lanzar la pelota unos centímetros más adelante por el bien del duque, aunque fue un tiro torcido y alejado del primer poste, y Everett se quedó rascándose la cabeza.

—Normalmente no lanzo de una manera tan horrenda —dijo el duque y lanzó una mirada por encima de él, como para comprobar si el viento era el culpable.

—La próxima irá mejor —dijo Blythe con una voz automática, como si hubiera tenido que decir aquello a los jugadores muchas veces antes—. Puede que el príncipe lo compense en su turno.

—Es la intención que tengo —respondió Destino, mirando con el ceño fruncido mientras que Blythe no dejó de sonreír.

—Parece que alguien nos ha subestimado —dijo Blythe extendiendo la mano enguantada frente a ella e inspeccionando cualquier señal de suciedad—. Solía obligar a mi hermano a jugar conmigo todos los domingos.

Signa habría jurado que a Blythe se le resquebrajó la voz mínimamente, y que sus ojos azul gélido de repente se volvieron mucho más agudos al cruzar la mirada con Charlotte. Pero no hubo tiempo para pensar en ello, ya que Blythe le recordó:

—Te toca, Signa.

Todo cuanto Signa sabía sobre el croquet lo había aprendido de haber visto a Blythe aproximadamente dos minutos antes. Se acercó hacia la pelota igual que había hecho su prima, colocándose frente a ella y esforzándose al máximo por parecer que aquello se le daba bien, que había golpeado con un mazo mil veces antes. Pero en realidad estaba suplicando a Muerte en voz baja.

Por suerte, parecía que él sabía exactamente lo que había que hacer. Signa no sabría decir si el mazo había golpeado la pelota antes de que saliera disparada hacia el siguiente poste. Everett silbó en voz baja, pero cuando Signa lanzó una mirada atrás, hacia su prima, con una sonrisa victoriosa, se sorprendió al ver que la expresión presumida de Blythe se había desvanecido y que estaba arrugando las cejas.

Era posible que estuviese demasiado centrada. Con un premio como aquel en el horizonte, ¿cómo no iba a estarlo? Aun así, Blythe miró entre Signa y la pelota con un escepticismo tal que a Signa le empezaron a sudar las palmas a través de los guantes. Sacudió las manos antes de agarrar el mazo para el segundo turno. De nuevo, volvió a sentir la brisa familiar de las sombras de Muerte al ponerse en acción y deslizar la pelota a lo largo del camino y directa hasta el siguiente poste.

—Me atrevería a decir que nos la han jugado, alteza —dijo Everett pensativo, echando un vistazo a Charlotte de vez en cuando para ver si se lo estaba pasando bien—. Quizá deberíamos retirarnos mientras podamos.

Destino soltó un bufido de camino hacia la pelota de su equipo.

—Tonterías. Tenemos tiempo de redimirnos.

Los hilos a su alrededor brillaban de un dorado intenso y se colocaron alrededor del mazo. Pero las sombras de Muerte debieron entretejerse con ellas, porque el mazo fue más lento de lo que debía durante el golpe. Incluso así, la pelota atravesó el poste.

—Me gusta el juego limpio. —Destino se volvió a colocar para el segundo golpe, inclinándose por las caderas. En cuanto lo hizo, susurró al suelo—: No tengo por costumbre hacer trampas, hermano. Pero si continúas haciéndolas, yo también. —Entonces golpeó, y en esa ocasión la pelota falló, no llegó a alcanzar el poste. Lanzó una mirada furiosa, con los labios fruncidos como si la pelota lo hubiera ofendido personalmente.

Blythe ya se estaba preparando cuando Destino volvió hacia ellos. Se detuvo para observarla mientras Muerte, al parecer, no podía evitar interferir una última vez. Cuando Blythe volvió a levantar el mazo, se le escapó de las manos y golpeó a Destino entre las piernas.

Blythe se echó atrás apresuradamente e hizo lo mismo que Signa, que se cubría la boca con ambas manos. Una ráfaga de viento pasó alrededor de ellos, con la suficiente fuerza como para tirar los sombreros con los que se habían ataviado unas cuantas señoritas en la distancia. Signa lanzó una mirada intensa y feroz hacia el lugar en el que debió haber estado Muerte.

Fue como ver una escena a cámara lenta, con Destino tropezándose y apretando tanto los labios que se le quedaron blancos al caer de rodillas.

Detrás de ellos, Charlotte se cubrió la boca porque estaba chillando.

Blythe se fue corriendo hacia Destino, se detuvo, dio un paso atrás y luego continuó otra vez hacia él, como incapaz de descifrar si él querría una disculpa por su parte o que le dieran su cabeza en bandeja. Al final se decantó por la disculpa. Tenía las mejillas tan coloradas como una tarta de cereza.

—¡Alteza! ¿Se encuentra bien? Lo siento tantísimo. ¿Hay algo que...?

Everett la tomó por el hombro y la echó hacia atrás con una expresión grave.

—Tal vez necesite un poco de espacio, señorita Hawthorne. No tiene que involucrarse en una situación tan delicada.

Signa se mordió el interior de la mejilla con fuerza.

—¿De verdad era necesario? —le siseó a Muerte—. Él ya quiere matarte.

Ha sido un accidente, pajarito. Tienen que ponerles un agarre mejor a esos mazos. No esperaba que fuera a golpearlo.

Signa sintió como si el pecho se le hinchara el triple al oír la voz de Muerte en su cabeza. Parecía que el dolor por el accidente de Destino debió provocar que se le escaparan los poderes temporalmente, y aunque Signa sabía que eso no podía ser nada bueno, sintió mariposas en el estómago. Qué agradable era volver a oírlo, aunque solo fuera por unos segundos.

—¿Se encuentra bien? —preguntó Blythe—. ¿Voy a ver si hay algún médico que pueda examinarle?

—No necesitamos a ningún médico, señorita Hawthorne —dijo Destino furioso—. Y desde luego no necesito que me examinen. Solo... Dadme un momento.

—Siéntese lo que queda de partida —sugirió Everett haciendo una mueca—. Yo representaré a nuestro equipo, y que las señoritas Farrow y Hawthorne elijan también a su representante.

—No montemos un escándalo por nada. —Incluso con una mueca, Destino consiguió sonar convencido.

¿Nada?, repitió Muerte con una risa. *Yo no diría eso tan libremente, hermano.*

Si Signa hubiera podido verlo, Muerte habría recibido una mirada de odio de lo más incisiva. No sabía que los hermanos pudieran ser tan exasperantes. ¿Es que estaba intentando que la ira de Destino cayera sobre ellos?

Destino echó los hombros hacia atrás, ignorando a Muerte mientras se levantaba.

—El daño no es muy grande. Me encuentro bastante bien, puedo jugar.

Aunque Blythe se mostraba escéptica, no se atrevió a herirle el orgullo discutiendo. Tampoco Everett, y enseguida volvieron al juego, fingiendo que no había pasado nada.

La partida duró unas dos horas, durante las cuales la voz de Muerte se desvaneció. Turno tras turno, tanto Everett como Signa lo hicieron lo mejor que pudieron —sin la influencia de Muerte—, aunque Everett rebotó la pelota varias veces en los postes y Signa seguía sin darle a la pelota. Tan solo Blythe y Destino estaban marcando puntos para sus respectivos equipos, y la tensión que había entre ellos se volvió tan insoportable que los otros dos los estuvieron evitando.

Blythe estuvo espectacular, tan centrada en la partida que ni siquiera sonreía cada vez que la pelota pasaba por un poste. Tenía la mirada fría y penetrante, y su mente no se desviaba de la tarea que tenía entre manos.

Destino tenía mucha práctica. Como debía ser, supuso Signa, considerando cuánto tiempo llevaba vivo. No necesitaba apoyarse en su magia para ayudarlo, y se mantuvo fiel a su palabra sobre no utilizarla aun teniendo que mantener el ritmo de Blythe. Poco después, cuando a Signa le empezó a doler la espalda y le entraron ganas de tumbarse sobre el fino césped, el lanzamiento de Blythe golpeó la pelota de Destino y la movió de su posición cerca del último poste, por lo que se llevó el último punto.

Entonces lanzó el mazo hacia abajo y se giró hacia Destino. La mirada le brillaba con una satisfacción contenida. A Signa no le cabía duda de que, si hubieran estado solas, habría celebrado su victoria con nada menos que un grito de batalla.

—Quiero ver a mi padre mañana —dijo Blythe con una voz uniforme, y aunque Destino tuviera la expresión de un hombre lleno de desprecio, asintió con la cabeza.

—Yo mantengo mis promesas, señorita Hawthorne. Considérelo hecho.

El tiempo se les había escapado durante la partida. No era tan tarde como para que el sol se hubiera terminado de poner, aunque sí lo suficiente como para que los invitados hubieran empezado a dispersarse y todo el servicio de comida y bebida hubiera acabado. Aunque no hubiera sido una partida particularmente extenuante, el sol había sido abrasador, y Everett se retiraba el sudor de la frente con un pañuelo. Fue agradable jugar una partida con él, verlo bromear y sonreír y fingir que eran personas normales con vidas normales, personas que no estaban rodeadas de muerte y desastre, aunque solo fuera por unas horas.

Everett se dirigió hacia las primas y a Charlotte, que se había vuelto a unir a ellos y estaba echando miradas furtivas y de reojo hacia Blythe.

—¿Os acompaño a vuestro carruaje, señoritas? —preguntó—. Es más tarde de lo que pensaba.

—Creo que sería conveniente.

Hubo algo mal en el tono de Blythe. Una tensión que solo notaría un oído experto. Signa se puso derecha al oírlo. No era propio de su prima que no la tomara del brazo al caminar ni que no se regodeara en su victoria. Signa deslizó una mirada hacia Charlotte, aunque la joven rápidamente se apartó y tanto Everett como ella se despidieron de las primas.

—Ha sido una buena partida, señorita Hawthorne —admitió Destino mientras Blythe y Signa estaban al lado del carruaje—.

Id a la prisión mañana antes del amanecer. Veré lo que puedo hacer.

Blythe asintió con la cabeza, y aunque parecía que no estaba intentando ser dura, se dio prisa en darle la espalda a Destino y abrir la puerta del carruaje de golpe.

—Vámonos —exigió. Y a pesar de que a Signa le carcomía el cuerpo entero sabiendo que había algo que iba terriblemente mal, siguió a su prima hacia adentro.

Veintiuno

Blythe

Blythe sintió que el pecho estaba a punto de estallarle cuando se apretujó dentro del carruaje y se puso tan lejos de Signa como permitía el espacio. Se llevó los dedos cubiertos en sudor frío hacia el cuello para tomarse el pulso y contar cada una de sus respiraciones en un intento por volver a algo parecido a la calma.

No podía dejar de mirar a Signa, que no podía ser tan necia como para no darse cuenta. Igual que Blythe, Signa se mantenía pegada al lado contrario del carruaje, empequeñeciéndose en aquel espacio atestado.

«La gente siempre ha dicho que estaba maldita». Por mucho que lo intentara Blythe, no podía deshacerse de la advertencia de Charlotte. «¿Porque fue corriendo hacia el incendio?».

Desde el momento en que se conocieron, Blythe supo que había algo raro en Signa. Había considerado que el nerviosismo de los demás hacia ella era un malentendido y un sesgo social, ya que Signa tenía una piel escalofriantemente pálida y unos ojos grandes y astutos. Pero cuando Signa llegó a

Thorn Grove, la vida de Blythe mejoró diez veces. Había sido divertida.

Con ella, hubo alguien que la pusiera al día con todos los cotilleos y escándalos que se había perdido. Alguien que no la trataba simplemente como a una muchacha frágil y enferma. Por no mencionar que le habían salvado la vida gracias a Signa. Y más allá de eso, también había conocido a una amiga maravillosa. A una hermana, en realidad.

Al menos, pensaba que así había sido.

Blythe puso las manos en un puño y se clavó las uñas en la piel como si el dolor, de alguna manera, fuera a aclararle la cabeza, que no había dejado de darle vueltas desde la partida de croquet.

No había palabras para describir lo que había visto: destellos vaporosos y neblinosos de sombras que se cernían detrás de Signa. Sombras con las que Signa había hablado cuando pensaba que nadie estaba escuchando y que la habían ayudado a guiar su mazo.

Era algo del todo ridículo, imposible y absurdo. Aun así... Blythe ya había visto aquellas sombras antes. Cuando había estado a punto de morir, habían compartido habitación con ella. No había querido pensar mucho en aquellos tiempos oscuros ni sacar a relucir recuerdos amargos, pero estaba segura de que Signa también había visto aquellas sombras. De que había hablado con ellas.

Por muy cerca que hubiera estado de la muerte, el propio recuerdo era borroso. Por mucho que lo intentara Blythe, no podía aguzar la mente ni enfocar aquella escena. Pero también había otras rarezas. Unas de las que sí se acordaba, como cuando el reflejo de Elaine había mostrado un cuerpo enfermizo y moribundo. O cuando las enredaderas llenas de espinas habían surgido de debajo de los tablones de madera para atravesarla.

Blythe podía ver las sombras incluso en aquel momento, más tenues que nunca, pero que aún andaban alrededor de Signa como una neblina gris. Entrecerró los ojos para asegurarse de que no era un truco de la luz.

—¿Qué ocurre? —preguntó Signa con un ataque de nervios que hizo que a Blythe se le encogiera de inmediato el estómago por la culpa—. ¿Me ha salido un tercer brazo?

—No, pero estás echando cabellos plateados —contestó Blythe con la boca absolutamente seca. Le costó incluso formar las palabras, porque detestaba pensar aquello. Detestaba que pudiera estar considerando a Signa de aquella manera. Pero la semilla que plantó Charlotte sobre la sospecha de Signa en la desaparición de Percy estaba echando raíces y creciendo hasta convertirse en una conspiración total, y los eventos del día la habían convencido aún más de que había algo que no estaba bien.

»¿Qué ha pasado hoy? —continuó Blythe, cada palabra atravesándole la garganta. Y aunque hubiera hecho ella la pregunta, no sabía si estaba preparada para la respuesta.

Signa se puso tensa.

—¿Te refieres al príncipe?

Sonó tan ingenua que Blythe volvió a preguntarse si había estado alucinando aquellas cosas extrañas y horrorosas. Tal vez se tratara de un efecto secundario y raro por haber estado tan cerca de la muerte tantas veces, y Signa no sabía nada sobre la oscuridad que la seguía. Tal vez aquellas cosas horrorosas estuvieran en su cabeza.

Pero era imposible que Signa no supiera algo sobre Percy, así que Blythe se obligó a insistir:

—Quiero que me digas que me equivoco. Quiero que me digas que necesito tumbarme y que estoy viendo cosas, porque las habitaciones en las que entras se vuelven frías, Signa.

Estás perdiendo el color en el cabello, y hay una oscuridad que te persigue incluso ahora. Una oscuridad con la que te he visto hablar.

»No has jugado al croquet en tu vida —continuó Blythe. Era una suposición, pero debió tener razón porque Signa no protestó—. Algo te estaba ayudando. O alguien. Necesito que me lo expliques porque siento que se me está yendo la cabeza.

Signa abrió la boca, presumiblemente para protestar, pero, a su favor, la cerró de nuevo a toda prisa.

Entonces Blythe supo —con todo su ser, por mucho que deseara poder hacerse la tonta— que Charlotte tenía algo de razón, y que tal vez los rumores que había sobre Signa tenían más mérito de lo que quisieron admitir su familia o ella.

Su prima se quedó callada, y Blythe, de manera instintiva, puso la mano alrededor del mango del carruaje por si acaso necesitaba tirarse hacia afuera. Parecía que Signa estaba teniendo algún tipo de conversación mental consigo misma, y Blythe se preguntó si intentaría inventarse alguna historia, si intentaría salirse de esta.

En su lugar, Signa extendió el brazo para tomar la mano libre de Blythe, y todo cuanto pudo hacer ella fue apretarla con fuerza y rezar para que su inquietud fuera un error, para que Signa le dijera que estaba siendo paranoica.

En vez de eso, Signa dijo:

—Hay algo que tengo que enseñarte.

Y Blythe sintió su mundo desmoronarse.

Veintidós

Con cada respiración, Signa rezaba para que sus pulmones se rindieran, para que se convirtieran en plomo o se apagaran temporalmente y le ahorraran los momentos siguientes.

¿Estás segura de que quieres hacer esto? La voz de Muerte estaba dentro de su cabeza, y Dios, cómo deseaba poder perderse en ella. Era demasiado: Everett, Byron, Charlotte, Elijah... y ahora Blythe haciendo preguntas que Signa desearía que no hiciera. Tenía tanta presión en el pecho que le dio la sensación de que con un movimiento en falso sería suficiente para que explotara.

Necesitaba contárselo a Blythe. Tenía que hacerlo.

Blythe ya estaba lo más lejos que podía estar de Signa, con los brazos alrededor de sí misma. Signa tenía que tapar el dolor y continuar, ya que en aquel momento Blythe la observaba con los mismos ojos que los demás, como si estuviera convencida de que Signa podría de repente saltar y atacarla. Como si fuera una bestia. Un monstruo.

Y tal vez lo fuera. Tal vez se merecía que la temieran. Al fin y al cabo, había cometido atrocidades de las que no había vuelta atrás. Aun así, quería a Blythe y le debía la verdad. Pero no podía simplemente admitir que era una parca enamorada de Muerte y que le creyera. Tenía que demostrárselo.

Llegaron a Thorn Grove, y no pasó mucho tiempo antes de que Byron las despachara, estirando la espalda y con ganas de ponerse en bata. Signa no le permitió a Blythe el mismo lujo, sino que de inmediato tomó a su prima por la mano y la llevó afuera, hacia las caballerizas, flexionando los dedos cuando Blythe dio un tirón para deshacerse de su agarre.

Yo puedo hablarle en sueños, instó Muerte. *Le diré que su hermano se marchó, que deje de buscar. No tienes por qué hacer esto.*

Sí, tengo que hacerlo, fue todo cuanto le dijo Signa. Si Blythe fue bastante fuerte como para resistir los susurros de Muerte la primera vez que intentó convencer a todo Thorn Grove para que no buscaran a Percy, no había la menor posibilidad de que fuera a caer ahora. Además, retorcer la mente de Blythe los haría ser igual que Destino. Tal vez él hubiera jugado con humanos como si fueran sus juguetes, pero Signa no los convertiría en marionetas. No quería seguir su vida manteniendo a Blythe en la sombra.

—¿Qué estamos haciendo aquí? —Blythe tenía el cuerpo tenso, como si estuviese lista para salir corriendo, mientras Signa la dirigía hacia las caballerizas, hacia la cuadra en el que el potro recién nacido estaba acurrucado sobre el heno. William Crepsley volvía a estar sentado a su lado, acariciándole el pelaje castaño. Sus respiraciones no eran más que chirridos, y el pobrecito temblaba con cada una de ellas. Por mucho que quisieran creer que aguantaría, Signa sabía que el potro no sobreviviría aquella noche.

William se puso en pie cuando las vio entrar. Se quitó la gorra de trabajo y la sostuvo frente a su pecho con ambas manos.

—No esperaba a nadie esta noche. ¿Puedo hacer algo por ustedes?

—Podrías darnos unos minutos de privacidad —le dijo Signa con una calma gélida—. Nos gustaría sentarnos con el potro.

—Por supuesto, señorita Farrow. —El mozo suavizó el rostro y asintió con la cabeza. Luego abrió la puerta de la caballeriza y salió por ella.

Blythe siguió a Signa hacia dentro con pasos vacilantes, y se hundió hasta las rodillas en el heno que había al otro lado de su prima. Echó la vista hacia atrás para asegurarse de que William se había ido, y luego extendió la mano con ternura hacia el cuello del potro y le susurró a Signa:

—Me estás asustando. ¿Qué estamos haciendo aquí?

Signa se quitó los guantes en silencio y los dejó a un lado. Si hablaba, temía perder los nervios. Tímida, sacó del bolsillo las últimas bayas de belladona arrugadas y se las puso sobre la lengua.

—¡Signa! —Blythe intentó apartárselas de un manotazo, pero ella se inclinó para salir de su alcance—. ¿Qué te ha dado? ¡Escupe eso!

—No me toques —dijo Signa con una voz tan letal como todo el mundo creía que era. Blythe se echó hacia atrás con los ojos abiertos como platos, parecía un ciervo sobresaltado a punto de salir corriendo. Más calmada, y solo cuando se aseguró de que Blythe se había asustado lo suficiente como para mantenerse a cierta distancia, añadió—: Estaré bien.

Esperaba que fuera cierto. Nunca había utilizado sus poderes de aquella manera, pero en una ocasión, Muerte le había dicho que funcionaban con intención: lo querías, lo tomabas.

Lo que quería en aquel momento era que Blythe la viera incluso estando en su forma de parca. Necesitaba demostrarle a su prima que de verdad había podido hacer las cosas que iba a decir, y se centró en aquello mientras las náuseas se apoderaron de ella y el veneno se filtraba en su interior.

Muerte enseguida estuvo a su lado, tenso y quejándose de lo necia que era por consumir las últimas bayas. Por un momento, Signa habría jurado que Blythe lo miró, o al menos cerca de él. Blythe se estremeció por el repentino achaque de frío y se apretujó contra el lado de la cuadra. Si saliera corriendo, Signa no la culparía, sino que se alegraría de ello. Pero conocía lo bastante bien a Blythe como para saber que no se iba a ir a ningún lado.

—Vomita eso ahora mismo —dijo Blythe con una voz temblorosa, pero no hizo ningún movimiento adelante—. Tienes que sacarte el veneno.

Signa cerró los ojos, sin estar segura de si era correcto que se sintiera tan aliviada.

—¿Puedes verme?

Blythe se puso tiesa.

—¡Claro que puedo verte! Deja de decir tonterías.

Su plan quizá había funcionado, pero a Signa se le sacudía el cuerpo por el esfuerzo de mantenerse visible y las sombras a su alrededor eran demasiado pálidas, demasiado grises. Muerte enseguida se puso a su lado, apretando las manos contra su piel desnuda, maldiciéndose a sí mismo mientras ayudaba a solidificar su lugar en aquel lado del velo.

—Eso no debería ser posible —dijo Muerte con una voz sin aliento—. No mientras siga estando viva.

Debió pasar algo cuando la salvamos, le dijo Signa a Muerte. *Evitó la muerte en tres ocasiones distintas. Tal vez eso tenga alguna recompensa.*

Signa se cernía cerca del potro, poniendo atención hasta en el más mínimo roce.

—Dile que estás aquí —le dijo Signa a Blythe—. Dale todo el consuelo que puedas. No le queda mucho en este mundo.

—El señor Crepsley ha dicho que podría recuperarse. —A Blythe le temblaba el labio inferior, pero, aun así, llevó la cabeza del potro hacia su regazo y le acarició el cuello—. Intenta relajarte, cielo. Te pondrás bien —dijo con una voz tan suave como una nevada.

Signa se dijo a sí misma que terminar con la vida del potro era un acto de piedad. Ya había sufrido bastante, y sabía, mientras extendía sus dedos desnudos hacia él, que podía darle el descanso fácil y placentero que se merecía.

—Hagas lo que hagas —advirtió Signa—, no me toques. Da igual lo que veas o lo que creas, ni te atrevas a tocarme.

Cuando Blythe hubo movido la cabeza arriba y abajo asintiendo mínimamente, Signa deslizó los dedos por la crin oscura del potro y los presionó contra la piel aterciopelada de su cuello. No hubo necesidad de invocar los poderes de la parca, ya que se filtraban a través de todo su ser, con sombras que brotaban desde las puntas de sus dedos mientras el frío amargo tomaba el control.

Y en aquel momento, cuando el latido del potro se detuvo bajo su roce y Blythe se cubrió la boca con lágrimas en los ojos, Signa se detestó por tener aquellos poderes. Con apenas un solo roce, el potro se sacudió una vez y luego soltó una exhalación de lo más silenciosa.

Murió al segundo. Signa lo habían matado en un segundo.

Nadie se movió ni un centímetro hasta que Blythe por fin levantó la mirada hacia ella. Agarró el potro y se lo acercó, y le puso las manos alrededor del grueso cuello.

—De... Deberíamos llamar a William. Puede que sea capaz de revivir...

Signa arremetió los dedos en la paja.

—No hay manera de revivir a los muertos, Blythe. Se ha ido.

Signa no anticipó la severidad con la que le clavaría los ojos su prima. Los tenía enrojecidos y llenos de repugnancia.

Signa ya había visto aquellos mismos ojos demasiadas veces. En rostros diferentes, pero siempre la misma mirada. Los vio cuando los Killinger se marcharon tras la muerte de su tío. Los vio cuando se marchó de la casa de su tía Magda hacía medio año y todos los del pueblo se habían presentado para hacerse la cruz mientras veían cómo se marchaba.

Era la mirada del desprecio.

El odio.

El miedo.

Y lo que peor le sentaba era que, en aquella ocasión, provenía de Blythe.

—Lo has matado. —No fue una pregunta, sino un canto susurrado que repetía una y otra vez mientras acunaba al potro muerto y se lo acercaba más—. ¿Por qué, Signa? ¿Por qué lo has hecho?

En cuanto Blythe soltó aquella pregunta por la boca, algo dentro de Signa se hizo pedazos.

Tal vez no estuviera hecha para aquella vida. Tal vez no estaba destinada a tener amigos ni personas vivas a las que les importara. Porque en un momento u otro, siempre la miraban como estaba haciendo Blythe en aquel momento.

Signa se preguntó si sería diferente si se decantara por sus otros poderes. Si apartara a un lado el canto de sirenas de la parca y, en su lugar, se decantara por la magia ardiente de Vida. ¿Eso la haría feliz? ¿O sería igual que la muchacha que había sido el otoño pasado y que solo se centraba en agradar al resto de las personas?

—Tráelo de vuelta —dijo Blythe con una palabras envenenadas, tan letales y mordaces que a Signa se le puso un nudo en la garganta—. Tráelo de vuelta ahora mismo.

—No puedo hacerlo...

—¡Ya, Signa! ¡Lo quiero de vuelta ya!

La culpa se acumulaba en su interior, y ahí volvía a estar aquel calor, revolviéndose en su tripa mientras intentaba darle a Blythe lo que quería. Intentó darle a su prima una versión de sí misma que fuera merecedora del amor que Blythe podía ofrecer. Le quemaba por dentro, era tan candente que a Signa le preocupaba que se le fuera a derretir la piel. Pero se negó a huir de aquello, y enroscó los dedos en la crin del potro incluso cuando le cayeron las lágrimas y un grito le atravesó la garganta.

Le llevó unos segundos de agonía que le parecieron años, como si la misma Signa estuviera en las profundidades del infierno, siendo abrazada viva por las llamas. En la distancia pudo oír a Muerte llamándola, aunque no pudo distinguir sus palabras. Le dolía demasiado escuchar, centrarse, hacer cualquier cosa... hasta que dejó de ser así.

De repente, el calor desapareció, y bajo las manos de Signa el pecho del potro subió y bajó, con más fuerza que antes. Se empujó desde Blythe, ya no tenía la mirada empañada que le había pesado desde su nacimiento.

Su pecho se movía hacia adentro y hacia afuera. Signa no podía desviar su atención y contaba cada respiración.

Una. Lo había hecho ella...

Dos. Lo había hecho ella.

Tres... Signa se giró enseguida hacia Muerte, pero como su cuerpo había purgado la belladona y su corazón volvía a latir, había desaparecido de su vista.

—Lo he traído de vuelta. —Signa miraba fijamente al potro. Sentía las manos como si estuviesen en llamas, y se tuvo que tocar los labios para confirmar que no se le habían derretido. Estuvo a punto de girarse hacia Blythe, y aunque no estaba segura de qué esperaba, desde luego no era ver a Blythe ponerse en pie de manera temblorosa y alejarse como si Signa fuera el mismísimo diablo.

Porque esto era lo que había pedido.

Esto era lo que había querido.

Y aun así, con unas palabras tan agresivas que cada una sonó peor que la anterior, Blythe dijo de manera ahogada:

—No me refería al caballo.

A Signa la volvió a inundar el hielo, que se llevó cualquier resto del calor doloroso. Por primera vez no encontró consuelo en él. Las muchachas se miraron la una a la otra, Blythe era el depredador y Signa, la presa herida.

—Puedo explicarlo... —empezó Signa, pero Blythe no le permitió decir ni una palabra más.

—Necesito que me digas una cosa —dijo Blythe, y por muy bajito que hablara, se trataba del único sonido en el mundo que Signa podía oír en aquel momento—. Necesito que me digas si de verdad mi hermano se marchó de Thorn Grove la noche del incendio.

Qué no habría dado Signa por haber tenido aquellas habilidades más temprano. Si las hubiera tenido unos meses antes, habría podido salvar a la misma Blythe. Podría haber encontrado una manera diferente de lidiar con Percy.

¿Por qué ahora, con todos los momentos que había tenido? ¿Por qué ahora, que ya era demasiado tarde para volver atrás?

Signa inclinó la cabeza, y aunque sabía que aquello la condenaría, dijo:

—No.

Blythe se llevó la mano a la boca, pero apenas pudo contener el sollozo que le sacudió el cuerpo. A través de él sacó cada palabra a la fuerza:

—¿Mi hermano vive?

—Blythe...

—¡Sí o no! —dijo Blythe de manera tan afilada que no pretendía herir, sino matar—. ¿Está vivo Percy?

Signa había sabido que aquella pregunta llegaría. Durante todo aquel tiempo había sabido que, algún día, tendría que admitir la verdad de lo que le había hecho a aquella familia. Solo deseaba que no hubiera llegado tan rápido, que hubiera tenido más tiempo para pasar con Blythe antes de perderla para siempre.

Pero le habían advertido que había un precio por jugar con Destino y jugar a ser Dios, y parecía que había llegado el momento de pagarlo.

—No —susurró Signa, sabiendo que cada día durante el resto de su existencia desearía olvidar aquel momento—. No lo está.

Blythe no parpadeó. No respiró y ni siquiera torció los labios. La única señal de que había oído a Signa estaba en el temblor de la mano que sostenía alrededor de su tripa, como conteniéndose a sí misma. Y cuando por fin habló, exhalando de manera descontrolada, se convirtió en el invierno en persona, y cada palabra que soltó rugió con la fuerza de una tempestad:

—Quiero que te marches de Thorn Grove por la mañana.

Diez palabras había susurrado Blythe. Diez palabras y Signa sintió que cualquier resto de felicidad que tenía se le había escapado de las manos.

Sin dejar espacio para refutaciones, Blythe se agarró las faldas y salió corriendo de las caballerizas. Lo único que pudo hacer Signa fue sentarse, aturdida y vacía, mientras observaba al potro encorvarse para comer heno.

Veintitrés

Signa no pensó demasiado en lo siguiente que hizo. Pensar requería sentir, y no tenía ningún deseo de sufrir nada por el estilo. Aún no.

Unos momentos después de que Blythe huyera del lugar, William volvió presa del pánico y se encontró a Signa abrazándose las rodillas y observando el potro sin parpadear.

—¿Señorita Farrow? —preguntó con miedo en la voz.

Si hubiera podido verse a sí misma, Signa quizá habría entendido por qué el mozo dio un paso atrás cuando ella se levantó para mirarlo de frente. Habría visto la locura en sus ojos y la paja en su cabello. Habría visto la manera en que tenía los dedos flexionados como si las uñas fueran garras, y el dolor que le resquebrajaba la expresión como una taza de porcelana. Una palabra en falso, un movimiento en falso, y se haría pedazos.

—Déjame sola.

—Se está haciendo tarde —susurró William—. He venido para acompañarla de vuelta a la casa.

Signa le dirigió una mirada tan feroz que William cerró la boca de golpe. Se pasó un largo rato con la mirada baja hacia el potro, y entonces dio un paso hacia dentro y lo recogió en brazos.

—Quédese tanto rato como quiera, pero voy a llevar al potro con su madre —dijo William como si fuese una pregunta, a lo que Signa asintió con la cabeza. Sería mejor de aquella manera, así no tendría que mirar al potro: una prueba de lo que era y la imposibilidad de lo que había hecho.

Esperó a que William desapareciera, a que el ruido a su alrededor pasara a ser el de las colas agitadas y el del suave golpe de los cascos, y entonces echó la cabeza hacia atrás para mirar al techo, cerró los ojos y preguntó:

—Sigues estando ahí, ¿no?

Signa se encontró con una oleada de aire gélido y una voz que se deslizó a través de su mente como el terciopelo más fino: *Por supuesto que sí.*

—He traído un potro de vuelta a la vida.

Has traído un potro de vuelta a la vida, repitió Muerte sin rastro de emoción que revelara lo que pensaba. *Además, los mechones plateados de tu cabello han desaparecido. ¿Cómo te sientes?*

Aquella pregunta era tan absurda que Signa no pudo contener una risa amarga. ¿Que cómo se sentía? Dios, no podía ni siquiera empezar a procesarlo.

Dime cómo puedo ayudarte, pajarito. Signa supo que Muerte se estaba acercando cuando se le quedaron los dedos dormidos por el frío de su cuerpo. *Dime cómo mejorar esto.*

Era lo que había. No había manera de mejorar aquello, y aquella realidad estaba penetrando demasiado rápido como para procesarlo.

—Siento como si estuvieran tirando de mí en mil direcciones —admitió Signa en un tono quedo, en un susurro salido de las profundidades más frágiles de su ser—. Estoy cansada de que la gente me tenga miedo. Estoy cansada de sentir que no soy suficiente. Da igual lo que haga, siempre habrá alguien a quien decepcionaré. Pero con quien más decepcionada me siento es conmigo misma, porque odio sentirme así, Muerte. Pensaba que ya se había acabado.

La voz de Muerte llegó con la misma facilidad que la brisa del otoño, rozándola y sosegándola en su consuelo.

Si la gente tiene miedo, dijo, *deja que tenga miedo. Tus hombros no están para cargar con el peso de sus expectativas, Signa. No estás aquí para complacer a los demás.*

Tenía razón. A pesar del resultado, Signa no se arrepentía de haberle dicho la verdad a su prima y de haber soltado el lastre de aquel secreto.

Signa había intentado complacer a Blythe. Se había obligado a sentir como si estuviese ardiendo en su interior para traer al potro de nuevo a la vida. Pero daba igual que hubiera hecho eso. Todo daba igual. Signa había tomado sus decisiones, y había llegado el momento de responsabilizarse.

Aun así, lamentaba todas las cosas que extrañaría, como entrar a hurtadillas en la habitación de Blythe para cotillear a todas horas de la noche, oír las bromas familiares absurdas durante la cena, reírse con ella sobre cualquier cosa ridícula que hubiera dicho o hecho Diana durante el té. No habría más paseos con Mitra, ni vería el jardín de Lillian una vez recuperado del fuego y vuelto a florecer. Ni siquiera tendría la voz de Muerte en la cabeza para ayudarla con la transición si Destino continuaba manteniéndolo lejos de ella.

Signa iba a estar total y absolutamente sola.

—Me has preguntado qué quiero —dijo Signa al fin, retorciendo los dedos entre el heno—, y es saber que no me vas a dejar tú también. Sin importar lo que sea o lo que deje de ser, sin importar lo que intente tu hermano. Dime que te quedarás a mi lado.

Signa se quedó quieta al sentir su presión contra la mano enguantada mientras le daba un beso en el dorso, tan frágil como un deseo.

Aquí me tienes. Fue una promesa que Signa abrazó, aferrándose a ella, protegiéndola. *Mientras me quieras, siempre me tendrás.*

—¿Y si te quiero ahora? —Signa estaba de rodillas en el heno, siguiendo el sonido de su voz y esperando, mientras levantaba la cabeza, que estuviera mirando el espacio en el que él estaba agazapado, invisible a sus ojos.

Tal vez fuera una tontería, pero a lo largo de su vida, Muerte había sido la única constante. Él, más que nadie en aquel mundo, la había ayudado a sentirse cómoda en su propia piel. Mientras todo y todos intentaban destrozarlo diciéndole quién era y lo que debería hacer, tenía sentido que lo necesitara a él más que a nada.

Muerte no emitió ningún sonido mientras sopesaba las palabras de Signa, y cuando llegó su respuesta fue con la misma suavidad que el tamborileo de las gotas de la lluvia después de una tormenta:

No quiero hacerte daño, Signa. No pondré tu vida en riesgo.

Signa lo sabía, evidentemente. Ella tampoco quería arriesgarse. Sin la menor idea de cómo funcionaban aquellos nuevos poderes o hasta dónde llegaría Destino para mantenerla alejada de Muerte, no merecía la pena jugársela. Aun así, cuando Muerte levantó una mano hacia la mejilla de Signa y ella pudo sentir el cuero de sus guantes rozándole el labio inferior, tuvo una idea. Una manera de desafiar las ataduras a su alrededor y seguir teniendo exactamente lo que quería: a él.

Signa capturó la mano de Muerte solo por el tacto y le dibujó círculos en la palma. Hasta donde le alcanzaba la vista, no había nada frente a ella. Ninguna mano que estuviese sosteniendo, ningunos ojos a los que estuviera mirando. Pero ella lo sentía. Y aquello ya era algo.

Signa..., dijo Muerte en voz bajita e incierta mientras ella le pasaba los dedos por el brazo, siguiendo su forma por encima del hombro y bajando por su pecho. Bajando y bajando hasta que él se retiró de una sacudida.

Cuidado. Tu piel casi toca la mía.

Signa estaba tan cansada de tener que andar con cuidado. Se había quitado los guantes cuando utilizó sus habilidades con el potro, y seguían estando medio enterrados en el heno. Se levantó para tomarlos y luego se deslizó el satén sobre los dedos.

—El único problema es que nuestra piel se toque, ¿no? Pues no permitiremos que eso ocurra.

Le dolían los labios, desesperados por tirar de su rostro hacia ella y besarlo. Por verlo. Pero, por el momento, aquello era lo mejor que tenían. Entonces le agarró de la mano y se la llevó debajo de su vestido y sus enaguas, la guio hacia un tobillo y luego, poco a poco, a lo largo de sus medias. Signa se reclinó en la esquina de la cuadra y se levantó las faldas hasta las rodillas. El sonido bajo y de admiración que Muerte soltó desde el fondo de la garganta fue como una música de lo más embriagadora, y ya no necesitó que lo guiaran. Parecía que Muerte se había quitado los guantes cuando desabrochó sus botas y las apartó a un lado mientras le rozaba con un pulgar el tobillo, los gemelos, cada vez más arriba, subiendo por el interior de su muslo y haciendo figuras.

La calidez inundó a Signa, que sentía la emoción por la anticipación en el bajo vientre. Cerró los ojos y se centró en el calor de su piel bajo su roce, en los escalofríos que le recorrían la espalda.

Me encanta cuando pones esa cara, le dijo coqueto, pasando un pulgar por debajo de sus ojos, donde tenía las mejillas sin duda coloradas. *La veo tan pocas veces... Normalmente es cuando estamos así.*

—¿Estoy muerta? —dijo Signa con una risa ligera—. Solo temporalmente.

Era diferente experimentarlo de aquella manera, aún viva y con pulso. Respiró de manera más acelerada cuando Muerte la agarró de las caderas y la puso sobre su rodilla, y más acelerada aún cuando su cuerpo echó chispas de electricidad montada sobre su muslo. Con una mano Muerte la abrazaba desde detrás mientras con la otra subía por su muslo y la agarraba más cerca, y Signa hacía presión sobre él.

Ella lo deseaba. Más que a nada y a nadie, deseaba perderse en él y olvidarse de todo. Creer por unos momentos que eran una pareja normal. Si cerraba los ojos, casi se lo creía.

Debajo de sus faldas, Muerte deslizó la mano entre ella y su muslo, solo los separaba una fina capa de muselina.

Yo también te deseo. La voz ronca y baja de Muerte hacía que el corazón le latiera con fuerza. *Siempre.*

Signa restregó las caderas contra los dedos que presionaban sobre ella y se dejó llevar por el placer. En aquel momento, Destino no tenía importancia. Nada la tenía. Puso los brazos alrededor del cuello de Muerte y respiró de manera entrecortada contra su hombro mientras él susurraba su nombre y hundía los dedos en su cabello.

Y al inclinar la cabeza hacia atrás y perderse en él, Signa se imaginó que Muerte estaba ahí con ella en carne y hueso y que, algún día, construirían juntos la vida que siempre habían querido. Una vida en la que nunca tuvieran que volver a sentirse de aquella manera.

Veinticuatro

Blythe

Blythe había sentido tanto pavor a aquel momento como lo había anticipado.

Estaba sentada en el carruaje frente a Byron, asfixiada por el espacio tan cerrado y la falta de conversación. Y por el vestido azul marino de viaje que llevaba puesto, que iba atado al cuello para tener el aspecto más respetable posible. Byron ya le había calentado la cabeza con la repentina partida de Signa la noche anterior y con que aquello empeoraría aún más la imagen de la familia Hawthorne, dado lo útil que les había sido Signa. Blythe estuvo ahí sentada en silencio mientras él echaba chispas, y dejó que su tío dejara pasar el enfado mientras se centraba en una sola mota que había en el panel detrás de él, negándose a decirle nada más sobre el motivo de la partida de Signa. No podía decirle lo que había hecho su prima ni que Percy no iba a volver.

Al menos, aún no. No hasta que lo entendiera por sí misma.

Signa Farrow era una traidora, y su lugar no estaba en Thorn Grove. Era una mentirosa. Una asesina. Y algo incluso peor que todas esas cosas, algo imposible que tenía el poder tanto de quitar como de otorgar vida con sus propias manos.

El peso de aquel conocimiento no había azotado a Blythe tan fuerte como debería haber hecho, y se había pasado la noche entera dando vueltas en la cama, preguntándose si una pequeña parte de ella llevaba sabiéndolo todo ese tiempo. Había visto atisbos de sombras y destellos de cosas imposibles. Cosas por las que seguro que la terminaban enviando a una institución si hablaba de ellas.

Pero Signa también las había visto. Fuera cual fuese aquel mundo extraño en el que Blythe había metido los pies desde que Muerte llamara a la puerta, Signa estaba viviendo enteramente en él.

Quizá una persona más sabia habría mantenido a Signa cerca para obtener respuestas, pero lo último que quería Blythe era que fuera lo que fuese en lo que Signa estuviera involucrada afectara a su padre. Sobre todo, en el mismo día en el que, semanas después de que se lo hubieran llevado de su lado, volvería a verlo gracias al trato con el príncipe.

Habían llegado antes del amanecer, cuando las calles aún estaban en silencio. El carruaje se detuvo cerca de un castillo alto y en ruinas con unos cimientos que tenían los cantos resquebrajados. Cuando Blythe se enteró de que habían convertido un castillo abandonado en una prisión para hombres, se había imaginado que los prisioneros vivirían de manera cómoda, algunos de ellos recibiendo más comida y un espacio mejor que antes. Pero no había ni un poquito de confort del que alardear en la prisión en la que estaba confinado Elijah, y Blythe tuvo que transformarse en piedra al acercarse e impedir que cualquier atisbo de emoción delatara cómo se sentía.

El pasto de la prisión estaba rodeado de unos barrotes gruesos de hierro demasiado altos y lisos como para escalarlos, pero lo bastante abiertos como para que los viandantes vieran a los prisioneros trabajando y que les recordaran la vida que los esperaba si dejaban de obedecer la ley. Blythe mantuvo el rostro inexpresivo cuando vio a una fila de hombres dando un paso tras otro en una rueda que no dejaba de dar vueltas. Cada uno tenía su pequeño compartimento, con unas paredes a cada lado para que ningún prisionero pudiera atisbar a otro. Y todos estaban encadenados a un barrote que tenían en frente y al que se agarraban para mantener el equilibrio mientras caminaban sobre una rueda.

—Se pasarán así todo el día —señaló Byron sin remordimientos. Blythe se preguntó si el hecho de poder transformarse en piedra y no sentir nada aparentemente cuando surgiera la necesidad era un rasgo de la familia Hawthorne o si de verdad no sentía ninguna pena—. Tendrán sus momentos de descanso apropiado, por supuesto, pero molerán grano hasta el anochecer.

Y así, Blythe consiguió su respuesta.

—¿Descanso «apropiado»? —La joven intentó esconder parte del rencor que sentía, pero sus palabras fueron mordaces.

Había más hombres trabajando a lo largo del pasto que estaban deshaciendo y separando trozos de cuerda. No se miraban unos a otros. No hablaban. Aunque quisieran hacerlo, tenían los rostros cubiertos por máscaras con rendijas pequeñísimas para los ojos.

La mera idea de que su padre estuviera en un lugar así, en el que lo obligaran a caminar en una rueda sin fin desde el amanecer hasta el anochecer o pasarse los días deshaciendo cuerdas o haciendo lo que fuera que les hicieran hacer, bastó para que a Blythe se le helara la sangre. Si pudiera, le habría pegado fuego a la prisión.

—No consigo ver qué parte de todo esto es apropiada.

La mirada que le lanzó Byron fue de lo más feroz.

—No seas tan blanda, niña. Cada hombre que está entre estas paredes es un criminal. El trabajo duro los ayudará a mejorar lo suficiente como para reinsertarse en la sociedad y, con suerte, evitar que vuelvan a cometer los mismos errores.

—Mi padre no necesita mejorar. Ya es mejor que el resto de los hombres.

Entonces, Blythe cruzó la mirada con Byron, que echaba chispas, y luego se dio la vuelta y salió del carruaje. Byron hizo lo mismo después de haber esperado a William para que bajara del asiento del conductor y le abriera la puerta.

—Más te vale que te contengas —advirtió—. Si veo que ha sido un error traerte hasta aquí, te mandaré de vuelta a Thorn Grove, ¿me has entendido? Cuidado con lo que dices, no vayas a suponernos la ruina.

No parecía que hubiera otra opción. Si Blythe tenía que desempeñar el papel de una joven dama respetable, que así fuera. Desde luego, práctica no le había faltado.

Un hombre de piel pálida y con un rostro serio y unas mejillas con manchas rojas los esperaba en la puerta. Extendió la mano cuando se acercaron.

—Quizá la joven señorita preferiría esperar en el carruaje —dijo con voz baja y pastosa, como si estuviera permanentemente congestionado.

Blythe apretó los puños y se aguantó las ganas de decir que él sería el que preferiría esconderse en el carruaje en cuanto le dijera lo que pensaba. Pero antes de poder hacerlo, Byron depositó dos monedas en las manos de aquel hombre.

—Se queda —fue todo cuanto dijo.

El hombre gruñó y se metió las monedas en el bolsillo. Luego abrió la puerta y dio un paso al lado. Su mirada quedó rezagada sobre Blythe durante un rato demasiado largo, y a la joven le supuso un esfuerzo contenerse y no lanzarle una mirada feroz y de lo más diabólica. Estaba enfadadísima y a la defensiva, y llevaba así desde la última vez que había hablado con Signa. Quería una excusa para estar enfadada, pero por el bien de su padre se tragó aquella emoción agitada y puso las manos temblorosas en un puño y a los lados. Esperaba que cualquiera que los viera pensara que estaba nerviosa.

—Tenéis una hora —dijo divertido el guardián con la cara manchada, dando unos pasos rápidos mientras los dirigía por la prisión y bajaban por unas escaleras de piedra tan llenas de grietas y empinadas que Blythe tuvo que apoyarse contra la pared para no perder el equilibrio.

A cada paso que daban, el aire se volvía más gélido, y Blythe enseguida se dio cuenta del lugar al que los estaba conduciendo aquel hombre exactamente. Tenían a su padre en una mazmorra antigua y helada.

—Es solo por la visita —susurró Byron, como si fuera capaz de sentir la furia a punto de estallar de Blythe—. Volverá arriba con el resto en cuanto nos marchemos.

A Blythe aquella idea tampoco le gustaba. Se puso los brazos alrededor de sí misma cuando se abrió la puerta y se preparó para ver a su padre por primera vez en un mes. Pero nada podría prepararla para lo que la esperaba detrás de aquella puerta.

Elijah Hawthorne era una cáscara del hombre que una vez fue. Había perdido demasiado peso en muy poco tiempo, y se notaba por la piel que le colgaba alrededor del cuello. Tenía el rostro demacrado y el cuerpo tan marchito que daba la sensación de que con una brisa un poco fuerte bastaría para que se cayera. Tenía la piel bajo sus ojos llena de líneas de un color morado intenso, y un aspecto más desarreglado que el que había tenido el año anterior, cuando estuvo llorando la muerte de la madre de Blythe. También tenía un corte en el labio, rojo y en carne viva. Era tan evidente que se lo había hecho otra persona que Blythe agarró los barrotes de la puerta de la celda para calmar su furia.

Apenas reconocía a su padre estando así, empequeñecido y apagado con su uniforme gris y deslustrado, las piernas encadenadas a una silla y las muñecas con grilletes. Sus ojos eran lo único por lo que Blythe no perdió la esperanza. No tenían el brillo ni la travesura de antes, pero tampoco estaban tan melancólicos como los de un hombre desquiciado. La chispa del fuego que había en ellos se había apaciguado, sin duda, pero se alegraba de ver que aún no se había extinguido.

La puerta de la celda se cerró con un rugido detrás de ellos, y a Blythe se le entrecortó la respiración cuando su padre levantó la mirada hacia ella y suavizó el rostro.

—Qué alegría verte. —Se recostó sobre la silla, y las esposas hicieron un ruido metálico—. ¿Cómo te encuentras, mi niña?

Blythe empezó a sentir una presión en los ojos y la amenaza de unas lágrimas que no iba a dejar que se le escaparan. Deseaba con todo su ser poder abrazarlo sin que se la llevaran de vuelta al carruaje.

—Ahora que te veo, mejor —le dijo—. Pero tú no lo estás, desde luego. ¿Qué te ha pasado en la cara?

Cuando Elijah cambió de postura para intentar cubrirse el corte con la mano de manera discreta, Blythe desvió la atención hacia el vigilante que había fuera de la celda. Si fue él quien lo hizo, lo mandaría a la hoguera. Antes de poder preguntarlo, Byron la agarró por el hombro y apretó con fuerza.

—Basta —siseó entre dientes—. Este no es el lugar ni el momento.

No hubo manera de pasar por alto la mirada escudriñadora que le dirigió Byron a Elijah, que echó la cabeza hacia atrás y soltó un bufido de lo más violento.

—Te debe encantar verme así —dijo con un rencor tan inesperado que Blythe dudó si tomar uno de los asientos frente a su padre y miró a los dos hombres mientras Byron se sentaba. Por cómo estaba escudriñando el vigilante con su mirada, no le quedó otra opción que hacer lo mismo.

—Queda una semana para el juicio, Elijah. Tenemos otros asuntos que discutir.

El pánico se instauró en la garganta de Blythe. Una semana. Había estado tan distraída con Signa que no se había dado cuenta de que faltaba tan poco para el juicio.

—¿Estás al día con el Grey? —preguntó Elijah con desdén. Blythe volvió a mirar entre él y su tío, preguntándose qué se había perdido.

—Por supuesto. —Si había algo para lo que pudieran contar con Byron era para mantener el negocio familiar—. Aunque eso da igual. Dado todo lo ocurrido y el año que te pasaste intentando arruinar su reputación, no tenemos ni un solo cliente.

Elijah se rascó por encima de los pantalones, incapaz de estarse quieto con la pierna.

—Hay una lista de espera en el cajón de mi estudio. Mándales una invitación a los que estén ahí. Querrán asegurarse el lugar mientras tengan la oportunidad. Esto se pasará pronto.

Aquello era lo último que Blythe quería oír de su padre. Elijah no estaba preguntando por el Grey porque le preocupara el negocio, sino porque estaba preocupado por ellos.

Quería que su familia estuviese atendida en caso de que lo declararan culpable, y la sola idea hizo que a Blythe le subiera la bilis por la garganta.

—Invítalos tú mismo cuando salgas de aquí en una semana —dijo ella.

Elijah extendió el brazo como para apretarle la mano, pero las esposas lo detuvieron. A Blythe se le puso la cara larga, no había nada que deseara más que liberarlo.

—¿Por qué no ha venido Signa? —preguntó Elijah al ver que el silencio se alargaba, y tensó la mandíbula.

Aunque se había dirigido a Blythe para pedirle explicaciones, fue Byron quien contestó:

—La señorita Farrow ha vuelto a Foxglove esta mañana.

Los grilletes de Elijah hicieron un ruido metálico contra la silla.

—¿Tiene intención de volver a Thorn Grove?

—Teniendo en cuenta que se ha llevado a su doncella con ella, tengo mis dudas.

Elijah se marchitó ante sus ojos. El rostro se le volvió cetrino y enfermizo, y los hombros se le hundieron hacia adelante.

—Si ha tomado la decisión de abandonarnos, me temo que esto será más duro de lo que imaginábamos.

Blythe detestaba el resentimiento que había en su voz. Detestaba que el fuego de su mirada si hubiera atenuado tanto que golpeó el puño sobre la mesa para captar su atención. Tras ella, un vigilante gritó una advertencia hasta que volvió a sentarse en la silla, todavía furiosa.

—No tienes derecho a decir eso —dijo con palabras tensas, cada una más llena de rabia que la anterior—. Todos estamos intentando limpiar tu nombre. Las posibilidades de que Signa lo consiguiera no eran mejores que las mías.

¿Y qué si Signa podía hacer lo imposible? También podía Blythe, aunque no estuviera segura de cómo. Haría un trato con el diablo mismo si con aquello conseguía liberar a su padre.

—¿Estás seguro de que encontrar al asesino del difunto lord Wakefield es en lo que deberíamos centrarnos?

Un escalofrío le recorrió la espalda a Blythe al oír la pregunta de su tío, pero fue su padre quien preguntó directamente:

—¿Hay algún motivo por el que crees que no deberíamos hacerlo?

Byron miró a su hermano directamente a los ojos.

—Digo que a lo mejor no encontraremos al culpable, Elijah, y que puede que sea hora de buscar estrategias alternativas para sacarte de la prisión o, como mínimo, rebajar tu sentencia.

Pero qué ganas tenía de estrangular a su tío. También Elijah, por la ira que había en su rostro. Tal vez fuera bueno que tuviese las manos esposadas.

—¿Estás diciendo que fui yo quien mató a lord Wakefield? —Para el enfado que tenía, la voz de Elijah fue de lo más comedida—. ¿Qué razón tendría para hacer algo tan estúpido?

Byron no dio ninguna señal de que fuera a retractarse. Era como si ni siquiera pudiera oír lo ridículo que sonaba.

—No estoy diciendo nada, solo te estoy intentando sacar de aquí, Elijah, y nos estamos quedando sin opciones.

Elijah se inclinó tanto como pudo y siseó entre dientes:

—Yo no lo maté. Soy el primero en admitir mis errores del pasado, que no son pocos. Pero ¿de verdad me crees tan tonto como para que, de haber querido matar al duque, lo haya hecho bajo mi propio techo, con una bebida entregada de mi propia mano? Yo lo habría hecho de una manera mucho menos obvia, te lo aseguro.

Al haber crecido en Thorn Grove, Blythe estaba más que acostumbrada a las riñas entre su padre y su tío. No parecía haber ninguna reunión en la que no estuvieran en desacuerdo, ya que su padre era demasiado lascivo para el gusto de Byron y Byron, demasiado rígido para el de Elijah. No obstante, Blythe lanzó una mirada furibunda a su padre.

—¿Crees que es buena idea admitir eso en voz alta mientras estás esposado en una celda y esperando al juicio? —A Elijah se le borró la sonrisa, y cuando Blythe se sintió satisfecha de lo avergonzado que estaba, se dirigió a su tío—: Y tú. Si te callaras lo que opinas el tiempo suficiente como para pensar de manera racional y no dejaras que esta estúpida competitividad influyera en tu pensamiento, tal vez no estarías perdiendo el tiempo con acusaciones infundadas.

Byron se puso colorado del cuello hacia arriba, pero Blythe ignoró su balbuceo.

—No me cabe la menor duda de que eres inocente —dijo Blythe con una voz bastante baja, para que el vigilante no se enterara—. No vamos a pensar en alternativas, vamos a encontrar al asesino. Os prometo que no descansaré hasta que mi padre sea libre y al culpable lo cuelguen de la horca. Ahora, basta de riñas y vamos a hacer una lista de los sospechosos.

Les quedaba una semana y, por Dios, Blythe tenía que sacarle partido.

Parte Dos

Veinticinco

Foxglove estaba situado en el borde de un acantilado erosionado.

Nadie que viera el porche inclinado ni las ventanas resquebrajadas la consideraría una finca «digna». Tampoco se trataba de la casa junto al mar cálida y acogedora en la que Signa se había imaginado estableciendo una vida en condiciones. Así como estaba, Foxglove era de un gris tan lúgubre como el cielo a sus espaldas y el mar que azotaba a sus pies, y estaba protegido por unos helechos que habían crecido demasiado y un jazmín apagado que se enredaba en lo alto de la estructura.

Signa había sentido el amargo frío de la tierra antes incluso de haber salido del carruaje, con Gundry dando vueltas a sus tobillos llenos de barro. Elaine iba detrás de ella, agarrándose el tocado con fuerza porque el viento las azotaba. Apretaba la carita mientras veía la tormenta alrededor como un depredador hambriento esperando para atacar.

Estando tan cerca del borde del acantilado, Signa no podía evitar preguntarse si una tormenta así las sacaría de ahí y lanzaría sus cuerpos al mar embravecido. Echó un vistazo hacia los cangrejos que se escabullían y amontonaban en las rocas escarpadas, cubiertas por la espuma del mar, y frunció el ceño, ya que su curiosidad no le disipó ninguna preocupación. Por supuesto, habría preferido que la casa hubiera estado lista y con personal antes de su llegada, para que Foxglove al menos no tuviera un aspecto tan precario como el que tenía, pero aquello les tendría que servir. Elaine y ella habían acudido tan solo con sus pertenencias y los suministros suficientes para establecerse, lo cual era una suerte. Teniendo en cuenta que la tormenta amenazaba con caer en cualquier momento, no había manera de saber cuándo podrían ir al pueblo.

Aun así, no podía ser todo malo en Foxglove. Al fin y al cabo, los padres de Signa habían vivido ahí, y se rumoreaba que durante aquellos años fueron los anfitriones de decenas de veladas extravagantes. Quizá la pesadumbre del lugar fuera algo raro. O, mejor aún, quizá hubiera belleza en medio de aquella pesadumbre, y lo único que había que hacer era aguzar la mirada. Signa lo intentó —con gran esfuerzo, de hecho— hasta que sintió el pulso en las sienes y dolor en los ojos.

—Tiene potencial —dijo intentando sonar esperanzada, más por ella misma que por Elaine, que tenía el aspecto de una mujer que lamentaba todas las decisiones tomadas en las últimas veinticuatro horas. Teniendo en cuenta la sombrilla blanca que agarraba, Elaine había estado más que lista para dejar atrás lo sombrío de Thorn Grove e irse a vivir al lado del mar. Pero viendo lo lúgubre que era el lugar, Signa casi se sintió culpable por haberle pedido a la mujer que la acompañara.

Casi.

—Solo necesita un poco de trabajo —insistió Signa, determinada en no dejar que aquella mujer se echara atrás mientras pudiera.

Elaine echó un vistazo a las piedras de color gris ceniza y exhaló.

—Me temo que no tengo tanta energía, señorita.

Parecía que la finca solo le gustaba a Gundry. Tenía las patas llenas de barro y trozos de césped, y meneaba la cola mientras olisqueaba los tobillos del conductor del carruaje, que estaba saliendo de él apretándose la gorra con una mano para que el viento no se la llevara y cargando con la última pieza de equipaje. La llevó a la casa y salió tambaleándose. Signa nunca había visto a nadie tan apresurado ni con más ganas de irse que los caballos, que daban fuertes pisotones y resollaban a modo de desaprobación mientras el conductor volvía presuroso hacia su asiento. No le dio la oportunidad a Signa de invitarlo a entrar hasta que pasara la tormenta, sino que, en su lugar, agitó las riendas y se fue deprisa por el camino.

Un cuervo soltó un graznido en dirección a ellas desde la aguja más alta de la mansión, y Elaine susurró una plegaria. Signa no la culpó.

—Pondré un anuncio en el periódico —anunció en voz alta, girándose hacia Elaine con la sonrisa más ancha que consiguió poner—. Estoy segura de que enseguida tendremos el personal necesario para ayudarnos.

Elaine hizo un ruidito desde el fondo de la garganta que seguramente quería decir que estaba de acuerdo, pero que sonó más parecido a la agonía.

—Bien, señorita.

Signa decidió que, si Elaine se quedaba con ella, podría ostentar el cargo que quisiera en la casa. No era como si fueran a escasear. Foxglove parecía ser tan grande como Thorn Grove, aunque era más alto y estrecho, con agujas altísimas de color gris que Signa estaba segura de que al pueblo le parecerían alegres y no inquietantes para nada. Y aunque no se había acercado lo suficiente como para ver en qué condiciones estaban debajo de todo aquel follaje exuberante, también había unas caballerizas, para las que necesitarían un mozo de cuadras y ayudantes en cuanto tuvieran algunos caballos. Iba a ser más trabajo del que jamás se había imaginado.

—Deberíamos apresurarnos en entrar —dijo Elaine siguiendo la mirada de Signa—. Nos alcanzará la lluvia si nos quedamos aquí esperando.

Tenía razón, aunque Signa sabía que, en realidad, de lo que se quería alejar Elaine era del frío que se estaba clavando en sus huesos. Aunque Signa se había llegado a acostumbrar a un frío como aquel, hasta su cuerpo mortal tenía un límite, y al final no le quedó otra que congelarse o cruzar los últimos pasos y entrar en su nuevo hogar.

Foxglove era donde se suponía que iba a construirse una vida nueva. Una en la que viviría sin la familia Hawthorne, sin Muerte y sin nadie a quien quisiera. Intentó que aquellos pensamientos tan desoladores no le plagaran la mente y, en su lugar, quiso pensar en todas las posibilidades que la aguardaban mientras pisaba con cuidado por encima de fragmentos rotos de cristal y se adentraba en la mansión.

Signa se alegraba de ver que, aparte del polvo, no era tan inhóspito como parecía desde fuera. Sin embargo, era bastante... único.

La entrada misma era un largo trecho revestido de retratos que habían colgado meticulosamente, y el espacio que había entre cada uno lo habían medido con la máxima precisión. Pero no eran ni por asomo tan precisos ni coloridos como los retratos a los que Signa estaba acostumbrada. Los ángulos eran bruscos y estaban sin refinar, y el artista tenía tendencia a exagerar ciertas características, como el blanco de los ojos, la amplitud o delgadez de los cuerpos, o las sonrisas, tan anchas que inquietaban.

Aparte de una mesa ceniza decorada con un jarrón extraño cuyas flores llevaban tiempo marchitas y que estaba a punto de hacerse pedazos con el más suave roce, no todo parecía tan macabro. Las paredes de Foxglove, que nada tenían que ver con los cuadros, eran todas de colores vivos, y casi consiguieron hacer creer a Signa que de verdad se trataba de la casa alegre que se había imaginado para retirarse al lado del mar, con sus amarillos crema, azules delicados y un papel de pared decorado con imágenes de pájaros. Desde las molduras elegantes que había alrededor de los techos hasta las alfombras mullidas por las que caminaba, cada detalle había sido encantador antes de que quedara cubierto por la mugre y el hollín.

El clima estaba lejos de ser seco, e incluso después de veinte años de abandono, no había gran cosa que lo mostrara. El porche estaba inclinado, y varias ventanas estaban destrozadas por las enredaderas y la hiedra que se enmarañaba por los cristales rotos. Pero no había nada que no tuviera remedio.

El paso de Signa era poco más que el de un caracol mientras se adentraba hacia un salón de color verde salvia con el juego más exquisito de té sobre la mesa. Había bandejas con incrustaciones de oro, estropeadas por las marcas pegajosas de la bebida que una vez fueron a servir, pero que hacía tiempo que se habían llevado las hormigas. A Signa se le erizó la piel cuando se acercó, sin atreverse a tocar aquel momento que parecía parado en el tiempo.

—¿Se encuentra bien, señorita? —preguntó Elaine con una voz agitada.

Por su bien, Signa asintió:

—Sí.

Tuvo problemas con su voz cuando dirigió la vista desde los bustos de mármol llenos de polvo hasta el sofá de piel. Intentó imaginarse el aspecto que habría tenido aquella habitación veinte años atrás, cuando sus padres vivían. Seguía habiendo una marca profunda en uno de los almohadones —¿Se había sentado su padre ahí? ¿Había preferido su madre, Rima Farrow, el sofá? ¿O la butaca de color verde que había enfrente? ¿Habían tomado el té en aquella mesa?

Habría sido maravilloso que Signa tuviera un solo recuerdo de sus padres existiendo en aquel espacio. Sin embargo, solo le quedaban los restos de lo que habían dejado.

Se dirigió a ver más retratos que había colgados, listos para ser inspeccionados. Algunos estaban esparcidos a lo largo del salón. Todos parecían estar hechos por la misma mano, aunque el que le llamó la atención a Signa fue un retrato de dos mujeres. Reconoció a su madre de inmediato, con el cabello oscuro pintado a trazos rápidos y turbulentos, y unos ojos serios que tenían la misma forma que los de ella. A su lado había una mujer joven con gruesos tirabuzones del mismo color que el pan de jengibre. Era más delicada que Rima, y el fantasma de una sonrisa se le asomaba a unos labios rosados en forma de corazón. Tenía el brazo colocado alrededor de la cintura de Rima, tirando de ella a fin de que se acercara para el retrato.

Seguía habiendo muchas cosas sobre su familia que quería saber, pero caminando por aquellos pasillos se sintió como si ella misma fuera un fantasma infiltrándose en los recuerdos de un desconocido. Era imposible dar un solo paso sin cuestionarse si su madre había decorado la habitación en la que estaba o si su padre había terminado sus noches ahí, como hacía Elijah tantas veces en su salón. Dejando sus pensamientos divagar, Signa apretó de manera distraída con un dedo el retrato y lo deslizó por la pintura satinada. Se detuvo en seco, sin embargo, cuando los labios de la mujer que había al lado de Rima se encorvaron hasta fruncirse.

Signa se tragó un grito ahogado al retirar violentamente la mano porque no quería alarmar a Elaine. Solo le tomó un segundo que se le durmiera la punta del dedo del escalofrío que le recorrió la espalda como una descarga de electricidad.

Había un espíritu observándolas. Y ya sabía que Signa podía verlo.

Fantástico.

—Tendrás una habitación propia en el cuarto del servicio —le dijo Signa a Elaine, escondiendo el dedo dormido en los pliegues de su chaqueta y ofreciendo su sonrisa más practicada—. Siéntete libre de elegir la que más te guste e instalarte.

Elaine nunca se había movido con tanta rapidez como cuando se agachó para agarrar su equipaje. Asintió con la cabeza y se apresuró a encontrar dicho cuarto, lanzando miradas furtivas por encima de su hombro como si esperara que alguien intentara agarrarla por detrás.

Signa esperó hasta que Elaine llegó al final del pasillo y luego puso la palma encima de la cabeza de Gundry y suspiró.

—Vamos a buscar una habitación para nosotros, ¿vale?

Y tal vez, ya que estaban, un espíritu.

Recogió sus pertenencias y fijó la atención en las escaleras. Eran mucho más comunes que las de Thorn Grove, con el pasamanos hecho de madera de caoba. Un pequeño trozo parecía haberse roto, y la madera a su alrededor era más oscura. Cuanto más se adentraba en el hogar, más lentos se volvían sus pasos y más se le metía la ansiedad en los huesos.

De verdad estaba intentando tener una buena actitud. Estaba intentando mantenerse positiva. Pero estando sola por primera vez en todo el día, los nervios se estaban apoderando de ella.

¿Y si abría su habitación de infancia por accidente? O, peor aún, ¿la habitación de sus padres? La mente de Signa estaba en lucha: una parte de ella no quería más que encontrar aquella habitación y recabar toda la información posible sobre la vida de sus padres, y otra parte le advertía que no debería tocar sus pertenencias. ¿Y si había cosas ahí que sus padres no habrían querido que ella encontrara? ¿Y si había algo que le hacía ver de manera diferente a los padres inmaculados que se había creado en la mente? Por no mencionar que por allí cerca andaba un espíritu. Podía sentir unos ojos clavados en ella que le erizaban el vello de la nuca. ¿Y si era maligno, como había sido Lillian al principio?

Gundry correteaba delante de ella, y mientras que Signa se había imaginado que el perro tendría un aspecto al menos un poco amenazante durante la caza de espíritus, cada pocos minutos se daba la vuelta con la lengua rolliza colgando del lado de la boca, como diciendo que no había nadie en el camino. Signa atisbó destellos de una luz repentina bajo la puerta de una habitación por la que había pasado, y titileos de un azul pálido que delataba a un espíritu parpadeando en un rincón de su campo de visión. Fuera quien fuese, Gundry parecía no estar preocupado. Y si él no lo estaba, Signa se dijo que ella tampoco debería estarlo. Al fin y al cabo, era una parca.

Le llevó unos minutos de andar arriba y abajo por los pasillos hasta que Signa reunió el valor para abrir una de las puertas. Por suerte, la primera habitación con la que se encontró era una claramente destinada a los invitados. Era tan encantadoramente sencilla que en cuanto Signa entró, el hormigueo que sentía en los huesos cesó y su estómago revuelto se calmó. Al dejar el equipaje en el suelo, se relajó la tensión que tenía en los hombros.

Decidió que lo primero que debería hacer era limpiar. Elaine no se merecía llevar a cabo tan ardua tarea sola, y ponerse a ello la ayudaría a dejar de pensar en ciertas cosas. Así, Signa sacó la ropa de la cama, que tal vez hubieran sido blancas en algún momento, pero no sabría decirlo por todo el polvo que había acumulado en ellas. Y hasta ahí llegó, porque todo aquel polvo le hizo recordar cómo era vivir con su tía Magda y lo infeliz que había sido antes de llegar a Thorn Grove. Después de eso, no tardaron mucho en abrirse las compuertas de toda la emoción que había estado reprimiendo desde que se marchó, y aquello le volvió a recordar lo sola que estaba.

Con el estómago encogido y el pecho agitado, Signa golpeó las sábanas para que el lado sucio quedara estirado sobre el suelo y se hundió en ellas. Tras unos cuantos estornudos por el polvo, Gundry fue hacia su lado para tumbarse y apoyó la barbilla sobre su pierna con un lametazo suave. Signa entrelazó los dedos en su pelaje y rápidamente llegaron las lágrimas.

—Solo estamos tú y yo, chico.

Signa se agachó lo suficiente como para apoyar la cabeza contra el lomo de Gundry y hundir la cara en su cuello. Era uno de los pocos retazos de normalidad que le quedaban en la vida, y era un lobo vestido con pieles de oveja. Aquel pensamiento fue tan ridículo que casi se rio, y lo agarró con más fuerza hasta que se oyó el estallido de un trueno fuera.

Gundry se puso a cuatro patas, con el pelo erizado y enseñando los colmillos. Signa siguió sus orejas en punta hasta un viejo tocador que había cerca de la ventana, tensa y aguantando la respiración. El espejo estaba borroso por la suciedad, pero no tanto como para que Signa no viera el dobladillo ondulado de un vestido, que desapareció enseguida. El pánico se le posó en la garganta, pero unos segundos después vio lo que probablemente había sido la causa: no un espíritu, sin un pequeño espacio en el alféizar que provocaba que las cortinas se movieran con el afilado viento. Se apresuró a cerrar la ventana y luego volvió al lado de Gundry.

—No pasa nada —susurró mientras llevaba el otro lado de las sábanas sobre él para envolverlo. Tuvo que decírselo unas cuantas veces más y rascarle detrás de las orejas hasta que puso su cuerpo de manera protectora alrededor de ella—. Estaremos bien. Ahora este es nuestro hogar y no dejaré que nada nos haga daño.

Se quedaron en silencio, y aunque la respiración de Gundry enseguida se volvió más intensa por el sueño, cada crujido de la madera y cada ráfaga de viento mantuvieron a Signa bien despierta. Durante un rato se debatió si renunciar al sueño por completo, pero Foxglove era su hogar, y se negó a que nada ni nadie le hiciera tenerle miedo.

Así, se acurrucó contra Gundry, cerró los ojos, y obligó a que el sueño la reclamara.

Veintiséis

Más tarde aquella misma noche, mientras la lluvia azotaba las ventanas y los truenos retumbaban, Signa se despertó con unas manos estrangulándole el cuello.

Se había perdido en la nostalgia, soñando que comía dulces con Percy y asistía a clases en la sala de dibujo con Marjorie hasta que su campo de visión quedó reducido con la oscuridad. De repente estaba viendo el rostro de Percy, con sus ojos oscuros como una noche sin luna, que la estaba estrangulando. Blythe estaba detrás de él, medio dada la vuelta y sin saber lo que estaba ocurriendo. Signa estiró el brazo hacia ella intentando llamarla, pero su grito quedó ahogado en el silencio de la noche y empezó a perder la visión. Y aunque la imagen de Percy desapareció, no dejó de sentir que le agarraban el cuello. Entonces, luchando para encontrar aire sin éxito, se dio cuenta de que su falta de aliento no era ningún sueño y se despertó de un salto.

Gundry estaba de pie frente a ella, por lo menos tres veces más grande que su tamaño habitual. Enseñaba los colmillos y de sus fauces caían sombras. Gruñía, aunque a Signa le resultaba imposible oír nada con el pulso de su sangre.

Intentó erguirse de una sacudida, pero descubrió que no se podía mover. Sobre el pecho tenía sentada a una mujer mayor a la que Signa no había visto nunca. Estaba encorvada hacia ella y tenía una sonrisa diluida que le recordó a su abuela. La mujer le estaba peinando el cabello que tenía sobre la frente con una mano mientras que con la otra hacía presión sobre su garganta.

—No pasa nada —canturreó el espíritu—. Vuélvete a dormir.

Signa intentó alcanzar el bolsillo y entró en pánico cuando vio que estaba vacío. Había utilizado lo último que le quedaba de belladona cuando le reveló sus poderes a Blythe. Le temblaban las manos y el pavor se apoderó de ella. Se sacudió, desesperada por liberarse, pero el espíritu la agarraba con fuerza, y el frío se hundió más en ella.

Fue como cuando Thaddeus la había poseído unos meses antes, en la biblioteca de Thorn Grove. Aunque no se trataba de ninguna posesión —Signa aún tenía el control de su cuerpo, aunque tuviera problemas para utilizarlo—, el espíritu la consumía por completo. Y fue horrible darse cuenta de que perfectamente la podían asesinar.

Pero lo único en lo que podía pensar Signa era en que no tenía derecho a morir. No con el destino de Elijah colgando en el aire, y desde luego no sin antes poder llevar una vida al lado de Muerte. No era el momento de comprobar si su habilidad para evadir a la muerte incluía también la asfixia, por lo que, cuando su pulso aminoró y se quedó en el umbral entre la vida y la muerte, Signa agarró la pequeña oportunidad que tuvo y dejó que la inundaran sus poderes antes de perder la conciencia.

¿Signa? La voz de Muerte enseguida estuvo en su cabeza y, de no ser por el espíritu que tenía encima, habría llorado de alivio. *Signa, ¿qué ocurre?*

No había tiempo para contárselo. La escarcha familiar de sus habilidades de parca se asentó en sus venas y se calmó. Todas las sombras de la habitación la consumieron y se sintió invencible. Dejó a un lado sus dudas y el recuerdo del terror en los ojos de Blythe mientras las volutas de oscuridad se arremolinaban en sus dedos. Las puso a su alrededor, dejando que sintiera su desesperación y necesidad de escapar. Y entonces soltó esa oscuridad como un arma y dejó que la noche hiciera su llamada.

Signa no sabría decir lo que ocurrió en aquellos últimos momentos. No sabía cuántas sombras se habían reunido hacia ella, y no se había dado cuenta de que todo Foxglove se había quedado quieto, asombrado por el poder que había ejercido. Lo único que supo es que unos momentos después se dio la vuelta y se encontró a cuatro patas y atragantándose con la respiración que le exigía su cuerpo. Tenía la garganta en carne viva, le dolía, y la piel alrededor de su cuello se amoratá. Ya fuera por el frío o por la muerte que estuvo a punto de reclamarla, Signa temblaba con tanta violencia que le resultó imposible moverse de las sábanas sucias sobre las que se había quedado dormida.

Entonces apareció Muerte. Vino en un vendaval que azotó las ventanas y golpearon contra la casa mientras él apartaba al espíritu contra la pared y lo encadenaba con sus sombras. Cayó un trueno cuando levantó los brazos y la noche se arremolinó en forma de guadaña en sus manos.

Muerte no habló ni le concedió al espíritu acobardado ni un momento antes de atestar el golpe. Pero el filo de la guadaña quedó cernido sobre el cuello de la mujer. Fue cosa de Signa, que utilizó las sombras para detenerlo en el último segundo. Muerte se dio la vuelta con furia en los ojos y la miró de frente.

—Estaba intentando matarte —escupió, apretando con más fuerza y poniendo a prueba el agarre de Signa sobre él—. ¿Te das cuenta de cuánta energía le requiere a un espíritu tocar un alma viva? Por atreverse siquiera a levantar un dedo en tu contra debería morir.

—Gundry se la habría llevado —contestó ella intentando mantener la voz sosegada.

—Menuda necia. ¡Gundry no puede llevarse espíritus!

Signa agarró con más firmeza mientras el perro gemía.

—No te la lleves —dijo, mirando fijamente a Muerte a los ojos hasta que el hombre relajó los hombros y su rabia disminuyó justo lo suficiente para que Signa retirara sus sombras y confiara en que no haría ningún movimiento repentino.

A Signa le castañeteaban los dientes mientras se forzaba en ponerse de pie de manera temblorosa. Aunque le habría encantado mantenerse erguida ante aquella mujer, tuvo que recoger una manta del suelo y ponérsela alrededor mientras caminaba, desesperada por la mera promesa de la calidez. Se mecía, y aunque en aquella ocasión no estaba tosiendo sangre, una mirada por el rabillo del ojo reveló que el color le estaba desapareciendo del cabello y se estaba volviendo otra vez de color plateado. Ya se preocuparía de eso más tarde.

Centrada únicamente en intentar salvarse la vida, Signa no había podido mirar bien al espíritu. Estando frente a ella en aquel momento, la mujer no era tan mayor como se había imaginado, tal vez tuviera unos sesenta años. Tenía el nacimiento del cabello en punta y un ceño fruncido permanente que le había provocado unas arrugas profundas alrededor de los labios y en la frente. Tenía los labios fruncidos y pintados de color carmesí, y una mirada llena de desprecio cuando Signa se acercó y le preguntó:

—¿Quién eres?

—Llevo veinte años esperando a que entres por esa puerta —dijo el espíritu con una voz fuerte y cruel, y a Signa le recordó tanto a su difunta tía Magda que el estómago le dio un vuelco.

—Tienes dos opciones —empezó Signa, permitiéndose adentrarse en lo naturales que sentía aquellas palabras, enfadada por la amenaza y los poderes que le recorrían por dentro—. Te liberarás de este mundo y te irás al más allá o te sacarán de aquí a la fuerza. Si eliges la segunda opción, que sepas que tu alma tendrá un final permanente.

—En cuanto él me suelte, volveré a intentar matarte una y otra vez, hasta que vengas conmigo al otro lado —dijo el espíritu sin apartar la mirada de ella.

Signa dio las gracias por la manta que tenía a su alrededor y por el hecho de que ya estuviera temblando, así el espíritu no sabría el efecto que habían tenido aquellas palabras.

Quizás hubiera sido una necia al no inspeccionar el resto de la casa antes de irse a dormir. Con la presencia de sus padres aún en cada centímetro de Foxglove, había querido meterse en un espacio propio e instalarse. Pero ya no era solo ella en quien tenía que pensar, y enseguida le vino a la mente Elaine, sola en el cuarto del servicio sin un alma que la ayudara.

Justo entonces, Signa no sentía los poderes de Vida en su interior, sino que se sintió como toda una parca cuando levantó la mirada hacia Muerte y exigió:

—Llévatela. —Y huyó de la habitación sin esperar a ver cómo caía su guadaña.

Signa dejó las sábanas en algún lugar tras ella y fue corriendo hacia el cuarto del servicio. Con la tormenta rugiendo fuera, el cielo estaba tan oscuro que no tenía la menor idea de qué hora era mientras bajaba corriendo las escaleras.

El frío suelo bajo sus pies desnudos hizo poco por apaciguar sus temblores, pero nada podía aminorar su paso hasta que, al final, vio a Elaine sentada a una mesa cerca de la cocina, todavía con el camisón y sorbiendo una taza de café humeante. La mujer medio chilló cuando se dio cuenta de que Signa estaba ahí.

Estaba sola. Elaine estaba perfecta y maravillosamente sola.

—¡Señorita Farrow! —Elaine se llevó una mano al corazón y con la otra casi derramó el café—. ¡Menudo susto! —Entonces debió darse cuenta de que Signa estaba temblando, porque entrecerró los ojos y continuó—: ¿Ha ocurrido algo? ¡Cielos! ¿Qué le ha pasado en el pelo?

Signa intentó apartarse los mechones plateados.

—Sí —contestó poco a poco, ya que no había previsto aquello. Se había imaginado que si a ella la estaban acosando, también lo estarían haciendo con Elaine. Signa tuvo que agitar la cabeza para rectificarse y se mordió el labio inferior—. Lamento llegar de esta manera. He oído un ruido espantoso y necesitaba comprobar que estabas bien.

El rostro de Elaine se relajó.

—Estoy segura de que no era más que el viento.

Elaine empezó a extender el brazo para agarrar a Signa de la mano, pero ella se alejó estremecida. Unos momentos antes había estado utilizando sus poderes. Si aún quedaba algún efecto, lo último que quería era lastimar a Elaine.

—Esta casa es grande —continuó la doncella con suavidad, no parecía ofendida en absoluto—. Y es nueva para ambas. Admito que yo tampoco he dormido tan bien como debería. Pero estoy segura de que pronto ambas nos sentiremos cómodas aquí, sobre todo cuando... Señorita Farrow, ¿oye usted un piano?

En efecto, ahí estaba, sin duda alguna, el sonido distintivo de un piano sin afinar sonando encima de ellas. Signa se sintió como toda una marioneta de Destino, y se obligó a esbozar una sonrisa en los labios.

—Como has dicho, estoy segura de que no es más que el viento.

—¿Deberíamos ir a investigarlo? —preguntó Elaine con una seriedad desalentadora, empezando a ponerse en pie.

Signa rápidamente hizo un gesto con la mano para que volviera a sentarse.

—Preferiría que empezaras con el desayuno en cuanto te termines el café —contestó Signa. Era demasiado temprano y tenía el estómago demasiado revuelto para comer algo, pero tenía que mantener a Elaine ocupada mientras averiguaba el origen del ruido.

Por suerte, no tuvo que obligarla demasiado. Elaine parecía más que feliz por agarrar su taza de café con firmeza, fingir que no había oído nada y dejar que Signa volviera a subir las escaleras corriendo.

Tres espíritus habían decidido ocupar la sala de dibujo. Dos de ellos estaban sentados sobre el mobiliario intacto a pesar del tiempo. Por el aspecto que tenían, eran un padre y una madre. La mujer era más mayor, tenía curvas generosas y un rostro lleno de maquillaje que Signa podía ver incluso sobre su piel traslúcida. Le habían recogido el pelo de una manera casi cómica, bien alto en la cabeza, y Signa se descubrió preguntándose cómo demonios podía mantenerse así.

El espíritu a su lado era un hombre pequeño y flaco. Llevaba unas gafas colocadas en la parte baja del puente de su nariz aguileña y tenía los ojos entornados mientras observaba al tercer espíritu, que estaba en la banqueta de un pianoforte tocando una canción deprimente con un nivel de maestría que Signa no podía esperar conseguir jamás. Físicamente parecía tener más o menos la edad de Signa, su cuello era largo y esbelto y tenía una carita ovalada que apretaba concentrándose en el piano. Mientras tocaba, sus dedos traslúcidos no alteraban la gruesa capa de polvo. Había una rata tendida debajo de la banqueta, larga, muerta y poco más que un esqueleto, y el tobillo del espíritu rondaba a su lado.

La madre y el padre de la muchacha la observaban con orgullo hasta que la mujer giró la cabeza hacia el lado al oír el crujido de la madera bajo los pies de Signa. Le dio un golpe al hombre que Signa supuso que era su marido sobre el hombro para llamarle la atención. El piano cesó enseguida.

—Es la muchacha —susurró la mujer mientras salía de su asiento para mirar mejor a Signa—. Es ella, ¿no?

—¿Ya ha llegado el momento? —preguntó el hombre—. ¿Dónde está su marido?

El espíritu más joven se giró sobre la banqueta del piano. Con una voz nasal y aguda, contestó:

—No parece que tenga. No lleva ningún anillo en el dedo.

Si querían creer que Signa no podía verlos ni oírlos, que así fuera. Sin mirar a ninguno de ellos a los ojos, se acercó más a la banqueta del piano, como si fuera a inspeccionarla para buscar el origen de la música que había sonado.

—¿No tiene marido? —bufó el hombre mientras daba vueltas a su alrededor, demasiado cerca para el gusto de Signa—. ¿Me estás diciendo que va a heredar esta casa ella sola?

—Puede que así hagan las cosas ahora, padre. Desde luego, sería un buen cambio.

—Deberían habernos avisado de que iba a venir —dijo la mujer, expresando con la voz lo mucho que le desagradaba la presencia de Signa—. Debería haber mandado al personal para que preparara la casa.

Con los pulmones medio taponados por la cantidad de polvo que había en Foxglove, Signa se mostró de acuerdo.

—Siempre hemos sabido que llegaría el día. —El hombre se quitó las gafas, echó vaho sobre ellas y frotó el cristal; luego se las volvió a poner. Dado que no había aire en sus pulmones, el esfuerzo no supuso mucha diferencia—. Una casa como esta no puede estar tanto tiempo vacía.

Detrás de él, la mujer tenía las manos colocadas a ambos lados del cabello, como para mantenerlo en equilibrio mientras se acercaba caminando.

—Han pasado todos estos años y sigues dándole a los Farrow demasiado reconocimiento por su gusto. Tú fuiste mejor arquitecto de lo que podría haber soñado aquel hombre. ¿Has olvidado que son el motivo por el que nosotros estamos aquí atrapados?

—Madre tiene razón —añadió la muchacha—. Tal vez debamos recordárselo. Esta casa lleva siendo nuestra mucho más tiempo de lo que le ha pertenecido a ella —dijo escupiendo la última palabra como si fuese una enfermedad, y se acercó tanto y tan rápido a Signa que le costó un gran esfuerzo no estremecerse—. Solo tendríamos que cerrar de golpe unas cuantas ventanas y hacer que crujan algunos tablones de madera, y se irá corriendo.

—Podemos encantar los espejos —añadió la madre—. Uf, me encanta hacer eso. La muchacha no puede quedarse aquí si no tiene personal. Tendremos que seguir asustándolas.

—Yo no me voy a acercar a esa sirvienta que se ha traído —siseó la joven—. No con el aspecto que tiene. Tendrás que ser tú quien la persiga, madre.

Signa se mordió el interior de la mejilla, cada vez más enfadada. Una cosa era que jugaran con ella, pero ¿perseguir a Elaine?

—Lo único que harás es dejar de tocar —dijo Signa y se dirigió directamente hacia el piano para cerrarlo de golpe—. Por Dios, ¿te imaginas que alguien te oyera tocando sin un alma viviente sentada en la banqueta? Y ni se te ocurra pensar en perseguir a nadie.

Los espíritus estaban tan asombrados que durante un largo rato nadie dijo nada. La madre echó un vistazo a su marido y susurró en voz baja:

—¿Está hablando con...?

—¿Contigo? —Signa colocó las manos sobre las caderas—. Por supuesto que sí.

El silencio caía con un pesar a su alrededor, hasta que el hombre carraspeó y la hija susurró con una voz desconfiada y estridente:

—¿Puedes vernos?

—¿Crees que estoy hablando con las paredes? —Signa se cruzó de brazos—. Escúchame bien, porque este puede ser nuestro hogar o mi hogar, pero, desde luego, no es vuestro hogar. Si os atrevéis a hacer crujir la madera, haré que mi sabueso desentierre vuestros huesos para quemarlos y convertirlos en cenizas. ¿Lo habéis entendido?

—¿Tú eres la niña de los Farrow? —preguntó el hombre—. ¿El bebé, Signa?

—Sí —respondió con un temblor minúsculo en la voz—. Y estoy intentando construir mi vida aquí, así que nada de pianos.

La muchacha frunció el ceño cuando retiró sus manos huesudas de las teclas.

—Pero llevo años tocando...

—No me cabe duda —intervino Signa—, pero no dejaré que la gente piense que mi casa está encantada.

—Pero lo está —señaló el hombre.

Signa se giró hacia él. A pesar de que no podía beber, estaba removiendo una cuchara oxidada en una vieja taza de té a su lado, como por inercia. El líquido llevaba tiempo evaporado y solo quedaba un círculo oscuro en el interior de la taza.

—Lo sé —dijo Signa pasándose una mano por el pelo, exasperada—. Pero no necesito que el resto del pueblo crea que soy una solterona demente que pierde el tiempo con fantasmas.

Los espíritus cruzaron una mirada, y Signa los volvió a mirar con el ceño fruncido.

—Da igual. —Hizo un gesto con la mano hacia la muchacha, que estaba en la banqueta del piano—. Fuera de aquí. ¡Fuera! Se acabó.

—Entonces, ¿qué propones que hagamos? —preguntó ella, con un enfado tal en los ojos que, por un momento, Signa se preparó para lo peor—. ¡Tenemos muy pocas opciones para entretenernos!

Entonces Signa sintió el frío pinchazo de Muerte adentrándose en su piel. Los espíritus pusieron los ojos como platos y se apiñaron juntos, lejos de la parca que Signa no podía ver. Aun así, su sola presencia fue suficiente para levantarle el ánimo.

—Siempre tenéis la opción de ir al más allá —dijo pensativa—. Estoy segura de que ahí hay muchas cosas que hacer. He oído que hasta puedes reencarnarte si te apetece.

Signa aún llevaba el camisón puesto y tenía el cabello revuelto, y no estaba para nada preparada para aquella conversación, menos aún para la situación entre manos. Seguía teniendo la garganta en carne viva, la voz ronca y llena de tensión.

Al darse cuenta de los temblores que sacudían el cuerpo de Signa, la mujer preguntó:

—¿Qué te ha ocurrido?

—Es lo que intento averiguar —contestó Signa y volvió a echar un vistazo al final del pasillo para asegurarse de que Elaine seguía en su cuarto. Tomó asiento en un taburete frente a ellos y puso los brazos a su alrededor. El frío que tenía en el interior se estaba apaciguando un poco, no era tan malo como si la mujer la hubiera poseído. Al menos podía alegrarse por algo—. ¿Cuántos espíritus viven en Foxglove?

Signa deseó con todo su corazón que la respuesta fuera un número bajo. No estaba preparada para la verdad que iba a salir de boca del hombre, que dijo demasiado rápido mientras iba con la vista de ella a Muerte:

—Cerca de unos veinte, creo.

Signa se abrazó con más fuerza porque le vino una oleada de náuseas, y deseó poder mirar al rostro a Muerte. Veinte. Ya le parecía bastante extraño ver a un trío de espíritus juntos. A lo largo de su vida, había pasado por lugares en los que los espíritus vagaban libremente, pero que veinte espíritus vivieran bajo un mismo techo era absurdo.

—¿Dónde están? —insistió Signa—. ¿Por qué no he visto más?

—Todos tienen un lugar preferido —contestó el espíritu mientras se apretaba las gafas para subírselas por el puente de la nariz—. A nosotros nos gusta estar aquí, lejos de toda la gentuza. La mayoría se queda en el salón de baile, aunque hay algunos que vagan por los pasillos.

A Signa se le heló la sangre: por supuesto que iban a estar en el salón de baile.

—Deben saber que estoy aquí —dijo en voz baja y áspera, como si tuviera algo en la garganta—. ¿Por qué no han venido a buscarme los demás? ¿Y por qué han dejado a mi sirvienta en paz? —No le parecía inteligente contarles que apenas unos minutos antes la habían atacado. No quería darles ideas.

Lo que Signa no esperaba era que volvieran a cruzar las miradas.

—¿Qué ocurre? —preguntó y empujó el taburete más cerca de ellos. Los dos espíritus que había en el sofá se inclinaron para alejarse mientras ella se acercaba, pero en vez de mirar a Signa, la mujer echó un vistazo justo por encima de su cabeza, hacia el cuarto de servicio.

—Yo no me acercaría a esa sirvienta que tienes ni aunque me pagaras. Algo raro le pasa en la piel. Ninguno de nosotros lo ha visto antes, y nadie quiere ser el primero en averiguar lo que significa.

—¿Qué quieres decir? No tiene nada en la piel.

—Brilla —añadió la más joven con una energía tan sincera que parecía más joven de lo que era—. ¿No puedes verlo? Le ocurre en toda la piel, y se ilumina de color plateado cuando alguno de nosotros se le acerca.

Signa se obligó a mantenerse en calma bajo el escrutinio de los espíritus, no quería delatar lo preocupada que estaba. ¿Podía ser que sus poderes le hubieran hecho algo a Elaine sin que ella se diera cuenta?

Muerte debió acercarse más a ella, y qué no daría Signa por ser capaz de oír su voz en aquel momento. Si él hubiera visto algo extraño en Elaine, no tenía dudas de que se lo habría dicho.

—No te molestaremos —prometió el hombre, aunque tenía la mirada fija en un lugar justo por encima del hombro de Signa, donde debía estar Muerte—, pero no podemos prometer nada por los demás.

Las ventanas que había en la sala de estar se abrieron de par en par y entró una ráfaga resentida. La oscuridad se adentró, y aunque Signa no pudo distinguir las sombras individuales de Muerte, se imaginó que se estaban acercando hacia los espíritus al tiempo que la oscuridad se expandía hacia ellos y consumía toda la luz de la habitación.

El hombre apartó a su familia y dio un paso frente a ellos, como si fuera un escudo.

—¡No le haremos daño a nadie! —prometió en aquella ocasión con más firmeza.

Signa le creía. Aun así, tenía que ser precavida. A todos los espíritus que se quedaban en el mundo mortal los poseía una intensa emoción o un fuerte deseo. Thaddeus había querido leer todos los libros de la biblioteca, mientras que Lillian había querido salvar a su hija y encontrar a su asesino. Magda se había quedado porque estaba amargada, celosa y era horrible en todos los aspectos. No era ninguna sorpresa que a algunos de los que hubieran muerto en Foxglove los alimentara la venganza.

A Signa no le quedaba belladona, y aunque así fuera, el coste de transformarse en la parca se había vuelto demasiado alto. Incluso entonces podía sentir el cansancio en sus huesos, como si hubiera envejecido diez años en cuestión de minutos. Pero los espíritus no tenían que saberlo, menos aún cómo funcionaban sus poderes. Solo tenían que entender que ella era una amenaza y el peso de lo que podía hacer. Signa extendió la mano, y las ventanas enseguida se cerraron de golpe y la oscuridad se retrayó.

—Soy una parca. —Signa se imaginó que era Blythe cuando volvió su mirada gélida—. Soy la noche en persona, la portadora de almas. —Fueron las mismas palabras que le dijo Muerte hacía unos meses, la noche en qué murió Percy. Llevaba tanto tiempo aferrándose a ellas en su interior, anhelando sus palabras. Ya era hora de que fueran verdad—. La muerte está a mi alcance. Os convendría recordarlo a los tres y decírselo al resto de los espíritus. Si alguno se atreve a levantarme una mano a mí, a alguno de mis visitantes o a mi personal, no dudaré en dar la orden. Esta es mi casa, y si alguien de aquí no desea seguir mis reglas, que se marche ahora. Si alguien las rompe, se marchará a la fuerza y no habrá futuro. No habrá más allá. ¿Habéis entendido?

Ni uno solo de los espíritus pestañeó, tenían los ojos abiertos como platos. La joven incluso agarró a su padre de la manga y después asintió en su dirección. Entonces Signa se permitió darles la espalda y dirigirse a Muerte:

—Por favor, hazles la misma advertencia a los demás —dijo, inclinando la cabeza para dar las gracias en silencio mientras sentía cómo el frío la abandonaba, entendiendo que Muerte se había ido a hacer precisamente aquello. Solo entonces, cuando la habitación recobró la calidez y el trío de espíritus se había tranquilizado con la ausencia de Muerte, Signa sintió que tenía unos ojos clavados en ella, y supo que había otro espíritu observándola en aquel preciso instante. Intentó atisbarlo, pero, al girarse, lo único que vio fue el dobladillo de un vestido desaparecer.

Era el mismo vestido que había visto cuando llegó. No era una cortina ondeando al viento, como había esperado. Tampoco era el espíritu que había intentado matarla, sino alguien completamente nuevo. Alguien que la había estado observando desde el momento en que había entrado a Foxglove.

Signa no concedió al trío ninguna otra mirada al cruzar la habitación para seguir a aquel espíritu hacia un pasillo sinuoso.

Aunque sabía que era mejor no cazar a un espíritu —había aprendido aquella lección la noche en que había seguido a Lillian hacia el jardín y supo lo necio que era—, le pareció que era difícil deshacerse de los viejos hábitos.

Porque, al final del pasillo, Signa siguió los débiles destellos de azul que la instaban a seguir adelante, adentrándose más y más en las tripas de Foxglove.

Veintisiete

Blythe

Si alguien quería descubrir los últimos cotilleos, había dos formas de hacerlo.

La primera era acudir al servicio de la casa. No porque tuvieran tiempo para cotillear, sino porque eran las personas que más cerca estaban de los secretos mejor guardados de cada hogar. No obstante, teniendo en cuenta que la mayoría del personal de Thorn Grove era nuevo, no parecía haber nadie a quien Blythe pudiera sonsacarle los rumores de los que se hubieran podido enterar en el pueblo. Por desgracia, aquello quería decir que tenía que apoyarse solamente en su segundo recurso: las señoritas que había aquella temporada, que tenían demasiado tiempo para el cotilleo y les encantaba compartir cualquier chisme que hubieran oído, aunque no fueran más que migajas de las que no se pudieran fiar.

La mañana en que Signa se había marchado de Thorn Grove, Blythe se despertó y se encontró una nota en su escritorio con un solo nombre escrito sobre ella: Byron. Era la letra de Signa, y aunque no había ninguna explicación más, estaba segura de que se trataba de una pista. Y aunque era mejor que intentar sacar pistas sobre el asesinato del duque de la nada, una parte de Blythe quería prenderle fuego a la nota y sacársela de la mente.

Su familia ya era lo bastante desastre sin una preocupación más que añadir a la ecuación, y aun así no podía dejar de pensar en el comportamiento de Byron durante la visita a Elijah. Lo cierto era que parecía frustrado por su posición, pero tampoco estaba ahí defendiendo a su hermano ni intentando ganarse al príncipe como había estado haciendo ella.

Daba la sensación de que el peso del futuro de Elijah reposaba completamente sobre los hombros de Blythe, por lo que haría lo que se esperaba de las señoritas de su edad y estatus: invitar a otras señoritas a tomar el té en casa.

El único problema era que Blythe no estaba convencida de que se fueran a presentar. Se había pasado la mañana dando vueltas alrededor de su habitación, luego por los pasillos y por el salón. Y cuando no estuvo dando vueltas, estuvo sentada e inquietándose por unos nervios que habían aparecido de manera inesperada.

La pura desesperación hizo que Blythe casi se cayera del alivio cuando Warwick apareció en el salón acompañado por Charlotte Killinger, Eliza Wakefield y Diana Blackwater. Aunque Warwick siempre había sido un gran profesional, Blythe no pasó por alto el extra de energía que había en su paso al dirigir a las muchachas hacia la mesa preparada para cuatro. Tenía aspecto de sentirse tan aliviado por Blythe como ella.

—¡Me alegro tanto de que hayáis podido venir! —Blythe plasmó su sonrisa más ensayada. Teniendo en cuenta el inmenso alivio que sintió y la considerable cantidad de práctica que había tenido, nadie podía demostrar que no fuera una sonrisa sincera—. Warwick, ¿puedes ir a ver que si nos traen el té?

El mayordomo inclinó la cabeza y se marchó corriendo, dejando que las señoritas se acomodaran en sus asientos. Trajeron un té hirviendo y dos bandejas con sándwiches elegantes y pastitas dulces antes de que pudieran saludarse siquiera. Eliza fue la primera en servirse un bollito de limón y untarlo con la confitura de arándanos que había traído Charlotte para compartir, cortesía de una repentina abundancia de frutos rojos cerca de su hogar. Eliza se sirvió una cantidad copiosa de terrones de azúcar en el té y lo removió. Luego se llevó la taza a los labios con una postura tensa e incómoda.

Charlotte también estaba rígida en el asiento. Dada la discusión que tuvieron, Blythe no la culpaba. Diana aún no había metido la cucharilla en la taza, la estaba observando como si, de algún modo, fuera a saltar del platillo para atacarla.

Blythe intentó no sentirse ofendida. Supuso que desde que había visto hiedras y enredaderas atravesando el suelo del estudio de su padre hacía solo unas noches, tal vez no debería descartar que hubiera tazas de té salvajes. Aunque si alguna cobrara vida y rociara a Diana con el té, Blythe consideraría darle las gracias.

Había invitado a Charlotte no solo porque se hubiera hecho íntima de Everett, sino también como disculpa y con la esperanza de arreglar su relación. Aquella mujer era una amiga demasiado buena como para que Blythe la dejara escapar por su cabezonería.

A Eliza la invitó porque parecía haber algo entre ella y Byron. A Diana, sin embargo, Blythe la había invitado por dos razones. Primero, porque si no lo hacía, la chica se ofendería y encontraría algún chisme sobre los Hawthorne para ir contando por ahí, que era lo último que necesitaban. Segundo, porque si Diana estaba ahí, a la mañana siguiente se habría extendido la noticia de su visita. Blythe se imaginaba que no les vendría mal intentar salvaguardar un poco más el nombre de la familia antes del juicio.

—Ha pasado mucho tiempo —dijo Eliza con una voz melodiosa, y luego tomó un sorbo de té—. ¿Cuándo fue la última vez que pudimos juntarnos las cuatro para tomar el té?

Había pasado más de un año. Un año desde la muerte de su madre, de su propia enfermedad y de varios meses de una recuperación lenta y dolorosa que solo Charlotte se había preocupado lo suficiente como para tratar de entender. Blythe acababa de empezar a sentirse lo bastante bien como para retomar algo parecido a lo que había sido su vida la noche en que falleció el duque.

—Ha pasado demasiado tiempo —dijo ella a modo de respuesta, sin preocuparse por darles un número exacto, aunque tuviera los meses memorizados. Temía que, si expresaba ese número en voz alta, fuera a tener algún poder sobre ella. Como si, de repente, fuera a caer de nuevo en aquel lugar oscuro del que había salido con toda la fuerza que había tenido.

»Me sorprende que os hayan permitido venir —continuó Blythe con una elegancia casual que no se correspondía con el modo en que estaba escudriñando cada uno de los movimientos del grupo. Estaba segura de que el hecho de que la hubieran visto con el príncipe en la investidura tenía algo que ver con la disponibilidad que tenían.

—A tu padre no lo han sentenciado —dijo Charlotte con una voz tan suave como la brisa de primavera e igual de tranquila—. Y mi padre es lo bastante sensato como para entender que la investigación aún está en curso y que los periódicos intentarán sacar una historia de lo que sea.

Al menos, alguna de ellas creía en la inocencia de su padre. Blythe no se había dado cuenta de cuánta tensión había estado aguantando en los hombros hasta que se rebajó. Entonces miró a Charlotte y le ofreció una inclinación de cabeza pequeñísima para señalar lo aliviada que se sentía al tener a su amiga de vuelta.

Eliza no necesitaba explicar su presencia: había estado bajo la supervisión del duque, y ahora Everett había asumido el papel. Con lo ocupado que estaba con su nueva labor y tomando el relevo de la finca, seguramente podría hacer lo que quisiera. Y eso si a Everett le importaba que Eliza estuviera en Thorn Grove.

En cuanto a Diana, aún no había dicho una sola palabra y acababa de dar el primer sorbo al té. Fue incierto, como probándolo. Además, no dejaba de echar vistazos detrás de cada una de las muchachas, como esperando que saliera un fantasma y las asustara.

Blythe no tenía ninguna duda de que su familia le había prohibido acudir, y que Diana seguramente hubiera tenido que escabullirse para tomar el té. Habría acudido a Thorn Grove con uñas y dientes si aquello implicaba estar en la misma fuente del último escándalo del pueblo.

—¿Vendrá la señorita Farrow? —preguntó Eliza, examinando los cubiertos y buscando un quinto juego.

—No —contestó Blythe con toda la compostura que tenía—. Signa ha tenido que regresar a su hogar de manera bastante inesperada.

Charlotte le lanzó una mirada curiosa. Era lo bastante inteligente como para entender que después de la discusión que tuvieron, aquello no podía ser una coincidencia.

—¿Y qué hay de Percy? —insistió Eliza—. ¿Has sabido alguna cosa de él?

—Me temo que no...

—¿Ni siquiera dónde está? —Eliza parecía estar un poco tensa y agarraba la taza de té con fuerza—. Alguien debe saber algo.

Blythe no dejó lugar a réplicas.

—Nadie sabe nada sobre Percy —continuó, negándose a seguir con el tema—. En cuanto a mi padre, sin embargo, el juicio será al final de esta semana. —Decir aquello en voz alta fue como agarrar una daga y clavársela entre las costillas. No iba a dejar que su voz sonara desesperada ni que la vieran con pena o indefensa, por lo que dejó la taza de té sobre la mesa y retorció las manos sobre el regazo.

»Necesito averiguar quién mató realmente al duque, y así soltarán a mi padre. —Hizo una pausa, moviendo la pierna sin descanso debajo de la mesa—. ¿Everett ha mencionado a algún sospechoso?

Blythe no había anticipado ser tan directa, pero ya no había vuelta atrás. Eliza palideció, y su piel era tan blanca que casi pasó a ser gris, y sus ojeras parecieron moratones.

—¡Cielos, señorita Hawthorne! Si alguna de nosotras sospechara de alguien, ¿no cree que se lo habríamos dicho? —Eliza sacó el abanico y empezó a abanicarse hasta que la palidez empezó a desaparecer de su piel—. Nadie se ha presentado pidiendo el dinero ni el título, Everett lo he reclamado todo sin problema.

—Y nadie ha intentado ir a por él —insistió Blythe, mirando a Charlotte en aquella ocasión—, ¿verdad? Tú estuviste con él aquellas primeras semanas. ¿Viste algo raro?

Blythe escogió sus palabras con cuidado, pero aun así Charlotte estuvo a punto de atragantarse con el té y salpicó una gota sobre el cuello de su vestido.

Diana se inclinó hacia Charlotte y dijo:

—¿No seguirás rondándole a lord Wakefield, verdad?

A Blythe, por lo general, no le gustaba la voz de Diana, pero hubo un tono sagaz en aquella pregunta que hizo que la detestara más que nunca.

—No creía que fueras tan valiente como para volver a intentarlo —añadió Diana.

¿«Para volver a intentarlo»?

La mirada de Charlotte se oscureció como jamás había visto Blythe.

—Ya basta —dijo Charlotte, pero, para su sorpresa, no fue a Diana a quien miró furiosa, sino a Eliza, que mantenía un rostro inexpresivo mientras tomaba sorbos de la taza de porcelana—. Esta no es una conversación que se deba mantener durante el té.

Al contrario, era exactamente el tipo de conversación que había esperado mantener. Pero, aunque Blythe no quisiera más que seguir indagando en el tema, dejó de insistir ante la respiración rápida y superficial de Charlotte.

—Perdonadme —dijo Blythe por modestia—. Es que he estado tan preocupada por él últimamente que apenas he dormido nada.

—Yo me he sentido de manera parecida. —Charlotte extendió el brazo para agarrar la mano de Blythe y apretarla con suavidad. Blythe le devolvió el apretón, y le pidió una disculpa en silencio a la que Charlotte respondió con una sonrisa—. Pídele a la cocinera que te traiga un poco de leche caliente antes de dormir. Te traeré lavanda seca para que se la eches. No es gran cosa, pero a mí me ha ayudado.

Últimamente, Blythe no podía digerir la idea de mezclar algo en su bebida. Sobre todo, si lo que mezclaba era de color morado. Pero no lo dijo en voz alta, no con Diana observándolas desde el borde de la taza con una mirada escéptica.

—¿La has conseguido en una botica? —dijo Diana con unas palabras tan mordaces que Eliza se estremeció. El té le resbaló por los dedos y cayó en el platillo que había debajo de la taza.

Charlotte le echó una mirada feroz a Diana, que lo único que hizo fue poner los ojos en blanco.

—No, señorita Blackwater. La he conseguido recogiendo lavanda en mi jardín y dejándola secar. ¡Imagínese!

Fue lo más sarcástico que Blythe le había oído nunca a su amiga y se incorporó en el asiento, bastante orgullosa. Aun así, la conversación no estaba resultando tan fructífera cómo había esperado, y necesitaba que tomar el té con ellas le valiera la pena el tiempo que se había pasado indagando.

Aunque tal vez hubiera sido más seguro tantear el tema, a Blythe se le estaba acabando la paciencia, y volvió a recurrir a un acercamiento más atrevido cuando se inclinó hacia Eliza y dijo:

—Señorita Wakefield, he oído el rumor de que mi tío ha estado buscando su favor.

Diana dejó la taza quieta sobre los labios y miró rápidamente a Eliza. Todas la miraron y vieron a la mujer terminar de dar un sorbo y alisarse el vestido. Estaba un poco sonrojada, pero aparte de eso y de cómo apretaba los labios, se manejó de manera excepcional.

—Parece que tienes buenas fuentes —respondió Eliza—. Lleva unos meses cortejándome.

A Blythe le ardieron las manos con el recuerdo del anillo de esmeralda. No era del todo raro que un hombre de la edad de Byron se casara con alguien de unos veinte años, aunque una persona con el estatus de Eliza podría conseguir a quien quisiera. Y Byron... Bueno, era Byron.

—Mi tío nunca ha tenido mucha suerte con las mujeres. —Sin importar cómo se sintiera ante aquella situación, Blythe intentó con gran esfuerzo que su voz no sonara como si la estuviera juzgando—. Si lo estás considerando, espero de verdad que vayas en serio.

Blythe no sabría decir si se había imaginado a Eliza agarrando con más fuerza la taza de té o no.

—Byron es un buen hombre, y jamás me atrevería a ofenderlo. Estoy considerando su interés, igual que estoy considerando el del resto de pretendientes esta temporada.

—¿Y quiénes son estos pretendientes? —intervino Diana con los labios fruncidos antes de darle un bocado a un pastel con el que a Blythe no le habría importado que se atragantara—. He oído que no has tenido ningún visitante desde que rechazaste a Sir Bennet.

Blythe intentó no hacer una mueca al recordar al anciano con el que obligaron a bailar a Eliza la noche en que murió el duque.

—Era un hombre horrible —reconoció Eliza con quizá más calma de la que jamás habría sido capaz Blythe—. Aunque creo que es la muerte de mi tío lo que está manteniendo alejados a todos, señorita Blackwater. Gracias por recordármelo.

—De verdad deberías haberte tomado un descanso el resto de la temporada —dijo Diana pensativa mientras Blythe se recostaba en el asiento y levantaba la taza de té solo porque no tenía la menor idea de qué otra cosa hacer. Dio la sensación de que habían pasado una eternidad en silencio antes de que Diana preguntara, como si no acabara de ser terriblemente ofensiva—: ¿Alguna de vosotras ha oído algo sobre el príncipe últimamente? Ha pasado un tiempo desde que tuve la oportunidad de visitarlo, aunque creo que tiene interés.

Charlotte se quedó con la boca abierta ante el descaro. Blythe, sin embargo, no estaba hecha para dejar pasar las cosas.

—¿Te ha mandado flores? —preguntó, sonriendo de manera inocente cuando Diana le lanzó una mirada en su dirección.

—No necesito flores para saber que tiene interés...

—Puede que tengas razón. Solo lo pregunto porque Signa ha recibido muchas. Las más lujosas que he visto en mi vida. Todo el pueblo ha estado hablando sobre ello. —Por mucho que le escociera el nombre de Signa, mereció la pena ver el apuro en el rostro de Diana.

Eliza relajó los hombros, como si estuviera agradecida por tener algo más sobre lo que hablar.

—De hecho, creo que el príncipe va a venir con nosotras mañana. La señorita Blackwater tiene razón en que apenas se me ha acercado ningún hombre esta temporada, dado todo lo que ha ocurrido. Cuando se lo comenté a Everett, hizo un plan para invitar a sus mejores candidatos. Lo que yo no sabía era que se trataba de una caza del zorro. ¿Cómo voy a flirtear con hombres durante un evento así?

Charlotte frunció los labios al servirse otra taza de té.

—Horas escuchando a los zorros llorando de agonía... No entiendo cómo se puede presenciar eso de primera mano.

—La mayoría de las mujeres no pueden —dijo Eliza mientras se echaba grandes cantidades de mantequilla en un cruasán y luego un poco de confitura—. Por eso se trata, en gran parte, de un deporte de hombres.

—¿«En gran parte»? —reaccionó Blyhte—. Como si a las mujeres nos permitieran participar.

Eliza miró a Blythe por encima, al parecer, sorprendida por su interés.

—Está permitido, aunque pocas deciden participar.

—¿Me dejarías acudir? —insistió Blythe, ignorando el desprecio de Diana y el largo suspiro de Charlotte—. No será para flirtear, lo prometo.

—No te va a gustar, Blythe —dijo Charlotte—. No tienes el estómago para un deporte tan desagradable.

—¿Y Eliza sí?

Charlotte tenía razón: participar en la caza del zorro era lo último que le apetecía a Blythe, ya que no tenía el menor interés en aquel deporte. Pero ¿entrar en la casa de la familia Wakefield? No podría haber pedido una oportunidad mejor para echar un ojo de cerca a Everett o estar con Eliza a solas. Así, a lo mejor, estaría más dispuesta a explicar exactamente de qué iba aquella miradita entre Charlotte y ella.

—De hecho, llevo participando desde que era una niña. —Eliza dejó el cruasán sobre el plato—. Ven si te apetece probarlo. Aunque si vienes por los hombres, se ponen demasiado competitivos como para prestarnos atención. No sé en qué estaba pensando Everett al creer que esto me ayudaría.

—Ahí estaré —prometió Blythe, aguantándose una gran sonrisa—. Si dentro de poco voy a empezar a llamarte tía, es hora de que vayamos haciéndonos íntimas.

Mientras que Diana escupió el té y Charlotte se cubrió la boca a mitad de bocado porque se estaba atragantando en silencio, Eliza fijó una mirada llena de odio sobre Blythe.

—Si no te andas con cuidado —la amenazó—, mañana me aseguraré de que tú seas la zorra a la que todos demos caza.

Veintiocho

El salón de baile de Foxglove ocupaba toda la planta superior de la mansión. Signa estaba de pie frente a él, a unos metros de las puertas dobles de roble por las que había visto al espíritu deslizarse.

Bastó un solo roce de sus dedos por encima de las imágenes de ciervos retozando en un jardín, talladas con tanta delicadeza sobre las puertas, para que se le estremeciera el cuerpo entero. No podía controlarlo, se sacudía con tanta violencia que cayó contra la pared contraria y se echó las manos al cuello mientras hacía todo lo que podía para que le entrara aire en los pulmones. Era como si hubiera caído de cabeza en un lago helado y hubiera quedado atrapada debajo del hielo.

Jamás había sentido tantos espíritus en un solo lugar. No sabía a dónde se había ido Muerte, pero no estaba ahí, y Signa sentía en lo más profundo de su ser un deseo por huir. ¿Y si no podía defenderse a sí misma? ¿Y si los espíritus la poseían y aquel frío horroroso que había en su interior no cesaba nunca?

Tuvo que mirar dos veces para darse cuenta de que la mujer con el rostro serio retratada en el cuadro a las puertas del salón de baile no era otra que la joven tía Magda, y Signa no pudo pensar en un presagio peor.

Por debajo de las puertas parpadeaba una luz tenue. Y dentro se oía ruido. Risas, faldas ondeando, el tintineo de los vasos y unas palabras que la mente nublada de Signa no conseguía ubicar. No se atrevía a dejar que los espíritus vieran el efecto que tenían sobre ella, y tuvo que apretar los dientes con fuerza y centrarse en apaciguar el temblor de su cuerpo. No consiguió hacerlo por completo, pero en cuanto se calmó un poco más, puso la mano sobre el mango plateado. Dentro, las voces se callaron.

Lo primero en lo que se fijó Signa no fue en los arcos de un azul delicado del salón de baile ni en sus paneles de mármol, tampoco en el mural de flores sobre el techo abovedado. Si no hubiera perdido la cabeza, tal vez se habría dado cuenta de que la araña de luces de cristal no tenía nada que envidiar al del palacio de la reina, o de que por toda la gran finca estaba el detalle delicado de su padre. En cambio, de lo que se dio cuenta fue de la decena aproximada de espíritus que se dieron la vuelta a la vez para mirarla fijamente y de que el suelo bajo sus botas estaba impecable, aunque de eso solo se dio cuenta cuando resbaló ante la sorpresa.

A Signa le volaron los pies frente a ella y el dolor le subió desde el coxis. Varios espíritus se acercaron flotando para investigar, y Signa, a toda prisa, se puso en pie y cruzó el mármol.

—¡Quedaos donde estáis!

Signa deseó haber sido previsora y haberse traído un cuchillo con ella. No sería de gran uso, desde luego, pero tener algo afilado y sólido a su alcance habría sido un gran consuelo.

—Es ella —susurró el espíritu que estaba más cerca de Signa, aunque no pareció que ninguno de los otros lo escuchara. El espíritu era uno de los más agradables que Signa había visto, y la reconoció como la mujer del retrato, la que suponía que la había llevado hasta ahí. Su voz era como la madreselva, tan empalagosa que Signa, por un momento, se olvidó de lo que estaba haciendo.

De manera incierta, como si esperara que Signa fuera poco más que un cervatillo asustadizo que se alejaría con el sonido de una rama, el espíritu se acercó un poquito y se inclinó para que su rostro quedara al nivel de Signa.

—Ay, ¡no me puedo creer que de verdad seas tú! —La mujer extendió el brazo como si fuera a acariciarle las mejillas, pero acordándose de que era imposible en el último momento—. He esperado mucho tiempo para volver a ver esta cara, señorita Signa. ¡Pero qué preciosa te has vuelto! —La mujer se inclinó más, y Signa se sorprendió a sí misma no estremeciéndose por puro instinto.

»Mírate —continuó con una voz asombrada—. Tienes la mandíbula de Rima. Y la misma seriedad en la mirada. ¡Anda! ¡Eso es! Vi ese mismo aspecto irritado en el rostro de tu madre más veces de las que puedo contar. Pero tus manos parecen suaves, más como las de tu padre. Esa nariz respingona que tienes también es de él. ¡Qué maravilla!

Signa había planificado un número imposible de casos estando a las puertas del salón de baile, pero derretirse como la mantequilla ante aquellas dulces palabras no era uno de esos.

—¿Mi padre? —consiguió repetir con la voz cruda. Si ya era poco lo que había conseguido descubrir sobre su madre a lo largo de los años, aún había aprendido menos cosas sobre su padre. La característica más obvia que había averiguado era que no había sido ni mucho menos tan sociable como Rima—. ¿Quién eres? —Signa estaba molesta consigo misma por lo mucho que le había tomado hacer aquella pregunta. Todo la fuerza que había amasado se desvaneció en el momento en que puso un pie en el salón de baile.

—Tu madre era mi mejor amiga, aunque supongo que no debería sorprenderme que no lo sepas. ¿Quién te lo habría dicho, Magda? —Echó la cabeza hacia atrás con una sonrisa tan suave que Signa no podía creer que estuviera hablando con un espíritu—. Me llamo Amity.

Antes de poder preguntar nada más, Signa desvió la atención a otro espíritu que se había acercado demasiado y que estaba merodeando detrás de Amity. Tenía la mirada vacía e inexpresiva e iba de una mesa a otra mientras metía y sacaba un carné de baile de su bolsillo. Aunque el rostro de la joven hubiera sido dulce en algún momento, tenía la parte derecha del cráneo abierto y con sangre seca pegada en el pelo, seguramente de cuando hubiera sufrido la caída por la que se mató. Signa se preguntó si había intentado salir corriendo del salón de baile y se había caído por la barandilla. Dios, no podía ni imaginárselo.

Cuando Amity siguió la mirada curiosa de Signa, sus hombros se encorvaron.

—Esa es Briar —le dijo—. Lo siento, debería haberme dado cuenta de que verla sería demasiado para ti. Me he acostumbrado tanto a su apariencia que no he pensado...

—No pasa nada —la interrumpió Signa sin apenas reconocer sus propias palabras; no sabía qué le había ocurrido. ¿Consolar a un espíritu? ¿En qué demonios estaba pensando?—. Créeme, he visto cosas peores.

—¡Sí! He oído que puedes ver espíritus. Supongo que me alegro de que ahora puedas verme, pero debió ser terrorífico ver cosas peor que Briar cuando eras una niña. Ojalá hubiera estado ahí para ayudarte.

—No hace falta que te preocupes —le dijo Signa en un tono inexpresivo. Sentía las palabras raras en la boca, como algo que no terminara de saber cómo moldear—. Tampoco es que tuvieras alguna responsabilidad sobre mí.

—Puede que no del todo —admitió Amity—, pero soy tu madrina. O era, supongo. —Signa se quedó con la mente en blanco, y Amity no le dio ningún descanso para que reflexionara sobre aquella noticia, sino que se puso a divagar, cada palabra llena de emoción—: Nos conocimos en la escuela privada para señoritas. Tu madre odiaba aquel lugar. Yo era una estudiante perfecta hasta que llegó ella con sus grandes planes. Siempre nos escabullíamos en mitad de la noche para ir a ver cualquier ballet o circo que hubiera en el pueblo. O a quien le gustara en el momento. —Los ojos del espíritu brillaron ante el recuerdo, y luego se apagaron al volver a mirar a Signa con una sonrisita cansada.

»Vi a tus padres con la parca aquella noche. No consiguieron quedarse en este mundo, pero yo sí. Tenía que asegurarme de que alguien te encontraba y de que te cuidaría. Cuando me enteré de que Foxglove algún día sería tuyo, decidí quedarme para ver el tipo de mujer en el que se convertía la hija de mi amiga. Me encanta poder hablar contigo.

Qué raro se le hacía a Signa enterarse de la existencia de aquella mujer en aquel momento. Habría dado cualquier cosa por haber conocido a Amity hacía años, cuando lo único que quería era saber que había alguien en aquel mundo que pensaba en ella y que quería que estuviese sana y salva.

Aun así, no le convenía hacerse amiga de un espíritu, sobre todo cuando otro acababa de atacarla. Por eso, Signa evitó los ojos de Amity mientras intentaba procesar la noticia de que aquella mujer era, supuestamente, su madrina. En vez de eso, miró detrás de Amity y más allá de Briar, que estaba arrastrándose, hacia donde había algunos espíritus bailando. Había dos parejas de hombres y mujeres dando vueltas con un vals sin fin, mientras que tres mujeres estaban cotilleando, sentadas a una mesa con un mantel de tela que hacía mucho que se había amarilleado por el paso del tiempo.

Otros dos hombres jóvenes de apariencia orgullosa —por el aspecto que tenían, gemelos— estaban discutiendo en un rincón. Muy de vez en cuando, uno de ellos echaba un vistazo a la mesa de las mujeres. Cada uno de los espíritus iba vestido de la manera más espectacular. Aunque sus atuendos llevaban dos décadas pasados de moda, sus faldas ondeaban con las telas más finas y sus grandes joyas destellaban en las orejas y los cuellos de las damas. Ningún otro tenía una herida tan obvia como la de Briar, y a pesar del resplandor azulón, todos eran maravillosos.

Había pasado por lo menos un minuto desde la última vez que habló Signa, pero incluso con Amity dando vueltas a su lado, inquieta, no dijo nada hasta que volvió a echar un buen vistazo a la habitación y vio que los espíritus volvían a hacer los mismos movimientos y a tener las mismas conversaciones una, dos y hasta tres veces. Entonces, preguntó al fin:

—¿Son todos así?

Amity dio un suspiro y se sentó al lado de Signa. El suelo se volvió más frío estando ella tan cerca, y Signa se apretujó y metió las manos en las faldas para que no se le congelaran los dedos.

—He intentado todo lo que se me ha ocurrido para sacarlos de sus bucles, pero nadie cede. Llevan veinte años así.

Signa no pasó por alto el anhelo en la voz de la mujer cuando Amity se giró para mirar a Briar. Si había algo que

Signa reconociera en aquel mundo era la soledad. Veinte años llevaba Amity ahí atrapada, rodeada de rostros familiares que no parecían reconocer siquiera que ella existía.

Signa quiso sentir simpatía por Amity, pero enseguida retrocedió en sus instintos. Se obligó a recordar a Thaddeus y en lo encantador que había sido hasta que un incendio lastimó sus queridos libros. Perdió el control lo suficiente como para poseerla, y Signa jamás se desharía del escalofrío de aquel recuerdo. Con un espíritu, a veces bastaba el más mínimo detalle para provocarlos.

—Esta mañana un espíritu ha intentado matarme. —Signa hizo fuerza con los pies y se alejó de Amity—. ¿Hago bien en asumir que aquí nadie supone una amenaza por el momento?

—Desde luego, espero que no. Sé que hay algunos que culpan a tus padres por lo ocurrido, pero la mayoría están atrapados en el mismo bucle sin tener ni idea de que están muertos. Si alguna vez consiguen liberarse, imagino que la mayoría querrán irse de aquí de una vez por todas —suspiró, y aunque Signa sabía que no debía hacerlo, le resultó difícil no confiar en un rostro tan sincero, o en unos ojos que se iluminaban con tanta emoción por tener, por fin, otra alma con la que hablar.

»No todo Foxglove es tan deprimente —señaló Amity después de un momento pensando, con una inflexión intrigante en su tono—. Lo cierto es que hay algo que me gustaría enseñarte. Algo que creo que te encantará. —Se deslizó hacia la puerta y se retiró unos tirabuzones rojizos del hombro al comprobar que Signa la estuviera siguiendo.

Tal vez fuera un error. Una trampa tendida por un espíritu listo. Signa sabía lo que diría Muerte si estuviera ahí para verla, pero tantos años con la esperanza de tener familia y deseando que alguien hubiera estado ahí no se olvidaban de la noche a la mañana. A Signa aún le dolía el pecho con ese deseo, y se apresuró a seguir a Amity por el salón de baile, bajando las escaleras y saliendo por la puerta principal de Foxglove.

* * *

Desde el mar provenía una niebla tan densa que parecía algodón y envolvía el acantilado en una bruma salobre que Signa podía notar en la lengua. El cielo estaba tan oscuro que resultaba imposible ver en la distancia, por lo que se vio obligada a quedarse cerca de Amity. Normalmente no le habría importado el tiempo, pero el aullido del viento y la falta de sol no hacían gran cosa por apaciguar sus pensamientos. Frente a ella, Amity ondeaba con el viento, y con cada ráfaga sus volutas desaparecían. Cuanto más se alejaban del salón de baile, más titilaba en la niebla.

—Por aquí.

Su voz atormentada era como un faro que guiaba el camino cada vez que Signa la perdía de vista. El suelo estaba tan empapado que intentaba tragarse las botas de la joven con cada paso. Le costaba mantener el ritmo, y se preguntaba todo el rato si era demasiado tarde para escaparse y volver a la casa. La mente le iba a toda velocidad intentando averiguar todas las maneras en que podría cruzar el velo de la vida para acceder a sus habilidades —y si hacer aquello merecería la pena el riesgo— en caso de que Amity intentara hacer algo.

No se le había ocurrido una sola idea razonable cuando Amity se detuvo y se puso a merodear sobre la tierra fértil llena de amapolas amarillas y romero. Había lavanda serpenteando entre la tierra cubierta de niebla, y se retorcía alrededor de unas flores cuyo nombre Signa desconocía. No podía ver hasta dónde llegaba el terreno, solo que se excedía demasiado y que había flores silvestres de tonos brillantes que luchaban por encontrar espacio para crecer. Parecía que también habría hortalizas en aquel jardín, tal vez enebro, aunque era difícil de saber, dado que apenas había hojas ni una sola baya ahí encima.

—Este lugar está lejos de ser lo que era. —Amity se agachó y pasó las manos por las amapolas—. Tu madre tenía una mano espantosa para las plantas, pero tu padre insistió en tener un jardín. Creo que quería darle algo para que cuidara antes de que llegaras tú, algo que le ayudara a calmar la mente y sentirse centrada. Tu padre tenía el plan listo, pero lo único que consiguieron antes de morir fue reunir algunas semillas. Como puedes ver, muchas de ellas echaron raíces.

Signa se quitó los guantes y se agachó para poner la palma sobre la tierra y entrelazar los dedos con los tallos y los pétalos. Había pocas cosas mejor en la vida que la sensación de la tierra contra la piel desnuda.

No sabía qué decía de ella que lo primero en lo que pensara fuera en si las condiciones ahí eran adecuadas para que la belladona creciera bien. Se sacó aquella idea de la mente en cuanto la tuvo y se la guardó para más adelante, cuando Destino se hubiera ido y Muerte ya no estuviera tan preocupado por sus habilidades.

—¿Mi padre tenía el plan listo? —se sorprendió preguntando en su lugar, obligándose a ponerse en pie antes de que se manchara el camisón. Tendría que conseguir un armario más adecuado para la jardinería con todo el tiempo que esperaba pasar ahí. Había mucho potencial en aquel lugar, y el pecho le vibraba por la emoción de aquello.

—Hay esbozos en su estudio que detallan en lo que se iba a convertir esto —dijo Amity, contenta por el entusiasmo de Signa—. Edward lo esbozaba todo, siempre tenía un plan.

A Signa se le heló la sangre al oír el nombre de su padre. ¿Cuánto tiempo había pasado desde que lo había oído? ¿Cinco años? ¿Diez? ¿Alguien lo había dicho en voz alta desde que había vivido con su abuela?

No era ningún secreto que Signa había querido quedarse en Thorn Grove tanto tiempo como pudiera. Su llegada a Foxglove la había horrorizado, pero estando ahí, por fin en un hogar propio, se dio cuenta de que todo lo que había necesitado de verdad era un momento para sí misma en un lugar en el que tuviera el control absoluto. Un lugar en el que pudiera centrarse en tener un poco de tierra entre los dedos. Un lugar en el que pudiera, por fin... ser. Sin esconderse. Sin fingir. Sin que la miraran como si fuera un monstruo.

Signa cruzó el jardín y puso un dedo indeciso sobre el enebro marchito. Tal vez ya fuera hora de que le diera a sus nuevos poderes una oportunidad. No porque otra persona lo esperara por su parte, sino porque ella quería. Aquel jardín podía ser su patio de juegos. Ahí podía hacer lo que quisiera sin que la juzgaran.

Echó la cabeza hacia atrás, saboreando el mar y el viento que se enredaba en su cabello. Qué equivocada estuvo al temer el cambio, al temer a Foxglove, ya que era el lienzo perfecto. Un lugar extraño y que nadie entendía en el que podía explorar a gusto, a lo que, al parecer, se había acostumbrado. Ahí podía echar raíces propias, y nadie podría obligarla a marcharse. Tal vez estar sola no siempre fuera algo tan malo.

Signa decidió que merecía la pena sacrificar su camisón cuando se echó sobre la cama de amapolas y cerró los ojos mientras el frescor de la tierra se hundía en sus huesos.

Foxglove iba a ser el hogar perfecto.

Veintinueve

Blythe

Blythe no se molestó en intentar fingir que tenía la más mínima idea de lo que ocurría en una caza del zorro. Cuando llegó, Eliza se había asegurado de que Blythe llevara un atuendo apropiado, que aún requería un corsé, un vestido azul marino horriblemente ceñido y un sombrero negro formal que se ataba debajo de la barbilla.

La sacaron de la casa de los Wakefield en cuanto hubo llegado, y la llevaron al bosque que había alrededor sin tener la oportunidad de hablar con Everett. Apenas pudo echar un rápido vistazo al nuevo duque, ya que estaba rodeado por hombres orgullosos y que se creían superiores, a los que Blythe conocía demasiado bien.

Como había predicho Eliza, ninguno les prestó atención ni a ella ni a la señorita Wakefield. Parecía que solo les importaba Everett y ganarse el favor del nuevo duque.

Había que reconocer que Everett se tomaba la atención recibida con filosofía, dando palmaditas en los hombros y asintiendo con la cabeza siempre que fuera apropiado. Aun así, Blythe se imaginaba que debió haber sido un alivio para él que le trajeran al caballo y que otro jinete con el cabello dorado se pusiera a su lado con un rostro duro y aburrido.

Tal vez el príncipe Aris fuera la mejor opción que tenía Blythe para ayudar a su padre, pero cuando lo vio, el estómago le dio un vuelco, resentida. Eliza no tenía tantos escrúpulos. Cuando estuvo segura de que nadie estaba mirando, se tiró del corsé para que le levantara el pecho.

Blythe intentó no arrugar la nariz ante tan obvia demostración. ¡Tanto interés que tenía en Byron!

Como si fuera capaz de sentir lo que pensaba, Aris deslizó la mirada hacia los ojos de Blythe. Ella esperaba que él los retirara, satisfecho por ignorarla. Pero para sorpresa tanto de Blythe como de Eliza, le dio a su preciosa yegua blanca y moteada un suave golpecito para que avanzara en dirección a ella.

Aunque Blythe montaba a caballo como una auténtica bárbara en casa, con las piernas a cada lado del caballo, en público se sentaba de manera apropiada, de lado sobre la silla. Se sentía desequilibrada bajo el peso de la mirada de Aris, y por una vez dio las gracias por llevar un corsé que la mantuviera derecha e inflexible cuando él se acercó.

—¿Entiendo que su prima también está aquí? —Aris no saludó, y apenas le echó un vistazo a Blythe antes de ponerse a buscar a Signa en la distancia.

Blythe esperaba tener un aspecto realmente desinteresado mientras jugueteaba con sus cutículas y contestaba:

—No, no está aquí. Me temo que tendrá que conformarse con tenerme solo a mí por aquí durante una temporada.

Sintió una pequeña oleada de satisfacción cuando a Aris se le oscureció la mirada. Blythe no quería tener al príncipe como enemigo, sobre todo sabiendo lo probable que era que necesitara su ayuda. Pero le resultaba de lo más satisfactorio verlo irritado.

—¿Qué quiere decir con eso? —preguntó con su intensa voz de barítono y llamó la atención de varios hombres que estaban a cierta distancia de ellos. Era una voz autoritaria, que destilaba poder y que Blythe tenía toda la intención de ignorar.

—La señorita Farrow se ha marchado de Celadon —respondió Eliza con una voz deliciosamente suave. Se la veía inocente y remilgada, sentada encima de un semental castaño y de buen aspecto, al que habían cuidado con meticulosidad y al que Eliza acariciaba el cuello de manera distraída.

Aunque sabía que Eliza lo único que quería era formar parte de la conversación, Blythe se alegró de que fuera ella quien diera la noticia. Aunque hizo un buen trabajo a la hora de esconderlo, el enfado del príncipe Aris azotó a Blythe como una corriente, y desvió la atención al caballo que le habían prestado, rematadamente fascinada de repente por su pelaje.

—Ya veo —dijo Aris sin inflexión en el tono—. ¿Y cuándo esperáis que regrese?

—Sospecho que no hasta dentro de una buena temporada —dijo Eliza, más erguida—. Ha vuelto a su hogar familiar. Me imagino que se instalará ahí. Nadie tenía ni idea de que se marchaba, fue todo muy repentino.

Eliza apenas pudo enmascarar el placer al comunicar aquello, y Blythe se sorprendió ante la molestia con la que reaccionó. Se tuvo que recordar que era bueno que hubiera alguien más que no quisiera que Signa volviera. Tal vez por una razón muy diferente, pero aun así.

Blythe no debería haberse sentido molesta, debería haberse alegrado. Debería odiar a Signa con todo su ser y no querer volver a ver nunca a su prima, en vez de sentirse atestada de preocupaciones estúpidas y frustrantes sobre cómo le iría a Signa en su nuevo hogar.

No debería importarle. No debería seguir pensando en la facilidad con que Signa había admitido aquellas cosas ni en que había partes de su historia que no tenían sentido.

¿Qué razón podía haber tenido para matar a Percy? No necesitaba el dinero. Y Signa no parecía mala por naturaleza, solo un poco extraña. Entonces, ¿por qué?

Blythe solo se movió cuando el caballo se agitó debajo de ella, y se dio cuenta de que los ojos del príncipe Aris estaban prácticamente taladrándola. Se ajustó la cinta del sombrero y no dijo nada.

Más adelante, una voz dijo algo indistinguible y los perros salieron corriendo, con los jinetes a lomos de los caballos manteniéndose a poca distancia. El propio caballo de Blythe no esperó la orden para hacer hizo lo mismo. Ella soltó un grito ahogado y agarró las riendas cuando salió hacia adelante.

Everett estaba a la cabeza del grupo, liderando la carga. Aris debería haber estado ahí con él y el resto de los hombres, pero nadie pareció echarlo de menos cuando arruinó los planes de Blythe para arrinconar a Eliza al mantenerse atrás con ellas. Era raro lo fácil que parecía maniobrar a través de la sociedad. Debería haber tenido a mil personas vociferando para llegar hasta él, pero andaba con facilidad, sin que lo molestara una sola alma. Blythe se preguntó qué había hecho —o lo inalcanzable que debían verlo los demás— para ganarse una libertad como aquella.

Con un chasquido de las riendas, Eliza se colocó al lado de Aris.

—¿Se celebran muchas cazas del zorro en Verena?

Dado lo severo que se volvió su rostro ante la pregunta, cualquiera diría que le había preguntado si su madre era una mujer de las calles.

—Apenas —contestó—. No me gusta este deporte. Si hacen falta tantas personas y sus perros para cazar un zorro, parece que más les valdría gastar el tiempo en otro lugar.

Blythe coincidía, aunque no quería decir su opinión en voz alta ni mostrar su sorpresa ante lo claro que hablaba sobre lo que no le gustaba, sobre todo en frente de una Wakefield. Eliza carraspeó, solo un poco desanimada en su empeño.

—De todas formas, me alegro de que haya venido. Puede que descubra que le gusta más de lo que esperaba. La familia Wakefield lleva generaciones criando perros de caza para estos eventos.

Lo cierto era que hacía una mañana muy agradable, y era tan temprano que hasta los pájaros estaban despertándose aún. El cielo estaba despejado y hacía bastante bueno como para ver sin problema lo que había delante. Aun así, a Blythe no le gustaba demasiado la caza y prefirió mantenerse en la parte trasera del grupo y lejos de donde podría ser testigo de cualquier cosa. Su único propósito era ver qué información podía sonsacar, y aunque había esperado conseguir estar a solas con Eliza antes de empezar a indagar, parecía que no había otra opción que dar comienzo.

—Imagino que es lo último en lo que estará pensando, pero ¿Everett tiene el ojo puesto en alguien esta temporada? —le preguntó. Se parecía a la pregunta que había hecho durante el té, solo que en aquella ocasión Eliza frunció el ceño de una manera tan bien ensayada que Blythe no podía sentirse tan mal por ser la que lo recibiera. Cotillear era algo grosero, sobre todo estando con aquella compañía, pero a Blythe le daba igual lo que pensara Aris. Si acaso, se le vio tan curioso como Blythe.

—Por favor, no dejéis de hablar por mí —dijo el príncipe con una sonrisa tan coqueta que hasta Blythe se sonrojó. Se le veía tan natural encima del caballo, sentado perfectamente erguido y comodísimo, gobernando encima de todos—. No quisiera ofender a nadie.

—Por supuesto que no lo haría —reconoció Eliza con elegancia—. Al contrario, mi primo está muy concentrado en encontrar una esposa. Ahora que mi tío no está, tener un heredero es más importante que nunca —dijo con una mueca.

A Blythe no le quedó otra opción que insistir.

—¿Ha encontrado a alguien Everett? —preguntó, rezando por algo, por cualquier cosa que pudiera ayudar a su padre.

—Estuvo a punto de hacerlo, pero mi tío no aprobó la unión. A Everett le partió el corazón, le llevó un tiempo recuperarse para volver al cortejo. Pero ahora parece más feliz, así que me imagino que alguien habrá.

Blythe agarró las riendas con tanta fuerza que sus guantes de cuero hicieron un chirrido en protesta. Charlotte. Aquello era a lo que se refería Diana cuando preguntó si Charlotte seguía rondándole a Everett.

—Me alegro de oír eso —dijo Blythe intentando sonar despreocupada mientras la cabeza le iba a toda velocidad y el pulso le latía a un ritmo frenético en los oídos—. Debe hacer mucho tiempo que quiso hacer la proposición, ¿no? No lo recuerdo cortejando a nadie que no fuera Signa. —Ante aquello, Blythe no pudo sino darse cuenta de que Aris frunció el ceño, serio.

—Signa fue la elección de mi tío para él —dijo Eliza con un gesto de la mano—. Tiene una fortuna a sus espaldas. A

Everett le gustaba bastante como para decírselo a su padre, pero Signa nunca mostró ningún interés y Everett desarrolló nuevos deseos.

Aris relajó el ceño. Blythe, sin embargo, estaba haciendo grandes esfuerzos por sofocar su estómago revuelto.

Tal vez fuera una de las pocas que sabía que Everett y Charlotte seguían estando juntos. Había visto sus miradas felices, había visto la manera en que se besaban con la emoción de los amantes jóvenes.

El duque le había prohibido a Everett casarse con Charlotte. Y si había vuelto con ella en cuanto el duque murió...

Blythe no podía pensar en un motivo mejor para asesinar a alguien.

Mantuvo la boca bien cerrada y la atención centrada en la nunca de su caballo. Si se atrevía a hablar, las palabras que salieran le causarían más problemas de los que merecían la pena. Estaba tan perdida en sus pensamientos que apenas oyó a Aris cuando preguntó:

—¿Se encuentra bien, señorita Wakefield?

Blythe echó una mirada furtiva justo a tiempo para ver que Eliza se había puesto pálida y que se estaba tambaleando encima del caballo.

—Disculpe, alteza —dijo Eliza con más energía de lo que le había oído jamás Blythe, y cuando intentó sonreír de manera confiada, lo único que consiguió fue parecer más enferma—. Creo que he olvidado algo importante en la casa.

—¿Quiere que la acompañemos? —preguntó Blythe volviendo a centrar su atención, ya que Eliza se había vuelto de un ligero tono verde.

Si las miradas pudieran matar, la de Eliza la habría mandado a la tumba en un segundo.

—No es necesario. Ya han sido mis rehenes bastante tiempo. Vayan y alcancen a los demás, los veré en cuanto pueda.

Eliza empuñó las riendas y partió en la dirección por la que habían venido. Aunque el príncipe Aris debería haber ignorado a Eliza y acompañarla por seguridad, su alteza parecía satisfecho viéndola cabalgar de vuelta hacia la finca. Sus ojos destellantes captaron el sol naciente, y por un momento fueron de un dorado tan intenso que Blythe estuvo a punto de mofarse. Una bestia tan mala como él no tenía derecho a ser tan apuesto.

Entonces se dio cuenta del silencio en el que se había sumido el bosque. Aunque había visto a Everett y a sus hombres en la distancia apenas un momento antes, no había rastro de sus chaquetas rojas. Apenas oía a los perros de caza, y con un terror incipiente se dio cuenta de la situación en la que se había metido.

Lo único que quería era volver corriendo a Thorn Grove para averiguar sus siguientes pasos. Enseguida deseó que Signa siguiera estando ahí para ayudarla a confeccionar un plan ahora que sospechaba de Everett, pero se obligó a olvidarse de aquello, ya que se encontraba a solas con Aris, sin compañía, en mitad del bosque. Un rumor falso y nada podría hacer para ayudar a sacar a su padre de la prisión. Lo último que necesitaba era que sospecharan que había seducido al príncipe para que defendiera a su padre.

—Tenemos que volver con el resto —instó Blythe y le dio un golpecito al caballo para que se adelantara—. Cualquiera que nos viera podría pensar...

—Silencio —interrumpió Aris, que se bajó del caballo y le pasó las riendas a Blythe. Ella a duras penas consiguió agarrarlas antes de que le golpearan en la cara, y estuvo a punto de estrangularlo con ellas, pero él susurró—: Hay alguien cerca.

Cada uno de los pasos que daba eran precisos e intentaba hacer el menor ruido posible.

—Seguramente sean los perros —dijo Blythe y echó un vistazo al bosque en busca de ojos fisgones—. Tenemos que volver. Hay cosas de las que me tengo que encargar...

—Deja de cuchichear y escucha.

Le entraron ganas de ignorar su petición y partir en compañía de su corcel, convencida de que estaba jugando con ella. Pero Blythe le dio una sola oportunidad a regañadientes, cerró los ojos y escuchó.

Oyó las canciones del bosque: una sinfonía de alas de insectos y pájaros piando, el ritmo constante de un pájaro carpintero encima de ellos, golpeando los árboles; el agitar de las ramas mientras los pájaros revoloteaban entre ellas.

Y en algún lugar detrás de todo aquello, el canto de un gemido quedo.

Blythe abrió los ojos de par en par.

—¿Qué es eso?

Aris extendió la mano y silenció a Blythe mientras se agachaba e iba acercándose poco a poco en dirección al ruido. Se adentró tanto en unos matorrales que Blythe casi lo perdió de vista. Su caballo resopló, como si sintiera la inquietud de la joven y no quisiera tener nada que ver con aquello. Cuando se le acabó la paciencia y ya no pudo reprimir su curiosidad, Blythe se bajó de la montura y ató ambos caballos en la rama más robusta que encontró cerca.

Debería haber seguido a Eliza de vuelta a la casa. Debería haber utilizado su indisposición como excusa para intentar hablar con el personal y seguir indagando para conseguir más información sobre Everett. En vez de eso, estaba trotando detrás de un príncipe por el bosque, totalmente consciente de la imagen que daría si alguien los encontrara. Intentó poner tanta atención en sus pasos como él, pero, dada la gran cantidad de ramitas y zarzas esparcidas a sus pies, le resultó una tarea más complicada de lo que le quiso reconocer. Se levantó las faldas hasta las rodillas, y cuando lo encontró unos minutos más tarde, estaba falta de aire y sonrojada por el esfuerzo.

Lo último que esperaba era ver al príncipe a cuatro patas sobre la tierra, con la espalda al aire mientras se metía en un pequeño agujero en la base de un árbol.

—Agárrame por la cintura —pidió Aris.

Blythe se enrojeció entera.

—¿Cómo dice?

—Créeme, querida, si estuviera intentando seducirte, lo sabrías. Agárrame por la cintura para que yo pueda alcanzar lo que sea que haya ahí dentro.

Blythe abrió la boca y luego la volvió a cerrar, enfadada. Después de volver a comprobar que no hubiera nadie cerca, Blythe se puso detrás de él para colocarle las manos sobre las caderas. Aunque el propio Aris no parecía tener vergüenza, Blythe intentó mantener la vista alejada de los pantalones que tan bien le quedaban alrededor de los muslos y que tanto la frustraba.

Aris refunfuñó y excavó dentro durante un rato más, y luego empezó a incorporarse, contando con la ayuda de Blythe para ponerse derecho. Entonces, la joven vio el origen del ruido: un zorro negro y pequeño, apenas una cría. Aris lo agarraba por el cogote mientras inspeccionaba a la pobre criatura.

—Hay sangre en el suelo —dijo—. Me sorprende que haya conseguido eludir a los perros.

A Blythe se le puso un nudo en la garganta. Le entraron ganas de apartar a Aris a un lado y arrebatarle aquella cosita, pero no sabría qué hacer después de eso. No era como si pudiera llevársela de vuelta a Thorn Grove. Tal vez habría podido hacerlo si su padre siguiera estando allí, pero Byron mandaría que lo devolvieran al bosque en cuanto lo viera.

—¿Lo vas a matar? —preguntó, incapaz de esconder su inquietud. Aunque entendía que aquel era el objetivo del día y que había aceptado acudir, todo aquello le parecía muy cruel.

Aris sostuvo la cría hacia ella.

—He oído que hay gente a la que le gusta llevarlo puesto. Podrían convertirlo en una bufanda.

Blythe se puso pálida.

—Tú no harías eso.

Aris volvió a llevarse la cría al pecho y la acunó como si fuese un bebé recién nacido.

—Claro que no. ¿Acaso parezco un bárbaro? —Le pasó la mano por el pelaje oscuro, y fue muy cuidadoso con el gesto—. No podemos dejar que el animal se marche. Los perros no tardarán nada en encontrarlo si sigue haciendo este ruido horroroso. Además, no creo sea lo bastante grande como para cazar por sí mismo.

Blythe acarició suavemente el lomo del zorro, y fue con cuidado para no tocar al príncipe.

—Hace ese ruido porque está asustado. No puede evitarlo.

—Esté asustado o no, este... —se detuvo y volvió a estirar el zorro para inspeccionarle la mitad inferior—. Perdón, esta puede considerarse muerta si la dejamos aquí.

Blythe levantó la vista y buscó alguna señal de que estuviera bromeando. Pero su mirada, reluciente a más no poder, era tan seria como siempre, y ya estaba marchando de vuelta al caballo. Blythe suspiró y se arremangó las faldas para seguirlo.

—¿Quieres llevarte a casa un zorro salvaje? —le preguntó a Aris.

—¿Estaría en lo cierto si asumiera que tienes un carruaje esperándote en casa de los Wakefield? —preguntó e hizo una mueca cuando el zorro se retorció en sus manos—. Estate quieta y deja de menearte, pequeña bestia.

A pesar de la crudeza de sus palabras, la voz de Aris fue de lo más suave, y Blythe tuvo que sacudirse la sorpresa antes de responder:

—Por supuesto, aunque ¿no preferirías usar el tuyo...?

—¿Y ensuciarlo con un animal salvaje? —Volvió a mirarla como si le hubiera salido un tercer ojo—. Me temo que no. El tuyo irá bien.

Blythe apaciguó su temperamento y solo le dijo que, para ser un príncipe, era de lo más maleducado, lo cual él aceptó como un cumplido. La joven se mantuvo detrás de él acompañada de los caballos. Cuanto más pensaba en sus palabras, sin embargo, más caía en la cuenta de que no había visto ningún carruaje lo bastante refinado como para pertenecer a un príncipe cuando había llegado.

Aquello le hizo pensar: ¿dónde estaba el resto de la familia real? ¿Y por qué no había oído nunca hablar del príncipe Aris ni del país de Verena? Intentó recordar si los había visto la noche en que Aris celebró el baile, pero gran parte de aquella noche en Wisteria no eran más que recuerdos borrosos. Recordaba entrar ahí, hablar con el príncipe y bailar con él... Y luego recordaba volver a estar en el carruaje con Signa, de camino a casa.

Había vacíos en su memoria que no había reconocido antes. Unos vacíos enormes, que se hacían más grandes y que la llenaban de inquietud.

—Podemos usar mi carruaje —dijo al fin, obligándose a que le salieran las palabras. No le sobraba el tiempo para ponerse a pensar en extraños lapsus de memoria y en posibilidades aún más extrañas. Sobre todo, no si él podía darse cuenta—. Dejaremos a los caballos con el mozo y... —Se detuvo al ver a uno de los mozos de cuadra de los Wakefield llevando el caballo de Eliza a una cuadra. Parecía que Eliza estaba demasiado indispuesta para seguir montando a caballo.

Tal vez fuera por todo lo que había sufrido aquel pasado año, o porque sabía que Eliza podía estar perfectamente viviendo con un asesino, pero había algo sobre aquella situación que afectaba a Blythe de una manera tan feroz que no podía ignorar. Agarró las riendas con fuerza y fue corriendo hacia la casa, sin esperar a que Aris protestara mientras le gritaba:

—¡Espérame en el carruaje! ¡Enseguida vuelvo!

Treinta

Blythe

La casa de los Wakefield no tenía nada de particular. Era una construcción majestuosa, bien mantenida y cálida de tonos intensos y madera de caoba. Blythe ya había estado de visita en varias ocasiones a lo largo de los años, y siempre se quedaba indiferente ante su simplicidad. No tenía ni las rarezas de Thorn Grove ni la belleza extravagante de Wisteria Gardens. Ni cuadros ni paisajes fascinantes. No tenía nada, en realidad, que le hiciera destacar ni parecer acogedor. Obviando su tamaño, aquel lugar era, por decirlo llanamente, un hogar de lo más ordinario.

Blythe se mantuvo cerca de las paredes cuando entró, y caminó de puntillas para que los tacones de sus botas no hicieran ruido contra el suelo. La mayoría del personal se estaba preparando para cuando los hombres volvieran de la caza. El mayordomo vociferaba órdenes, y dos jóvenes sirvientas a las que Blythe no reconoció salieron corriendo del salón con almohadones en las manos.

—¡Cuidado! —lo reprendió una voz femenina—. Queremos adoctrinar a estas muchachas, no que salgan por piernas muertas de miedo.

Blythe espabiló con aquella voz mientras una mujer bajita con mejillas coloradas salía afanosamente de la habitación con una bandeja en la mano. Había pasado un tiempo desde la última vez que la había visto, pero la reconoció enseguida. Era Sorcha Lemonds, la doncella de Eliza.

Blythe estaba a medio camino de decidir cuál sería su siguiente paso cuando Sorcha la vio y casi se le cayó la bandeja.

—¡Cielos, señorita Hawthorne! Va a conseguir que a esta vieja le dé algo, escondiéndose así por las esquinas. ¿Qué hace aquí? —dijo con una voz aguda y abrupta. Sus palabras se juntaban entre ellas en un acento del norte único que Blythe siempre le había gustado oír.

—La señorita Wakefield y yo estábamos montando a caballo cuando se ha encontrado indispuesta —dijo Blythe mientras se alejaba de la pared—. He venido a ver cómo estaba.

—No tiene que preocuparse. Está descansando en su habitación. Este arrebato se pasará como el resto.

—¿Como el resto? —Blythe le sacaba una cabeza a aquella mujer, y aun así tuvo que apresurarse para mantenerle el ritmo mientras la sirvienta subía los escalones sin derramar ni una gota del té que transportaba.

—Dolores de cabeza, querida. Cada vez son más frecuentes. No dejo de decirle que intente descansar, pero ella lo único que hace es cotorrear sobre la necesidad de asegurarse un buen partido en su primer año. A mí me parece ridículo, pero ¿me hace caso? Claro que no.

Al oir aquellas palabras en voz alta, Blythe se dio cuenta de que las últimas veces que había visto a Eliza, la joven había tenido un tono verde enfermizo o tan cenizo que había parecido un fantasma, y siempre se quejaba de tener el estómago delicado. Inmediatamente fijó la mirada en el humo que salía de la tetera.

Nunca encontraron a la persona responsable de envenenar a Blythe. Echaron a todo el personal y al final terminó recuperándose por completo, pero... ¿y si el culpable había pasado a Eliza?

—¿Aún le pasa? —Blythe se estaba metiendo en terreno desconocido, no estaba acostumbrada a extraer información de manera delicada. Quería zarandear a Sorcha de los hombros y exigir respuestas, pero la familia Wakefield siempre había sido muy correcta. Un paso en falso y estaba segura de que llevarían a cabo algún tipo de protocolo cortés para echarla de ahí—. ¿Cuánto tiempo lleva teniendo dolores de cabeza? Parece que lleva mucho tiempo así.

—Empezaron justo antes de que falleciera su tío, aunque juro por la tumba de mi madre que son peores desde aquella noche. —La mujer se hizo la cruz—. Creo que es el estrés. Nunca la he visto así.

Blythe apretó las manos temblorosas contra su costado para no llamar la atención.

—¿Por qué no le llevo yo el té? Si Eliza se encuentra tan mal como dices, seguro que le vendrá bien la compañía.

Sorcha agarraba la bandeja con fuerza cuando Blythe se la intentó arrebatar. Aunque estaba claro que quería negarse a la petición de Blythe, se oyó un estruendo en la cocina. La sirvienta cerró los ojos con fuerza y murmuró algunas palabras en una lengua que Blythe no reconoció, y luego le pasó la bandeja.

—Muy bien, señorita Hawthorne. ¿Recuerda dónde está su habitación?

—Por el pasillo, la tercera puerta a la derecha.

Blythe esbozó una sonrisa que esperaba que fuera lo bastante encantadora para que Sorcha la dejara estar, y luego se apresuró a subir las escaleras. Cuando se aseguró de que estaba sola, se desplomó en la esquina más cercana y respiró con dificultad. Las manos se le sacudían con tanta fuerza que la tetera tintineaba, y tuvo que hundirse contra la pared y dejarla en el suelo antes de que alguien acudiera por el ruido.

Blythe sabía en el fondo de su ser que no le quedaba otra opción que probar el té. Pero a pesar de sus esfuerzos, el aporreo de su corazón la frenaba cada vez que intentaba agarrar la taza.

—¿Siempre se esconde en pasillos aleatorios de hogares que no son el suyo, señorita Hawthorne?

Blythe se sobresaltó ante la voz de Aris, y se puso en pie de un salto tan rápidamente que estuvo a punto de tirar la tetera, por lo que tuvo que agarrarla rápidamente por el pitorro. Puso una mueca cuando las palmas se le escaldaron de lo caliente que estaba.

—¿Qué hace aquí? ¿Dónde está el zorro?

—Está durmiendo en el carruaje. El conductor no quería irse sin ti, así que he esperado diez minutos y luego he venido a recogerte yo mismo. ¿Qué haces?

Blythe vio lo mucho que estaba temblando y sabía que no tenía sentido mentir. Si Aris tenía algo bueno era que no había estado en Celadon cuando se había puesto enferma, lo que quería decir que no pudo ser el responsable de su envenenamiento. Si quería confiarle algo a alguien de manera segura, tendría que ser él.

—No hace mucho tiempo, me envenenaron sin que yo lo supiera —dijo y se acurrucó en sí misma, solo pensar en el veneno le resurgió algún trauma olvidado que había enterrado en el fondo de su cuerpo—. Me preocupa que le esté pasando lo mismo a Eliza.

Aris frunció los labios.

—Si así fuera, ¿serías capaz de reconocer el sabor? ¿O tal vez incluso el olor?

La mera idea de oler belladona le dio un vuelco al estómago, y se lo apretó con una mano intentando bloquear la náusea. Luego dijo:

—No puedo ni agarrar la tetera para echarme el té.

—Pero ¿serías capaz de reconocerlo si lo probaras?

En cualquier otro momento, Blythe quizá se habría reído ante lo ridículo de aquella pregunta.

—No creo que pueda olvidarlo jamás.

En vez de recibir una respuesta, Blythe oyó un líquido cayendo, y dejó de acurrucarse el tiempo suficiente para ver a Aris sirviendo un trago de té en la taza. Tuvo cuidado de mantenerse a distancia de Blythe mientras lo removía.

—Quieres probarlo —susurró—, ¿no?

«Necesitaba» sería más adecuado. Porque si de verdad era veneno, Blythe no quería que Eliza sufriera como ella. Volvió a intentar alcanzar la taza, pero sus manos se negaban a moverse. Al ver lo mal que lo estaba pasando, Aris preguntó:

—Si no tuvieras que beberlo de una taza, ¿crees que podrías hacerlo?

Blythe tragó saliva imaginándose la idea. Como su mente no la rechazó de inmediato, se levantó un poco.

—¿A lo mejor? No estoy segura.

Aris volvió a remover la taza con los labios apretados en una fina línea.

—Si dijera que tengo una idea que tal vez podría ayudarte, ¿querrías probarlo?

—Sí —respondió Blythe sin tener que detenerse a pensarlo.

La respuesta apenas había salido de su boca y Aris ya estaba acercándose la taza a los labios y tomando el sorbo. Blythe se puso en pie de un salto, a punto de pedirle que lo escupiera cuando él la tomó de un lado de la cara con la mano y la acercó a él. Blythe se dio cuenta de lo que estaba ocurriendo un segundo antes de que la besara.

Su cuerpo se ahogó en el calor de Aris, y sintió pequeñas descargas eléctricas por la espalda cuando la lengua de él se deslizó entre sus labios.

Aris no sabía a belladona, sino a jengibre cálido y a miel. Dios, qué delicioso era. Tuvo que hacer un esfuerzo consciente para no dejar que su lengua se moviera contra la de él y para recordarse que aquello no era ningún beso. Él la estaba ayudando. Y aunque no tenía intención de que ocurriera, Blythe suspiró contra su boca. En cuanto se dio cuenta del desliz, se alejó de un salto, muerta de vergüenza.

Recogió enseguida la taza de té y la tetera y lo volvió a colocar todo sobre la bandeja, donde tenía que estar.

—Gracias —dijo de manera brusca al ponerse en pie y recoger la bandeja—. So... solo es jengibre.

Aunque Blythe estaba intentando evitar mirar a Aris, resultó imposible no ver lo engreído de su sonrisa.

—Me alegro de oír eso.

—Bien —continuó Blythe sin ninguna otra razón que porque no pudo evitarlo—. Y debes saber que hace mucho tiempo que nadie me besa. Me has sorprendido, eso es todo.

Aris no tenía derecho a que aquello le divirtiera tanto, pero estaba prácticamente radiante.

—No ha sido un beso, señorita Hawthorne.

Blythe tuvo que darse la vuelta, se negaba a dejar que viera que se había sonrojado desde el pecho.

—Claro que no. Me han besado antes, alteza. Sé que normalmente despiertan una respuesta más calurosa.

Aris dejó de reír.

—Por supuesto —dijo a la defensiva—. Eso es porque no ha sido un beso.

Blythe lo único que hizo fue encogerse de hombros, con la esperanza de no dar la sensación de estar sudando tanto como lo estaba haciendo.

—Si no le importa, tengo que llevarle esto a Eliza.

—Por favor, no deje que yo la detenga.

Blythe no pretendía hacerlo. Antes de permitirse más distracciones, pasó por delante de él y se apresuró hacia la habitación de Eliza. Llamó una vez a la puerta. Y luego, al ver que no había respuesta, una segunda vez.

—¡Abre, querida! —gritó y tocó de nuevo.

Seguía sin haber respuesta. A Blythe le iba el corazón a toda velocidad, y se le subió a la garganta cuando fue a abrir la puerta preparada para lo peor.

Por suerte, Eliza no se había ahogado ni había muerto en su propio vómito como estuvo a punto de hacer Blythe. En vez de eso, estaba dormida sobre la cama, encima de las sábanas y completamente vestida. En la mesilla de noche había un botecito de láudano.

Blythe se permitió sentir el peso de su exhalación abandonando su pecho. Eliza no estaba muerta ni envenenada. El láudano solamente le había provocado sueño. Tal vez de verdad fuera solamente una indisposición pasajera, algo que nada tuviera que ver con el veneno. Blythe dejó el té sobre la mesa. Por fin algo le estaba dando un respiro.

Pero Eliza tenía algo apenas visible agarrado en la mano: un pequeño frasquito de hierbas medio consumidas. No del tipo que recetaban los médicos, sino el tipo de hierbas que se encontraban en las mismas boticas que Eliza siempre había dicho que detestaba. Blythe fue a alcanzarlo para intentar verlo mejor. En cuanto sus manos rozaron a la joven, sin embargo, fue como si lanzaran a Blythe unas semanas atrás, cuando había visto el reflejo esquelético de Elaine en el espejo.

La Eliza que había frente a ella era poco más que un cadáver de piel marchita y tirante sobre unos huesos afilados. Blythe no pudo hacer nada sino mirarla fijamente cuando un gusano se encaramó en la cuenca vacía de sus ojos, recorrió el largo de su nariz y volvió a desaparecer dentro del cadáver, cuyas mejillas estaban demasiado demacradas y cuyo cuello estaba retorcido en un ángulo imposible. Había algo que se removía en las profundidades de su cuerpo. Una presencia enfermiza que la consumía, y ante la que Blythe cerró los ojos.

Fue una alucinación. Tenía que serlo. Eliza había estado dormida, respirando satisfecha unos segundos antes...

—¿Señorita Hawthorne? —La voz del príncipe le atravesó el pensamiento y abrió los ojos de golpe—. Señorita Hawthorne, ¿se encuentra bien?

Blythe miró forzosamente hacia la cama, donde Eliza estaba acurrucada y descansando en paz. No había huesos. No había ojos vacíos ni ninguna presencia oscura, solo a una joven en un sueño profundo y que daba envidia.

Blythe se dio quince segundos para memorizar el aspecto del contenido de aquel frasquito y luego se alejó de Eliza y tomó al príncipe por la muñeca.

—Vamos —susurró, sin atreverse a echarle ni un vistazo a la joven antes de salir corriendo de la habitación—. Vámonos fuera de aquí.

Treinta y uno

Incluso con el cielo tan oscuro como estaba, el pueblo que había a los pies del acantilado de Foxglove, Fiore, estaba más concurrido de lo que jamás había estado Celadon.

Había hombres caminando por la calle con rostros menos severos que a los que Signa se había acostumbrado, sin preocupaciones por los negocios que los esperaban a su vuelta a la ciudad, y parejas en pleno cortejo que habían salido para dar un paseo al lado del mar y se detenían a disfrutar de los rayos de sol que atravesaban las nubes grises, con voces joviales.

Para todo el pesimismo que hubo a la llegada de Signa, Fiore era un lugar encantador. Ni siquiera el mar agitado era suficiente para disuadir a aquellos que se apresuraban por la calle en dirección hacia el muelle, deseosos de sacarle todo el partido a su viaje. Signa se había pasado unos buenos diez minutos de pie en el muelle, mirando fijamente el océano, pero sin atreverse a aventurarse en la arena por miedo a que una ola se la llevara. Tal vez visitaría el agua durante la calma del verano. Por el momento, no era tan insensata como para acercarse.

Los pescadores regresaban de los muelles cabizbajos y hablando en voz baja entre ellos. Signa solo entendió retazos de su conversación.

—Ya vuelve a estar en la playa...

—... no entiende que no va a volver.

—Pobrecito. Mi hijo lo conocía. No me imagino...

Signa desvió la atención de la conversación cuando empezó a crecer su curiosidad. No necesitaba embarrarse la mente con nada más de lo que ya tenía. Por eso, centró sus pensamientos en lo preciosa que sería aquella playa cuando llegara el invierno e hiciera tanto frío que los mismos edificios temblarían. Sintió un zumbido agradable sobre la piel al imaginarse las noches que se pasaría cerca de la chimenea con un libro y una sidra especiada.

Sus padres acertaron al echar raíces en un lugar así. Veinte años después, el pueblo era magnífico. Signa nunca había estado cerca del mar, y había un cierto encanto indescriptible en que el viento la despeinara y en que todos los sonidos quedaran apagados por las olas y el viento en sus oídos. A cada momento que pasaba ahí se sentía más en casa. Hasta entonces, aquel día había conseguido pasarse una hora entera sin pensar en Thorn Grove y sin preguntarse cómo le iría a Blythe.

Desde el muelle, Signa solo tuvo que cruzar la calle para llegar a su destino, una pequeña imprenta en un edificio verde oscuro, donde un hombre se afanaba en su trabajo detrás de una ventana. El humo del cigarro que el hombre sostenía de manera precaria en la boca llenaba el aire, y Signa intentó no toser al entrar.

El hombre apenas levantó los ojos.

—Hoy ya no nos quedan periódicos, vuelva mañana —dijo apresurado mientras cubría con tinta fresca los bloques de letras.

Signa no pudo evitar mirar fijamente cómo trabajaba.

—No quiero ningún periódico —empezó y sacó el anuncio—. Vivo en la casa que hay encima de la colina. Me gustaría poner un anuncio para contratar personal.

El hombre arqueó una ceja, tomó el papel de Signa y le echó un ojo por encima.

—¿Foxglove? —Rodeado de palabras como estaba, el hombre no parecía interesado en decir muchas.

—Soy Signa Farrow —dijo a modo de respuesta, intentando no sentirse molesta por la manera en que resopló entre dientes.

—Serán tres peniques y estará en el periódico de la semana que viene.

Signa se quedó quieta. Aquello era demasiado tiempo para estar sin más almas vivientes en Foxglove.

—Y para que salga mañana, ¿cuánto?

El hombre se detuvo para echarle un vistazo y ver si en la mano izquierda tenía un anillo. Gruñó al no encontrar ninguno.

—Media corona.

Entonces volvió a su trabajo, y Signa intentó no sentirse resentida ante su obvia falta de interés. Media corona era una auténtica estafa, pero Signa fue a por su monedero igualmente y dejó la moneda sobre la mesa.

El hombre no fue a por ella de inmediato, sino que le dio una calada al cigarro, bajó una palanca de metal, la volvió a subir, cubrió las letras de tinta y repitió el proceso.

—Lo que ocurrió ahí arriba cambió el pueblo para siempre. Perdimos a padres y madres, abuelos, hijas e hijos. Es todo un milagro que no haya ido nadie a pegarle fuego al lugar. No es un sitio en el que vivir, muchacha. Dicen que, ahora, solo viven fantasmas ahí.

Signa no esperaba que le sobreviniera una ola de resentimiento ni una actitud protectora tan feroz por un lugar al que justo estaba empezando a llamar hogar. Aun así, la sintió en su interior, le hirvió la sangre y su mirada se volvió feroz. Por muy bien que se hubiera estado conteniendo, le entraron ganas de mostrarle a aquel hombre cómo eran de verdad los espíritus. Por suerte, no perdió la cabeza y desvió la atención a otra cosa hasta que pudo refrenarse.

Al otro lado de la calle, dos niños discutían con las manitas llenas de caramelos mientras seguían a una mujer preciosa con un vestido de color marfil y un sombrero de ala ancha decorado con un lazo azul. Los tres parecían no darse cuenta alguna del muchacho que había rezagado detrás de ellos y que enseguida llamó la atención de Signa. No podía tener más de once años y estaba empapado hasta los huesos. Tenía el cabello pegado sobre las mejillas redondas, demasiado hinchadas. Su piel era grisácea y sus labios, lilas; además, le temblaban mientras seguía a la familia.

Signa dio un respingo cuando el muchacho se detuvo. Como si hubiera sentido que lo estaba mirando fijamente, se dio la vuelta para mirarla a la cara. Su cuerpo desapareció de la vista en cuanto sus miradas se cruzaron, y su imagen parpadeó hasta que de repente estuvo al otro lado del escaparate de la tienda. Con una mirada vacía que en ningún momento se apartó de la de Signa, el muchacho saludó.

Signa nunca había visto a un espíritu ahogado. Nunca había visto la piel hinchada ni el agua saliendo de unos labios con moluscos incrustados, peor aún por el hecho de que se trataba de un niño. La joven agarró el bolsito con fuerza mientras el niño se alejaba y le hacía gestos para que fuera con él.

—Gracias por su preocupación —se apresuró a decirle al dueño del negocio—, pero no necesito que me digan lo trágico que fue. Yo también perdí a gente aquella noche. Ahora, si me disculpa.

Signa sabía perfectamente lo extraña que debió parecerle a cualquiera que estuviera mirando cuando abrió la puerta y fue corriendo por el muelle siguiendo al muchacho. Mientras tanto, lo que habían dicho antes los pescadores resonaba en su cabeza: una mujer mirando la marea y un muchacho que no iba a volver. No se trataba de un marinero, como había pensado en su momento, sino de un niño.

Estando tan cerca del mar, el viento salpicaba agua y sal sobre ella, y el pelo se le pegaba al cuello. Casi se cayó de bruces al resbalar por unos tablones bien lisos, pero pudo agarrarse a un saliente astillado. El espíritu continuó más y más lejos, y Signa lo siguió, ignorando todas las miradas curiosas, hasta el final. Llegó hasta donde había una mujer sentada sola, con los pies descalzos y colgando por encima del muelle, con la vista fija delante de ella. No parecía que se hubiera dado cuenta de que Signa se estaba acercando.

—Puedes verme... Pero no eres como yo, ¿no?

Signa se quedó quieta ante el sonido de la voz del niño. No sonaba anegado. No sonaba dolido ni asustado ni nada parecido al aspecto que tenía. Signa se obligó a volver a mirarlo, a ver más allá del horror y agacharse hasta ponerse a su nivel mientras susurraba:

—No lo soy.

El espíritu exhaló, aliviado.

—Entonces, ¿puedes decirle algo por mí? Quiero que sepa que no tiene que seguir viniendo aquí. No fue su culpa, y cada vez que la veo aquí... No quiero que esté triste.

Había algo en la petición del niño que a Signa le recordó a la noche en que Lillian se había marchado de ese mundo. A través de Signa había podido comunicarse con Elijah y hacerle saber que lo quería y que era hora de que todos siguieran adelante.

No había sido fácil, pero fue lo que ambos habían necesitado. Lillian solo pudo ir al otro lado después de aquel adiós, y Elijah por fin fue capaz de volver a recomponer su vida. Si Signa pudiera concederle aquel regalo a otra persona... ¿cómo iba a negarse?

La joven puso los hombros rectos, cruzó al borde del muelle y se sentó al lado de la mujer.

—Sé que lo que voy a decir puede sonar extraño, pero tengo un mensaje para usted.

Había una tristeza enorme en la mirada de la mujer. No dio señales de haber oído a Signa hablar.

A Signa le entraron unos nervios que la avisaron de que se marchara antes de que empeorara la situación. Pero en cuanto pensó que aquellos nervios quizá se llevaran lo mejor de ella, sintió una fría brisa. La llegada de Muerte vino como un beso del viento contra su mejilla que la abrazaba. Intentó hacerse a la idea de que él estaba con ella mientras reunía la seguridad para decirle a la mujer:

—Su hijo no quiere que venga más por aquí. Quiere que sepa que esto no fue culpa suya y que le duele verla tan disgustada.

—Dile que fue una corriente —le dijo el espíritu mientras Signa lo retransmitía—. Sé que no debería haber estado fuera. Lo siento.

A mitad de la última palabra, Signa se quedó inclinada porque la mujer le había soltado una bofetada. El océano azotaba a su alrededor y el viento aullaba su rabia. Mientras tanto, Signa estaba encorvada y con las manos sobre la mejilla dolorida, y la mujer recogió sus botas y se puso en pie.

Se retiró la mano de la cara dolorida, agradecida por el frío de Muerte, ya que el viento le calmaba la piel. Tenía lágrimas en los ojos por el dolor de la bofetada, pero bastó una sola mirada a la expresión urgente del niño para que insistiera:

—Su hijo lleva una camisa blanca y pantalones oscuros. No lleva zapatos puestos, y tiene una cicatriz encima del pie izquierdo...

—¡De cuando George y yo intentamos subir aquellas rocas!

—... de cuando intentó subir a aquellas rocas con George —dijo Signa, que puso la mano alrededor del saliente y se arrastró hasta ponerse en pie.

Frente a ella, la mujer estaba temblando y las botas se le escaparon de las manos. Una de ellas golpeó el saliente y luego cayó al mar.

—Si se trata de una broma...

—Le aseguro que no lo es —prometió Signa, viendo las lágrimas negras que caían por el rostro anegado de Henry mientras sonreía y la piel se le estiraba alrededor de los moluscos incrustados en las mejillas.

—Dile que la echo de menos.

Palabra por palabra, Signa hizo lo que le indicó el espíritu. La joven ya no se daba cuenta de lo que pasaba a su alrededor, sino que le sostuvo la mano a la mujer y le retransmitió cada mensaje. Dejó que llorara hasta que ya no hubo nada más que decir y la piel alrededor del rostro de Henry empezó alisarse y los moluscos cayeron al muelle con un ruido quedo.

—Ya está listo —le dijo Signa a la mujer mientras el cielo a su alrededor se ponía más oscuro—. Es hora de decir adiós.

Hubo una sensación de alivio en aquellas palabras. Alivio porque Henry no se pasaría años atormentando aquella playa, viendo a su madre envejecer y pasar al otro mundo antes que él. Él aún no había entrado en un bucle por su muerte, como los pobres espíritus de Foxglove; no estaba perdido en una tierra media entre la vida y la muerte donde terminaría perdiendo todo su sentido del ser. Solo había necesitado a una persona que lo ayudara, y entonces, tanto su madre como él pudieron por fin quedar liberados.

Signa se aferró a la mujer mientras Muerte pasaba a su alrededor. Y aunque no podía verlo, sabía que estaba ahí cuando el niño alzó la mirada, sonrió y extendió la mano.

Unos degundos después, Henry se había ido. Y a pesar del frío de la noche y de la mujer que estaba sollozando en sus brazos, Signa nunca se había sentido tan abrigada.

Treinta y dos

Blythe

Si se descubriera cómo había pasado Blythe la mañana de la sentencia de su padre, Byron la habría encerrado en el interior de Thorn Grove durante toda la eternidad.

—Puede que no sea ningún caballero —dijo William Crepsley al abrir la puerta del carruaje—, pero sé que una señorita como usted no debería estar aquí sola.

—No estoy sola en absoluto, señor Crepsley. Te tengo a ti.

A Blythe no le permitieron acudir al juicio aquella mañana, pero se negó a pasarse horas escondida en su habitación, esperando a que Byron volviera con el veredicto. Estar sola no le iba bien a aquellos días, tenía demasiadas cosas en la cabeza para su comodidad.

Everett tenía un motivo, pero necesitaba más evidencias si quería que alguien creyera que estaba involucrado. Eliza se encontraba tan mal que estaba tomando algo que había conseguido en una botica a la que había condenado en voz alta. Signa sospechaba de Byron, y se aseguró de que Blythe lo supiera antes de marcharse. Además, volvía a ver cosas. No había tiempo para poner nada de aquello en orden.

Blythe ya se había pasado horas en la biblioteca aquella semana, intentando identificar qué hierbas estaba tomando Eliza. Solo había podido descubrir la artemisa —normalmente utilizada para aliviar los dolores durante el ciclo de una mujer— y la atanasia, que se utilizaba para aliviar muchas cosas, incluyendo el dolor de cabeza. Blythe había intentado investigar más la noche anterior, pero cada vez que acercaba las páginas a la luz de la vela para leer, la llama se apagaba. Intentó volver a encenderla varias veces, pero se dio cuenta de que aquello no podía ser ninguna coincidencia, por lo que lo abandonó todo y salió corriendo de la biblioteca.

Aquello la llevó a la situación en la que se encontraba entonces: necesitando desesperadamente un plan alternativo.

Sobre ella se encontraba Wisteria Gardens, enorme y de gran belleza. A la luz del día tenía un aspecto incluso más elegante que la primera vez que lo había visto, y parecía extenderse mucho más sin la masa de cuerpos entrando al lugar.

Blythe no se había permitido pensar demasiado en su plan, ya que temía echarse atrás. Cuando Byron se marchó a la audiencia, ella se había aseado, puesto un vestido bonito de color rosa pálido y escabullido de Thorn Grove. William no había protestado. Aunque hubiera pensado que era extraño el lugar al que se dirigía, no expresó su opinión en voz alta cuando ella le puso tres monedas de plata en la mano. No hasta ese momento, cuando pareció darse cuenta de dónde se había metido.

Blythe lo miró de frente y dijo sin el menor atisbo de broma:

—Si mi tío se entera de a dónde me has llevado, por la mañana ya te habrás marchado de Thorn Grove. Así que vamos a hacer cada uno lo suyo y que esta aventura quede entre tú y yo, ¿de acuerdo?

William era un hombre amable, aunque la amabilidad no hacía gran cosa por ella últimamente. Blythe se dio la vuelta hacia Wisteria sin esperar ninguna respuesta, y se aseguró de que tanto el vestido como los guantes estuviesen lisos antes de dirigirse hacia el palacio.

Blythe no había ido a suficientes palacios como para saber cómo funcionaban, pero le parecía que debería haber al menos un ayudante o alguien que la recibiera. Sin embargo, nadie se le acercó cuando subió por las escaleras hacia las puertas doradas llenas de decoración y llamó.

Pasó un minuto, luego otro. Blythe se tragó la frustración que sentía. No se había pasado todo aquel tiempo preparándose —y haciéndolo sola, dado que ya no tenía ninguna doncella y era demasiado tozuda como para pedirle ayuda a alguien— ni le había pagado a Crepsley y le había obligado a arriesgar su posición solo para que el príncipe Aris no estuviera en casa.

Frunció el ceño y volvió a llamar a la puerta, en aquella ocasión más fuerte y durante más tiempo. Fue tanto el tiempo que estuvo llamando que soltó la aldaba y golpeó directamente a la puerta hasta que le dolieron los nudillos. Estaba a punto de retirar su pobre mano cuando se abrió la puerta.

El príncipe Aris no parecía para nada tan sorprendido de verla como Blythe estaba de verlo a él. La joven retrocedió unos pasos mientras su pesada figura la observaba desde el umbral.

—¿Puedo ayudarte?

La respuesta se le atragantó, por lo que en su lugar, Blythe preguntó:

—¿Por qué eres tú quien abre la puerta?

El príncipe Aris se inclinó contra el marco y se cruzó de brazos.

—¿Es que un hombre no puede abrir la puerta de su propia casa?

—No —dijo Blythe apresuradamente, y luego hizo una mueca—. O sea, sí, sí que puede, claro. Pero es que eres un príncipe. Mi padre nunca abre la puerta de Thorn Grove.

—¿Ah, sí? —De nuevo, Blythe se quedó sorprendida ante la extrañeza de sus ojos, que eran de una tonalidad imposible de oro. Eran tan inquietantes como los de Signa—. He mandado al personal de vuelta a Verena. No se necesitan tantas personas para cuidar de un solo hombre.

—¿Has mandado a todo el personal? —insistió ella. Nunca había oído nada tan absurdo.

Cuando el príncipe Aris inclinó la cabeza, Blythe temió que fuera a cerrarle la puerta en la cara. Tampoco era que ella le estuviera dando una conversación agradable al insultarlo continuamente, pero los nervios estaban pudiendo con ella. Para su sorpresa, el príncipe pareció levantar la comisura de los labios. Luego, como decidiendo que aquello no le gustaba, Aris abandonó la expresión.

La estaba observando como todo el príncipe que era, como un depredador ante su presa, como una bota a punto de aplastar un insecto. Blythe se imaginaba que muchas personas se habrían encogido ante aquellos ojos. Hubo un segundo en el que incluso ella sintió aquella necesidad. Pero antes muerta que dejar que un príncipe le hiciera sentirse inferior, así que cuadró los hombros y le devolvió la mirada.

Él se pasó una mano por la mandíbula y suavizó la tensión por la que tenía los dientes apretados.

—Me he quedado con una cocinera, el mayordomo y a alguien para que se encargue de los caballos.

Aunque Blythe no podía entender por qué, sintió como si hubiera ganado una batalla en miniatura que se estaba librando entre ellos. Y con el pecho hinchado por la victoria, el príncipe Aris extendió la mano y la invitó a entrar en Wisteria.

—¿No debería abrir la puerta el mayordomo?

—¿Has venido hasta aquí para ofenderme o tienes intención de entrar? —preguntó.

Enseguida, a Blythe se le subió el corazón a la garganta. Daba igual la de casos que se hubiera imaginado para aquel día, ninguno había sido el de que Wisteria estuviera tan vacío ni que ambos estuvieran tan solos. Un solo mayordomo, una cocinera y un mozo de cuadras a los que seguramente no viera en un palacio tan grande no significaba nada. Si alguien descubría sus andanzas, sin duda asumiría que la visita de Blythe solo podía significar una cosa, aunque no podía dejar que eso la influenciara. No sabiendo lo que estaba en juego.

Aris era un príncipe. Blythe había visto de primera mano el poder que tenía sobre los demás, y la manera en que la gente se aferraba a cada una de sus palabras. Había conseguido que Byron y ella pudieran ir a visitar a su padre sin avisar. Si podía hacer todo eso, ni se imaginaba qué otras cosas podría conseguir.

—¿Qué ocurre, querida? —Aris le lanzó una mirada por encima del hombro, le brillaban los ojos—. ¿Tienes miedo de que te arruine?

No tenía miedo. No de él, por lo menos. Y por eso Blythe cerró los puños, le mandó una firme mirada a William para decirle que se quedara exactamente donde estaba y siguió al príncipe Aris adentro, a un salón calentado por la chimenea más grande que había visto jamás, varias veces su tamaño. Él le hizo un gesto con la mano para que se sentara en una butaca mullida y de cuero, y luego se sentó frente a ella.

Encima de la mesa que estaba entre ellos ya había una bandeja con té, sándwiches ligeros y pastitas y, para sorpresa de Blythe, una segunda taza de porcelana.

Se le erizó la piel cuando el príncipe sirvió té humeante en una taza y se la dio. Blythe no bebió inmediatamente, sino que hizo ademán de añadir un toque de leche. Mantuvo los ojos sobre Aris durante todo el rato, y esperó hasta que dio el primer trago para probar un pequeño sorbo.

Té negro. Simple y sin ninguna traza de belladona. Blythe exhaló con alivio mientras el humo de la taza se esparcía por su piel. No esperaba que el príncipe intentara envenenarla, pero había que andar con cuidado a la hora de confiar en las personas.

Aris le dirigió una mirada de lo más peculiar. Después, se recostó sobre el sofá y cruzó una pierna por encima de la otra. Se le veía un atisbo del tobillo, y Blythe intentó por todos los medios no prestarle atención. Era extraño lo escandaloso que podía parecer un trocito de piel estando solo ellos dos.

Sentía el té cálido en las manos, y utilizó aquella calidez para recobrarse. Entonces, se puso derecha y empezó:

—Le pido disculpas por venir sin avisar. Esperaba poder hablar con usted sobre...

—Sobre su padre. —Blythe se estremeció con el ruido que hizo el príncipe Aris al golpetear la cucharilla contra el costado de la taza. El ruido fue demasiado alto para un espacio tan silencioso—. No soy ningún necio, señorita Hawthorne. No puede ser una coincidencia que haya decidido venir a visitarme el día de su sentencia.

Blythe apretó los labios hasta que quedaron en una fina línea y dejó la taza de té sobre el platillo.

—Sé que no ha tenido la oportunidad de conocer a mi padre, pero creo que le caería bien. Ha sido un año duro para él, pero le aseguro que es inocente. Solo necesita a alguien que lo defienda.

—Me lo asegura, ¿no? —dijo el príncipe Aris tan divertido que Blythe tuvo que clavarse las uñas en las palmas para recordarse que no reaccionara—. No se ofenda, señorita Hawthorne, pero apenas conozco a ninguno de los dos. Aunque su padre sea el maravilloso hombre que dice, estoy seguro de que verá lo que supondría para mi reputación si me entrometiera en esta situación y resultara que lo que me asegura es falso.

Blythe lo había visto venir. ¿Qué razón tendría un príncipe para ayudar a dos desconocidos? Fue una tontería acudir a Wisteria, pero tuvo que intentarlo.

Solo había visto que Aris tomara uno o dos sorbos de té, pero ya se había vuelto a servir y había añadido otro terrón de azúcar. El mundo de Blythe se estaba desmoronando a su alrededor, deshaciéndose y quemándose por los bordes, y él se estaba tomando el té sin una sola preocupación.

—Reconsidérelo —dijo la joven. No fue una pregunta, sino una plegaria—. Sé que él no significa nada para usted, alteza, pero para mí lo es todo. Le ruego que lo reconsidere.

A Aris se le marcaron las venas del antebrazo cuando dio otro sorbo a la taza de té, que en sus manos era tan pequeña que rozaba lo ridículo, y dio la sensación de que, en aquella ocasión, no le había gustado el sabor. Abrió la boca para responder. Para decirle que no, seguro. Pero Blythe no le dio la oportunidad de hacerlo. La joven se puso en pie, dándole igual si se ponía en evidencia o se mostraba indecorosa, y se la jugó.

—Ha venido aquí buscando una esposa —dijo sin permitir que se le resquebrajara la voz, aunque estuviera hecha un amasijo de emociones; ya habría tiempo para aquello más tarde, cuando estuviera sola en su habitación y hubiera explorado todas sus opciones—. A cambio de que ayude a mi padre, tómeme a mí.

El palacio se sumió en el silencio y la chimenea pareció detenerse, con su crepitar ahogado por la única respiración que dio el príncipe Aris antes de echar la cabeza hacia atrás y reírse. No fue un sonido cruel, sino más bien sorprendido, pero Blythe se sintió igualmente avergonzada de pies a cabeza.

—Soy una opción idónea —se defendió—. Mi familia tiene estatus y dinero, y sé cómo mantener un hogar. Estoy segura de que también podría aprender a mantener un palacio. No soy la mejor cosiendo, lo admito, pero puedo tocar el pianoforte y el arpa, y no se me da nada mal la pintura. También soy una gran compañía para las salidas y puedo ser muchísimo más encantadora de lo que le he permitido ver.

El príncipe Aris dejó que Blythe hablara hasta el hastío, sin necesidad de tomar aire mientras continuaba enumerando sus méritos. Él colocó la barbilla sobre la mano y no hizo ningún movimiento para que se detuviera.

—Soy una de las mejores candidatas de la temporada. Puede verlo en los periódicos. Lo único que tiene que hacer es ayudar a limpiar el nombre de mi padre —dijo una vez acabadas todas las buenas cualidades que se le ocurrieron, aunque había que admitir que la mayoría eran una exageración de la verdad. Marjorie le había enseñado a ser una mujer adecuada a su estatus, pero ella siempre había creído que sería una esposa nefasta. Y él no tenía por qué saberlo.

—La verdad es que suena impresionante. —El príncipe carraspeó y la diversión se acabó—. Puede que todo eso fuera verdad cuando publicaron los periódicos, pero después del escándalo con lord Wakefield, lo de que es usted una de las mejores candidatas es, cuanto menos, dudoso. —La miró de la cabeza a los pies, no tanto de manera lasciva, sino evaluándola. Pero cuando volvió a hablar, lo hizo en un tono de lo más suave—: Por muy halagado que me sienta, querida, no puedo casarme contigo. Aunque puede que esté dispuesto a ayudarte por un precio.

A Blythe se le heló la sangre y fue incapaz de esconder la desesperación que la revolvía por dentro cuando dijo:

—Lo que sea.

Y se lo pidió:

—No puedo casarme contigo, pero podría casarme con tu prima.

El pavor se apoderó de Blythe.

—Signa no es una opción.

—Entiendo la estima que le tienes...

—Te equivocas. —Blythe no había querido que las palabras fueran tan duras, pero no rehuyó de ellas—. Signa Farrow no me importa lo más mínimo.

Aris se inclinó hacia adelante y descansó los codos sobre las rodillas.

—La última vez que os vi, erais uña y carne.

Blythe sabía que no debería darle la satisfacción de una respuesta. Sabía que, si intentaba contarle la verdad a cualquiera, jamás le creerían. Quería quedársela para sí misma hasta que averiguara lo que sentía y supiera qué hacer con todo ello. Esa era la intención que tenía e intentó apartar la mirada de Aris, pero en cuanto lo hizo le sobrevino un dolor en el cuello y sus movimientos se volvieron lentos y rígidos.

Se llevó una mano al cuello y se lo masajeó, pero la rigidez que sentía no se le pasó hasta que volvió a mirar al príncipe. Era como si le estuvieran sujetando la mirada hacia adelante, como si algo le exigiera que siguiera prestándole atención.

—¿Qué ha cambiado, señorita Hawthorne?

Sus palabras hicieron eco, como si ambos estuvieran sentados a una gran distancia. Blythe tenía la mirada fija en la de él, fascinada por la intensidad de su dorado. Parpadeó, y la habitación entera se llenó de aquel color, dejando a Aris en un resplandor borroso.

—Si se lo contara, no me creería jamás —dijo Blythe sin sentir que moviera los labios. No podía controlarse y era incapaz de apartar la mirada de Aris.

—No tienes ni idea de las cosas imposibles en las que creo —susurró él.

No pudo negarse. Blythe se sentó rígida en la silla, con la mente aletargada y solo un vago entendimiento de que aquella conversación estaba teniendo lugar. Estaba siendo coherente. Estaba ahí. Pero no tenía ningún control sobre sí misma cuando le sacaron las palabras a la fuerza:

—La vi matar a un potro... Y luego vi cómo lo devolvía a la vida. Hizo lo mismo con mi hermano, aunque a él le dieron por muerto.

Entonces Blythe sí que pudo reapropiarse de sí misma, y la nubosidad que sentía en la mente se disipó. Estaba sudando a chorros y agarró un pañuelo que había en la mesa. De manera lenta y con cuidado se permitió levantar la mirada, y vio que la cría de zorro a la que habían rescatado a principios de aquella semana había saltado a la silla que estaba al lado de Aris, y que el hombre tenía su mano detenida sobre ella. No parecía estar respirando.

Debía estar febril. Era la única manera de explicar la extraña neblina que cubría sus pensamientos, o el motivo por el que había sido tan necia como para dejar escapar una sola palabra, y mucho menos toda la verdad sobre Signa. Tenía las manos apretadas sobre el regazo, y bajo las faldas movía una pierna de manera nerviosa mientras su mente intentaba esclarecer qué hacer entonces, qué decir.

—¿Estás segura de que la viste hacer aquello?

Blythe nunca había oído a Aris hablar tan bajo como entonces, ni había visto tanta amabilidad en su mirada.

—Estaba bromeando —intentó, esperando que su voz sonara, aunque fuera, la mitad de divertida de lo que pretendía—. No fue para nada tan serio, es que le había llegado la hora...

Todo el cuerpo de Aris se había vuelto rígido, y Blythe se dio cuenta con una oleada de terror que él sabía la verdad. Intentó empequeñecerse bajo el peso de su mirada, que la asustaba hasta los tuétanos. Alrededor de Aris, la bruma dorada volvió a parpadear. Desapareció por un momento, pero volvió a aparecer cuando pestañeó.

—Tú me crees —dijo Blythe varias veces hasta que pudo convencerse de aquella realidad—. Tú me crees... porque eres como ella, ¿no?

Dios, pero qué tonta había sido por no verlo antes. Mientras que a Signa la seguían las sombras y la oscuridad, Aris irradiaba luz. El príncipe no estaba sorprendido, porque se lo había esperado. Blythe jamás le habría contado toda la verdad por voluntad propia. Él le había sonsacado las palabras, la había obligado a pronunciarlas.

—Tócame y te mato. —Fue una amenaza débil, dado que no contaba con una sola arma en su haber, pero Blythe puso tanta fe en aquellas palabras como le fue posible. Se sacaría las horquillas del pelo y se las clavaría en la garganta si fuera necesario—. ¿Qué me has hecho?

Aris empezó a inclinarse más cerca aún, pero Blythe le golpeó en la rodilla y el zorro se despertó sobresaltado. Aris siseó y se dobló sobre sí mismo, mientras que Blythe salió de un salto de la silla y se puso detrás de ella para maquinar los siguientes diez pasos.

—No te muevas de ahí. —Blythe investigó el espacio compartido en busca de cualquier cosa que pudiera utilizar en su contra: un atizador de la chimenea, el fragmento de una taza de té que podía aplastarle contra la cabeza—. ¿Qué es Signa? ¿Y qué eres tú? Y ya me puedes ir explicando por qué diablos estás resplandeciendo.

—¿Puedes verlo? —Aris sonó lo bastante sorprendido como para que Blythe se tensara preguntándose si el hombre estaba tramando algo—. No es un resplandor. Son hilos, señorita Hawthorne. Fíjese.

Blythe no quería volver a quitarle los ojos de encima; estaba toda tensa y lista para salir corriendo en el caso de que intentara hacer algo. Pero Aris, había que reconocerlo, se mantuvo extraordinariamente quieto. Pasó por lo menos un minuto entero hasta que Blythe le hizo caso, y entonces volvió a prestar atención al resplandor y lo miró fijamente. Pestañeó. Volvió a mirar. Si miraba a algún punto en concreto a su alrededor durante un rato, se le nublaba la visión. Pero mantuvo los ojos abiertos hasta que se le secaron, y apenas fue capaz de ver uno de los hilos, luego dos, y luego todo se volvió otra vez borroso.

—Tres veces has llamado a la puerta de Muerte —susurró Aris con una frialdad que a Blythe le provocó un largo escalofrío que le recorrió la espalda—. Tres veces has desafiado tu destino. Parece que ninguna de esas tres veces estuvo exenta de los efectos a largo plazo.

—No me gustan los acertijos. —Blythe tomó una decisión: en cuanto él retirara la mirada, ella agarraría el atizador—. Respóndeme: ¿quién eres?

Por el modo en que Aris la miró, cualquiera diría que no había visto nunca a una mujer. Le escudriñó el rostro. El cabello. La manera en que se escudaba detrás de la silla, creando una barrera entre ellos. Era como si la estuviera viendo por primera vez.

—No soy tanto un quién, sino un qué —admitió, y Blythe ya estaba sintiendo grima, incapaz de creer que hubiera permitido que los labios de aquel hombre entraran en contacto con los suyos—. Si tuviera que adivinar, me parece que después de que murieras todas aquellas veces, conseguiste la habilidad de ver atisbos detrás del velo.

—Y más acertijos. —Ya no se molestó en esperar a que él se diera la vuelta, sino que fue a agarrar el atizador. Lo sostuvo en las llamas para calentar el metal sin romper el contacto visual con él—. ¿Qué velo? ¿Y qué eres, entonces?

Había una majestuosidad en la manera en que la miraba, como un noble evaluando a sus gentes. Aquella mirada le erizó la piel a Blythe, y en aquel momento Aris le dio la sensación de ser mucho más grande y duro.

—El velo es lo que separa el mundo de los vivos de todo lo que hay más allá.

Aquella respuesta entrecortada no era lo que Blythe había esperado. Se le encogió el estómago y puso la mente a trabajar para encontrar palabras.

—¿Qué quieres decir con «más allá»? ¿Me estás diciendo que veo a los muertos?

—En absoluto. Quiero decir que ves cosas que los vivos no pueden ver. —A Blythe le entraron muchas ganas de volver a golpearlo por las tonterías que estaba diciendo, pero en aquella ocasión consiguió refrenarse—. Si pudieras ver a los muertos, ya lo sabrías. A tu prima le siguen sombras porque es una parca. Cuando quiere, su tacto es letal.

Blythe ya sabía aquello porque había visto los poderes de Signa en acción. Fue el hecho de que se lo contara Aris lo que hizo que a la joven le diera un vuelco el corazón, se le acelerara la respiración y se le subiera el pánico a la garganta.

—A veces veo más que sombras al lado de Signa. Solía verla hablando con aquello, y pensaba que estaba siendo ridícula y que me estaba imaginando cosas. Pero hay alguien más, ¿no? Alguien a quien no puedo ver.

Aris tensó la mandíbula, y el zorro salió de su regazo y se colocó a su lado para acurrucarse.

—Así es, pero ¿estás segura de que quieres saber de quién se trata?

Blythe tenía sus sospechas, y aunque no estaba segura de querer oírlo en voz alta, se obligó a asentir con la cabeza.

—A quien has visto es a Muerte —dijo Aris, y tensó la mandíbula cuando Blythe dejó de respirar.

Signa había hablado con aquella figura con tanto afecto, con tanto cariño.

—Están juntos, ¿no? —Blythe estaba tan aturdida que tuvo que aferrarse a sí misma—. ¿Él es el motivo por el que ella es como es? ¿Él es el motivo por el que ella mató a mi hermano?

Aris se puso en pie tan rápidamente que a Blythe apenas le dio tiempo a blandir el atizador, pero consiguió dejar su punta candente a apenas a unos centímetros del cuello del príncipe. Él la miró con furia, quieto como el mármol.

—Con Muerte, tu prima es una parca. Con él, ella arrebata las vidas que se suponía que iba a crear. Pero conmigo podría ser mucho más. Por eso estoy intentando salvarla, señorita Hawthorne. —Aris levantó las manos y aplacó a Blythe cuando ella retrocedió—. Lo único que tenemos que hacer es convencerla de esa verdad.

—¿Puedes hacer las mismas cosas que ella? —preguntó con voz tensa, y necesitó una gran fuerza de voluntad para que no le saliera un chillido—. ¿Por eso te quieres casar con ella?

—Yo prefiero los poderes que le dieron vida al potro. Pero no, no puedo hacer las mismas cosas que ella. Yo puedo controlar el destino. Desde el momento en que nace una persona, tejo su destino en un tapiz. También puedo alterarlo.

Signa debía saber la verdad. Por eso había intentado que Blythe no acudiera a Wisteria y había tenido una reacción tan seria al ver a Blythe cerca de Aris. Signa lo sabía y nunca se lo había contado.

—Entonces, ¿tú eres el responsable de lo que le ha ocurrido a mi padre? —La pregunta se fracturó en su garganta y Aris frunció el ceño ante un sonido tan patético.

—Eso es como preguntarme si soy el responsable cada vez que la tierra tiembla o que una persona se resfría. Puede que lo sea hasta cierto punto, pero yo no hice que esto ocurriera a la fuerza, y no busco venganza contra ti ni tu familia. Si puedo evitarlo, no me entrometo en los asuntos humanos.

—Pero tú sabes lo que le ocurrirá, ¿no?

Blythe nunca había mirado a alguien desde tan cerca, como intentando leerle el alma misma para confirmar sus sospechas. Aunque no respondió, la pena en sus ojos bastó.

La joven soltó el atizador y cayó al suelo. Se puso los brazos alrededor de la tripa, luchando para no descomponerse mientras la verdad se desmoronaba a su alrededor.

—Va a necesitar mi ayuda, señorita Hawthorne.

Blythe detestada la manera tan desesperada en que se aferraba a las palabras de Aris, y en aquel momento supo que si él le pidiera el sol, ella encontraría la manera de dárselo. Por su padre, Blythe lo daría todo.

—Hoy, a tu padre lo van a condenar a la horca. Tendrá dos semanas para vivir y luego irán a por él. Dos semanas para que me consigas la mano de la señorita Farrow. Si lo haces, te prometo que a Elijah Hawthorne le perdonarán la vida.

De la nada, Aris creó una pequeña pieza de lo que parecía ser un tapiz dorado, que entregó a Blythe. Al tacto era cálido y extraño de una manera muy incómoda —casi como si tuviera vida—, tanto que tuvo que luchar para no dejarlo caer. Cuanto más tiempo lo miraba, más brillantes se volvían los hilos, y al entrecerrar los ojos vio que había un halo de oro rodeándolos.

—¿Qué es esto? —preguntó y pasó el dedo pulgar por los hilos.

Blythe se tensó al darse cuenta de que Aris se estremecía. Él extendió el brazo para entrar en contacto con su mano enguantada y la dejó quieta alrededor del tapiz.

—Tendremos un trato cuando la señorita Farrow deje caer una gota de su sangre sobre estos hilos. Eso la convertirá en mi esposa, pero tiene que hacerlo de manera voluntaria.

Blythe tenía muchas ganas de detestar a Signa por lo que le había hecho a su familia, pero... Tal vez nada de aquello fuera culpa de ella. Tal vez no hubiera tenido opción a la hora de llevarse a Percy, y había que echar la culpa a Muerte.

Blythe había perdido a un hermano, pero no iba a perder a su padre. Y tal vez... Tal vez tampoco tuviera que perder a su prima.

Con el tapiz aferrado contra el pecho, Blythe respiró con facilidad por primera vez en meses. Y cuando exhaló, hizo un trato con Destino.

Treinta y tres

Habían pasado dos días desde que Signa había ayudado a Henry a pasar al más allá.

Había regresado a Foxglove, incapaz de centrarse en algo que no fuera la calidez confortable que se extendía a través de ella a pesar de que la hubiera barrido el viento y tuviera las mejillas coloradas por el tremendo temporal.

Aun así, cuanto más feliz e instalada se encontraba en su nuevo hogar, más culpable se sentía a medida que iban pasando los días sin que ocurriera el indulto a Elijah. ¿Por qué iba a sentirse en paz cuando él seguía atrapado en una celda, acurrucado sobre el frío suelo de piedra y solo en la oscuridad? Muerte había estado vigilándolo para asegurarse de que no ocurrieran más abusos y de que Elijah, al menos, recibiera sus comidas, pero aquello no era suficiente. Con cada día que pasaba, Signa se sentía más lejos que nunca de la verdad.

Tenía que hacer algo, que era el motivo por el que se encontraba de pie en el jardín con los dedos descansando sobre una ramita de enebro.

—¿Estás segura de que no te has imaginado que tenías otros poderes? —preguntó Amity desde donde estaba tumbada sobre una manta de amapolas, con el cabello esparcido entre las flores—. Llevas intentándolo muchísimo tiempo.

Teniendo en cuenta que el sol se dirigía hacia el oeste y que Signa había estado ahí fuera desde el amanecer, aquello fue decir poco. Al agacharse frente al enebro seco y agarrar sus ramas desnudas, quiso llenarse con los poderes de Vida. Pero cada vez que lo intentaba, la sangre de sus venas retumbaba en su lugar con el anhelo de sus poderes de parca. Su cuerpo era profundamente consciente de todas las almas que esperaban dentro y sentía un magnetismo hacia ellos más intenso que nunca desde la noche de lo de Henry. Intentó ignorar sus llamadas, ya que eran los poderes de Vida los que necesitaba, no los de la parca.

En cualquier momento saldría el veredicto sobre Elijah. Y en el caso de que ocurriera lo peor, ella estaría ahí. Daba igual encontrar al asesino, ella se encargaría de volverlo irrelevante. Si a Elijah Hawthorne lo condenaban a la horca, Signa utilizaría los poderes de Vida para asegurarse de que no pasara mucho tiempo muerto.

Era una esperanza secreta, construida solo a base de ascuas agonizantes. Pero por Elijah Hawthorne, era lo mínimo que podía hacer.

—Crece —instó Signa al frágil arbusto de enebro—. Crece, estúpido.

Tuvo la mirada clavada en las ramas durante un minuto. Dos. Para el tercero, soltó un gruñido y volvió a caer sobre la manta, deseando acurrucarse dentro de ella como un capullito y echarse a llorar ahí mismo.

Amity se incorporó sobre los codos, observando.

—Eres tan dramática como tu madre.

—¿Ah, sí? ¿Viste alguna vez a mi madre intentando traer a los muertos de vuelta a la vida?

Amity frunció los labios en forma de corazón y se enrolló un tirabuzón sobre el dedo.

—No, la verdad es que no.

—Entonces no digas nada. —Signa arremetió los dedos en la manta con el único propósito de no pasárselos por el cabello—. Tiene que haber algo que estoy pasando por alto. Para poder utilizar mis poderes de parca, hay unas condiciones que debo cumplir antes. Puede que también existan unas condiciones para los poderes de Vida.

O tal vez simplemente estuviera muy asustada por el dolor que le causaba acceder a ellos, ya que cada vez que conseguía engañarse para creer que estaba cerca de desbloquearlos, cerraba la boca anticipándose al dolor que vendría.

—¿Y las veces en que los has utilizado en el pasado? —preguntó Amity, cuyo contorno se desdibujaba en filamentos que desaparecían y volvían a resurgir con el paso de la brisa—. ¿Hubo alguna constante?

Era un buen hilo del que tirar, y Signa podía hacerlo repasando sus recuerdos. Las dos veces que había utilizado los poderes, había hecho calor. Un calor sofocante y abrasador, como si hubiera caído dentro de un horno.

Signa se puso de pie enseguida. Recogió la manta y se la colocó debajo del brazo, preguntándose hasta dónde podría acercarse a la chimenea de Foxglove sin derretirse. Llegados a ese punto, valía la pena probar cualquier cosa.

—¿Se te ha ocurrido otra idea? —Amity se puso en pie de un salto y se colocó tan cerca de Signa que, si hubiera sido cualquier otra persona, la proximidad le habría parecido desconcertante. Pero durante los últimos días, Amity se había convertido en su compañía favorita. Y aunque Signa intentó mantener las distancias y recordarse lo poco acertado que era hacerse íntima de un espíritu, Foxglove estaba demasiado vacío sin el parloteo feliz de Amity.

—Sí. Sígueme.

Signa arrancó dos ramitas del arbusto de enebro y luego entró corriendo a Foxglove, aliviada al ver que la sirvienta ya había encendido la chimenea y que Gundry estaba acurrucado a su lado. La joven miró por encima del hombro y luego se sentó y se agachó tan cerca de las llamas que casi le besaron la punta de las botas. Amity se quedó detrás, flotando unos centímetros más alto de lo habitual para tener una buena vista. Signa se inclinó hacia delante y se estremeció mientras el calor devoraba cualquier resto del frío que le hubiera quedado por dentro. Tomó entre las manos una de las ramas que había arrancado, cerró los ojos y se centró con todo su ser.

—Crece. —De tanto que había dicho aquella palabra en los últimos dos días, ya casi se había convertido en un canto—: Crece, crece, crece, crece...

—Estoy un poco confundida... ¿Estás intentando quemarlas?

—Estoy intentando quemarme a mí, aunque de manera relativa. —Signa tuvo que rebajar su enfado y sujetar la ramita con menos fuerza para que no se partiera por la mitad—. ¿No tienes nada mejor que hacer que verme sufrir? A este paso, me voy a quedar aquí toda la noche.

Signa no quiso decirlo de manera cruel, pero, de todas maneras, Amity movió los labios hacia abajo.

—No —susurró, con la voz resquebrajándosele—. No tengo nada mejor que hacer.

De inmediato, Signa lamentó haber abierto la boca en toda la vida. Dado que los espíritus operaban con emociones intensificadas, Signa debería haber sabido que era mejor no decir nada. Amity llevaba estando sola tantos años como Signa. Evidentemente, tenía ganas de tener compañía, y ¿qué otra cosa podía hacer?

A Amity se le encharcaron los ojos con lágrimas sangrientas, por lo que Signa dejó las ramas de enebro a un lado y dijo con una voz tan suave y apaciguadora como la de Muerte:

—No me refería a eso. Me alegro de contar con tu compañía, Amity, de verdad. —Amity lo único que hizo fue resoplar y evitar su mirada—. ¿Quién más habría esperado veinte años solo para asegurarse de que estaba a salvo? —insistió Signa, tratando de no tener en cuenta lo mucho que estaba intentando apaciguar a un espíritu al que se había jurado que no se permitiría acercar—. Aprecio mucho que esperaras, de verdad. Pero ¿qué habrías hecho si no hubiera venido nunca?

¿Y qué vas a hacer ahora que estoy aquí?, era la pregunta que Signa no se atrevía a hacer en voz alta. Por mucho que la joven estuviera empezando a apoyarse en la compañía del espíritu, veinte años era mucho tiempo. Sin duda, Amity debía tener curiosidad sobre lo que ocurriría después.

—Nunca creí que tendría la oportunidad de hablar contigo. —Amity se sentó a su lado al borde de la chimenea—. Planeaba marcharme cuando te viera instalada... aunque no solo me quedé por ti. Tenía la esperanza de que los demás ya hubieran salido de sus horribles bucles.

Amity levantó la mirada hacia las escaleras, hacia el salón de baile. Y Signa siguió su mirada.

—Tú quieres a esa mujer, ¿no es así? A Briar.

—Más de lo que puedo decir en palabras. —La sonrisa de Amity le recordó a signa a la ramita que sostenía entre los dedos, a punto de resquebrajarse ante la menor presión—. Pero ella aún no lo sabe. No me puedo marchar de aquí sin ella.

Signa no tenía duda de que, si estuviera en la posición de Amity, ella también merodearía por los pasillos durante una eternidad antes de abandonar a Muerte por voluntad propia. Qué tortura debía ser aquello: mientras que Briar no tenía ni idea de lo que ocurría fuera de su bucle, Amity se pasaba los días consciente de cada momento. A Signa le partía el corazón aquella idea, y aunque sabía que no convenía involucrarse, no pudo evitar volver a pensar en Henry.

Abrió la boca, y la joven estuvo a unos segundos de hacerle una promesa a Amity que no estaba segura de si podría cumplir cuando el frío de Muerte llenó el salón de escarcha y apisonó las llamas.

Aquella presencia no era como a las que estaba acostumbrada. No se trataba de ninguna invitación para llevársela a bailar ni para disfrutar estando en compañía. Aquel era el frío de un cuerpo enterrado a dos metros bajo tierra, el frío de Muerte que solo había presenciado una sola vez anteriormente, durante la noche en la que se había intentado llevar a Blythe.

Aunque Signa no podía verlo, sabía en lo más profundo de su ser que había algo que iba terriblemente mal.

—¿Qué ocurre?

La pregunta le atravesó la garganta, porque ya sabía la respuesta. Antes incluso de que Gundry se apretara contra su cadera con un lloriqueo y los ojos de Amity se convirtieran en algo hueco y sin vida, Signa lo supo.

—A Elijah lo han declarado culpable por el asesinato de lord Julius Wakefield —dijo Amity con una voz tan fuerte como la campana de una iglesia, y cada palabra fue un golpe que tambaleó a Signa—. Irá a la horca en dos semanas.

El espíritu dirigió la mirada hacia donde el frío de Muerte se filtraba en la chimenea. El suelo bajo sus pies se estaba convirtiendo en una pista de hielo.

Desde el día en que la expulsaron a Foxglove, Signa había sabido que aquello ocurriría. Aun así, se aferró a las últimas noticias de Muerte como si fuera un bote salvavidas: dos semanas.

Tal vez aún no hubiera conseguido ningún progreso para invocar los poderes de Vida, pero seguían quedándole dos semanas.

Solo tenía que asegurarse de que valieran la pena.

Signa estuvo a punto de pasar por alto la nota que había guardada en el collar de Gundry hasta que el perro se rascó y clavó las uñas contra el papel. Con cuidado, Signa se lo retiró. La nota no estaba escrita con la letra elegante de Muerte a la que estaba acostumbrada, sino con letras rápidas y garabateadas.

Blythe tiene el ojo echado en los Wakefield, Charlotte y Everett llevan meses cortejándose, pero lord Wakefield no aprobó su unión.

Eliza se ha puesto enferma. He pasado la noche con ella y no parece que nadie le esté haciendo daño.

Byron ha estado en su estudio. Cuando anunciaron el veredicto, se encerró ahí y se echó a llorar.

Fue un alivio que Muerte hubiera dejado la carta corta y precisa, ya que cada uno de aquellos hechos le golpeó como un puñetazo en el estómago. Había una última línea en el papel, más limpia y precisa:

Te quiero, pajarito. Vamos a salvarlo.

Iban a hacerlo. Tenían que hacerlo. Por desgracia, ya no podían hacerlo solos.

Signa sabía que no había manera de evitar lo que ocurriría a continuación. Sabía que no le quedaba otra opción. Y así, le dijo a Muerte:

—Encuentra a Destino y tráemelo.

Treinta y cuatro

Foxglove nunca había estado tan iluminado como con la presencia de Destino.

El cielo era de un cerúleo brillante y el sol caía sin una sola nube que diera sombra en su camino. No había ni rastro de los graznidos de los cuervos, sino que habían sido reemplazados por los chillidos de las gaviotas que se oían a través de la ventana y con los cuales Signa intentaba no estremecerse mientras observaba a Destino paseándose por el salón, agachándose, acuclillándose o poniéndose de puntillas para inspeccionar cada obra de arte que veía.

—Qué estilo más peculiar.

No fue una crítica, pero a Signa le sentó igual de mal. No pasó por alto que Destino iba igual de arreglado que el día en que lo conoció, con un aspecto tan regio como un príncipe. Se acababa de afeitar, su ropa estaba recién planchada y sus botas estaban tan relucientes que Signa esperaba ser capaz de ver su reflejo.

Foxglove nunca había dado tanto la sensación de ser la casa de verano junto al mar que se había imaginado Signa como entonces, con Destino merodeando por los pasillos, haciendo del mundo un lugar tan brillante que a la joven le palpitaban las sienes. Se había acostumbrado a los días sombríos en los que la chimenea estaba todo el día encendida, y encontró un consuelo familiar en ellos, una paz que asentaba sus huesos y que le hacía sentir en casa. Debería haber sabido que la llegada de Destino destruiría una paz como aquella.

—¿Vas a hacer el recorrido de rigor? —A Signa le resultó imposible mantener a raya su hostilidad. Detestaba la manera en que miraba a Foxglove, detestaba la manera en que inspeccionaba las pertenencias de su familia, y tampoco soportaba que cada vez que lo miraba, el rostro de Destino le provocara el recuerdo de una canción que hacía muy poco que había conseguido sacarse de la mente.

—Es costumbre que me enseñes el lugar, aunque supongo que puedo hacerlo sin ti. —No dio muestras de la presencia de Muerte, cuyo frío se asentaba contra la piel de Signa y le calmaba la paranoia mientras Destino se sentaba en un canapé de terciopelo verde, cruzando una pierna sobre la rodilla y con un aspecto demasiado relajado para el gusto de Signa—. Me he preguntado cuándo me llamarías. He pensado en visitarte, pero sabía que solo era cuestión de tiempo que decidieras cobrar nuestro trato.

Signa siempre esperó que la persona de la que se enamorara tendría una familia a la que podría considerar como propia. En cuanto al hermano de Muerte, sin embargo, habría preferido no lidiar con él.

—¿Todo este tiempo has sabido que estaba en Foxglove?

—No todo, no. —Signa no le había ofrecido nada, y Destino puso su atención en la mesa de té, obviamente ofendido—. La señorita Hawthorne me informó de ello hace bastante poco. También me ha contado otros secretos, algo sobre un caballo.

A Signa le supuso un esfuerzo mantener el rostro impasible ante aquella sorpresa, que le arrebató la respiración. Blythe no le habría contado tales cosas, apenas conocía a Aris.

—Supongo que entonces eso hará que nuestra conversación de hoy sea más fácil —dijo Signa, y se agarró el vestido con los puños cuando se descubrió arrancándose las cutículas—. No te he invitado para cumplir con nuestro trato. Te he pedido que vengas porque necesito un favor.

¡Dios, pero cómo odiaba aquellas palabras! Cómo odiaba el brillo en los ojos de Aris cuando inclinó la barbilla para estudiarla.

—Ya sabe que yo no doy nada sin un coste, señorita Farrow. —Se recostó contra el cojín y apoyó el codo en un almohadón mientras Signa se alejaba del frío apaciguador de Muerte y cruzaba hacia él.

—Te aseguro que es un trato que te va a gustar.

Signa echó un vistazo detrás de ella, deseando más que nunca poder ver el rostro de Muerte en las sombras, porque necesitaba que le diera ánimos. Invitar a Destino a Foxglove daba la sensación de ser como si se estuviera alejando cada vez más del alcance de Muerte, pero ¿qué opción le quedaba? Tenía que intentarlo, por Elijah. Por Blythe.

—Necesito que me enseñes a utilizar los poderes de Vida.

Signa esperaba que su rostro se volviera engreído. Esperaba que ampliara su sonrisa, o que mirara hacia su hermano y dijera algo que convirtiese el suelo en hielo. En vez de eso, obtuvo a un hombre que se irguió mientras ella lo observaba, y que, sin rastro de engreimiento, le dijo:

—Nada me haría más feliz.

La rabia que le dio a Signa hizo que aguantara la respiración mientras observaba sus pantalones de sastre y la extraña camisa blanca y ondulante que no era de esa época, y la honestidad de su rostro. Ella quería que se mostrara engreído. Quería una razón para detestarlo incluso cuando la estuviera ayudando. Era un desgraciado por no darle nada.

—Puede que tenga los poderes de Vida —advirtió Signa—, pero no ha cambiado nada más. No voy a ser uno de tus juguetes, Destino. ¿Lo entiendes?

No hubo ningún movimiento de cabeza. Ninguna discusión. Destino lo único que hizo fue un gesto hacia el cojín que había a su lado. Entonces dijo:

—Siéntese, señorita Farrow.

A Signa le llevó un momento hacerlo, ya que estaba totalmente apretada en el lado opuesto del canapé con las manos cruzadas sobre el regazo.

—No te prometo saberlo todo sobre cómo funciona —dijo Destino con una voz más suave que nunca y mucho más sincera de lo que Signa estaba preparada para oír, y cada palabra con el eco de la música que la joven estaba intentando sacarse de la cabeza—. Solo sé lo que solías decirme...

—Yo nunca te he dicho nada —atacó ella. Si Destino estaba buscando que ella vacilara o ver con qué podría salirse, Signa no le iba a permitir que lo encontrara tan fácilmente.

—Me lo dijo Vida —se corrigió, y agarró una rosa marchita de un jarrón que había sobre la mesa del té—. A no ser que planees discutir conmigo toda la tarde, cierra los ojos y visualiza en lo que quieres que se convierta esta flor. Haz que la imagen crezca como una semilla en tu mente, y luego coloca la mano sobre el tallo.

Signa cerró los ojos, abrió uno para confirmar que Destino no estuviera intentando nada escandaloso y lo volvió a cerrar, y entonces llenó su mente con la imagen de una rosa, con sus pétalos rojos mullidos y sus espinas lo bastante puntiagudas como para provocar sangre. Visualizó hojas verdes sanas y un tallo imposible de doblar. En cuanto estuvo segura de que la visión que quería estaba al frente de su mente, extendió la mano y dejó que Destino le pusiera la rosa sobre la palma. Sintió una espina contra su piel, pero se dobló y desconchó sin el menor de los pinchazos, y no se derramó ni una sola gota de sangre.

Destino inhaló de una manera tan aguda cuando se tocaron que, por un momento, la visión de Signa se astilló, aunque consiguió corregirse de nuevo y colocó los dedos alrededor de la rosa. Esperó. Y esperó. Y esperó hasta que ya no pudo más y abrió un ojo.

—No ha ocurrido nada. —Destino se rascó la mandíbula con una mano y con la otra levantó la rosa para investigarla—. No ha crecido ni un poco.

—Puedo verlo igual de bien que tú. —Signa abrió los ojos por completo—. Si no fueras tan escandaloso, tal vez habría podido mantener la concentración.

—¿Escandaloso? Explícame cómo puedo haberlo sido cuando lo único que he hecho ha sido darte esta rosa macilenta. ¿Por qué tienes flores muertas en tu casa?

—Discúlpame. Pido perdón por haber estado preocupada por la inminente muerte de mi tío cuando, en su lugar, debería haber estado cortando flores frescas para preparar tu llegada.

El bufido que soltó Destino tuvo la fuerza suficiente como para atravesar la habitación. Incluso las llamas de la chimenea se estremecieron con su rabia.

—No me extraña que la señorita Hawthorne y tú estuvierais tan unidas. Las dos sois unas bárbaras. No puedo controlar mi respiración, señorita Farrow, si es eso lo que te ha molestado. Puede que sea inmortal, pero mi cuerpo sigue siendo el de un hombre vivo. Siento decepcionarte, pero no soy como tu querido Muerte.

—Eso sí que es una decepción —dijo Signa, cada palabra un duro golpe que sabía que lamentaría antes incluso de que salieran de su boca—. Mi noche estaría yendo mucho mejor si lo fueras.

—¿Ah, sí? Entonces, ¿por qué no le pides que venga y te ayude? Parece muy útil enfurruñado en la esquina.

Signa se estremeció. Sabía que no debería haberle pedido ayuda a Destino.

—Si supiera cómo, estoy segura de que me enseñaría. Siempre y cuando no nos hubieras arrebatado la habilidad para hablar entre nosotros, claro.

La risa de Destino fue tan cortante como la guadaña de Muerte al subir y bajar la cabeza, asintiendo ante el desprecio de Signa.

—Uy, claro, yo soy el malo. Dime, señorita Farrow, ¿no te parece extraño que solo puedas verlo cuando estás casi muerta? ¿No te parece algo inhumano? Tu cuerpo es lo bastante listo como para saber lo peligroso que es, teniendo en cuenta que te pones enferma cada vez que lo tocas. Por el amor de Dios, ¡tu cabello se está volviendo plateado!

—¡Solo porque tú decidiste involucrarte en mi vida amorosa! —Signa ignoró la necesidad de apartarse los mechones plateados fuera de la vista—. Qué necia he sido al creer que me ayudarías. Solo alguien horrible de verdad podría crear un destino así para Muerte y para mí. Si tú puedes controlar si podemos hablar entre nosotros o no, entonces seguro que también puedes determinar si podemos vernos o no. Si de verdad te importara mi felicidad, me dejarías estar con él. Pero eres un hombre egoísta.

Signa dijo aquella última parte no con rabia sino con derrota, mientras sacaba el tallo de la rosa de su mano y se lo llevaba al regazo. En el silencio que se extendió entre ellos,

Destino se mantuvo sentado, respirando profundamente hasta que se calmó lo suficiente para hablar.

—No negaré tales cosas —admitió—, tampoco me avergüenzo de ellas. Llevo esperando demasiado tiempo para conseguir las cosas que quiero. No voy a pedir perdón cuando las tome.

Destino se estaba resquebrajando como la porcelana más delicada, y Signa no estaba segura de si temer o lamentar el fuego que hubo en sus palabras.

—¿Sabes por qué te he pedido que vengas? —dijo Signa y le miró las manos mientras las juntaba y cerraba sobre su regazo, buscando algo que hacer—. No quiero aprender a usar estos poderes por mí. Yo sería feliz viviendo el resto de mis días sin volver a utilizarlos nunca, ya que el dolor que causan es muy duro. Te he traído aquí porque no me quedan más opciones. Deseo ayudar a Elijah, pero ahora mismo no puedo estar en Thorn Grove buscando al asesino de lord Wakefield. Lo mejor que puedo hacer es estar ahí si a Elijah lo cuelgan y aprender cómo traerlo de vuelta desde la tumba.

Destino no fue el único que se sobresaltó ante aquel plan. Foxglove se volvió tan frío que la chimenea se apagó por completo, y Gundry se quejó desde el lugar en el que estaba acurrucado cerca de ella. Destino echó un vistazo hacia la esquina donde estaba Muerte, y por una vez parecía que no era para pelear con él.

—No se puede engañar a Destino, y tampoco se puede robar a Muerte, señorita Farrow —dijo—. Especialmente, no a quienes ya ha reclamado.

—Pues lo haré. —No fue tanto una amenaza, sino una promesa—. Si me arrebatan a Elijah, me da igual lo que cueste. Ya he utilizado los poderes de Vida con anterioridad, averiguaré cómo volver a hacerlo. Si no puedo estar en Thorn Grove...

—¿Qué más da que no puedas estar en Thorn Grove? —la interrumpió Destino, que hizo un gesto con la mano al ponerse en pie y, de nuevo, las llamas de la chimenea volvieron a la vida con un rugido, aunque solo fuera para silenciar las protestas de Gundry—. Te prohibieron estar en un lugar, no con su gente. Si ese es el único obstáculo que debes superar para que no hagas una cosa tan rematadamente necia, ¡tráete a esas personas! Un caballo es una cosa, pero habrá repercusiones que irán más allá de lo que te puedas imaginar si vuelves a traer una vida humana de la tumba.

—No tienes ni idea de lo que soy capaz de imaginar.

Destino se rio, pero no fue una risa de humor, sino una risa que le hizo alzar las manos al aire y volver a girarse hacia donde estaba Muerte. Solo que, en aquella ocasión, cuando Signa siguió su mirada, pudo ver sombras retorciéndose en el suelo. Al principio eran muy suaves, luego se volvieron más oscuras; las siguió hacia arriba hasta que llegó a la mueca con la que Muerte fruncía los labios y a la seriedad que había en su mirada.

—Habla con ella —le aconsejó Destino antes de volver a girarse hacia Signa—. No voy a enseñarte a utilizar tus dones si tienes la intención de utilizarlos para esto, niña ridícula. A no ser que quieras traer a Caos con nosotros, apréndete las normas. Existen por una razón. No tengo ningún deseo de ver morir a Elijah Hawthorne, pero si planeas salvarlo, tendrás que buscar otro modo de hacerlo.

—Si no deseas que muera, demuéstralo —lo desafió Signa y, por un momento, Destino se quedó quieto, como si estuviera procesando aquellas palabras—. Si te vas de aquí ahora, te prometo que te odiaré para siempre. Has dicho que yo te importaba, y si eso es verdad, ayúdame. No puedo perder a Elijah.

El hombre parecía estar en guerra consigo mismo, las venas se le marcaban en los antebrazos de lo fuerte que apretaba las manos. Al final, se dirigió a Signa:

—Si quieres me ayuda, organiza una fiesta. —Aquello estaba lejos de ser la respuesta que esperaba, y Signa retrocedió cuando Destino se acercó tanto que pudo sentir la calidez de su cuerpo apretando contra su piel—. Haz lo que te digo y que todo el mundo esté en la misma habitación, señorita Farrow. Así conseguirás tus respuestas. Pero no te enfades conmigo cuando no sean las que deseas.

Destino no le dio tiempo a Signa para que le hiciera las miles de preguntas que le quemaban en los labios, sino que se dio la vuelta y se marchó de Foxglove.

—¿Crees que está siendo sincero? —le preguntó en su lugar a Muerte y lo agarró del brazo cuando él se acercó. Signa puso los dedos a su alrededor para aguantar el equilibrio, ya empezaba a sentir que respiraba con más facilidad simplemente porque él estaba a su lado.

Muerte no apartó el rostro del pasillo por el que había desaparecido Destino, aunque sus sombras se empequeñecieron con el retiro de la amenaza.

—Creo que da igual lo que diga mi hermano, podemos dar por sentado que siempre está tramando algo.

Aquello estaba claro. Si Destino quisiera, podría darle las respuestas que buscaba. En vez de eso, Signa sentía que estaba cayendo cada vez más y más en una telaraña tejida de manera astuta, esperando a que hicieran un festín con ella.

—¿De verdad sería tan malo que reviviera a Elijah? —Signa lo agarró con fuerza, sin estar segura de cuánto tiempo les quedaría juntos—. No puede ser peor que lidiar con tu hermano.

Las sombras de muerte barrieron hacia Signa. Él la atrajo hacia sí en un arrebato, y qué ganas tenía ella de besarlo.

Pero Muerte mantuvo su rostro a cierta distancia, con cuidado de no tocarle la piel desnuda.

—Por muy necio que sea mi hermano, por una vez estoy de acuerdo con él. Has visto de primera mano el coste de mantener a alguien con vida, pajarito. Imagínate cuál sería el coste por traer a alguien de vuelta de entre los muertos.

La verdad era que Signa no quería averiguarlo nunca. Aun así, la frustración la consumía y los nervios se acumulaban en su estómago.

—Y entonces, ¿qué? ¿Seguimos jugando a su juego?

—Seguimos jugando su juego —repitió Muerte, poniéndole los mechones plateados detrás de la oreja y agarrándole la cara con las manos enguantadas—. Solo que, en esta ocasión, jugamos hasta el final.

Treinta y cinco

Blythe

Dos días después de que hubieran condenado a su padre a la horca, Blythe recibió una invitación.

La sostuvo con fuerza, y leyó aquellas palabras una, dos y hasta tres veces más hasta que entendió que eran reales.

Signa Farrow la había invitado a un baile. La mujer que había matado a su hermano —pero que Blythe sabía que actuaba bajo la influencia de Muerte— los había invitado tanto a Byron como a ella para que acudieran a una velada en Foxglove poco más de una semana antes de que colgaran a su padre.

Blythe se pasó la primera media hora mirando fijamente la invitación, echando humo ante el descaro de su prima. La siguiente media hora estuvo pensando en ideas sobre los motivos ocultos que pudieran estar en juego. Al final, dejó la invitación sobre la mesa y se puso a caminar de un lado para otro en la sala de dibujo. A cada paso que daba era más que consciente del pequeño tapiz que tenía escondido debajo del corsé.

Durante las semanas en que Signa no había estado, Blythe se había pasado cada día llenando su diario con teorías mientras hacía las paces con el hecho de que ya no habría más invitaciones que gorronear. Desde que había salido el veredicto de su padre, apenas podía mostrar su rostro en los salones de té, y seguir los cotilleos se había convertido en una tarea casi imposible. Por mucho tiempo que hubiera pasado maquinando maneras de dar la noticia sobre el posible motivo de Everett y de lanzar una sombra de duda sobre él, dudaba que hubiera una sola persona que fuera a creerla. Y aquello quería decir que, después de todo lo que había hecho, Blythe no tenía ninguna evidencia que mostrar de todas sus indagaciones más allá de una alucinación horripilante y esquelética de Eliza Wakefield clavada en la mente y un tapiz que podía cambiar su destino.

El tapiz era cálido al contacto con su piel, y los hilos que había a su alrededor eran cada día más visibles. A Blythe le debería haber sorprendido todo lo que había aprendido o la facilidad con la que Aris la había controlado, pero ¿por qué debería sentirse sorprendida cuando ella misma había visto las sombras que seguían a su prima? ¿O cuando había visto el aspecto enfermizo y esquelético tanto de su doncella como de Eliza en un momento dado, para estar perfectamente sanas al siguiente? Blythe había visto hilos de oro cosidos en el mismo aire y manos que podían tomar una vida con la misma facilidad con la que podían darla. Creía todo lo que Aris le había contado.

Era un hombre extraño, y aunque no podía confiar en él, Blythe no podía evitar recordar su determinación al atravesar el bosque a trompicones para salvar a un zorro al que luego había sostenido en brazos. No podía ser tan malo. Era poderoso, eso sí, pero Signa también. Además, había matrimonios mucho menos favorables. Aunque Signa se enfadara —aunque el agarre de Muerte sobre ella fuera tan feroz que ella tomara represalias—, Blythe le estaría haciendo un favor. Cuando terminara todo aquel embrollo, quizá Signa se daría cuenta de eso. Tal vez las cosas entre ellas podrían algún día volver a la normalidad y Blythe no tendría que perderla a ella también.

La joven agarró el tapiz contra su pecho un momento más y luego se fue hacia el escritorio, segura de lo que tenía que hacer. Tomó una pluma y un papel y le escribió una carta a Aris.

El primero de junio, la señorita Farrow celebrará un baile en Foxglove. Estaré ahí con el tapiz, y espero que me acompañes.

Apuntó los detalles, luego metió la carta en un sobre, lo selló con cera y mandó a William para que lo llevara de inmediato a Wisteria.

El mayordomo regresó al cabo de tres horas con la respuesta de Aris:

No me lo perdería por nada del mundo.

Parte Tres

Treinta y seis

Fue extraordinario lo rápido que tomó forma Foxglove, dejando atrás su monotonía grisácea y convirtiéndose en una casa junto al mar como tocaba. Signa había contratado a más ayuda de la que podía manejar, y habían estado trabajando día y noche para fregar cada pared y cada suelo hasta que el agua del cubo quedara limpia. Sacudieron las cortinas, antes sombrías, y quedaron de un color más claro de lo que jamás se habría imaginado. Habían quitado el polvo a los muebles y habían afinado y abrillantado el piano. Ya no había rastro de telarañas ni restos esqueléticos de ratas, y cuando Signa pasó el dedo enguantado a lo largo de una estantería en el salón, ni una mota de polvo llegó a la tela.

Le había llevado más trabajo del que había anticipado, pero la finca en la que se encontraba era un hogar del que enorgullecerse, un hogar que todos los que entraran en él respetarían. Con el baile a apenas unas horas, lo habían conseguido justo a tiempo.

—Todo tiene un aspecto fabuloso —dijo Signa al personal. Todos prestaban atención mientras ella iba del salón hacia la entrada, comprobando que todo estuviera en su sitio—. Todos habéis hecho un trabajo mejor de lo que podía esperar.

Hubo un suspiro colectivo y mudo de alivio entre el grupo. La mirada de Signa se cruzó enseguida con la de Elaine, y la joven la miró con disculpa. El personal había estado nervioso desde la noche de la visita de Destino, seguramente porque nunca se habían imaginado que su nueva señora contaría con compañías tan prestigiosas como la de un príncipe, sobre todo en una casa que —hasta el momento— había tenido un aspecto desastroso. Signa estaba segura de que se habría corrido la voz sobre su negativa a la hora de ofrecerle algún refrigerio al príncipe, y había oído cuchicheos sobre lo raro que era que no hubiese querido cambiar aquellos cuadros extraños y macabros a favor de algo más alegre.

Esperó a que el personal se marchara para dar un último repaso y luego prestar atención al trío de espíritus que la miraban desde el sofá. Se había aprendido sus nombres en las últimas semanas: Tilly era la hija; Victoria, la madre, y Oliver era el padre con gafas que todo lo observaba con un ojo agudo. Signa se enteró de que se había pasado años trabajando con su padre en arquitectura.

—¿Qué vestido te pondrás esta noche? ¿Será maravilloso? —preguntó Tilly con un deje de anhelo—. Deberías elegir con cuidado por si acaso te mueres. Imagínate quedarte atascada en un corsé cada momento del resto de tu vida.

—Hay cosas mucho más importantes de las que preocuparse esta noche. Aunque, si quieres saberlo, sí: mi vestido será maravilloso. —Lo cierto era que Signa no había contemplado la trágica posibilidad de morirse con el vestido puesto, pero ahora sí que lo hacía—. Y si me muero, apenas tendrá importancia, porque jamás me quedaría aquí con todos vosotros. ¿Sabéis? El más allá no está tan mal.

—¿Lo has visto? —preguntó Tilly con unos ojos tan saltones que Signa temió que fueran a estallarle. No tenía ninguna ganas de averiguar si aquello era posible con los espíritus.

—Solo la entrada, pero es preciosa. —Signa se había acostumbrado a mantener la voz baja por los espíritus, pero de todos modos echó un vistazo alrededor con cuidado y luego añadió—: A no ser que queráis verlo esta noche, necesito que mostréis vuestro mejor comportamiento.

Lo único que hicieron fue poner los ojos en blanco. De no haber sido por el hecho de que probablemente fuera la vigésima vez que Signa les había pedido que se comportaran —igual que por el hecho de que aún tenía que vestirse para la velada—, quizás se habría quedado un rato más para asegurarse de que la iban a escuchar.

Así pues, Amity estaba esperando a Signa mientras ella subía las escaleras corriendo. El espíritu estaba rondando por encima de la cama de Signa, sobre cuyo colchón habían extendido un vestido dorado. La joven pasó la mano por la tela y sintió un zumbido en las yemas de los dedos.

Estando en Thorn Grove, se había puesto un vestido carmesí tan impactante como la sangre para conquistar a Muerte. Y ahí en Foxglove —para conquistar a Destino y terminar con el asunto de Elijah de una vez por todas—, lo más apropiado era que llevase un dorado bruñido acorde con la realeza que él fingía.

Elaine no se quedó después de atarle el vestido, sino que se dirigió a comprobar que todo estuviera listo para la llegada de los invitados y le dejó un tiempo para que se inspeccionara a sí misma. El vestido le abrazaba el cuerpo y se ceñía a lo largo de ella hasta el cuello, envuelto con acabados de lo más suntuosos. Era más pesado de lo que estaba acostumbrada, tenía encajes con detalles florales preciosos a lo largo del polisón y el canesú. Llevaba el cabello hacia atrás, con algunas ondas sueltas, para poder enseñar el vestido lo máximo posible.

Tal vez Signa le hubiera dicho a Tilly que daba igual lo que se pusiera, pero era mentira. Con aquel vestido se sentía tan poderosa como para superar a Destino. Tanto era así que sonrió hacia su reflejo y sintió una cálida calma posándose sobre ella.

—Estás preciosa. —Amity no había ni parpadeado mientras Signa se preparaba, aunque se cubrió la boca en cuanto la joven deslizó el vestido sobre su piel—. Tu madre y tú podríais haber sido gemelas.

Signa se alisó el cuello para que quedara en su sitio. Estaba acostumbrada a oír cosas así por parte de las pocas personas que habían conocido a su madre, pero seguía saboreando aquellas palabras, apartándolas para guardárselas. Durante aquellos últimos días había estado pensando mucho en sus padres, y no pudo evitar que se le escapara la pregunta:

—Amity... Sé que nunca averiguaron quién los mató, pero tú estuviste ahí. ¿Tú sabes lo que les pasó la noche en que murieron?

Las sombras le oscurecieron el rostro, y por primera vez desde que había conocido a Amity, Signa sintió un miedo profundo en el pecho. Se había acomodado tanto que se había vuelto laxa con sus palabras, pero por muy alegre que Amity se hubiera mostrado, no dejaba de ser un espíritu. Y si había algo que los espíritus odiaban era que les recordaran su propio fallecimiento.

En aquel momento, Amity fue como una de las marionetas de Destino, encorvada y sin vida en los ojos. Lo único que pudo hacer Signa fue observar, con una mano sobre el pomo, cómo le pasaban por delante toda una serie de emociones en rápidas ráfagas. Luego se quedó inmóvil con una rabia profunda y enconada que le duró apenas unos segundos hasta que, de repente, suavizó el rostro. Frunció el ceño.

—Hay cosas que es mejor no decir, Signa —dijo el espíritu con una voz tan suave como un copo de nieve, hablando como si no hubiera ocurrido nada—. Y hay algunos misterios que es mejor dejar sin resolver. Deberíamos irnos ya, tus invitados llegarán en cualquier momento.

—Claro. —Temiendo que un paso en falso fuera a fracturar a Amity, Signa cambió de rumbo—: Aunque hay una última cosa que tengo que hacer antes de bajar a recibirlos. ¿Podrías enseñarme dónde está la habitación de mis padres?

Entonces, la profunda arruga que tenía Amity marcada en la frente y las líneas afiladas de su rostro se relajaron.

—Con mucho gusto.

* * *

Entrar en la habitación de Rima y Edward Farrow fue como adentrarse en el pasado. Mientras que el resto de Foxglove lo habían fregado y barnizado hasta la perfección, la habitación se quedó sin tocar, con las capas de polvo que se acumulaban sobre el suelo y en los rodapiés como únicas señales de que el tiempo había pasado desde la última vez en que pusieron un pie dentro.

—Te espero fuera —susurró Amity antes de salir y permitir que Signa tuviera ese momento para sí misma, ya que era la última habitación que aún le quedaba por explorar.

La joven había prohibido entrar al personal hasta que pudiera verlo exactamente como había estado la noche en que los Farrow habían abandonado aquella tierra. Si tuviera todo el tiempo del mundo, quizás no entraría. Pero se negaba a permitir que cualquier otra persona tuviera la oportunidad de entrar en aquella habitación antes que ella, y como Foxglove se estaba llenando de gente, no quería arriesgarse.

Dio el primer paso para cruzar el umbral con el peso de mil preguntas sobre el pecho y se obligó a seguir adelante. La cama de sus padres estaba hecha, todas las esquinas lisas y remetidas. Aún había ascuas en la chimenea y botes de perfume sobre un tocador. Signa se dirigió hacia allá y se llevó una de aquellas elegantes botellas a la nariz. El olor era tan repugnante que se le cayó una lágrima en cuanto olió el ámbar estropeado y notas de algo que probablemente fuera floral, pero que ya no podía descifrar. Se preguntó qué olor habría tenido veinte años atrás, cuando fue nuevo. Habría dado cualquier cosa por saber a qué olía su madre y por rociarse con la misma esencia para estar con el fantasma de un recuerdo imaginado.

Le costó bastante retirarse de ahí e ir hacia el armario, donde hurgó entre las telas de seda y los vestidos de tafetán embellecidos con gran ostentación. Signa dejó que sus dedos se deslizaran entre ellos, deseando tener el tiempo para probárselos. Eran de los colores que a ella le encantaban: morados ciruela, marinos tan intensos como la tinta recién estrenada e incluso un verde salvia brillante, y todo sin un solo volante. Levantó el vestido de satén verde y apartó el cadáver de una polilla. Varias más yacían inmóviles en el fondo del armario. Habían hecho agujeros en unos cuantos vestidos, pero parecía que la mayoría todavía se podían salvar. Cerró el armario y desvió la atención hacia un joyero ornamentado de marfil que había encima de una cajonera. Ahogó un grito al ver lo que contenía: anillos con piedras semipreciosas de un tamaño considerable y collares de diamantes tan deslumbrantes que a Signa no le quedó otra opción que ponerse uno. También había otro más pequeño, una cadena fina de oro con una amatista incrustada.

Signa se dio cuenta de que era un collar para una niña. Su collar. Era un milagro que no hubieran robado aquello. Supuso que tendría que darles las gracias a los espíritus.

—Tenía un gusto impecable, madre —susurró a la habitación, pasando un dedo por uno de los diamantes antes de devolverlo a la seguridad del joyero.

Había muchas más cosas por investigar, pero por el momento Signa cerró la tapa y dejó que sus ojos cayeran sobre un cofre que había cerca. Dentro no había nada, solo una incrustación de madreperla. Tampoco parecía que le hubieran dado mucho uso. Estaba tallado en nácar y tenía las iniciales de su padre grabadas en la parte de abajo. Sonrió al examinarlo y darse cuenta de que el gusto de su padre por las cosas bellas y curiosas iba más allá de la arquitectura.

Signa parecía tener el estilo de su madre y el gusto de su padre por lo oscuro. Se llevó el cofre al pecho y se sintió cerca de ellos por primera vez. Si cerraba los ojos y se permitía creer, se imaginaba a su madre viniendo y regañándola por ponerse sus joyas sin permiso, mientras su padre le explicaba todos los detalles sobre el cofre que a ella nunca se le habría ocurrido preguntar.

Algún día volvería a verlos. Algún día se enteraría de qué tipo de personas fueron realmente. Hasta entonces, tenía Foxglove para rellenar los huecos. Aunque había sido difícil —ya que las cosas eran nuevas y extrañas y estaban lejos de ser perfectas—, Signa no tenía la menor duda de que allí era donde se suponía que tenía que pasar el resto de su vida.

Dejó el cofre en su sitio y se fue a la sala de estar. Estaba llena de cuadernos que, como le había prometido Amity, contenían los dibujos de su padre. Ojeó los diseños originales de

Foxglove y luego los del jardín. Algunos estaban hechos con un estilo extraño e irregular, parecido a los retratos que había por toda la casa, y sintió una calidez en el pecho al darse cuenta de que todo lo había hecho su mano. También había esbozos de Rima, y uno de ellos era con Signa de bebé, acurrucada en los brazos de su madre.

Signa se quedó mirándolo un buen rato, convencida de que se le había detenido el corazón. Nunca había visto nada con ellas juntas. Seguramente habría más retratos en alguna parte. Tal vez habría uno con ellos tres.

Se recostó contra el escritorio, y estaba hojeando los esbozos cuando la música del salón de baile sonó desde arriba. También había voces. Eran invitados que estaban entrando, seguramente buscando a la anfitriona que no estaba ahí para recibirlos.

Signa estaba tan perdida en sus pensamientos que no se dio cuenta del frío amargo que se estaba filtrando en la habitación. Pero se giró cuando oyó el revuelo de Muerte y lo vio ahí, detrás de ella, en su forma humana. Signa apartó los dedos de los cuadernos, y cuando se giró completamente hacia él, lo hizo con lágrimas en los ojos.

—¿Te encuentras bien?

La voz de Muerte no estaba en su cabeza. Había hablado en voz alta, y aquello bastó para que a Signa le cayeran las lágrimas con más rapidez. Su cuerpo ansiaba ir corriendo hacia él, y en aquel momento no dudó en ceder ante su deseo. Muerte se quedó quieto mientras ella colocaba los brazos alrededor de su cintura y apretaba.

—Signa...

—Estoy cansada de las despedidas. —Signa escondió la cara en su pecho—. No volveré a hacerlo. Tenemos que terminar con esto. Tenemos que parar... —Cerró la boca de golpe al darse cuenta repentinamente de algo.

No era raro que apareciera Muerte. Las grandes multitudes eran una de las mejores opciones que tenía para verlo, y aquella noche no solo había invitado a todo el pueblo, sino también a gente de Celadon.

Aquella noche había invitado a prácticamente todas las personas que le importaban en el mundo.

Signa dio un paso atrás con las venas heladas. Se agarró al borde de la mesita de noche, iba a vomitar.

—¿De quién se trata? ¿Por quién estás aquí?

Muerte le tomó la mano enguantada con fuerza. No lo hizo con cariño, de eso se dio cuenta, sino para que no se tambaleara al responder:

—He venido a por Eliza Wakefield.

Treinta y siete

Blythe

Foxglove era un laberinto de mansión, y todas las habitaciones parecían ocupar una planta entera.

La planta de abajo representaba un hogar modesto al lado del mar, decorado con azules suaves y adornos de celosía. Pero, al ir subiendo, la casa se iba transformando con temáticas de flora y fauna, con un papel pintado que se iba haciendo más oscuro y se iba volviendo más salvaje cuanto más se acercaba al gran salón de baile.

Byron no mostró la opinión que tenía sobre el lugar. Apenas le había dirigido un par de palabras desde el veredicto de Elijah, y con cada día que pasaba, la tristeza que había en su rostro se volvía más oscura.

Blythe se había separado de él en cuanto llegaron a Foxglove, y Byron pareció aliviado. Como la dejaron a sus anchas, Blythe buscó sombras mientras registraba la planta más baja, con cuidado de mantenerse bajo el resplandor reluciente de la lámpara de araña. Miraba de forma paranoica por encima de su hombro, imaginando que Muerte estaría esperándola.

¿Cuántas veces había escapado de él ya? ¿Estaba enfadado? ¿Intentaría volver a por ella en cuanto tuviera la oportunidad?

Blythe se acordó de sus frías garras alrededor de su cuello y de la manera en que el frío se había infiltrado por su piel y se había asentado en sus huesos, arrebatándole el aire por el que había luchado con tanta fuerza. Se acordó de Signa estando a su lado, rogando por la vida de Blythe.

Si Signa era una asesina, ¿por qué habría luchado tanto por salvarla? Si iba a por la familia Hawthorne, podría haber dejado que Muerte se llevara a Blyhte varias veces. En vez de eso, Percy y ella le consiguieron el haba de Calabar que le salvó la vida. No tenía sentido que Signa quisiera hacerle daño a Percy. Tenía que haber sido la mano de Muerte tirando de los hilos.

Aunque Blythe no sabía nada sobre la parca y sus poderes, se sentía más segura bajo el resplandor cálido de la luz. Cuando alguien le ofreció una copa de champán, la tomó con una sonrisa, pero la dejó sobre una mesa en cuanto el personal se dio la vuelta. No iba a terminar como el difunto lord Wakefield. Había conseguido llegar hasta ahí sin permitir que Muerte la atrapara, y no tenía la menor intención de que fuera a cambiar aquella noche.

—¿Por qué tienes este aspecto? —dijo una voz detrás de ella, Blythe se dio la vuelta y vio a Aris recoger el champán rechazado y tomar un largo sorbo de la copa.

Se quedó quieta cuando él tragó, y contó los segundos en silencio para ver si se desplomaba y moría. Al fin y al cabo, ya había precedentes. La joven había investigado lo suficiente sobre la historia de aquella casa para saber que no sería nada nuevo que ocurriera una plaga de muertes en Foxglove. Aun así, se permitió relajarse al ver que Aris seguía estando de pie.

—¿Qué aspecto? —preguntó ella.

Aris le dio vueltas al champán y se tomó un tiempo para responder:

—El de un cervatillo a punto de huir. —Tomó otros dos sorbos y dejó la copa vacía—. Es difícil no darse cuenta. Tu vestido no es muy discreto.

Blythe se sonrojó. Había hecho la maleta rápidamente, escogiendo vestidos que creía que encajarían con la estética de la costa. No había esperado que Foxglove fuera tan lúgubre, aunque parecía adecuado que Signa viviera en un lugar tan sombrío y precioso. Sin embargo, Blythe había elegido un vestido de gala de un color que tiraba hacia el rosa. Tenía volantes plisados a lo largo de la parte de abajo y unas mangas caídas con encaje de marfil. La crinolina que llevaba debajo de las faldas era tan ancha que le resultaba difícil ponerse a husmear. Ni siquiera se le había ocurrido pensar en aquello.

—Estaba buscándolo.

Blythe volvió a mirar en las esquinas de la habitación, y Aris siguió su mirada con el ceño fruncido.

—No creo que lo vayas a encontrar en el techo, querida. Y él no se va a precipitar sobre ti para raptarte. Relájate, cervatilla, y dime: ¿tienes el tapiz?

A Blythe, Aris no la convenció en absoluto. Aun así, contestó:

—Sí.

Aris entrecerró los ojos.

—¿Dónde?

—No te preocupes por eso. —Blythe le lanzó una mirada incrédula. Desvió la atención porque le daba vergüenza admitir que lo tenía apretado bajo el corsé, y se puso a apreciar las vistas de Foxglove.

A pesar de que a ella no le resultara extraño vivir en hogares con un diseño estético poco habitual, había algo inquietante en Foxglove. Su interior parecía casi demasiado brillante y alegre en contra de las nubes que amenazaban con lluvia. Era una casa extraña. Pintoresca y preciosa, pero más alta que ancha y llena de esquinas por las que desaparecía la gente. La mayoría de los invitados se estaban dirigiendo hacia el salón de baile, y Blythe iba con su mirada de un rostro a otro; todos le resultaban desconocidos. Era como si se hubiera bajado de un tren a un mundo al que no pertenecía y se hubiera metido en una casa que la tenía tan paranoica que no dejaba de mirar aquellos extraños retratos, medio esperando que le guiñaran el ojo. Jamás se había sentido tan desorientada.

Estaba a punto de dar la vuelta y dirigirse hacia el jardín a tomar aire fresco, sin estar convencida de haber tomado la decisión correcta al acudir, cuando vio un halo de oscuridad flotando por la esquina de su campo de visión. Blythe se quedó inmóvil.

—¿Es él? —preguntó con una sonrisa fingida. No quería que Muerte se diera cuenta de que lo podía ver.

Si Aris estaba fingiendo su sorpresa, era mejor actor de lo que Blythe quería reconocer.

—Entonces, sí que puedes verlo.

—¿Pensabas que mentía? —Resistió el impulso de mirar hacia las sombras—. Si no pudiera verlo, ¿por qué iba a creerme tu ridícula historia?

Aris frunció los labios, pensativo.

—No deberías poder verlo con tanta facilidad. Creía posible que hubieras oído susurros en algún punto, pero me imagino que estar a punto de morir varias veces te hizo más daño del que creía.

—No es fácil —contestó Blythe. Si acaso, era una frustración constante y creciente. No sabía si tenía un rostro o si no era más que un montón de sombras. Solo podía verlo como una neblina sombría y no podía entender cómo Signa había podido enamorarse de un ser así. Ni siquiera era un hombre realmente... ¿O sí?

Se ruborizó en cuanto consideró aquella pregunta, y decidió que era mejor no pensarlo demasiado.

—¿Qué está haciendo? —Blythe estaba más cerca del príncipe de lo que tenía derecho a estar y, si alguien los viera, les parecería que la velada de Signa era el mayor de los escándalos.

—Nos está observando —susurró Aris—. Date prisa y haz como si te estuviera seduciendo.

Blythe le retiró la mano enseguida cuando él entrelazó, de forma seductora, sus dedos con los de ella. Detestó sentir cómo le subía el calor corriendo hasta las mejillas.

—¿Te he dicho alguna vez que mi color favorito es el tono de rojo del que te vuelves cuando te pones nerviosa?

Aris estaba tan cerca que Blythe podía sentir su aliento contra sus mejillas, y de inmediato pensó en el momento íntimo que compartieron en la casa de los Wakefield.

—Vas a casarte con mi prima —lo reprendió—. Cuidado con lo que dices.

Aris tomó otra copa de champán de una bandeja que pasaban por ahí, y Blythe se atrevería a decir que no era la segunda.

—No tengo ningún interés en ti, señorita Hawthorne, aunque tiene su encanto ver cómo te sulfuras. Deberías ver la cara de mi hermano ahora mismo.

Blythe resopló y se ajustó el vestido, aplanando la crinolina. Cuando estuvo segura de que no volvería a sonrojarse, volvió a girarse en dirección hacia él, con la réplica preparada. Pero Aris enseguida volvió a ser un príncipe, sereno y con tanta confianza y orgullo que parecía el hombre más alto de la sala. Blythe se dio cuenta del motivo un momento después, cuando vio a Eliza y Everett Wakefield entrar en Foxglove. Le llevó un momento darse cuenta de que Charlotte estaba al lado de él, con los brazos entrelazados. En la mano izquierda de Charlotte había un anillo de zafiro, y ver aquello hizo que a Blythe le diera vueltas todo.

Así que era oficial: se habían comprometido.

La sonrisa de Charlotte era tan radiante como la luna. Everett también estaba sonriendo cuando se inclinó para susurrarle algo que le provocó una risita. Parecía el hombre más feliz del mundo por haber conseguido un sonido así, y aunque Blythe quería dejarse llenar de mariposas y celebrar a su amiga, se preguntaba si aquel anillo había costado la vida de un duque y si su padre iba a ser quien pagara el precio.

Eliza, a diferencia de los otros, parecían como si la hubieran sacado del mar en medio de una tormenta. Se la veía demacrada y cansada, y aunque iba elegante con un vestido de un azul agradable, parecía demasiado intranquila como para estar ahí. Llevaba el pelo demasiado largo, recogido meticulosamente en la nuca, pero tenía un aspecto tan correoso como las algas que Blythe había visto al mirar por el acantilado precario sobre el que se asentaba Foxglove. Ningún tipo de retortijón era tan malo ni duraba tanto tiempo. Había algo que de verdad iba mal.

Entonces Blythe se dio cuenta de que su tío estaba detrás de los Wakefield. Tenía el ceño tan fruncido que a Blythe se le disparó la ansiedad al pensar en la nota que le había dejado Signa. Como Byron fue derecho hacia Eliza, ella también. El hombre se quedó quieto cuando la vio y luego dio media vuelta. Fuera lo que fuese que le tuviera que decir a Eliza, parecía no merecer la pena estando Blythe tan cerca.

Eliza no parecía haberse dado cuenta de que Byron estaba ahí, sino que estaba demasiado centrada en el espacio que había entre Blythe y Aris.

—¿Es que habéis llegado juntos? —preguntó Eliza sin saludar ni nada.

Daba igual lo enferma que pareciera estar, fue un alivio que se siguiera comportando como ella misma. Intentó hacer una reverencia tambaleante al príncipe, y quedó claro que Blythe no era la única que estaba preocupada, dado que Aris agarró a Eliza por el brazo y la ayudó a enderezarse.

—No tienes buen aspecto —dijo Blythe sin pelos en la lengua, ya que la vanidad no le haría ningún favor—. Deberíamos ir a alguna habitación para que te tumbes.

Eliza se mantuvo tan alta como pudo.

—Le aseguro que estoy bien, señorita Hawthorne. No se atreva a arrebatarme esta oportunidad, con la temporada ya casi llegando a su fin.

Blythe no había esperado el rencor en su tono y estuvo a punto de regañarla por sus tonterías cuando la sombra que los seguía por detrás se agitó y se puso a un lado. Blythe la rastreó y vio cómo se deslizaba escaleras arriba al mismo tiempo que Signa las estaba bajando.

A Blythe le fallaron las rodillas, como si alguien hubiera tirado de una manta bajo sus pies. Le entraron ganas de escaparse detrás de Aris y esconderse entre la multitud, pero, dado que Signa se tropezó y tuvo que agarrarse del pasamanos cuando su mirada se cruzó con la de Blythe, pareció haber perdido su oportunidad para esconderse.

Con Byron actuando de manera sospechosa y Eliza con aspecto de estar a punto de caer en cualquier momento,

Blythe sabía no le quedaba otra opción que confrontar a Signa, ya que necesitaba toda la ayuda que pudiera conseguir. Por el bien de su padre, inclinó la cabeza, y aquello fue suficiente reconocimiento como para que Signa respirara con un alivio visible al bajar corriendo los escalones que le quedaban.

—Blythe —dijo Signa sin aliento, y miró rápidamente detrás del grupo, echando un vistazo hacia la sombra, hacia Muerte. Blythe intentó no estremecerse ante lo distraída que parecía Signa—. No esperaba verte aquí.

—No esperaba venir. Pero dada la situación de mi padre, no me quedaba otra opción que ver qué querías.

Signa tragó saliva al dar un paso adelante, y dejó que sus labios esbozaran una sonrisa falsa para recibir a la multitud a su alrededor.

—Entiendo tu falta de confianza en mí, pero me alegra que hayas venido. Que no te quepa la menor duda de que esta noche salvaremos a Elijah.

De eso, al menos, Blythe estaba segura. Pero mientras observaba a su prima alejarse y saludar a Everett y a Eliza mientras una sombra la seguía detrás de cada paso, esperaba que la de Elijah no fuera la única alma que salvara aquella noche.

Signa dio las gracias a los demás por haber acudido, sin apartar la mirada de Eliza en ningún momento mientras Blythe estaba ahí, paralizada. El tapiz le calentaba la piel, y Blythe apretó una mano distraída sobre él al tiempo que su mirada encontró la de Aris. El príncipe observaba a Signa con una sonrisa depredadora, estudiando cada uno de sus movimientos como si estuviese decidiendo cuándo atacar. La sombra que había en la esquina se colocó frente a él. Blythe intentó no mirar a Muerte de manera tan obvia, pero estaba empezando a descifrar un rostro en aquellas sombras.

—¿Por qué no nos dirigimos hacia el salón de baile? —Blythe desvió a la fuerza su atención del resto—. Signa, ¿nos dices por dónde es?

La sonrisa de Signa vaciló, y la joven entrelazó el brazo con el de Eliza.

Blythe intentó que aquello no la molestara. Intentó no mirar fijamente mientras se decía que aquella no era la manera que tenía Signa de decirle que ya había encontrado un reemplazo para ella, sino que lo hizo porque daba la sensación de que una ráfaga de viento bastaría para tumbar a Eliza. Aun así, Blythe anhelaba los días en los que era ella la que iba al lado de Signa, cuchicheando y parloteando sobre el último libro que habían leído.

—¿Qué le ocurre a Eliza? —Blythe se quedó con Charlotte y Everett, hablando en una voz tan bajita que los demás no podían oír—. Es increíble lo pálida que está.

—Estoy seguro de que algo le pasa, pero no nos quiere decir qué.

Everett no se molestó en disimular su desprecio al echarle una mirada feroz a Blythe, poniendo así más tierra de por medio. A Blythe la tomó tan por sorpresa su ferocidad que, por un momento, dejó de caminar. ¡El Everett al que conocía había sido siempre tan educado! A la joven le gustaba un poco más con el ceño fruncido, pero habría preferido que no fuera dirigido a ella.

—Entiendo que no tengas en gran estima a mi familia —empezó Blythe—, pero mi padre es inocente. Han mandado a la horca al hombre equivocado.

Con cada palabra, Blythe buscaba en Everett cualquier señal de nervios, cualquier señal de que le preocupase que ella sospechara de su involucración. Pero lo único que hizo fue mirarla con furia y la mandíbula tensa.

—No tengo ni idea de cómo comportarme a su alrededor, señorita Hawthorne, ya que no le deseo a nadie que sufra como he sufrido yo. Lamento que vaya a perder a su padre, pero no me molesta que haya justicia.

Entonces, Everett se dio la vuelta y subió apresurado el resto de las escaleras sin ninguna consideración por Blythe. Charlotte se lo quedó mirando fijamente, frunciendo un poco los labios.

—No podemos cambiar el veredicto, Blythe. A tu padre lo han declarado culpable.

Blythe respiraba de manera tan entrecortada que había empezado a sacudirse. Juntó las manos y las apretó contra sí misma mientras se mordía la lengua hasta que le supo a sangre. Quería contarle a Charlotte las sospechas exactas que tenía sobre cada uno de ellos, pero, en su lugar, se centró en la calidez del tapiz, que retumbaba contra su piel.

No iba a revelar sus sospechas y que les diera tiempo a elaborar alguna excusa astuta. Aún no.

Blythe no se había dado cuenta de que ya habían llegado al interior del salón de baile hasta que Charlotte se alejó apresurada y la dejó rodeada de desconocidas en vestidos con volantes y sirvientes pasando con bandejas doradas llenas de dulces delicados y bebidas burbujeantes. Detrás de ella, Eliza estaba hablando con Signa en voz baja y susurrada, aunque apenas parecía que su prima estuviera prestando atención. Signa tenía la mandíbula tensa, y Blythe siguió su mirada hacia una esquina del salón de baile, donde las sombras de Muerte iban y venían hacia Signa de manera errática y más rápido de lo que era capaz de observar.

A Blythe se le subió el corazón a la garganta cuando una copa de champán que había en una mesa a su lado se cayó al suelo y se rompió. Ni siquiera Muerte había estado lo bastante cerca como para darle un golpe.

De repente, las manos de Signa estaban agarrándola con fuerza por los hombros.

—Vigila a Eliza —le dijo enseguida—. Prométeme que no le quitarás el ojo de encima.

—¿Qué ocurre? —preguntó Blythe.

Blythe se deshizo de las manos de Signa sin dejar de mirar los cristales rotos que estaban recogiendo rápidamente. No habían terminado de hacerlo cuando cayó otra copa.

—Hay algo de lo que tengo que encargarme. ¡Mantente cerca de ella!

Antes de que Blythe tuviera la oportunidad de formar un solo pensamiento coherente, Signa se arremangó las faldas y atravesó corriendo la pista del salón de baile.

Treinta y ocho

Dios, qué necia había sido. Signa sabía que los espíritus eran veleidosos, igual que sabía lo que ocurría cuando les recordaban que habían muerto. Tal vez por eso Destino había sugerido hacer una fiesta: no para ayudarla, sino para condenarla aún más. Debería haber anticipado lo que implicaría traer a tantas personas a Foxglove, llenarlo de crinolina y carnés de baile.

Había recreado la noche de las muertes de aquellos espíritus, y todo Foxglove iba a pagar el precio.

Allá donde mirara, los espíritus estaban despertando de su letargo. Uno de los gemelos que había estado atrapado en un bucle observando a un grupo de señoritas estaba cruzando la sala para ofrecerle la mano a una de ellas. Ella la aceptó y ambos empezaron a bailar un vals junto a los vivos. Al otro se le retorció el cuello hacia un lado y empezó a moverse nerviosamente mientras su hermano se escapaba del bucle. Signa observaba aquello con las manos frías y sudorosas. Si aquel hombre no hubiera estado muerto, parecía que se iba a partir el cuello.

Detrás de él, una mujer pasó a través de Briar, que se dirigió a toda prisa hacia la mesa más cercana y envió una ráfaga de aire frío por toda la sala que tumbó más copas de champán vacías, lo que provocó que los invitados soltaran chillidos y se marcharan corriendo. Una mujer más mayor llegó a gritar de sorpresa, y a Signa se le erizó la piel por el sonido.

—¿Briar? —Los ojos de Amity resplandecían de un color rojo mientras iba corriendo hacia el espíritu, pero lo único que hizo Briar fue mirar a través de ella.

—Amity —susurró Signa cuando el rostro del espíritu se oscureció, teniendo que detenerse cada pocos pasos para sonreír a los invitados que expresaban su alarma en murmullos—. Amity, contrólate.

De nada sirvió. Amity estaba dando vueltas alrededor de Briar, intentando sacar al espíritu inquieto de su desengaño. El cuerpo de Briar respondió con espasmos, mientras que a Amity le caían unas lágrimas tan negras como el hollín por las mejillas.

Signa se acordó de la manera en que Lillian había perdido el control estando en el jardín. Se acordó de cómo habían quedado los árboles con las ranas espachurradas, cuya sangre se deslizaba hasta la tierra. En cuanto un espíritu perdía el control, no había vuelta atrás. Y cuantos más cuerpos vivientes hubiera en el salón de baile de Foxglove, más grande se volvía la amenaza.

Signa tuvo que zigzaguear alrededor del segundo gemelo cuando se alejó de su mesa para seguir una bandeja de plata con pastelitos. Pestañeó al ver que la mano atravesaba directamente la bandeja, y luego lo volvió a intentar con más concentración, hasta que fue capaz de sujetar la tarta por sí mismo. Los contornos de su cuerpo se atenuaban por el esfuerzo que estaba haciendo, y cuando intentó devorar el dulce —que lo único que hizo fue caer a través de él y aterrizar en el suelo— los ojos del espíritu se volvieron rojos. Detrás de él, Amity gritaba a Muerte y retrocedía mientras él le ofrecía la mano. Solo le importaba Briar, que estaba tirándose del pelo y arrancándoselo en un arrebato de angustia.

Había que hacer algo, y rápido. No solo por el bien de los espíritus —cuyo dolor sentía Signa como si fuese el suyo propio y la consumía—, sino también por el de Elijah. Tenía que ayudarlos antes de que consiguieran que los invitados salieran corriendo de la fiesta, y la familia Wakefield con ellos. Ya se estaban amontonando en las esquinas, deseando ver cosas paranormales. Signa estaba segura de que ese era el motivo por el que habían acudido: no para conocerla, sino para investigar la famosa mansión Foxglove y ver si los rumores eran ciertos.

Por una vez, le dio igual. Si aquello le permitía reunir a los Hawthorne y los Wakefield en su casa y hacer que todos reconocieran la falsa acusación sobre Elijah, que los residentes de aquel pueblo creyeran lo que quisieran. Aun así, en cuanto Signa empezó a dirigirse hacia Amity, una mujer le bloqueó el paso.

—Pues parece que no fue producto de mi imaginación. —Vestida con sus mejores galas y el cabello rizado recogido, a Signa le llevó un momento ubicar a aquella mujer como la que había conocido en el muelle: la madre de Henry. Parecía una persona totalmente diferente, con la piel renovada y unos ojos que ya no estaban enfadados ni inyectados en sangre.

»Cuando recibí la invitación, esperaba que fuera usted la nueva dueña de Foxglove —continuó la mujer—. ¿Es cierto lo que dicen sobre este lugar?

—¿Que está encantado? —preguntó Signa haciendo una mueca, sin prestar demasiada atención mientras Amity rogaba a Briar que saliera de su letargo. Al otro lado de la sala, volvieron a rechazar la mano de Muerte. Aquella vez fue un espíritu cuyo cuerpo crujía como una tormenta avecinándose.

Foxglove estaba encantado, y mientras caían platos y copas de las mesas y el frío del aire se volvía tan intenso que a Signa le salía vaho por la boca, más gente parecía darse cuenta.

—Eh, sí. —La mujer bajó la voz—: Usted puede verlos, ¿no? No se preocupe, no se lo diré a nadie. Después de lo que hizo por Henry, estoy en deuda con usted, señorita Farrow. Por eso está usted aquí en Foxglove, ¿no? Para ayudar al resto.

Fue una pregunta inocente, hecha con el tono casual que usan los amigos. Aun así, a Signa se le atragantó la respuesta. Tanto los susurros fervientes de sus invitados como las risas de los espíritus la asfixiaban, y su campo de visión quedó reducido. Volvió a mirar a Amity, que empezaba a tocarse el pelo de manera inquieta, igual que Briar, y tiraba de los mechones que se había enrollado con fuerza en los puños.

Aquellos espíritus llevaban veinte años sin poder continuar con sus vidas. Eso le hizo pensar en Henry y en la sonrisa que puso al tomar la mano de Muerte. También pensó en Lillian y en cómo se había recuperado su cuerpo envenenado antes de abandonar el mundo de los vivos.

Tal vez Muerte prefiriera no tomar nunca un alma hasta que estuviera lista, pero ¿cómo podía saber que alguien estaba listo si los espíritus no podían salirse de un bucle? Signa no podía llevarse las almas, y tampoco sabía si alguna vez sería capaz de dirigirlas hacia el más allá como Muerte. Pero sí que podía asegurarse de que ninguno de aquellos espíritus tuviera que pasar un solo día más atrapado en Foxglove.

—Por eso estoy aquí —confirmó Signa, y aquellas palabras le supieron como el chocolate más exquisito, intensas y cálidas en sus labios. La visión se le nubló un poco y el pecho se le encogió con una calidez expansiva—. Claro que sí.

No había ni una sola parte dentro de Signa que pudiera esperar un momento más.

—Me ha encantado verla, pero, si me disculpa...

Signa se fue corriendo en busca no de Muerte ni de los espíritus, sino de un hombre con la luz del sol sobre su piel. Destino era como un faro en la pista de baile, lanzando destellos bajo la luz que le daba calidez a su complexión mientras iba de los brazos de una mujer preciosa a un hombre que se reía mientras Destino empezaba a bailar un vals con él, con una copa de champán entre dos dedos hábiles.

El cuerpo de Signa sabía lo que había que hacer antes de que su mente se diera cuenta. Lo sabía en lo más íntimo de su corazón, con tanta ferocidad que no podría descansar hasta que cruzara la pista para arrebatarle a Destino del hombre con el que estaba bailando. Sus ojos dorados se deslizaron hacia los de ella y le extendió una mano.

—Hola, señorita Farrow. ¿Le gustaría bailar?

Ella le quitó la copa de entre los dedos y la dejó en la mesa más cercana. Luego deslizó la palma en su mano, y no se apartó cuando Destino colocó la otra mano sobre sus lumbares, ni le importaron lo más mínimo las miradas curiosas que había sobre ellos, alarmadas por lo cerca que la agarraba el hombre. Signa sentía su pecho tan caliente como un fuego violento en contacto con ella.

—Estás tan radiante como el sol con ese vestido —le dijo Destino.

Signa sonrió acordándose de lo que le había dicho Muerte hacía tantos meses: *Eres más intensa que el sol, Signa Farrow, y ya es hora de que ardas*. Alimentada por esas palabras, inclinó la cabeza hacia Destino:

—Necesito tu ayuda.

En algún lugar al otro lado del salón de baile se oyó un grito ahogado cuando un espíritu deambulante intentó tomar la mano de una mujer mayor. La mujer se quedó rápidamente sin aliento ante la sorpresa, se estremeció y luego se desmayó ahí mismo. El espíritu que se cernía sobre su cuerpo caído gritó.

—¡Está ocurriendo otra vez! —exclamó, yendo por la pista de baile y gritando esas palabras una y otra vez.

La noche no estaba yendo para nada como Signa había esperado. Se centró en el calor que emitía el roce de Destino y que le chamuscaba la piel incluso a través de la tela de su vestido.

—Parece que últimamente requieres mucho mi ayuda. Dime: ¿ya te acuerdas de mí?

Con la pregunta vino un recuerdo espontáneo de una risa que en una ocasión le había hecho sentir muy viva. El latido de un corazón que tenía una forma de latir solo para ella, igual que el suyo lo tenía para él. Signa se equivocó en un paso, y estuvo a punto de tropezarse cuando la canción que él le había pedido que recordara volvió a inundarle el pensamiento.

—No —mintió de manera forzada, y alejó aquel pensamiento todo lo que pudo—. No me acuerdo de nada.

Destino suspiró, y lo hizo tan cerca que su respiración le rozó la mejilla.

—Sé que te estoy pidiendo que consideres posibilidades en las que no deseas creer, pero, hace un año, ¿esperabas encontrarte donde estás ahora? ¿Esperabas ser una parca o la amante de Muerte?

Él ya sabía la respuesta por su aspecto, pero, aun así, esperó a que Signa lo admitiera:

—Claro que no.

Las cabezas se giraron para observar a Destino y a Signa bailar. Ella sintió el zumbido de todas las miradas curiosas sobre su piel cuando él se inclinó y le susurró:

—Si vinieras a vivir conmigo, quizá te ayudaría a recordar quién eres realmente.

Por un momento, Signa se quedó sin aliento. Tal vez por el espíritu que había pasado demasiado cerca detrás de ella, o tal vez por la sugerencia misma.

—Sabes que no puedo.

—¿Que no puedes? —repitió él—. ¿O que no quieres? Cuando me miras, ¿de verdad no sientes nada?

Se trataba de una pregunta hecha para hacer pedazos a una persona, y Signa sintió su peso cayendo sobre ella. La respuesta era tan clara en su rostro que sintió el resentimiento de Destino antes de verlo arquear los labios. Paso a paso, el baile se fue acelerando hasta que los músicos se pusieron colorados y a los invitados les costó respirar intentando mantener el ritmo. Si no fuera porque Destino la tenía bien agarrada, seguro que Signa habría salido despedida y sin control.

—Si no lo has recordado, no tengo ninguna razón para ayudarte. —Aunque mantenía la barbilla alta, Destino estaba tan tenso como un palo bajo el roce de Signa. La joven se preguntaba cada vez más cuánto había de actuación en sus bravuconerías. Era un escudo. Se preguntó cómo sería debajo de todo aquello, una vez que hubieran retirado sus capas.

—Tiene que haber una parte de ti a la que le importe, por muy cruel que quieras parecer.

Se rio de una manera regular, y tan amenazante como la lluvia en una noche despejada.

—¿Crees que soy tan necio como para apegarme a una vida tan frágil como la de un humano? ¿Por qué debería llorar por los destinos que entretejo cuando Muerte me arrebatará incluso el más magnífico de ellos?

Quizá fuera en aquel momento cuando Signa vio a Destino por quién era: un hombre tan cansado de que la gente a su alrededor muriera como había estado Signa. Un hombre que estaba dispuesto a hacer cualquier cosa por la vida que quería, igual que ella.

—Entonces, que te importe porque me importa a mí. —Signa no se apartó de Destino, sino que se acercó más. Le apretó la mano con fuerza, intentando ignorar la manera en que su roce la quemaba como si fuera a dejarle marca—. Que te importe porque todo lo que amo está en juego esta noche, y porque te estoy pidiendo una ayuda que solo tú me puedes dar. Tú controlas a los vivos. Paralízalos como hiciste en Wisteria Gardens para que yo pueda encargarme de los espíritus. Dame una oportunidad para conocer la verdad sobre la muerte de lord Wakefield y, por una vez, no pidas nada a cambio. Demuéstrame que no eres el malo.

El vals ya estaba aminorando, y cuanto más se apagaba la música, más intensa se volvía la mirada de Destino, hasta que el oro de sus ojos prácticamente resplandeció. Se apartó de Signa en cuanto la canción hubo acabado, como si la joven fuera una plaga.

—No juegues conmigo —escupió—. No me digas dulces palabras con la esperanza de que flaquee. Encontrarás la verdad, señorita Farrow, ya te lo he prometido. Te daré veinte minutos para que apacigües a los espíritus. Después, el resto es cosa tuya.

Tenía aspecto de estar enfadado tanto con ella como con él, como si detestara que Signa le hubiera sacado aquello libremente. No había recompensa, no se había hecho ningún trato. Era una oportunidad que no podía echar a perder, y el tiempo empezaba en el momento en que los cuerpos se paralizaron a su alrededor, con sus rostros quietos a mitad de las risas y las parejas detenidas en plena vuelta.

—Gracias —dijo Signa, aunque Destino ya se había dado la vuelta para buscar consuelo en otra copa de champán. Ella lo dejó ir, y entonces se dio cuenta de lo quieto que estaba Muerte en la esquina, observando. Podía imaginarse lo que estaría pensando. Aunque le partía el corazón, no había tiempo para consolarlo.

»Más tarde —susurró, deseando nada más que poder extender el brazo y tomarle la mano—. Ayúdame a sacarlos de aquí.

Signa cruzó el salón de baile en dirección a su madrina, y estuvo a punto de retroceder cuando el espíritu le siseó.

—Amity.

Signa no quería dejar que se colara ni un poco de miedo en su voz, incluso cuando Amity se acercó merodeando. Tenía la cabeza ladeada para inspeccionar a Signa, que estaba centrada en respirar profundamente para apaciguar sus fuertes latidos. En cuanto empezó a dirigirse hacia Briar, no obstante, fue como si Amity estallara. Resplandeció más de lo que jamás había visto Signa, y parecía más un monstruo que un espíritu cuando enseñó los dientes. Signa dio un traspié y se agarró al borde de la mesa más cercana para no caerse.

Pero no iba a darse la vuelta. Había demasiado en juego aquella noche, y Amity se merecía algo mejor. Todos se merecían algo mejor.

—¡Amity! —Signa deseó tener las bayas para poder colocar sus sombras a su alrededor, aunque solo fuera para adentrarse en su abrazo protector—. ¡Quiero ayudar! Llevas todo este tiempo esperándome. Me has ayudado a instalarme en Foxglove, y eso que no creía que pudiera llegar a considerarlo mi hogar. Por favor, déjame ayudar a Briar. Déjame ayudarte a ti.

Aquellas palabras parecieron romper algo dentro de Amity, cuyo cuerpo se sacudió con un sollozo. En aquel momento, Signa sintió un magnetismo hacia los espíritus igual que el que había sentido con Henry.

Siempre había sentido un tirón hacia ellos, y quizás por fin entendía el motivo.

Cuando Amity se puso a un lado, con los ojos rebosantes de lágrimas tan oscuras como la sangre seca, Signa cerró el espacio que quedaba entre ella y Briar. Tenía el rostro peor de lo que había visto desde lejos: la parte izquierda estaba tan hinchada que uno de los ojos parecía estar a punto de saltarle. Una herida enorme en la sien derecha todavía tenía astillas de madera en el interior. Aquello, por lo menos, explicaba la mancha en el pasamanos.

—¿Briar? —Signa se mantuvo quieta y comedida, y cuando Muerte se adelantó, ella extendió una mano para detenerlo, porque no quería asustar al espíritu que la miraba pestañeando y con la frente arrugada.

Por muy espeluznante que fuera tener la atención del espíritu, era una buena señal que por fin hubiera conseguido hacerlo... aunque Signa no estaba segura de cómo se sentía al haberse ganado también la atención de los otros.

Varios espíritus se habían girado para observar el único cuerpo en movimiento en un salón de baile que se había aquietado. Por el rabillo del ojo, vio que Muerte estaba listo para atacar.

Hay demasiados, advirtió. *Ve con cuidado, Signa. Un movimiento en falso y podría empezar una avalancha.*

Signa no necesitaba ninguna advertencia, ya que su interior ardía con el recuerdo de cuando fue poseída, por lo que cada movimiento que hizo fue con más cuidado que el anterior. No había un manual para aquello. Durante toda su vida, Signa había contado con instrucciones. Se había memorizado el *Manual para damas sobre la belleza y el protocolo* de arriba abajo. Se había grabado a fuego cada norma de la sociedad y de lo que era adecuado en la mente, y había sido más que consciente de todas las expectativas que había puestas sobre ella. Pero en aquel momento solo tenía sus propios instintos para guiarla.

—Hay un motivo por el que nadie aquí parece conocido. —Aunque estaba cara a cara con Briar, dirigió aquellas palabras a todos los espíritus que estuvieran escuchando—. Hace veinte años, moristeis en Foxglove.

Signa se tensó cuando Muerte lanzó sus sombras hacia ella, pero no hubo necesidad. Los espíritus se removieron, pero no atacaron.

—Estoy aquí para ayudaros. —Signa exhalo a través de unos labios apenas separados a la vez que extendió una mano a Briar—. Habéis estado reviviendo la noche de vuestras muertes una y otra vez, pero ya no tenéis que pasaros los días merodeando por estos pasillos. Hay muchas más cosas que os están esperando, y si me lo permitís, os mostraré que este es solo el principio de vuestra historia.

Aunque Briar se mantuvo quieta, Signa se irguió sorprendida porque uno de los gemelos dio un paso adelante en su lugar. Sus ojos pasaron de Signa a Muerte, y luego miró a donde estaba su gemelo. No había equívoco a la hora de reconocer el brillo en sus ojos, y con una voz cansada y resquebrajada por la falta de uso, simplemente pregunto:

—¿Alexander?

El joven que estaba frente a él desapareció de la vista, su cuerpo dio un espasmo y luego reapareció al lado de su hermano. Tenía los labios secos y pelados, y abrió la boca una y dos veces, pero la cerró de golpe al ver que no salía ningún sonido. Sus ojos ya se estaban volviendo de un blanco lechoso extraño, cada vez más vacíos al tiempo que su atención empezaba a dispersarse.

Puedes hacerlo. Las palabras de Muerte se deslizaron a través de la mente de Signa, era el valor que necesitaba para acercarse a Alexander.

—Mírame la piel. —Signa extendió el brazo hacia él—. Mírala, y luego compárala con la tuya. ¿Recuerdas haber visto un resplandor así sobre ti? —Lo único que podía hacer Signa era esperar, con el corazón en un puño, mientras el espíritu bajaba la mirada. Movió la mano en todas direcciones y arqueó los labios hacia abajo.

»Tu lugar ya no está aquí —lo instó—. Lo estás pasando mal porque te estás aferrando al mundo de los vivos cuando ya estás muerto.

—«Muerto» —repitió Alexander, desplomándose hacia delante mientras echaba un vistazo a su hermano—. Nosotros... ¿morimos?

Signa cruzó la mirada con Muerte y se puso los brazos alrededor.

—Sí, pero eso no significa que este sea el final. Hay más cosas por venir. ¿Te gustaría verlo?

El espíritu bajó la mirada hacia la mano que le ofrecía Signa, y se tensó cuando su gemelo se acercó y lo agarró del hombro. Le llevó un buen rato relajarse bajo sus manos, pero rebosó de alivio cuando se dirigió a su hermano.

—Ya basta de este lugar —dijo el primero, cuya piel de color azul estaba empezando a desvanecerse—. Vayámonos.

El color estaba resurgiendo en su piel antes traslúcida, y Signa estuvo a punto de llorar de alivio cuando los labios pelados de Alexander y las heridas a su alrededor empezaron a curarse.

Una mirada a Muerte fue todo lo necesario para que procediera. Le había dicho a Signa que su apariencia a menudo cambiaba para ofrecerles a los espíritus el rostro de quien fuera que más necesitaban en sus últimos momentos. Aunque ella no podía ver lo que veían los hermanos, ninguno de los espíritus reculó cuando Muerte se acercó, sino que se relajaron al tomarlo de la mano, y empezaron una reacción en cadena por la que otros dos espíritus se acercaron a Muerte como si fuese un faro en un mar tormentoso, y la confusión se fue disipando de sus ojos.

—Vuelve rápido —susurró Signa.

La calidez que se estaba extendiendo por su cuerpo fue la confirmación necesaria para saber que había tenido razón. Aquello era exactamente lo que tenía que hacer.

Entre los espíritus, Muerte fue con la mirada de Signa a Briar. Tensó la mandíbula y luego asintió con la cabeza.

—Lo haré.

Muerte reunió a los espíritus que fueron hacia él y desapareció. Quedaban unos cuantos en los alrededores, curiosos pero temerosos aún de comprometerse. Briar se encontraba entre ellos.

Segundo a segundo, parecía que la realidad de su muerte estaba asentándose sobre ella, aunque, a diferencia de los otros, no tenía ningún deseo de aceptarla. Le temblaba el labio inferior, y Signa supo en el instante antes de que un grito le atravesara la garganta a la mujer que Briar no se iría tan fácilmente. La joven apenas tuvo tiempo de protegerse los oídos cuando llegó el sonido, tan penetrante que todas las copas de cristal que había cerca se hicieron añicos. El viento atravesó las ventanas y los fragmentos de cristal salieron volando de las mesas, haciendo un estropicio en la piel de los invitados que, poco a poco, estaban volviendo a la realidad, apretando las mandíbulas y moviendo los dedos mientras sostenían a sus parejas.

Los veinte minutos habían pasado en un abrir y cerrar de ojos. Se estaban quedando sin tiempo.

Amity también se dio cuenta, y se acercó más a Briar.

—No nos quedan más opciones —advirtió Signa a Amity, que tenía los ojos rojos en señal de advertencia mientras el frío de Muerte marcaba su regreso—. Va a hacerle daño a alguien.

—Tiene miedo —dijo Amity con una voz que nunca había contenido tanto veneno, y Signa supo sin dudarlo que, si intentaba hacer cualquier cosa, Amity se convertiría en el espíritu más terrorífico con el que se hubiera encontrado.

Amity pasó por delante de Signa e ignoró a Muerte completamente cuando agarró a Briar de la mano. Cuando el espíritu gruñó e intentó apartarse, ella la agarró con más fuerza.

—Vuelve conmigo. —Amity la sostuvo incluso cuando le cayeron lágrimas negras y ensangrentadas por las mejillas y el cuello—. Vuelve conmigo —repitió, presionando sobre sus pies para darle un beso de lo más suave a en la sien, justo debajo de la herida—. Llevo esperando demasiado tiempo para que me oigas decirte que te quiero. Vuelve conmigo, Briar, para que pueda decírtelo como toca.

Briar se quedó inmóvil bajo el beso, pestañeando para deshacerse de las últimas lágrimas y centrarse en Amity, que tenía los dedos entrelazados con los de ella mientras la sostenía. Aunque estuvo un largo rato sin decir nada, el viento cortante cesó, y ella dejó una mano temblorosa sobre la de Amity.

—¿De verdad eres tú? —dijo Briar con una voz tan suave que Signa creyó que se la había imaginado hasta que Amity se echó a reír y soltó el sollozo más feliz que había oído en su vida. Amity puso las manos alrededor del espíritu y le pasó los dedos por el pelo mientras la volvía a besar.

—Soy yo, y no me voy a ir a ninguna parte.

Amity inclinó la cabeza contra la de Briar y susurró unas palabras a las que Signa les dio la espalda, porque sabía que no iban dirigidas a ella. Deseó poder darles todo el tiempo del mundo, deseó no estar tan preocupada por que Briar perdiera el control otra vez en cuanto los cuerpos se descongelaran.

—Es hora de que os marchéis —susurró Signa.

Amity levantó la cabeza y ofreció una sonrisa diminuta con aquellos labios en forma de corazón.

—Creo que tienes razón. —Signa no había anticipado lo mucho que le dolerían aquellas palabras, aunque, en medio de tanta tristeza, sintió alivio por su amiga. Amity por fin tendría lo que quería—. Tus padres estarán muy orgullosos cuando les diga la mujer en la que se ha convertido su hija. La espera de estos veinte años ha merecido la pena. Estoy feliz de haberte conocido, Signa, aunque solo haya sido un momento.

Signa no sabría decir con certeza cuándo llegaron las lágrimas, solo que brotaron sin remedio.

—Yo también estoy contenta de haberte conocido. Diles a mis padres que tengo ganas de conocerlos algún día, ¿vale? Será un reencuentro precioso.

—Lo será. —Mientras Muerte se iba acercando, la brisa que se colaba por las ventanas aún abiertas desprendió pedazos de Amity—. Aunque espero que nos hagas esperar un buen rato. Disfruta esta vida, Signa. Disfrútala con libertad, y no dejes que nadie te impida estar con quien quieras o hacer lo que quieras. Cuando vuelva a verte, espero que tengas unas historias magníficas para compartir.

Las heridas de Briar se estaban curando rápidamente, y Signa supo que no había tiempo para más palabras. Se aguantó las lágrimas mientras Briar y Amity siguieron la llamada de Muerte tomadas de la mano, con ganas de explorar todo lo que las esperaba.

Signa apenas tuvo un momento para limpiarse los ojos porque el salón de baile volvió entrar en movimiento.

Seguían quedando más espíritus, algunos de ellos estarían seguramente merodeando por habitaciones que Signa aún no había explorado. El trío al que había conocido durante la primera noche en Foxglove había metido la cabeza y estaban observando mientras otros entraban en pánico por el aumento de cuerpos que habían vuelto a entrar en movimiento mientras los hilos dorados giraban alrededor del salón de baile.

Signa los ignoró, ya que lo peor ya había pasado y, por el momento, todo parecía estar bajo control. La música se retomó a mitad de canción, pero las risas rápidamente se convirtieron en susurros al tiempo que la gente se iba dando cuenta de los pequeños cortes que tenían por el cuerpo y de los cristales rotos que varias sirvientas ya se estaban apresurando por recoger. Signa vio a Byron y siguió su mirada a través de la pista, hacia donde Eliza Wakefield se estaba recogiendo las faldas. Había estado lo bastante lejos de las mesas como para evitar lesiones, pero tenía un aspecto más enfermizo que nunca, con la piel ceniza y los ojos tan vacíos como los de un espíritu, y se fue tambaleando hacia las puertas.

Detrás de ella, Destino tenía una expresión grave y Signa entendió que en cuanto volviera Muerte, tendría otra persona a la que reclamar.

La mirada de Blythe se cruzó con la de Signa desde la otra punta del salón de baile y, sin mediar palabra entre ellas, avanzaron entre la multitud y siguieron a Eliza escaleras abajo, hacia el exterior de Foxglove y la noche.

Treinta y nueve

Cuando la encontraron, Eliza estaba de rodillas en el jardín, vomitando en las amapolas. Tenía las manos sobre la tripa y un frasquito derramado de hierbas en aceite bien agarrado en el puño.

Signa se acuclilló a su lado mientras y Blythe agarró a Eliza de la mano.

—Dame eso —exigió Blythe con el frío de una tormenta de invierno—. Abre la mano y dame eso ya. ¿Cuánto has tomado?

Aunque Eliza tenía el aspecto de estar a un suspiro de la muerte, no soltó el frasquito que tenía agarrado, sino que, en su lugar, intentó que no lo vieran.

—Dejadme en paz —dijo echando humo, tan letal como Signa la sabía capaz. Sin embargo, lo que no esperaba era el miedo que hubo en la voz de Eliza cuando cerró los ojos con fuerza, se acurrucó en la tierra y continuó—: Es un castigo. Volveré a entrar cuando... —Se atragantó y se dobló sobre sí misma con la bilis cayendo por sus labios.

—Está delirando —dijo Blythe, y cambió de posición para quedarse detrás de Eliza y poder deshacerle los cordones del corsé mientras lloraba de alivio.

—Se está muriendo —clarificó Signa sin necesidad de levantar la vista para saber que Muerte había llegado al fin.

La tierra era hielo bajo sus yemas, y Eliza se acurrucó sobre sí misma, incapaz de dejar de temblar. Cuando las sombras se acumularon alrededor de ella, Signa enseñó los dientes.

No tomaré la misma decisión que hice con Blythe, le dijo. *No te pediré que hagas el mismo sacrificio, pero tampoco te permitiré que te la lleves. No hasta que lo haya probado todo.*

Su tiempo se está acabando, pajarito, advirtió Muerte. *Hay batallas que ni siquiera tú puedes ganar.*

Tal vez, pero no sería por falta de empeño. Signa se deshizo de los guantes, tomó de la mano a Eliza y retiró sus dedos del frasco de cristal uno a uno.

—Lo necesito —exclamó Eliza, forcejeando con Signa por mantener el frasquito agarrado—. No lo entiendes...

—Artemisa. —Blythe se levantó de la posición acuclillada, con los dedos alrededor de la corteza del árbol contra el que se apoyaba—. Ahí dentro hay artemisa y atanasia. Tú puedes ayudarla, ¿no?

—¿Atanasia?

Era una hierba bastante común, y solía utilizarse para aliviar los dolores de estómago o de cabeza. Pero Signa tuvo que rebuscar en su mente para encontrar algo sobre la artemisa y pensar en todo lo que había oído sobre ella, en todo lo que había leído: usos, peligros...

Se quedó helada y con el rostro sombrío al bajar la mirada hacia donde Eliza se agarraba el estómago. No tenía las manos colocadas en el medio, sino más abajo, justo en la curva de la tripa. Blythe debió reconocer el momento en el que Signa lo entendió, porque se inclinó y se acercó más a ella. Signa levantó el vestido de Eliza por encima de sus rodillas y vio exactamente lo que se había temido: sangre. Demasiada. Y estaba empapando su ropa interior.

—Estás embarazada —Signa se había quedado sin aliento. ¿Cómo no se había dado cuenta antes? Su obsesión por encontrar un marido, sus náuseas... Eliza llevaba embarazada todo aquel tiempo, pero ni ella ni su bebé sobrevivirían si Signa no hacía algo pronto.

Miró a Blythe, que ya se había quitado los guantes y los había dejado a un lado para arremangarse. No había duda en la mirada que le echó a Signa, solo una exigencia: que lo arreglara.

—Si vas a hacerlo, tiene que ser ya —dijo Muerte con una voz para nada suave. Fue tan poderosa como él, y atravesó la noche y despertó el fervor de la determinación dentro de ella—. Tiene que ser antes de que muera. De lo contrario, no puedo permitirte que la reclames.

La advertencia que Destino le había hecho unos días atrás resonó en su cabeza, y Signa dudó antes de colocar las manos desnudas sobre Eliza. Tenía que sanar no solo una vida, sino dos, y no tenía ni idea de por dónde empezar.

Cerró los ojos y se concentró con todo su ser en ayudar a ambos, en hacer que estuvieran sanos y salvos. Lo visualizó en su mente, como le había enseñado Destino. Se imaginó a Eliza con unas mejillas redondas y radiantes, y a un bebé que viviría para ver aquel mundo. Aun así, cuando hizo presión con sus palmas sobre Eliza, Signa no pudo escapar de los pensamientos intrusivos que la advertían de la quemazón que iba a llegar.

Era demasiado doloroso. No podía hacerlo. No podía...

—Ni te atrevas a rendirte —dijo Blythe, que tomó la mano de Signa y la apretó hacia abajo—. Ayúdalos, Signa.

Aquella vez, cuando llegó el calor, Signa abrió las puertas y dejó que la consumiera. No se detuvo cuando lo sintió como si el fuego le estuviera lamiendo la piel. No se movió ni siquiera cuando se convenció de que aquella magia la estaba derritiendo viva, o cuando sintió tanto picor en los ojos que temió no volver a ver nunca.

Dejó que el calor la consumiera hasta que solo vio un abismo de blanco puro. No había nada más que un espacio infinito por delante, hasta que oyó una risa suave y jovial. Entonces un rostro tomó forma: era el de Destino, aunque más relajado, porque se reía y abrazaba a alguien. Se dio cuenta de que la estaba abrazando a ella.

Solo que Signa no era ella misma, sino otra mujer. Una con el cabello ondulante y de un blanco tan puro como la nieve, que se reía mientras se ponía de puntillas para besarlo.

Signa entendió vagamente que estaba viendo otro recuerdo, y que era de hacía mucho tiempo. En él, la mujer que veía en su mente se había consumido con el roce de Destino, y bastaba un solo beso suyo para que el corazón le estallara. Era de un tiempo en el que vio a Muerte sentado a solas, observando desde la sombra de un árbol de wisteria, y ella no sintió nada por él.

Con la misma rapidez con la que llegó, el recuerdo se le escapó y Signa separó de Eliza. Puso la cabeza en las manos, sentía un dolor que la consumía tanto que deseaba desmayarse, pero su mente no le permitiría escaparse, no después de lo que acababa de ver. El recuerdo fue corto y vago, nada más que destellos pasajeros. Pero ya no podía achacarlo a la coincidencia. Los recuerdos de Vida eran reales, y mientras Muerte susurraba unas palabras que ella no podía oír por su falta de atención, Signa se acurrucó sobre sí misma.

A pesar de los poderes de Vida y de todas las pruebas que había recogido hasta el momento, se había aferrado a la esperanza de que Destino estuviera equivocado. De que todo lo que había hecho hasta el momento hubiera sido casualidad, y que un día encontrarían a la verdadera reencarnación de su esposa y terminarían con aquel embrollo. Signa podía ignorar una canción, pero no podía negar aquellos recuerdos.

—Respira, pajarito —susurró Muerte al inclinarse a su lado. Signa estaba intentando por todos los medios guardar las apariencias, pero estuvo a punto de perderse a sí misma ante aquellas palabras porque aquel era el hombre al que amaba. Aquel era el hombre al que quería besar, y cuya mera presencia conseguía que su cuerpo entrara en calma. Pero Signa sentía que había más recuerdos esperando, buscando el momento para resurgir cuando ella menos quisiera.

Eliza recobró el conocimiento unos segundos después. Su piel fría y sudorosa había empezado a secarse, y la hemorragia se había detenido. Pero teniendo en cuenta que Signa aún podía ver a Muerte merodeando cerca, Eliza aún no debía estar completamente fuera de peligro.

Blythe no se había movido ni un centímetro, y solo se alertó cuando Eliza intentó quitarse el vestido de los muslos, con la sangre seca aferrándose a su piel.

—Cuidado —susurró Blythe con una voz aturdida—. Deberías ir despacio.

Eliza arrugó las cejas. Pasó la mirada de las amapolas hacia los árboles que la rodeaban mientras se quitaba la tierra de encima.

—¿Qué demonios ha ocurrido?

Blythe apenas pudo contener un resoplido.

—Tú eres quien nos lo debería contar.

—Estás embarazada —añadió Signa a la aparente confusión de Eliza.

Aquella vez, cuando lo dijo, Eliza fue congruente y la miró a los ojos. Signa tenía que intentar bloquear los recuerdos de Vida durante un momento más y, en su lugar, reunir las piezas sueltas del rompecabezas de aquel misterio y decir lo que pensaba en voz alta mientras las juntaba.

—La noche en que murió tu tío, Everett me dijo que el duque estaba intentando que te casaras...

—Con un hombre que tenía un pie en la tumba —interrumpió Blythe, que, al parecer, estaba llegando a la misma conclusión que Signa.

—Y que no hiciera preguntas —señaló Signa, a quien le castañeteaban los dientes cada pocas palabras—. El difunto duque sabía lo del embarazo, ¿no?

No había manera de escapar a la verdad de la situación, y Eliza pareció darse cuenta. Abrió y cerró la boca varias veces hasta que se dio por vencida y soltó la tensión que tenía en los hombros.

—Lo único que decía Sir Bennet era lo mucho que necesitaba un heredero. Tal vez fuera un buen partido sobre el papel, pero ¿os podéis imaginar a alguien tan mayor como para ser vuestro abuelo poniéndoos la mano encima? —Eliza se estremeció. Las tres lo hicieron.

Un vistazo al frasquito de hierbas tirado le dijo a Signa todo lo que necesitaba saber sobre la siguiente pieza del rompecabezas, por lo que insistió:

—Tú no querías casarte con él, así que fuiste a la botica a por una solución.

Signa se acordó de la visita que hizo tres meses antes, cuando la tendera había sospechado que Percy tramaba algo y le había ofrecido un remedio para encargarse de él. Tal vez aquello también hubiera sido cianuro.

La respuesta de Eliza llegó en unas palabras tan intensas que cada una pareció ser una frase propia:

—Yo nunca, jamás, he querido hacerle daño a mi tío. —Agarró las faldas con el puño y se tomó un momento para detener el temblor de su labio inferior—. Leí sobre el cianuro en los periódicos. Había casos de envenenamientos en los que los hombres no morían, sino que caían enfermos por un tiempo breve. Solo necesitaba que mi tío creyera que Sir Bennet ya no era una opción viable. Quería que encontrara a alguien más, así que puse un poco de cianuro en una bebida que se suponía que un sirviente tenía que llevarle a Sir Bennet. Pero el señor Hawthorne lo detuvo en el camino y agarró la bebida envenenada. —Con el tiempo que había guardado el secreto, ahora fluía de la boca de Eliza como un río acaudalado.

»Debo haber comprobado la dosis cien veces. Nadie debería haber muerto aquella noche, lo juro. —Eliza se llevó las rodillas hacia el pecho y las abrazó con fuerza—. Jamás, Dios, jamás quise que mi tío muriera. Yo lo quería.

Blythe cayó redonda ante la confesión. Signa también deseó poder coserle la boca a Eliza para que se callara y arrastrarla hasta el guardia para liberar a Elijah antes de que dijera otra palabra. Pero tanto ella como Blythe se mordieron la lengua, porque, a pesar de todo, había una verdad en el aire: de haber estado en la posición de Eliza, cualquiera de las dos habría estado igual de desesperada.

No era de extrañar que Eliza hubiera acudido al baile de Destino tan solo una semana después de la muerte de lord Wakefield: había estado desesperada por encontrar marido. Si Eliza se había enterado de su embarazo antes de la muerte del duque, aquello quería decir que llevaba varios meses embarazada. Signa bajó la mirada hacia la tripa de Eliza. Estaba haciendo un gran trabajo escondiéndolo, pero no podría hacerlo durante mucho tiempo más.

Signa recogió el frasquito de hierbas y lo examinó más de cerca.

—¿Quién te ha dado esto?

Eliza se puso tiesa ante la concisión de Signa.

—Mi doncella, Sorcha. Llevo encontrándome mal desde el inicio de mi embarazo, y es imposible esconderlo de la persona que te ayuda a vestirte. En cuanto se enteró, empezó a traerme hierbas para rebajar el dolor y los calambres.

Seguramente fuera un error inocente, pero Signa no podía descartar el juego sucio, por lo que dijo:

—En pequeñas cantidades, estas hierbas son seguras. Pero tienen otro uso, Eliza. ¿Tú sabías que estas hierbas son populares entre mujeres con embarazos no deseados?

Se trataba de unas hierbas potentes y peligrosas, y podían causar el mismo daño a la madre que al bebé. Aun así, aquello rara vez evitaba que una mujer desesperada las tomara.

En demasiadas ocasiones, el mundo no consideraba a las mujeres como personas, sino como trampolines para los hombres. Una mujer quedaba condenada al ostracismo en cuanto se salía del camino prescrito, abandonada a su suerte en un mundo con muy pocas oportunidades. Signa deseaba que hubiese una opción más segura que aquellas hierbas, pero no podía culpar a Eliza por la decisión que había tomado.

—Solo tomé las hierbas para rebajar el dolor —dijo Eliza con tanta convicción que Blythe se removió por dentro—. Pero sabía lo que podían hacer, y quería tener la opción. Nunca quise que mi tío muriera, pero no podía casarme con el hombre que eligió para mí. Dios, no era mi intención que esto ocurriera así.

—¿Qué hiciste con el cianuro después? —insistió Signa—. ¿Alguien más te vio con él?

—Nadie —juró Eliza—. Entré en pánico y lo arrojé.

Blythe se había mantenido en silencio y, mientras tanto, el pesar se había acumulado en las arrugas de su frente. Luego preguntó en un susurro:

—¿Qué papel tiene mi tío en esto? ¿Byron es el padre?

Aquella pregunta hizo que Eliza se sonrojara tanto que, en cualquier otro momento, Signa quizá se habría burlado de la mujer.

—Byron conoce mi estado, pero el padre no está involucrado. Ni siquiera sabe que estoy embarazada.

—¿No crees que sería una buena idea decírselo? —insistió Blythe—. Tal vez esté dispuesto a ayudar.

—¡Qué idea más buena! —escupió Eliza—. ¿No crees que se lo habría dicho si pudiera? Pensaba que ya estaríamos casados a estas alturas, pero no he podido contactar con él. Byron me ha estado ayudando a buscarlo y se ha ofrecido a casarse conmigo en caso de que lo necesite. Es un buen hombre.

Con un gran peso en el estómago, Signa pensó en los papeles que había en el estudio de Byron, en los mapas con ciudades tachadas y notas desperdigadas. Meses atrás, Eliza adulaba a Percy, y él se había mostrado más que receptivo ante aquel interés.

Cinco meses atrás... El tiempo cuadraba, y cuando Signa se giró para echarle un vistazo a Blythe, quedó claro por el brillo que había en su mirada que ella también se había dado cuenta.

—Percy es el padre —susurró—. Por eso Byron te ha tendido la mano.

Con aquellas palabras, la determinación de Eliza se hizo pedazos, se dobló por la cintura y agarró a Blythe de la mano, sollozando de manera que se le sacudía el cuerpo.

—¿Por qué nadie sabe dónde está? ¿Por qué saldría corriendo a no ser que no quisiera nada conmigo ni con este bebé?

Signa bajó la mirada hacia el frasquito que había entre ellas. Pensó en el orgullo y los modales de Percy, y se preguntó qué habría pensado de aquella situación de haberlo sabido. ¿Le habría recordado demasiado a Marjorie como para soportarlo? ¿O se habría casado con Eliza y aguardado el nacimiento de aquel bebé?

Fuera cual fuese la respuesta, jamás la sabría. Eliza no encontraría nunca a Percy, y él nunca sería el padre de aquel bebé. Todo por culpa de Signa.

—Signa —dijo Muerte, pero ella le dio la espalda mientras sus sombras se deslizaban por detrás—, tú no eres la culpable aquí. No pienses en Percy ni en la vida que te llevaste —la instó—. En vez de eso, mira a la persona a la que le diste vida. Si no hubieras hecho nada, él habría matado a Blythe.

Hubo apenas un segundo en el que Signa habría jurado que Blythe lanzó su atención hacia Muerte. Pensó que vio los ojos de la muchacha ponerse como platos, pero enseguida se agachó hacia Eliza y le apretó la mano.

Signa sentía como si le hubieran golpeado el pecho con un hierro caliente. Habían estado a unos segundos de conseguir una coartada para salvar a su tío, pero no podían entregar a Eliza. No cuando era la madre del bebé de Percy y lo último que quedaba de él en aquel mundo. Signa no podía arrebatarle también aquello a la familia Hawthorne.

—Todo irá bien —dijo Signa intentando imitar el tono familiar que utilizaba Muerte para apaciguar a los espíritus inquietos, aunque estaba haciendo un trabajo espantoso con su voz vacilante—. Si decides quedarte con el bebé, díselo a Everett. Es un buen hombre. Pero, si por algún motivo decide no serlo, tu bebé y tú tendréis un hogar aquí en Foxglove en caso de que lo necesitéis. Y si decides no tener al bebé, encontraremos una manera más segura de ayudarte sin esas hierbas.

Signa se levantó y agarró a Eliza por la muñeca para ayudarla a que se pusiera en pie. Era ligera como una pluma, y aunque parecía tener un aspecto muchísimo mejor, seguía tambaleándose con cada paso.

—Nos aseguraremos de que Everett sepa que no tiene que preocuparse por ti —prometió Signa mientras le limpiaba algo de tierra que tenía Eliza en la ceja, pensando en cómo llevarla de manera segura y que pasara desapercibida a una habitación de invitados—. Que sepas que estarás bien, Eliza. Y también tu bebé. No os abandonaremos.

—¿Por qué ibas a protegerme? —preguntó Eliza, más como una exigencia que como una pregunta, con cada palabra tensa y entrecortada—. Por mucho que lo finjamos, no somos amigas. Soy el motivo por el que tu tío está en prisión.

Aquella pregunta era razonable, pero Signa no tenía ninguna respuesta que dar. Si el padre de aquel bebé hubiera sido cualquier otro, ¿habría protegido igualmente a Eliza? Blythe seguramente la habría lanzado a los lobos para salvar a su padre, y ¿no habría sido aquello también razonable?

—Hiciste todo lo que pudiste para protegerte a ti y a tu bebé. No te puedo culpar por eso.

Signa era incapaz de ver un camino correcto y verdadero, pero aquel era el que le parecía más acertado. Eliza se la quedó mirando un largo rato, y al final extendió el brazo para agarrarla de la mano.

—Gracias —susurró con aspecto de querer decir algo más, pero oyeron un ruido sordo detrás de ellas.

Signa reconoció los pasos de Byron antes de verlo él, con el bastón agarrado con fuerza mientras miraba a Eliza con tanta crudeza que Signa se preocupó por si lo había confundido con otra persona. El hombre atravesó corriendo el jardín, pisoteando las amapolas bajo sus botas, y la tomó por los hombros.

Byron no era ningún necio; le bastó ver la sangre y el barro en el vestido de Eliza para que se le humedecieran los ojos. Le temblaban los labios, y los abrió para intentar buscar palabras, pero la joven le colocó una mano sobre la que empuñaba el bastón.

—Estamos bien —susurró, y se llevó la mano libre a la tripa—. Ambos.

Gracias a Dios que estaban cerca de un árbol, porque Byron tuvo que extender el brazo para mantener el equilibrio, amenazando con derrumbarse bajo el peso de su alivio.

—¿Lo saben? —preguntó con frialdad, ante lo que Eliza asintió con la cabeza.

—Sí. Y ellas son el motivo por el que me encuentro bien, así que cuidado con lo que dices, Byron.

Blythe y Signa cruzaron la mirada, aunque Blythe se dio prisa en darse la vuelta, ya que Byron enseguida se quitó la chaqueta para colocarla alrededor de Eliza.

—Llamaré a una sirvienta para que te ayude a limpiarte —le dijo Byron en voz baja y con sinceridad—. Nadie sabrá nada de esto.

Al parecer, hasta un hombre tan duro como Byron podía quedar deshecho por un bebé.

—Ve a por la señorita Bartley —señaló Signa—. No se lo contará a nadie.

Byron asintió y esperó a que Eliza recuperara fuerzas para entrelazar los brazos y luego hacer el corto camino de vuelta a Foxglove. La niebla los envolvía como unas fauces hambrientas, y cualquier esperanza que le quedara a Signa se desvaneció cuando aquella niebla se tragó sus figuras por completo.

Aquel era el final, de verdad. Sin nadie a quien culpar, a Elijah lo iban a colgar. Blythe parecía estar pensando en lo mismo, ya que dio un paso adelante.

—Mi padre no puede ser el chivo expiatorio —dijo sin rastro de emoción bajo una máscara de piedra. Se metió la mano en el corsé y sacó un retal de tela de oro, que le extendió a Signa con un gran gesto de gravedad—. Solo tenemos un modo de arreglar esto.

A su alrededor, Muerte convirtió el mundo en hielo mientras Blythe le sostenía la mirada a su prima.

Aquello no podía ser lo que Signa creía... Pero cuando tomó el tapiz, su calor le golpeó con tanta brusquedad que lo dejó caer y se llevó la mano al pecho como si tuviese una herida invisible.

—¿Qué es eso? —preguntó.

Blythe inspiró y, al exhalar, pareció transformarse en una persona completamente diferente, en alguien tan frío e insensible que cuando entrecerró los ojos sobre los de Signa, casi no parecía humana.

—Así vas a arreglar este desastre tuyo —le dijo Blythe—. Te vas a casar con Aris.

Cuarenta

Signa nunca había sentido el corazón tan pesado como cuando vio el tapiz extendido frente a ella, con la mano de Blythe todavía encima. La mirada de su prima era desafiante, y Signa no podía obviarla, por muy agotada que se encontrara.

—¿Cuánto tiempo llevas sabiendo lo que es? —susurró.

—No tanto como el tiempo que llevo sabiendo lo que tú eres.

Blythe retiró la mano, con una gran severidad en el rostro. No pestañeó cuando clavó su mirada en la de Signa, esperando a ver su siguiente movimiento como si fuera una partida de ajedrez.

Detrás de Blythe, Muerte estaba tan enfurecido que los árboles se sacudían, y Signa tuvo que arriesgarse y lanzarle una mirada furiosa antes de que les cayera una tormenta encima.

—Esta no es la manera —dijo furioso, con cada palabra como si fuese una lanza—. Encontraremos otra forma de hacerlo.

Tal vez, pero con la advertencia de Destino sobre traer a un alma de vuelta de entre los muertos, Signa no veía cómo, y tampoco tenían tiempo para encontrar otro modo. Blythe tenía razón al referirse a aquello como su desastre, y ella tenía la responsabilidad de proteger a aquella familia.

Vete, le dijo a Muerte, ya que no les haría ningún bien a ninguno de ellos que estuviera presente durante aquella conversación. Signa cuadró los hombros y dejó de estremecerse bajo la intensidad de la mirada de su prima. *Necesito hablar con ella a solas.*

Signa...

Vete. Por favor.

Muerte parecía estar en guerra consigo mismo, con los truenos retumbando mientras las sombras de la noche parpadeaban, encolerizadas. Cuando su atención se desvió hacia Foxglove, la prisión que había en el aire se rebajó.

No hagas ninguna tontería, fue todo cuanto dijo antes de desaparecer en dirección a la casa, y Signa supo, sin lugar a duda, que él y su hermano iban a tener una conversación propia.

A solas, Blythe se mantenía a una distancia prudencial que Signa sintió como un cuchillo en el costado. No quedaba ni rastro de la muchacha con la que se había reído en la nieve y con quien había he estado a altas horas de la noche cotilleando mientras tomaban el té. Ya no quedaba ni rastro de la amiga a la que había visto como a una hermana, sino que en su lugar había una mujer a la que Signa no reconocía.

—No sé lo que te habrá dicho Aris sobre mí —empezó Signa, rezando por encontrar las palabras adecuadas—. Tampoco sé lo que te ha contado sobre él mismo, pero no es seguro confiar en él.

—Me da igual si es seguro o no. —Blythe abrazó el tapiz contra su tripa. Tenía la voz sorprendentemente en calma, sin la mordacidad que había esperado Signa—. Tú tampoco lo eres, Signa. Te he visto tomar una vida con un solo roce.

También tomaste la de mi hermano. ¡Iba a tener un bebé! Ahora ese bebé no tiene padre, no tenemos coartada y mi padre se está pudriendo en una celda y lo van a ahorcar en una semana. No voy a dejar que muera por esto. —La calidez del tapiz irradió hacia Signa cuando Blythe se lo extendió, y le tomó todo cuanto había en su ser no retroceder.

»Sé que Aris no es ningún príncipe —continuó Blythe—. Pero sea lo que sea, tiene poder. Ha accedido a liberar a mi padre a cambio de que te cases con él.

La calidez se estaba filtrando en la piel de Signa y, centímetro a centímetro, sentía como si la estuvieran incendiando. Sus respiraciones eran tan suaves como los recuerdos de antes en su mente.

—¿No te parece raro? —Signa apenas pudo formar las palabras mientras observaba la bruma dorada que rodeaba el tapiz, que brillaba tanto que dolía—. Aparece de la nada y quiere casarse conmigo. Y no nos va a ayudar a no ser que accedamos.

—Él sabe lo de las sombras que te siguen. No quiere que andes cerca de ellas.

Entonces, Signa extendió el brazo para arrebatarle el tapiz de las manos a Blythe. Le costó todo lo que había en ella no caer de rodillas cuando la quemazón la atravesó.

—Claro que no —siseó Signa, comprobando que la mano no se le hubiera chamuscado—. ¿Sabes siquiera lo que son esas sombras?

Durante un breve momento, Signa habría jurado que a Blythe se le suavizó el rostro y que se le pusieron los ojos llorosos. Aquella ternura, sin embargo, fue pasajera. Apareció y desapareció en cuestión de segundos.

—Hasta su nombre es peligroso —dijo Blythe—. No me atrevo a decirlo en voz alta.

Signa no había esperado que ella supiera la verdad. No había esperado que lo creyera. Tenía la boca aturdida, le costaba formar las palabras, más aún pronunciarlas.

—Él te salvó la vida —consiguió decir—. Te protegió en varias ocasiones. Él me permitió salvarte.

A Blythe se le llenó la frente de arrugas. Fuera lo que fuese que le hubiera dicho Destino, no era aquello.

—Me da igual. —Blythe retrocedió, enfadada, dolida y con el mismo aspecto que su madre en aquel momento—. Me tiene que dar igual, Signa. Esta es la única opción. Es la única manera que tenemos de salvarlo, y lo sabes.

Mientras Signa dejaba que el tapiz se filtrara en su piel, supo con todo su ser que Blythe tenía razón. Tal vez hubiera sido capaz de utilizar los poderes de Vida, pero ¿merecía la pena arriesgar la vida de Elijah confiando en ellos? ¿Merecía la pena arriesgarse al caos que Destino prometió que traería Signa?

Destino había dicho que haría lo que fuera necesario para alejar a Signa de Muerte, y al fin había cumplido aquella promesa, porque, para salvar a Elijah, la única opción era que Signa aceptara su trato.

* * *

Destino estaba descansando cerca de la pista de baile, dándose un festín con un pastelito reluciente en una mano y champán en la otra, y entonces la ventana del balcón se hizo pedazos y Muerte descendió en una tempestad de sombras. Destino estaba a mitad de bocado y apenas había visto a su hermano cuando las luces de Foxglove se apagaron y Muerte puso la mano alrededor de su cuello.

La copa de champán de Destino golpeó contra la pared y se rompió cuando Muerte se la tiró de la mano. Se atragantó con la tarta y buscó a tientas algo a lo que agarrarse mientras Muerte lo estampaba contra la pared y apretaba el antebrazo contra su tráquea.

—Puede que empieces guerras, hermano, pero siempre soy yo el que las termina.

Muerte estiró la mano para invocar su guadaña, pero parecía que no podía o no quería levantarla contra su hermano, porque, al final, su mano se quedó vacía.

—Quítate de encima —escupió Destino, liberándose de las manos de Muerte mientras Signa y Blythe entraban corriendo al salón de baile—. Dios, estás lleno de tierra. Esto es una fiesta, hermano. Muestra algo de decoro. —Y se sacudió.

Entonces, Signa se dio cuenta de que los cuerpos a su alrededor se habían vuelto a quedar quietos, algunos de ellos con la boca abierta en mitad de un grito. A su lado, Blythe se cubría la mano mientras Muerte agarraba a su hermano por el cuello.

—No puedes obligar a una persona a estar contigo —gritó, y el aire a su alrededor se volvió tan denso que Destino se puso a resollar, con el rostro volviéndosele de color azul—. Te odiará siempre, y yo también.

—No estoy obligando a nadie —consiguió apenas sisear Destino. Los hilos de oro destellearon a lo largo del salón de baile, más y más brillantes, hasta que Muerte aflojó la mano lo suficiente como para que Destino diera una fuerte respiración. Destino no necesitaba palabras para que su amenaza fuera clara, ya que sus hilos estaban agregados a todo, y Signa ya había visto la facilidad con que podía manipularlos—. El juramento que nos hagamos será uno al que Signa accederá por voluntad propia.

—¿Por eso me dijiste que organizara una fiesta? —Signa cruzó el salón de baile para colocarse ante los dos hombres—.

¿No para ayudarme, sino para que descubriera que no tengo otra manera de salvar a Elijah que dependiendo de ti?

—Yo solo he colocado las piezas para ver cómo se desarrolla la historia —dijo Destino, cuya expresión se oscureció cuando consiguió liberarse del agarre de Muerte—. ¿Acaso no fui claro cuando dije que estaba dispuesto a hacer cualquier cosa? ¿Acaso no te di las respuestas que te prometí?

Desde el primer momento, Signa había sabido lo poco acertado que era confiar en Destino, pero no había tenido otra opción. Ella era libre de aceptar su oferta o no, pero al echar un vistazo a Blythe y ver lo pálida que estaba y la fuerza con la que se abrazaba a sí misma, Signa sabía que no quedaba otra opción. Al menos, ninguna que protegiera tanto a Eliza como a la familia Hawthorne.

En una ocasión, Muerte prometió que le pegaría fuego a aquel mundo por Signa. Pero parecía que ella no podía hacer lo mismo por él, ya que los Hawthorne le habían arrebatado el corazón, y haría cualquier cosa que estuviera en su haber para protegerlos. Cuando Signa muriera, tendría todo el tiempo que quisiera para estar con Muerte. Pero, por el momento, miró directamente a Destino a los ojos y dijo lo único que podía decir:

—Lo haré.

En cuanto las palabras salieron de sus labios tuvo la sensación de que su mundo había terminado.

—Esta no será una unión feliz, Destino. Te lo aseguro. Cada día durante el resto de mi vida lucharé por deshacerme de ti. Pero si prometes que liberarás a Elijah y dejarás que los Hawthorne sigan con sus vidas en paz, aceptaré este trato por voluntad propia.

—Signa...

Muerte buscó su mirada, pero ella se negó a dársela, porque temía cambiar de opinión. Solo podía mirar a Blythe, que observaba la razón de aquella promesa. La razón por la que estaba dispuesta a renunciar a todo lo que amaba por proteger a la familia que la había acogido y que la había querido cuando nadie más lo hizo.

—Por favor, no lo hagas. Me prometiste que no habría más tratos —susurró Muerte.

Cómo deseaba Signa no tener que hacerlo. Cómo deseaba poder acurrucarse en los brazos de Muerte y fingir que el sonido de su corazón partiéndose no partía el suyo propio en dos. Cada día, durante el resto de los años que le quedaran por vivir, aquella decisión la destrozaría.

—Quiero pasar una noche más con él —le dijo a Destino, que, por lo menos, tuvo la de decencia de parecer indeciso cuando ella se acercó, como si él también temiera que Signa se escapara de su alcance en cualquier momento—. Dame una noche más. No para maquinar ni encontrar un modo de salir de esta, sino para despedirnos. Mañana por la mañana depositaré mi sangre sobre el tapiz y me uniré a ti. Pero antes, dame una noche sin estar enferma, sin límite de tiempo.

Destino tensó la mandíbula.

—No voy a compartirte...

—¡No soy tuya! —Le daban igual los recuerdos. Le daba igual lo que él hubiera sido o dejado de ser para ella en otra vida. En aquel momento, Destino era el malo que había jurado que no sería nunca—. Tú y yo no tenemos ninguna unión, y nunca la tendremos a no ser que aceptes mis términos. Quiero una noche más.

Desde su expresión hasta su postura, todo en Destino estaba encrespado y agitado. Aun así, debió tener la sensación de que Signa iba en serio con cada palabra.

—Es más de lo que él se merece, pero te concederé tu noche. Solo una, para despediros.

No era suficiente. Nunca lo sería. Aun así, se agachó para recoger un fragmento de cristal roto y se lo apretó contra el pulgar, esperando a que saliera sangre para luego ofrecérselo a él.

—Hasta el momento en el que me una a ti, debes aceptar que me permitirás no solo ver a Muerte cuando sea, sino tocarlo sin ningún daño. Júrame esto, y que liberarás a Elijah cuando se haga el juramento, y tendrás una esposa.

—Signa... —Muerte extendió el brazo hacia ella, y a Signa casi se le parte el corazón al esquivarlo.

Destino no sonrió, sino que la miró con el rostro inexpresivo al sacar una aguja del bolsillo de su chaleco, con la que se pinchó en el pulgar y luego apretó contra el de ella para sellar el juramento de sangre.

—Acepto tus términos.

Destino era un necio si creía que así era como iba a ganar. Signa no sabía cuánto tiempo le llevaría, pero terminaría por escapar de él. Terminaría por volver a encontrar a Muerte, ya fuera en aquella vida o en la siguiente.

Signa se giró hacia él, sin importarle que Destino y Blythe estuvieran mirando. Sin importarle que estuvieran en medio de un salón de baile oscuro, rodeados de espíritus curiosos y de las marionetas de Destino, cuando tomó el rostro de Muerte entre las manos y le dio un beso en los labios.

Signa detestó que su primer pensamiento no fuera sobre el beso en sí, sino que debería memorizar cómo encajaban sus labios contra los de ella; que debería memorizar cada hoyuelo y cada curva de su piel desnuda bajo sus yemas, y la oleada de frialdad que se posaba sobre ella. La tensión en su cuerpo se relajó cuando Muerte la atrajo hacia su pecho y la rodeó con los brazos.

—Ven —susurró Signa mientras cerraba los dedos alrededor de los suyos. Se puso de puntillas y lo volvió a besar—. Vámonos de aquí.

La música continuó en cuanto Signa salió del salón de baile de la mano de Muerte. Las voces volvían a trinar desde dentro, la risa flotaba en el aire mientras el baile volvía a la acción. Nadie parecía recordar que las luces se hubieran apagado ni nada sobre dos inmortales peleando a su lado.

Signa no hizo caso a los invitados que había en su casa, dejó que Destino y Blythe se encargaran de ellos. Qué más daba, igualmente, cuando pronto se marcharía de Foxglove con la misma rapidez con la que se había instalado.

Había una tristeza insoportable en aquellos pensamientos, una que la consumiría si ella lo permitiera. Por eso no le quedó otra opción que sacárselos de la mente al bajar las escaleras acompañada de Muerte. No le quedó otra opción que la de descartar todos los pensamientos de su mente, teniendo en cuenta la emoción que amenazaba con abrumarla en cualquier momento. Si aquella iba a ser su última noche viviente con Muerte, se negaba a pasársela llorando.

Muerte susurró su nombre, la llamó, pero ella no se detuvo. Signa se fue corriendo a la segunda planta, a la habitación que había convertido en la suya.

—Signa —volvió a llamarla Muerte, aquella vez con urgencia—. Déjate de tonterías y háblame.

Muerte agarró la mano de Signa con más fuerza, y tiró de ella hacia él mientras se recostaba contra la pared del pasillo. El lugar estaba vacío, pero Signa no podía evitar sentir que tenía ojos sobre ella, observando. Pero ¿qué más daba? Si la gente la veía hablando con las sombras, ¿qué repercusiones podría haber? Al día siguiente, Foxglove ya no sería su hogar y los vecinos entrometidos no serían ninguna preocupación.

—No hay tiempo —susurró ella, deseando que Muerte se diera prisa y la siguiera, deseando que dejara de pelear. Pero Muerte la agarraba con fuerza y se agachó para dejar su frente contra la de ella. Estaba en su forma humana, con la mirada de ojos oscuros implacable. Signa cerró los ojos con fuerza ante el roce de su piel fría, mientras que la suya seguía caliente por el latido de su corazón.

—Podríamos tener todo el tiempo del mundo, pajarito —susurró—. No tienes que hacer esto.

No había nada que Signa deseara más que aquello fuera cierto. Se pasaría la eternidad con Muerte si las circunstancias lo permitieran. Y qué feliz sería.

Signa inclinó la cabeza para darle un beso en aquellos labios que habían sido creados para encajar con los suyos.

—Sabes que sí —susurró, y tomó su labio inferior entre los de ella y los volvió a besar.

Muerte la sostenía con ambos brazos y tiraba de su cuerpo hacia el suyo sin ninguna señal de dejarla ir.

—Pues encontraremos la manera de romper el juramento una vez que liberen a Elijah.

Signa puso las manos alrededor de su cara, incapaz de contener las lágrimas. Una vez que su sangre cayera sobre aquel tapiz, no habría manera de saber cuánto tardarían en romper el trato con Destino o qué represalias podría tomar.

—Escúchame. —Signa puso las palmas contra ambos lados de su cara—. Te quiero. Me has hecho más feliz y más yo misma de lo que he sido jamás. Si solo vamos a tener una noche, quiero que sea algo que siempre podamos recordar. —Deslizó las manos por su cuerpo, entrelazando los dedos con los suyos. Se llevó una de las manos de Muerte a los labios y le besó los nudillos. Muerte estaba quieto y en silencio, pero no protestó y dejó que ella se alejara y volviera a dirigirse hacia la habitación que había esperado compartir algún día con él.

En realidad, no había sido más que una fantasía inmadura. Con algo tan grande como la vida y la muerte entre ellos, debería haber sabido que aquella nunca sería su realidad.

Signa no le soltó la mano ni siquiera cuando entraron en la habitación y echó el cerrojo detrás de él. En cuanto la soltara, temía que fuera a desaparecer por completo y que aquel fuera a ser el final de su historia. Por eso, Signa lo mantuvo cerca y lo miró de frente mientras caminaba de espaldas hacia la cama.

No había alegría en sus ojos. Nada de aquel atractivo al que Signa se había acostumbrado. En vez de aquello, su mirada estaba llena de tristeza cuando se sentó en la cama y la llevó hacia su regazo.

—Tú eres mi mundo, Signa Farrow —dijo con una ternura en la voz que amenazaba con romper la determinación de Signa, que tuvo que apartar la mirada y cerrar los ojos contra los suaves besos que le daba por el cuello—. Pase lo que pase mañana, que sepas que esta no será nuestra última noche juntos. Juro que nada podrá detenerme a la hora de luchar por ti.

—Lo sé.

Las palabras de Muerte fueron una melodía preciosa, y Signa se aferró a ellas como una promesa. Que Destino creyera que había ganado, ni Muerte ni ella dejarían de luchar nunca.

Signa deslizó las piernas a ambos lados de Muerte y le rodeó el cuello con las manos mientras él la besaba, yendo con sus labios del cuello a la boca y, de ahí, bajando hasta el pecho. Se le cerraron los ojos, su cuerpo se estaba asfixiando bajo las capas del vestido incluso a pesar del frío perpetuo de

Muerte, y se estremeció cuando sus manos encontraron los cordones, como leyéndole la mente. Él siempre había tenido eso, una asombrosa habilidad para saber lo que Signa quería o en lo que estaba pensando.

Dios, cómo iba a echar de menos aquello.

Signa se bajó el vestido y ayudó a Muerte a dejarlo en el suelo. Él se tomó su tiempo para acariciarle la figura con la mano, haciendo dibujos con el pulgar por toda su cadera. Signa echó la cabeza hacia atrás, saboreando cada roce. Lo ayudó a quitarse la camisa y luego los pantalones mientras las sombras que había invocado seguían sus manos a lo largo de la piel de Signa, marcando un camino de hielo que ardía en su interior.

Muerte la saboreó despacio, recorriendo su pecho con los labios, recorriendo su ombligo y bajando hasta su parte más sensible mientras la colocaba sobre su espalda.

Su nombre tenía el gusto del vino dulce cuando Signa lo susurró en la noche. Movía las caderas contra él, pero cuando cerró los ojos para saborear la tensión creciente en su interior, las sombras se colocaron detrás de su cuello y le inclinaron la cabeza hacia atrás para que lo mirara.

—Mírame —dijo Muerte no en un susurro, sino como una orden que capturó su atención—. Quiero que me mires cuando te toco.

Signa se dio cuenta de que era un privilegio poder mirarlo después de tanto tiempo y ver cómo la sostenía, cómo la consumía. Enredó las manos entre las sábanas, y fue el ansia de su mirada lo que le llegó en lo más profundo, y su cuerpo se estremeció al soltar lo que se había acumulado en ella.

Entonces, Muerte se recostó y Signa se detuvo un momento para apreciar la vista de él ante ella, con las caderas enredadas entre las sábanas, su mirada sin desviarse nunca de la de ella.

Habría dado casi cualquier cosa por pasar el resto de su vida con él estando así. Con la mirada fija en la suya, Signa se subió en su regazo, quería saborear y sentir cada centímetro de él aquella noche, mientras pudiera.

Muerte gruñó con un deseo que se extendió sobre ella. Signa quería ganarse ese sonido. Quería sacárselo de los labios una y otra vez. Puso los brazos alrededor de su cuello, y lo agarró mientras sus cuerpos se unían, moviendo las caderas contra él. Muerte puso una de las manos alrededor de su cuello para aguantarla contra él mientras la otra la colocaba sobre su muslo y apretaba contra su piel.

—Eres mía. —No fueron palabras posesivas, sino una promesa—. Mientras me quieras a tu lado, eres mía, Signa Farrow. Haré que este mundo arda hasta las cenizas antes que dejar que alguien te aleje de mí.

Cuando saliera el sol, se acabaría el tiempo de estar juntos. Pero, por el momento, sacarían el máximo provecho de su despedida. Signa exploraría todo lo que había en él, y esperaba que cuando llegara el amanecer y los dejara solo con sus recuerdos, se acordaran de aquella noche para siempre.

Cuarenta y uno

Blythe

Blythe se había quedado sin aire cuando regresó al salón de baile, sonrojada y con la mano en el pecho.

No sabría decir qué fue lo que la llevó a seguir a Signa o qué habría hecho si su prima se hubiera dado cuenta de que ya estaba en el pasillo viendo cómo Signa hablaba con una neblina oscura que se estaba volviendo más visible a cada segundo.

A lo mejor Blythe había ido a hablar con ella. Tal vez había ido para intentar apaciguar la intensa culpa que estaba creciendo y enconándose en su interior.

O a lo mejor había acudido a por respuestas.

Él la habría matado. Él la habría matado…

Blythe había oído a Muerte decirle aquellas palabras a Signa en el jardín, con una voz que era como el humo y la miel. No parecía capaz de deshacerse de aquel sonido en su mente.

Él la habría matado.

Muerte no se refería a la persona en quien estaba pensando ella. No era posible. Aun así… Blythe aún no había llorado.

Llevaba semanas sabiendo que su hermano estaba muerto y seguía sin llorar por él.

No fue tan diferente a cuando descubrió lo de Signa. La verdad la había estado mirando a la cara desde el principio, solo era cuestión de creerlo.

Echaba de menos a Percy más de lo que podía decir con palabras, pero, por algún motivo absurdo, no sentía más que culpa posándose en su garganta, luchando por ahogarla. No por perder a su hermano ni por su falta de lágrimas, sino por ser incapaz de borrar el recuerdo de Signa con el corazón partido y el cariño con el que abrazaba a Muerte.

Signa Farrow estaba enamorada de la parca. Estaba enamorada, y aun así, estaba dispuesta a renunciar a su propia felicidad solo porque Blythe se lo había pedido.

Pero Signa se lo merecía, ¿no? Por todo el daño que le había causado a la familia Hawthorne. Además, las mujeres se casaban con hombres prácticamente desconocidos todo el tiempo, y Aris era mejor que la muerte en persona... ¿no?

En el salón de baile hacía demasiado calor, y estaba a rebosar de cuerpos bailando que ignoraban lo que estaba ocurriendo a su alrededor. ¿Por qué seguían estando ahí, dando vueltas con sus vestidos ridículos y riéndose mientras el mundo de Blythe se desmoronaba?

Iban a ahorcar a su padre. Su hermano muerto dejaba atrás un bebé sin nacer. Signa, la prima a la que tanto quería odiar pero que no podía por más que lo intentara, se iba a casar con un hombre en el que no podía ni confiar. Y si la cabeza no dejaba de retumbarle pronto, le entrarían ganas de arrancársela del cuello.

Con cada respiración que daba Blythe sentía como si alguien le estuviera arañando la garganta. Lo único que quería era que la fiesta terminara y que aquella gente se marchara.

Byron había ido a buscar a Charlotte y a Everett para que vigilaran a Eliza, y la única persona a la que Blythe aún reconocía era Aris. Incluso la manera en que sorbía el champán era demasiado engreída para su gusto, y antes de darse cuenta de lo que estaba haciendo, ya estaba acudiendo hacia él dando fuertes pisotones.

—¿Estás seguro de que sus intenciones son malas? —Blythe no sabía que aquella pregunta estuviera en su mente hasta que la escupió, y se ganó inmediatamente el escrutinio de Aris mientras dejaba su bebida. Él no necesitó preguntar a quién se refería.

—Se trata de Muerte, señorita Hawthorne. Estoy seguro de que tú misma puedes contestar a esa pregunta.

Aquel era el problema: no podía. Signa siempre había parecido relativamente sensata a la hora de juzgar a las personas, y el amor que sentía por él era innegable. También había asegurado que Muerte había salvado a Blythe. Si todo aquello era cierto y tanto ella como Muerte de verdad estaban del lado de Blythe...

Agarró la copa medio llena que Aris había dejado y se la terminó de un trago, haciendo una mueca.

—Tú cuidarás de ella, ¿verdad? —Dios, todo sería mucho más fácil si pudiera sacar a Signa de su mente y pensar en ella solo como la asesina que había destrozado a Blythe.

—Claro que lo haré. —Aris extendió la mano y Blythe la tomó por instinto. Él la condujo hacia la pista de baile y deslizó una mano sobre su cintura—. No le faltará de nada, te lo aseguro. Por lo menos, puedes estar tranquila sabiendo que tu prima ya no estará rodeada por la muerte en todo momento.

Aquello era precisamente lo que la molestaba. Lo entendiera Blythe o no, era difícil ignorar que estar con Muerte en todo momento parecía ser precisamente lo que quería su prima. Ella jamás la había visto con tanta ternura o adoración en el rostro. No se trataba de un capricho o una curiosidad morbosa, sino un amor de verdad que Blythe le iba a arrebatar. Todo por culpa de Aris. Todo por culpa de Destino.

—Sé lo que eres —dijo con unas palabras demasiado suaves, demasiado tímidas, y Blythe las detestó—. Y sé que eres consciente de cosas de las que nadie debería serlo. Quiero que me digas la verdad: ¿tú sabes lo que le ocurrió a mi hermano?

Él le apretó la mano con una severidad que fue como recibir un golpe en la garganta.

—Tu prima lo mató...

—Esa parte ya me la sé. —Hacía bastante tiempo desde la última vez que había bailado, pero el cuerpo de Blythe se movía sin esfuerzo con el suyo, igual que había hecho la noche de su fiesta; tenía el baile incrustado en los huesos—. Quiero saber el porqué. La verdad, Aris. Por favor.

Cuando la miró parpadeando, al parecer buscando una escapatoria, Blythe quiso acurrucarse sobre sí misma y no salir nunca de ahí, porque en aquel momento supo por qué no había llorado, por qué Signa se había llevado a Percy; y supo que lo que había dicho Muerte en el jardín era la verdad.

Percy había sido el que la había intentado matar, lo que quería decir que Percy había matado a su madre.

Blythe se alejó de un empujón cuando la música fue creciendo hasta un final excepcional. La cabeza le retumbaba aún más fuerte y el mundo seguía dando vueltas incluso cuando la joven se detuvo. Aris la observaba con un interés marcado mientras ella se alejaba tambaleando de la pista de baile.

Blythe había cometido un error. Un error horrible y espantoso.

—¿Señorita Hawthorne? —Aris cerró el espacio que había entre ellos y la agarró del codo—. Señorita Hawthorne, ¿qué ocurre?

El calor le recorrió el cuerpo con aquel gesto y apartó el brazo de un tirón. Necesitaba salir de ahí, darle a su mente espacio para respirar, para pensar y... Dios, ¿qué había hecho?

—Sácalos de aquí —dijo con un jadeo. Sus palabras sonaron como un eco distante, como si ni siquiera hubieran salido de sus labios—. Que todo el mundo salga.

Y antes de que Aris pudiera contestar, Blythe salió corriendo de ahí.

Cuarenta y dos

La mañana llegó demasiado rápido. Signa vio cómo aparecía el amanecer a través de las cortinas, que dejaban pasar surcos de color naranja oscuro en la habitación.

Estaba rodeada por los brazos de Muerte, con la cabeza contra su pecho y sintiéndose en casa, envueltos en aquellas sábanas con las que se habían cubierto. Muerte y Signa se mantuvieron en silencio, ninguno de los dos se atrevía a romper la mentira placentera que habían construido a su alrededor. Pero, conforme los pájaros cantaban y la luz del sol hacía que se escondieran más en las sábanas para taparse los ojos, Signa supo que no quedaba otra opción. Si no se levantaban, Destino los encontraría pronto. Besó a Muerte a lo largo de su cuello y pecho antes de obligarse a salir de ahí y vestirse.

Tal vez fuera tonto por su parte, pero el vestido que Signa sacó del armario era una pieza de un negro intenso de luto, y ni ella ni Muerte hicieron ningún comentario cuando se lo deslizó sobre el cuerpo.

Las sombras se deslizaron por el cuello de Muerte cuando se puso en pie, amortajándolo con un manto de oscuridad. Pasó un dedo por el cuello de Signa mientras ella se recogía el cabello y luego dejó que la mano bajara hasta su cintura.

—Hay otra opción —dijo con una voz tan dulce como la ambrosía, y tan divina que lo único que Signa quiso hacer fue perderse en ella.

Ella no quería tener esperanza, ya que temía llevarse una decepción. Aun así, levantó la mirada hacia él, rezando por unas palabras que pudieran salvarlos.

Muerte colocó las manos alrededor de su cintura y apretó las caderas contra sus lumbares mientras la acercaba hacia él.

—Podríamos encontrar la manera de matar a mi hermano.

Debería haberse imaginado que se trataba de una misión necia.

—¿Y qué pasa con Elijah? —preguntó ella no con poco cariño—. ¿Dejamos que lo cuelguen?

—Podemos encontrar a alguien a quien inculpar...

—¿Y condenar a otra persona? —Sería mentira decir que no lo había considerado, pero... No había una manera de salir de aquello que no afectara a nadie más que a ella y a Muerte. Ya había involucrado a demasiada gente en aquel desastre—. Tú y yo no estamos limitados por las normas del tiempo, Muerte, y Destino es un hombre demasiado vanidoso como para estar con alguien que lo detesta. —Daba igual los recuerdos que regresaran a su mente, Destino siempre sería el malo que la había obligado a casarse.

—¿De verdad merece la pena un sacrificio así por Blythe? —contestó Muerte—. Destino es tan cabezón como vanidoso, y hará cualquier cosa con tal de fastidiarme, Signa. No puedes confiar en que él termine con vuestro trato tan fácilmente.

A pesar de su brusquedad, la pregunta era razonable. Bien mirado, Signa no conocía a la familia Hawthorne desde hacía tanto tiempo. Aun así, se sentía unida a ellos, para siempre enredada en los lazos de aquella familia que la había adoptado. Lo último que quería era pasarse los años viendo el fuego de Blythe apagándose, o saber que habría podido evitar la muerte de Elijah cuando acababa de empezar a vivir de verdad.

Los Hawthorne eran su familia, y Signa los quería con todo su ser. Por eso, tomó la mano de Muerte en las suyas y se la acarició con el pulgar mientras le respondía:

—Ojalá no fuera así. De verdad, porque sé lo que pierdo y que me pasaré cada momento separada de ti deseando que no tuviera que ser así. Pero tendremos nuestro momento, y cuando llegue, te juro que nunca me apartaré de tu lado.

»Mi amor por ti no está limitado por el tiempo ni por el destino —continuó—. Es un amor que llevaré conmigo durante la eternidad, y por eso no tengo miedo. Te juro que siempre seré tuya, incluso cuando no lo sea.

El reflejo de Muerte se hizo más borroso en el espejo, y las volutas de sombra mancharon el cristal.

—Eres una necia si crees que podría dejarte ir tan fácilmente. —Muerte tensó la mandíbula y enredó un dedo en los pelitos sueltos que tenía Signa en el cuello. Deslizó aquel mismo dedo por su brazo hasta que sus dedos se entrelazaron. Su expresión se había vuelto más severa, y una nueva determinación se había asentado sobre él cuando la empujó hacia la puerta—. Ven, pajarito. Es hora de que vayamos a visitar a mi hermano una última vez.

Aunque Signa sabía que nada bueno podía salir de aquello, no le quedó otra opción que dejar que Muerte indicara el camino.

Foxglove seguía estando desordenado por el baile de la noche anterior, con las copas de champán abandonadas en el pasamanos de caoba y las alfombras desperdigadas por ahí con las esquinas dobladas. Signa y el personal se habían esmerado con Foxglove durante el último mes, ¿y para qué? ¿Para dejar que unos desconocidos faltaran al respeto a su hogar y que ella lo perdiera? Signa apretó los dientes solo de pensarlo.

Toda ella se tensó al ver a Destino esperándolos al final de las escaleras. No hizo ademán de reconocer la presencia de su hermano ni una sola vez, ni siquiera cuando la furia de Muerte convirtió el suelo en granizo.

—Ya ha pasado el amanecer —dijo Destino, nada más. Y con el rostro serio, observó el vestido que había elegido Signa—. Llegas tarde.

Muerte respondió antes de que pudiera hacerlo ella:

—Estábamos ocupados.

Signa le apretó la mano como señal de reproche, pero refrenar a Muerte no era mejor que luchar contra una tormenta. Las nubes se oscurecieron con cada paso que dieron hacia el salón, y cuando se acercaron lo suficiente como para ver el tapiz extendido sobre la mesa, Signa supo que lo mejor que podía hacer era soltar a la parca.

Destino estaba listo. Su piel emitió una luz dorada cuando Muerte lo estampó contra la pared. Los surcos de luz retiraron las sombras de Muerte mientras Destino hacía lo mismo que su hermano y lo tomaba del cuello.

—Os di una noche —dijo Destino con unas palabras que, aunque extraordinariamente calmadas, fueron letales—. Signa y yo hicimos un juramento, hermano, y ya le has sacado más partido del que mereces.

Las escaleras crujieron bajo ellos, y Signa se quedó inmóvil cuando vio a Blythe mirando desde la esquina, todavía con el vestido de la noche anterior puesto. Al verla, Signa sintió un nudo en la garganta. Estaba a punto de darse la vuelta con la esperanza de que su prima regresara a su habitación cuando vio que Blythe tenía los ojos inyectados en sangre. Blythe bajó las escaleras corriendo antes de que Signa pudiera detenerla y agarró a su prima por las manos.

—Lo siento tanto —susurró Blythe enseguida, consciente de que su tío y los Wakefield seguían durmiendo en la planta de arriba—. Nunca debí cargarte con esto. Nunca debí permitir que Aris me diera el tapiz. —Se giró para echar una mirada furiosa al objeto, y respiraba con tanta fuerza que Signa le apretó las manos para que se calmara.

—No pasa nada —dijo Signa, y lo decía en serio. Era un sacrificio que valía la pena hacer por la familia Hawthorne.

Destino había tratado con cuidado el tapiz, colocando un papel por debajo de los hilos para que recogieran la sangre. Signa se quedó paralizada al ver una pequeña navaja descansando a su lado, y podía oler el alcohol que había utilizado para limpiarla.

Muerte y Destino aún se agarraban del cuello, y Signa sabía que no había tiempo que perder. Si se daba prisa, Muerte no sería capaz de detenerla. No tendría que verlo.

—Necesito que sepas que lo único que he querido era lo mejor para tu familia. —Signa sacó aquellas palabras y se obligó a llamarle la atención a Blythe—. Nunca quise hacerle daño a Percy. Yo lo quería, Blythe. De verdad. Quería que él también fuera parte de mi familia.

Blythe agarró a Signa con más fuerza y le preguntó:

—Entonces, ¿por qué lo hiciste?

Signa se obligó a sonreír mientras dejaba que Blythe le soltara la mano.

—Porque te merecías vivir. Te mereces el mundo entero, Blythe, y espero que lo tomes.

Simple y llanamente, aquella era la verdad. Signa se dio la vuelta antes de poder ver cómo se le llenaban los ojos de lágrimas a Blythe, y cruzó hasta la mesa para recoger la navaja. Era suave y la sentía fría bajo las manos, y la abrió con una sacudida, acordándose de la noche de la muerte de Percy y en que él había intentado atacarla con una navaja como aquella.

Agarró la navaja con fuerza en las manos, sacudiéndose el recuerdo de la mente. Desde alguna parte detrás de ella, parecía que los hombres se dieron cuenta del nuevo lugar en el que estaba. Muerte gritó algo inaudible y fue corriendo hacia ella; sus palabras quedaron ahogadas por el correr de la sangre de Signa mientras se llevaba el punto más afilado de la cuchilla al dedo y se pinchaba la piel.

El mundo quedó sumido en el silencio cuando se acumuló la sangre, y todo en cuanto Signa pudo pensar fue en lo extraño que era que una gota pudiera cambiarlo todo. Una gota y su vida cambiaría para siempre.

Pero parecía que el cambio no estaba escrito para ella aquel día.

Signa cayó al suelo, se quedó sin aire en los pulmones y su sangre manchó la madera cuando alguien la lanzó a un lado. Blythe se puso encima de ella, con una mirada salvaje mientras observaba no a Signa, sino al tapiz que había frente a ella. Blythe lo arrancó de la mesa y se lo aferró al pecho.

—Señorita Hawthorne —dijo Destino no en voz alta, sino con una gran severidad mil veces más amenazante. Dio un paso adelante y le dijo a Blythe—: Necesito que dejes eso.

Signa jamás se habría imaginado que Blythe sería tan valiente como para desviar su mirada llena de rabia hacia Destino.

—No.

Signa cerró el puño sobre la navaja, preparada en caso de que él se atreviera a hacer algo contra su prima. A diferencia de Muerte, Destino no estaba hecho de sombras, sino que tenía un cuerpo humano que comía y respiraba. Tal vez no fuera tan inmune a una cuchilla como Muerte.

—Que dejes eso —repitió Destino, escupiendo las palabras a través de los dientes—. Hay un juramento hecho.

—No tienes que recordarme lo del juramento, Aris. Estaba ahí cuando lo hiciste. —Blythe no retiró la mirada de Destino cuando pasó el dedo a lo largo de los hilos del tapiz. Destino se quedó helado en mitad del paso.

—Hasta el momento en que Signa deposite su sangre sobre el tapiz y se una voluntariamente a ti, le permitirás no solo ver a Muerte, sino tocarlo sin ningún daño —dijo Blythe lentamente mientras levantaba el tapiz a la altura de sus ojos—. También prometiste liberar a mi padre en cuanto se hiciera el juramento y tuvieras una esposa. ¿Lo entendí bien?

—Sí —concedió—. Ahora deja el tapiz y seguiremos con el trato.

Signa sabía que debía moverse. Sabía que debería arrebatarle el tapiz a Blythe de las manos y salvar a su prima de cualquier otra amenaza de Destino. Pero había una electricidad en el aire que dejó a Signa enraizada en el suelo, agarrando el cuchillo. Giró la cabeza rápidamente hacia Muerte, y se encontró que él se estaba acercando lentamente hacia ella, con cuidado, para no llamar la atención de su hermano.

No te muevas, susurró en su mente.

Incluso Destino vacilaba en los pasos que daba hacia Blythe. Por cada uno que daba adelante, ella daba uno atrás, hacia las rugientes llamas de la chimenea.

—Me has utilizado —empezó Blythe—. Me hiciste creer lo peor sobre mi prima. Pero ahora sé la verdad, Aris, y no podría vivir conmigo misma si le permitiera hacer este trato.

—Señorita Hawthorne —dijo Destino furioso—. Si das un paso más...

—¿Qué? —Blythe extendió el tapiz, prácticamente dejando que las llamas rozaran la tela—. ¿Qué me harás, Aris? Con lo listo que eres, esperaba más de ti.

Destino respiraba lenta y comedidamente mientras la miraba a ella y al fuego. Era evidente que se estaba debatiendo si zambullirse a por el tapiz. Pero cada vez que se acercaba un poquito, Blythe lo bajaba hacia las llamas. Al final, Destino se retiró y se pasó las manos por el cabello ante la frustración.

—Venga —instó Blythe, más despiadada de lo que se Signa jamás había visto—. ¿No vas a preguntarme por qué esperaba más?

Por muy exasperado que estuviera, a Destino no le quedó otra opción que seguirle el juego.

—¿Por qué, señorita Hawthorne? —Si las palabras pudieran matar, las suyas la habrían cercenado cinco veces—. ¿Por qué esperaba más de mí?

Blythe no dio ningún aviso cuando se cortó la palma con el atizador de hierro que había cerca de la chimenea y se giró para mirar a Destino fijamente en los ojos.

—Porque nunca especificaste quién tenía que ser tu esposa.

Blythe sonrió al derramar su sangre sobre los hilos dorados del tapiz.

Cuarenta y tres

Blythe Hawthorne había superado a Destino en cuatro ocasiones diferentes.

Signa dejó que Muerte la agarrara y arrastrara hacia el lado contrario de la habitación mientras Destino se llevaba la mano izquierda hacia el pecho y surgía un anillo resplandeciente sobre su dedo anular. Blythe llevaba uno a juego al que no le prestó mucha atención, porque entre ellos surgió un hilo brillante y resplandeciente que los unió.

—Tenemos que ayudarla —susurró Signa mientras Destino cruzaba hacia Blythe en tres largas zancadas, con aspecto de querer ponerle las manos alrededor del cuello. Aun así, Muerte agarró a Signa con fuerza.

Hizo un juramento contigo, dijo Muerte con una voz más ligera de lo que había oído en mucho tiempo. *Mientras viva, no puede hacerle daño a Blythe Hawthorne.*

En aquel momento, el cuerpo de Signa se relajó y le saltaron lágrimas de alivio, incluso cuando Destino cerró el espacio que había entre Blythe y él.

—No tienes ni idea de lo que acabas de hacer —gruñó, dispuesto a matar.

Blythe no retrocedió, sino que sacó pecho y se puso contra él, inclinando la cabeza para decirle con desprecio:

—Al contrario, creo que acabo de cumplir un juramento. ¿No estás orgulloso de lo lista que es tu esposa?

Destino resopló por la nariz.

—Tú no eres mi esposa.

—Creo que esto dice lo contrario. —Levantó el dedo anular y lo movió.

Destino parecía estar fuera de sus casillas. Se apartó de ella y se dirigió hacia Muerte y Signa. Muerte colocó sus sombras alrededor de ella en un segundo, escudándola, pero no fue necesario. No era a Signa a quien Destino miraba con unos ojos asesinos, sino a Muerte. Destino tenía un destello en sus ojos dorados, y los hilos apenas visibles que había a su alrededor se movían. Pero lo que fuera que estuviera intentando, no estaba funcionando. El anillo dorado de luz que había en su dedo resplandeció y él ahogó un grito. Con la vena del cuello marcada, se dobló sobre sí mismo y se agarró la mano con fuerza.

Blythe cerró el espacio que había entre ellos con unos pasos tan ligeros como los de una bailarina y le pasó los dedos por su cabellera rubia. Se inclinó hacia su oído y dijo con unas palabras tan suaves como las de una amante:

—Quiero que liberen a mi padre esta tarde.

Destino se rio de forma maníaca.

—Lo vas a lamentar.

No había mañana de esconder su rabia. Su tristeza. Pero Signa no sentía pena por él. Él había tendido la trampa, no debería haberse sorprendido al terminar atrapado en ella.

Igual que durante la partida de croquet, debería haber sabido que no debía subestimar a Blythe. Todos deberían haberlo sabido.

—No te preocupes, cariño. —Blythe le dio un beso en la mejilla y le dejó la marca del pintalabios—. Tienes el resto de tu vida para compensármelo.

Signa nunca había visto tanto enfado, ni una promesa de destrucción como la que había en los ojos de Destino cuando se dio la vuelta y se adentró, hecho una furia, en los hilos de luz que hicieron desaparecer su cuerpo en cuestión de segundos. Adónde, a Signa le daba igual.

Como solo quedaban ellos tres, el salón se sumió en el silencio. Signa no sabría decir si pasaron segundos o minutos antes de que Blythe suspirara y se colocara en el borde de un asiento de cuero para inspeccionar el anillo alrededor de su dedo.

—¿Se nota demasiado?

Signa respiró por primera vez en quién sabía cuánto tiempo. No se había dado cuenta de lo tenso que se le había puesto el cuerpo, con el pecho tan constreñido que parecía al borde del colapso. Soltándose de Muerte, se dirigió hacia Blythe para inspeccionarlo más de cerca.

—La verdad es que no —contestó Signa con una respiración.

El anillo que había en el dedo de Blythe estaba escondido de una manera ingeniosa: era poco más que un brillo atenuado que había que entrecerrar los ojos para ver, como si fuera tinta blanca sobre la piel pálida. A Signa le recordó vagamente a una cicatriz, y se llevó las manos al pecho porque sentía que se le tensaba más por la culpa.

—Iba a encargarme de esto, Blythe. No deberías haberte metido en esto.

Blythe bajó la mano para inspeccionar a Signa.

—Y aun así, lo hice.

Y aun así, lo hizo.

Signa se quedó mirando a su prima, sin estar segura de si se suponía que debería zarandearla o abrazarla o decirle lo necia que había sido al hacer un trato con alguien tan poderoso como Destino. Aunque Blythe debía hacerse a la idea del poder que tenía, ni siquiera Signa sabía hasta dónde llegaba.

—Él es Destino —dijo Signa con una voz suave, desesperada por saber que su prima entendía la gravedad de la situación—. No puedes romper un juramento con él.

—¿Por qué no? —Blythe se irguió en su asiento, tranquila, mientras observaba a Signa—. ¿No lo he superado antes?

Muerte y Signa cruzaron la mirada mientras ella se preguntaba si Blythe se hacía a la idea de lo cierto que era aquello.

—Aun así, no sé si querré romperlo. —Blythe se bajó de la silla, y antes de que Signa pudiera preguntarle qué quería decir, dijo—: No hay falsas pretensiones entre nosotros. Puedo vivir mi vida como quiera, y toda la presión sobre el cortejo desaparecerá. Hasta creerán que soy una princesa. —Tal vez la sonrisa de Blythe fuera deslumbrante, pero sus comisuras vacilaron. Aun así, extendió el brazo para tomar la mano de Signa con la misma suavidad que había mostrado antes.

»No te preocupes por mí. Aprecio tu empeño en salvar a mi padre, pero yo me encargo a partir de ahora.

A Signa casi se le partió el pecho cuando Blythe le besó la mano con suavidad.

—Después de todo lo que he hecho —susurró Signa—, ¿por qué ibas a ayudarme?

—Porque estabas dispuesta a ayudarme a mí —respondió Blythe con demasiada facilidad, con una voz que era demasiado ligera—. Tú también te mereces vivir, Signa. Puede que no lo entienda todo, pero sé que Percy era el motivo por el que me estaba muriendo. Sé que me salvaste de él.

Con aquellas palabras inesperadas, Signa se echó a llorar de inmediato, y se le revolvió tanto el estómago que se dobló por la cintura. Se abrazó a sí misma con fuerza, intentando no descomponerse.

—Se suponía que nunca te ibas a enterar.

—Lo sé —susurró Blythe—. Pero tenía que hacerlo. Ahora, deja que yo me encargue de Byron y de los demás. Es hora de que vaya a hacer las maletas. No quiero que mi padre llegue a casa y se la encuentre vacía.

Elijah, casa. No existían palabras más magníficas.

—Tomaré el tren mañana a primera hora —dijo Signa, trabándose al darse cuenta del equívoco—. Quiero decir... si te parece bien.

La sonrisa que dibujó Blythe fue como el canto de los pájaros en un día cálido de primavera.

—Me parece bien —susurró, y a Signa le conmovió que Blythe volviera a apretarle la mano—. Estoy segura de que mi padre también te querría ahí.

Muerte les había dado espacio después de que Destino se hubiera marchado, pero poco a poco estaba volviendo al lado de Signa. Le dio un beso en la frente, y Signa estuvo a punto de echarse a llorar al ver que no la dejaba sin respiración ni le detenía el corazón. Se acomodó en los brazos de Muerte mientras Blythe se dirigía hacia la puerta. Sin embargo, al llegar al umbral, Blythe se dio la vuelta para mirar no a su prima, sino a Muerte, cuyas sombras se habían escapado de él.

Al principio, él no se dio cuenta, porque era imposible. Una casualidad. Aun así, se quedó quieto al ver que Blythe continuaba mirando, observando su forma humana con marcado interés.

—Cuídala —dijo Blythe no de forma amable, sino como amenaza—. Parece que mi prima ve lo bueno que hay en ti, y yo confío en su juicio. Pero si haces que derrame una sola lágrima, haré que claven tu cabeza en una estaca. ¿Me entiendes?

Tanto Signa como Muerte se quedaron sin palabras al observar la figura de Blythe retirarse. Escucharon el suave ruido de sus botas sobre las escaleras y luego se miraron el uno al otro, y Signa no pudo evitar que el sollozo diera paso a la risa.

Habían ganado. Habían conquistado a Destino. Habían salvado a Elijah, su relación con Blythe se estaba recuperando, y Signa podía ver a Muerte. Podía abrazarlo.

—Blythe puede verte.

—Puede que sea un efecto secundario por haber estado a punto de morir —dijo Muerte, aunque sonó distante mientras seguía mirando hacia la puerta. Signa tuvo que reírse y tomarle la cara con las manos desnudas para robarle la atención, que él ofrecía más que feliz mientras se doblaba a su tacto.

—Eres muy cálida —susurró—. Puedo sentirlo.

Su voz resquebrajada fue suficiente para que Signa volviera a sumirse en la emoción. La joven lanzó sus brazos alrededor de él y lo besó a través de las lágrimas abrasadoras y de felicidad. Le puso las piernas alrededor mientras Muerte la bajaba al suelo y la abrazaba con fuerza. Signa saboreó cada una de sus respiraciones mientras se acurrucaba contra su pecho. Habían ganado, y no lo dejaría escapar durante el resto de la eternidad.

—Entonces, ¿entiendo que te quedas? —Tilly estaba al borde del salón, metiendo la cabeza dentro.

La decepción que había en su voz hizo que Signa soltara una risa aguda y agarrara la mano de Muerte para alzarla hacia el espíritu.

—Sí, me temo que los dos nos quedamos.

Entonces se acercaron los otros dos espíritus y echaron un vistazo a la habitación con timidez. La madre de Tilly, Victoria, terminó por mirar a Signa con los labios fruncidos y con desaprobación.

—Agradeceríamos que, al menos, tuvieras una mejor compañía. Aquel hombre brillaba demasiado para mi gusto.

—Había otra persona que también resplandecía, igual que su doncella —añadió Tilly con una voz de conspiración—. Ojalá dejes de traerlos. La luz me molesta en los ojos.

Signa sintió cómo se desvanecía su sonrisa.

—¿Había alguien más que resplandecía? ¿Quién era?

—Ahora está durmiendo en la planta de arriba. —Oliver estaba intentando quitar la mancha de sus gafas que nunca parecía conseguir limpiar—. Es esa de la que todo el mundo está hablando tanto.

—Y bien que hacen —dijo Victoria con voz de pito—. ¡Embarazada y soltera! Se pasaron la noche entera maquinando maneras de esconderlo. Qué ordinario es...

—Están hablando de Eliza —interrumpió Signa ignorando el soplido de Victoria mientras giraba hacia Muerte, que no parecía para nada tan preocupado como se sentía ella.

—Tú la sanaste, Signa. —Muerte le pasó un mechón de pelo por detrás de la oreja, ya no estaba plateado—. Puede que el resplandor sea un efecto secundario de aquello.

—Puede —repitió ella, aunque aquellas palabras no le daban buena espina—. Pero nunca he hecho nada por Elaine.

Entonces captó algo con la vista que estaba detrás de Muerte. O, mejor dicho, algo que no estaba. Signa dio un respingo al observar el lugar en el que había estado el tapiz. Blythe se había desgarrado la palma en aquel sitio, y a pesar de toda la sangre que había derramado, no había ni una gota sobre la madera.

A Signa le recorrió un sudor frío al pensar en el anillo de luz que Blythe le había enseñado en el dedo de una mano sin heridas.

—Muerte —dijo Signa lentamente, y probó cada palabra antes de pronunciarla—: Amity me preguntó si había alguna constante en la magia de Vida. Algo que estuviera presente cada vez que la utilizaba. —Desde las enredaderas en el estudio de Elijah al potro en las caballerizas y luego con Eliza... Blythe había sido una constante—. ¿Y si no soy yo la que causaba ese resplandor?

Levantó el atizador con el que Blythe se había rajado la mano —caliente hasta ser incómodo, de lo cerca que había estado de la chimenea— y vio que no había ni una gota de sangre sobre él. Muerte se lo arrebató, y en cuanto el hierro cayó sobre sus dedos, dio un salto y lo dejó caer con un estruendo.

Se llevó la mano al pecho con la piel siseando y echando humo, y las sombras lo envolvieron. De inmediato, Muerte se agachó para mirar mejor el atizador, y aunque hubo un largo momento en el que estuvo inexpresivo, al final su rostro se rompió con la risa más alegre que Signa había oído en su vida, mientras las lágrimas le caían por las mejillas, rebosantes de alegría.

—La has encontrado. —Volvió a recoger el atizador y se rio cuando chisporroteó en su palma. Con la mano que tenía libre agarró a Signa y se la llevó a su abrazo. Sus lágrimas eran frías y cayeron sobre el hombro de ella, y con una voz tan suave como un copo de nieve, susurró—: Después de todos estos años, de verdad la has encontrado. Parecería, pajarito, que el destino siempre tiene una manera de salir bien al final.

Signa tenía el cuerpo aturdido por la incredulidad, su mente era un remolino de pensamientos. No podía ser verdad... Pero era la única explicación que tenía sentido.

Signa había visto los recuerdos de Vida, pero cada vez que le llegaban, Blythe había estado ahí. Darse cuenta de aquello le produjo tal alivio que se quedó sin palabras.

Aquella era la razón por la que le ardía el cuerpo y por el que había tenido tantos problemas para acceder a aquellos poderes. Nunca le habían pertenecido a ella, sino a Blythe.

Blythe era la reencarnación de Vida.

—¿Se lo decimos? —susurró Signa mientras observaba el atizador, sin estar segura de qué sentir. Por mucho que pudiera entender a Destino, Signa lo odiaba por lo que había intentado hacer. Pero si Destino descubriera quién era realmente Blythe...

—No. —No hubo ni un ápice de duda en las palabras de Muerte. Apretujó a Signa y le dio un beso en la sien sin importarle los espíritus que se removían incómodos detrás de ellos—. Deja que lo averigüen ellos a su debido tiempo. No deberíamos interferir en su historia.

Signa no estaba segura de estar de acuerdo. Una parte de ella no quería más que subir corriendo por las escaleras y contárselo a Blythe ahí mismo, pero la alegría de Muerte la mantuvo ahí, abrazada con fuerza entre sus brazos.

Tal vez se lo contara a Blythe pronto, pero, por el momento, confiaría en que Muerte sabía lo que decía.

—Puede que se intenten matar el uno al otro —señaló Signa, aunque no había debate en su voz.

—En una ocasión, tú intentaste matarme. Y mira dónde hemos terminado. —A Muerte le brillaron los ojos más que nunca cuando se puso en pie y atrajo a Signa a su lado—. Y ahora, pajarito, ¿por qué no me enseñas nuestra casa? —Le ofreció la mano, y con el corazón a punto de explotarle, Signa la tomó.

Epílogo

Blythe

Everett Wakefield y Charlotte Killinger se casaron dos meses después con el sol de medianoche cayendo sobre ellos.

Parecía que últimamente la felicidad estaba en todas partes. Blythe vio cómo surgía entre el novio y la novia mientras él la atraía hacia sí para darle un beso. Estaba en la manera suave en que Eliza colocaba la mano sobre su tripa hinchada, y en la manera en que Elijah se rio cuando ella se sacudió con la patadita del bebé. Eliza estaba a unas semanas de conocer a su bebé, y Elijah la había recibido en su familia sin pensarlo dos veces.

Signa también se había abierto como una flor y suspiraba al entrelazar sus dedos con los de Muerte mientras él la abrazaba.

Blythe suponía que ella también debería estar feliz, porque ya tenía a su padre de vuelta y sabía que ni Everett ni Charlotte eran los asesinos del duque. Aun así, por muy agradecida que Blythe se sintiera por la manera en que habían salido las cosas, no había manera de deshacerse de la profunda inquietud que se arremolinaba en ella como un muelle.

Fuera lo que fuese que hubiera hecho Signa aquella noche en el jardín, no solo había afectado a Eliza y al bebé. Blythe no le había contado a nadie las cosas que había visto, ni que en el momento en que les salvaron la vida, Blythe había caído en un mar de luz blanca. Su calidez la había persuadido, le había calmado sus preocupaciones y le había robado el pensamiento durante unos segundos que parecieron horas. Y en aquel mar, soñó con una risa de terciopelo. Con un hombre sin rostro que le daba vueltas en sus brazos, bailando con una música desconocida que, de algún modo, reconocía. Una música para la que conocía cada paso.

Era ridículo, y aun así Blythe no podía deshacerse de los recuerdos. Le arañaban la mente mientras observaba a Everett colocar las manos alrededor del rostro de Charlotte, porque a Blythe le recordaba a un momento en el que un alguien sin rostro la había sostenido de aquella manera. Un tiempo en el que el calor de su beso había resplandecido a través de su cuerpo, y no quería nada más que ahogarse en aquel roce.

«Recuerdos» era una palabra incorrecta para lo que en realidad eran aquellas imágenes en su cabeza, porque no le pertenecían a ella. Sin duda, Blythe no olvidaría enamorarse. Sobre todo, no de alguien cuyas manos sentía tan fuertes contra su mejilla o tan poderosas mientras bajaban por su cadera y levantaban...

Se sacudió la imagen, esperando que nadie notara que se estaba sonrojando. Si pudiera agarrar una pala y enterrar sus pensamientos, ya lo habría hecho, ya que no le estaban haciendo ningún favor ni a ella ni a sus fantasías a altas horas de la noche. En su lugar, prestó atención a la pareja feliz y aplaudió junto al resto cuando los recién casados se besaron.

Después de todo lo que había ocurrido el pasado año, la mansión de los Wakefield parecía demasiado preciosa como para ser cómoda. La cristalería y las tartas doradas brillaban demasiado, y los invitados parecían muy opulentos con sus trajes y vestidos. Blythe seguía esperando que algo se rompiera, o que del cielo cayera fuego, lo cual no la estaba ayudando a concentrarse. Aquel muelle que había en su interior se retorció incluso más, y Blythe quiso darse la vuelta y seguir aquella inquietud. Parecía como si alguien la estuviera observando, pero no podía sentir de dónde venían aquellos ojos curiosos.

—Una boda preciosa, ¿no?

Blythe se estremeció y reconoció la voz de Signa un momento más tarde. Observó el vestido azul marino de Signa, un gran contraste con el suyo, que era de una tonalidad de azul tan gélido que casi parecía plata. Elijah estaba a poca distancia detrás de Signa, animado mientras hablaba con una Eliza que se reía.

—Será un abuelo fantástico —continuó Signa cuando Blythe no dijo nada, escudriñando a su prima con la mirada.

—Lo será —coincidió ella, y desvió la atención a los novios—. Y me atrevería a decir que a Charlotte nunca se la ha visto más feliz.

A Blythe se le hinchó el pecho cuando la pareja se agarró con ternura de los brazos. Qué bueno era volver a ver a Everett con la mirada iluminada. La muerte de su padre fue considerada una muerte natural. El rumor decía que el supuesto veneno no fue más que un error cometido por un forense apresurado, que se había confundido al saber que el cuerpo pertenecía a una figura de tan alto nivel. Una mentira, estaba claro, pero una mentira que Blythe sabía que tanto ella como Signa se llevarían a la tumba.

O, al menos, ella lo haría. No estaba segura de que Signa fuera a tener una tumba siquiera.

—¿Ya hay nombre para el bebé? —preguntó Signa en un tono un poco demasiado alto y se ganó la atención del resto de la familia Hawthorne, incluyendo a Eliza.

Byron y ella habían anunciado su matrimonio unos días después del regreso de Elijah a Thorn Grove. Aseguraron haberse casado meses antes, y dijeron que el encierro de Elijah y la muerte de lord Wakefield fueron los motivos por los que no habían hecho la noticia pública. Había rumores, por supuesto, dado lo prominente de la tripa de Eliza. Pero no habría manera de demostrar nada: planeaban ir de viaje al campo para el parto, y así nadie sabría cuándo llegaba el bebé.

Tal vez no fuera el matrimonio que Eliza se había imaginado para sí misma, pero era un matrimonio que la había salvado. No había romance entre Byron y ella, y como ya les había contado a las muchachas, Byron no esperaba nada que ella no le quisiera ofrecer. Él quiso a Percy, y lo único que quería era estar ahí para el bebé.

—Cyril si es un niño —dijo Eliza con un tierno entusiasmo, sonriendo mientras miraba a Byron—. Aún estamos decidiendo el nombre si es una niña.

—Es un nombre fuerte —dijo Elijah antes de excusarse para darle la enhorabuena al padre de Charlotte. Mientras tanto, su sonrisa era tan amplia que Blythe temía que le fuera a partir la cara en dos.

La emoción que había en la mirada de Byron también era innegable. Signa lo pinchó con una voz burlona:

—¿Estás listo para su llegada? Supongo que parece que el bebé llegará en cualquier momento.

Byron colocó una mano sobre las lumbares de Eliza.

—Será un alivio cuando esté aquí —intentó sonar casual, aunque aquello para Byron significaba que bien podría haber estado gritando desde el tejado.

—Me muero de ganas de que llegue el día. —Eliza suavizó la voz y, asegurándose de que no hubiera oído los curiosos prestándoles atención, añadió—: Me temo que no tendré paz hasta que el bebé nazca sin problemas.

—Así será —dijo Byron con algo de rigidez en su postura—. Ya no hay nadie que amenace la vida del bebé, Eliza. Puedes dormir tranquila.

La dureza en la mirada de Signa, que se estaba oscureciendo, hizo que Blythe diera un respingo.

—¿Es que alguien quería que desapareciera el bebé? —preguntó Signa, nada desconcertada cuando Eliza frunció los labios ante una pregunta tan descarada. Incluso Byron se tensó más.

—Mi tío —dijo Eliza en voz baja, dirigiéndose solo a ellos cuatro—. Me dio dos opciones la noche antes de su muerte: deshacerme del bebé o comprometerme con Sir Bennet al final de la semana.

Byron no se molestó en intentar esconder su rencor.

—El bebé se merece algo mejor que una persona que ya tiene un pie en la tumba. El bebé es un Hawthorne y se merece crecer como tal.

Blythe sintió los ojos de Signa deslizándose hacia los de ella, y entendió la mirada al momento. Byron no había dicho nada necesariamente condenatorio... Pero era inevitable preguntarse por el tono que había utilizado, acordándose de lo inflexible que se había mostrado Eliza sobre la dosis de cianuro. Blythe lo había achacado a los desvaríos de una mujer culpable, pero al mirar el ademán posesivo de Byron al agarrar a Eliza, un sudor le recorrió la espalda.

Eliza aseguró haberse deshecho del cianuro en un ataque de pánico aquella noche. Y si aquello era cierto, era posible que Eliza no hubiera sido la última persona en tocar el veneno ni la bebida que había llegado hasta lord Wakefield.

Byron era uno de los pocos que sabían de la sobriedad de Elijah. Era uno de los pocos que se podría haber asegurado que no fuera él quien tomara el veneno, sino lord Wakefield. Porque si lord Wakefield hubiera vivido, habrían perdido el bebé de Percy, ya fuera porque no habría llegado a nacer o porque lo habrían convertido en el bastardo secreto de un padre que Byron creía que no era adecuado para criar a un Hawthorne.

Viendo a Byron en aquel momento —viendo el orgullo en su mirada y su ademán posesivo—, Blythe se dio cuenta de una cosa: Byron jamás habría permitido que cualquiera de esos casos ocurriera.

Supo que su prima había llegado a la misma conclusión cuando observaron a los dos retirarse hacia una mesa en la sombra, con Byron poniendo gran cuidado en ayudar a sentarse a Eliza.

Por el bien del bebé de Percy, fue Byron quien había envenenado al duque. Y aunque aquella verdad le pesaba como un ladrillo en el pecho, no había nada que hacer. Jamás conseguirían una confirmación por parte de Byron, y aunque lo hicieran, ¿qué más daba? Habían elegido proteger a Eliza. Tendrían que hacer lo mismo por él.

Blythe estaba tan perdida en sus pensamientos que no oyó el tintineo contra el cristal hasta que se dio cuenta de que varias cabezas se giraban hacia él. No tuvo ni un momento para comprobar aquella información con Signa, ya que su prima había desviado la atención hacia el sonido. Cuando Signa palideció, Blythe siguió su mirada.

El príncipe Aris no iba vestido de negro como el resto de los hombres, sino que se había ataviado con una levita del color del musgo del otoño. Parecía un príncipe de los pies a la cabeza; sonrió hacia la multitud y levantó el champán al aire esperando a que los demás hicieran lo mismo.

—Me gustaría dar la enhorabuena a los recién casados y proponer un brindis por las alegrías del matrimonio.

Se había arreglado desde la última vez que Blythe lo había visto, ya no tenía ese aspecto desastrado y ojeroso, ni estaba furioso como un perro rabioso. Se acababa de recortar el cabello dorado y habían abrillantado sus zapatos, aunque fue el anillo de luz dorada alrededor de su dedo de lo que Blythe no pudo apartar la vista. Se preguntaba si alguien más lo podía ver.

—Habéis asumido el compromiso de honrar a una persona para bien y para mal, en la riqueza y en la pobreza, para amaros y ser fieles hasta que Muerte venga a por vosotros —dijo con una voz que mantuvo jovial incluso escudriñando a la multitud. Cuando posó la mirada sobre Blythe, levantó una de las comisuras del labio—. Es un compromiso admirable, y solo espero que algún día mi futura esposa y yo seamos la mitad de felices que vosotros dos. ¿No es así, señorita Hawthorne?

Varias señoritas soltaron un grito ahogado y miraron a Diana, que había seguido proclamándose como la futura princesa de la imaginaria Verena. Sin embargo, al final fue Blythe quien atrajo todas las miradas, incluyendo la de su padre. Elijah se había vuelto tan pálido como un fantasma, y en aquel momento Blythe no quiso nada más que cruzar el espacio y arrancarle los ojos a Aris. Luego se los volvería a meter en las cuencas para poder volver a sacárselos.

Pero no lo hizo, ya que se le había ocurrido un plan mejor y más despiadado, y se negó a rehuir de su desafío. Se trataba de una decisión que garantizaría una discusión que de verdad no quería tener con su padre, pero no había manera de que Blythe permitiera a Aris ganar la guerra que él había comenzado.

Levantó su propia copa de champán y esbozó su sonrisa más radiante mientras daba vueltas entre la multitud.

—¡Sois una inspiración para todos nosotros! —Alguien debía haberle dado un premio por la alegría que consiguió colar en su propia voz—. Brindemos por vuestro brillante futuro y por los muchos años que os quedan por delante. Espero que su alteza y yo pronto seamos tan felices. —Empinó la copa entre los aplausos amables y se tragó la bebida de un solo sorbo.

Blythe habría jurado que había oído la risa de Muerte entre el susurro de los árboles, aunque no echó la vista atrás para confirmarlo. En vez de eso, se atusó el cabello y casi se echó a reír en voz alta cuando Aris vio a su padre. Su sonrisa satisfecha se desvaneció cuando Elijah pasó por delante de Blythe y se dirigió directamente al príncipe. Ni siquiera una deidad era rival para un padre indignado, y mientras Aris se preparaba, Blythe le ofreció sus condolencias con un amable gesto de la mano.

Si aquel hombre creía que le iba a suponer la ruina, Blythe le iba a enseñar lo equivocado que estaba. No había nada en ese mundo que le hiciera más feliz que pasarse el resto de su vida haciendo que el príncipe Aris Dryden lamentara su propia existencia.

De nuevo se volvió a oír el susurro de las risas, y en aquel momento Blythe vio las sombras de Muerte atrapar a Signa y susurrarle:

—Empieza el espectáculo.

Agradecimientos

Escribir un libro puede que sea una tarea solitaria, pero el hecho de sacarlo al mundo es un esfuerzo colectivo. Por suerte, trabajo con el mejor grupo de gente que se pueda imaginar.

Gracias al fantástico equipo de Hachette Book Group por otorgarles a estos libros un hogar perfecto en Little, Brown Books for Young Readers. Mención especial para:

Deidre Jones, por ser una editora maravillosa y la mejor compañera que podría pedir para sacar esta saga al mundo. Es una suerte trabajar con una mente tan fabulosa.

Shivani Annirood, por tu proeza publicitaria y ayuda a la hora de conseguir el máximo número posible de ojos para estos libros.

Jenny Kimura, por tus diseños impresionantes y por hacer que con todas las ediciones de este libro te quedes sin aire.

Robin Cruise, Chandra Wohleber y Kerry Johnson, por cazar todas las erratas y frases raras que no tenían sentido y aseguraros de que el libro se lea lo más limpio posible.

Stefanie Hoffman, Emilie Polster, Savannah Kennelly, Christie Michel, Victoria Stapleton, Shawn Foster, Danielle

Cantarella, Sasha Illingworth, Jessica Levine, Alvina Ling, Megan Tingley, Jackie Engel, Marisa Finkelstein y Virginia Lawther. Tenéis todos mi eterna gratitud por lo que habéis hecho por esta saga. Muchas gracias por ser un equipo tan fantástico y por vuestro apoyo. Me siento muy afortunada de trabajar con vosotros.

Al otro lado del charco, en Hodderscape, gracias a Molly Powell por tu ojo editorial y por darle a esta saga un hogar genial en el Reino Unido.

Kate Keehan, Sophie Judge, Callie Roberton y Matthew Everett, por todo vuestro apoyo y trabajo con este libro.

Lydia Blagden, por el diseño de cubierta más impresionante que habría podido pedir para el Reino Unido. Se me pone la piel de gallina cada vez que lo veo.

Ellie Wheeldon, for crear un audiolibro con el que no podría estar más contenta.

Kristin Atherton, por traer los personajes a la vida con tu increíble voz y manera de actuar. Eres la narradora perfecta para el audiolibro de este proyecto, y has capturado la historia y sus personajes de una manera preciosa.

Gracias al increíble equipo de Park & Fine Literary and Media:

Pete Knapp, por ser un agente de ensueño. Gracias, como siempre, por ser el mejor defensor y compañero de negocios. Sigo estando emocionadísima por trabajar contigo y con este equipo que es la caña.

Emily Sweet y Andrea Mai, por apoyarme tanto a mí como a esta saga.

Kathryn Toolan, por alegrarme el día cada vez que me mandas un correo electrónico. Muchas gracias por ser fenomenal y por poner esta serie en manos de lectores en todo el mundo.

Stuti Telidevara, por toda tu ayuda a la hora de mantenerlo todo en orden y por apoyarme tanto.

En APA, gracias a Debbie Deuble-Hill por insistir sin descanso para asegurarte de que esta saga consiga el mejor hogar en la pantalla y por haberme enseñado el que ahora es mi lugar favorito para comer *cannoli* en Los Ángeles.

Elena Masci y Teagan White, gracias por las cubiertas más bonitas que he visto tanto en Estados Unidos como en el Reino Unido. De verdad, habéis hecho un trabajo extraordinario con *Foxglove*, y no podría estar más enamorada de vuestro arte, que es espectacular.

A mis amigos de Round Table, por aguantar con todas mis pesquisas y ser la mejor red de apoyo en esta industria tan salvaje. Me siento muy agradecida por contar con vosotros. Una mención especial a la mismísima Lady Lancelot, Rachel Griffin. Que nuestros editores continúen colocándonos en el mismo calendario de publicación para siempre jamás, de lo contrario, me temo que pereceremos.

Bri Renee, por ser una de las primeras lectoras, y por amar a Muerte más que a nadie.

Josh, por apoyarme siempre, incluso cuando de manera aleatoria me transformo en un gremlin zombi con una necesidad espontánea de viajar a otro lugar o de atrincherarme en una mazmorra.

Mamá y papá, por vuestro apoyo durante toda mi vida y por creer que soy mucho más chula e impresionante de lo que en realidad soy, y por hacérselo saber a todo el mundo.

Al equipo de calle, que es increíble, por hacer el proceso de traer esta saga al mundo mucho más agradable de lo que jamás creí posible. Soy una afortunada y estoy muy agradecida por haber conocido a un equipo tan fantástico y que tanto me apoya.

Haley Marshall, porque, por supuesto, este libro va dedicado a ti. Gracias por más de una década de amistad, risas y por ser siempre la primera persona en leer y avisarme de que las cosas (normalmente) no son tan mierda como creo que son.

Dios, por traerme hasta aquí.

Y, por último, a todos los lectores que han llegado hasta aquí. Gracias por cada uno de vuestros mensajes amables, reseñas y por todo el *cosplay*, *fanart*, tatuajes y creaciones fantásticas que habéis compartido para esta saga. Tenéis todos muchísimo talento y sois increíbles, y estoy muy contenta de teneros como lectores. Gracias por querer a este libro tanto como yo. Vuestro apoyo es el motivo por el que la siguiente página es posible.

La historia continúa

en Wisteria